文明互鉴：中国与世界

身份、创伤、符号：

跨文化传播视域下的谭恩美研究

夏婉璐　汤　平　吕　琪◎著

四川大学出版社
SICHUAN UNIVERSITY PRESS

图书在版编目（CIP）数据

身份、创伤、符号：跨文化传播视域下的谭恩美研究 / 夏婉璐，汤平，吕琪著. — 2 版. — 成都：四川大学出版社，2024.4

（文明互鉴：中国与世界 / 曹顺庆总主编）

ISBN 978-7-5690-6578-7

Ⅰ. ①身… Ⅱ. ①夏… ②汤… ③吕… Ⅲ. ①谭恩美—小说研究 Ⅳ. ① I712.074

中国国家版本馆 CIP 数据核字（2024）第 052594 号

书　　名：身份、创伤、符号：跨文化传播视域下的谭恩美研究
　　　　　Shenfen、Chuangshang、Fuhao：Kuawenhua Chuanbo Shiyu xia de Tan Enmei Yanjiu
著　　者：夏婉璐　汤　平　吕　琪
丛 书 名：文明互鉴：中国与世界
总 主 编：曹顺庆

出 版 人：侯宏虹
总 策 划：张宏辉
丛书策划：张宏辉　欧风偃
选题策划：刘　畅　张　晶
责任编辑：刘　畅
责任校对：敬铃凌
装帧设计：墨创文化
责任印制：王　炜

出版发行：四川大学出版社有限责任公司
　　　　　地址：成都市一环路南一段 24 号（610065）
　　　　　电话：（028）85408311（发行部）、85400276（总编室）
　　　　　电子邮箱：scupress@vip.163.com
　　　　　网址：https://press.scu.edu.cn
印前制作：四川胜翔数码印务设计有限公司
印刷装订：四川五洲彩印有限责任公司

成品尺寸：170 mm×240 mm
印　　张：19.75
插　　页：2
字　　数：380 千字

版　　次：2017 年 5 月　第 1 版
　　　　　2024 年 5 月　第 2 版
印　　次：2024 年 5 月　第 1 次印刷
定　　价：88.00 元

本社图书如有印装质量问题，请联系发行部调换

扫码获取数字资源

四川大学出版社
微信公众号

前　言

　　谭恩美和她的小说在美国流行，与她的身份和她所处的家庭环境、社会文化环境有着密切联系。本书第一部分主要探讨谭恩美的身份对其主要作品中译本的接受情况及谭恩美对中译本译者选择、中译本翻译策略选择的影响。首先，以谭恩美的文化身份为出发点，本书分析《喜福会》《灶神之妻》中其文化身份所决定的中国叙事，以及这种中国叙事所造成的原文与中译本在美国和中国迥然不同的接受情况。接着，本书从谭恩美作家的身份出发，以程乃珊等翻译的《喜福会》和蔡骏译写的《沉没之鱼》为研究个案，分析谭恩美在译者选择上对"作家译者"的青睐，以及她对"作家译者"以作品"艺术性"为旨归的"译写"模式的宽容态度。本书第二部分从当代创伤叙事理论及批评方法切入，从创伤记忆、叙事疗法、创伤修复多个层面分析《喜福会》《接骨师之女》《灶神之妻》中女性人物经历的个体创伤、战争创伤、社会创伤。她们通过讲故事的口述传统和书写方式记录、再现过去伤痛经历的过程，实际上是她们从失语到言说的疗伤过程，以及还原历史真相、重塑个人身份的重要过程。本书第三部分主要从文化符号学分析的角度，运用意识形态文化分析方法，将谭恩美小说与她同时期的其他符号文本进行比较研究，具体探讨了跨文化语境下的谭恩美和谭恩美小说中的符号与意识形态建构问题，即符号如何被调用组合，如何支撑或是对抗美国主流意识形态，最终在不同的文化语境下生成和阐释出不同的意义。

目　录

绪　论

绪　论

　　美国当代华裔女作家谭恩美（Amy Tan, 1952—）在美国文学史上具有十分重要的地位。从1989年开始，她出版的五部长篇小说《喜福会》（*The Joy Luck Club*, 1989）、《灶神之妻》（*The Kitchen God's Wife*, 1991）、《通灵女孩》（*The Hundred Secret Senses*, 1995）、《接骨师之女》（*The Bonesetter's Daughter*, 2001）和《沉没之鱼》（*Saving Fish from Drowning*, 2006）先后登上《纽约时报》畅销书排行榜，被翻译成多种文字在世界各地发行。谭恩美的小说"糅合了传记、民间故事和回忆录等形式，她所探讨的主题包括种族、性别和身份之间的关系，涉及文化错位和两种文化的冲突。当然，她的小说也探讨了人类普遍关心的问题，如自我身份的建构、寻根、两代人之间的冲突与纽带"[1]。谭恩美小说的文学价值、文化价值和社会意义值得进一步探讨。

　　谭恩美在近些年越来越主动地通过各种方式对自己的创作意图和目的进行阐释，但是对于文学的社会意义与作家的社会责任，她的观点则显得有些矛盾：一方面她对美国社会普遍存在的对华裔的深刻偏见极为不满，试图用自己的文字和故事重塑华裔形象；但另一方面，她又希望避开政治性写作，不认为自己可以或者应该代表任何特定的族裔，她认为那些希望借助她的作品来进一步了解中国和华裔的意图不可能实现。

　　在其《含蓄的语言》（"The Language of Discretion"）一文中，她对美国社会中普遍接受的关于华裔的刻板印象进行了犀利的批判。流行于西方语言学界的萨丕尔－沃夫假说（Sapir-Whorf Hypothesis），假设一个人的思维方式和行为方式很大程度上是由其所使用的语言决定的，语言是让我们对世界进行认识和区分的基础。[2]谭恩美认为西方的社会和学术界普遍认为中国人的语言方式"含蓄而谦卑"（discrete and modest），在这种看似无害的刻板印象背后，是对华裔整体的一种片面印象，即华裔的能力和气质都含蓄谦

1　王守仁、刘海平：《新编美国文学史》（第四卷），上海：上海外语教育出版社，2002年，第373页。

2　Amy Tan: "The Language of Discretion", *The Opposite of Fate: A Book of Musings*, New York: G. P. Putnam's Sons, 2003, p. 282.

虚，所以他们无法胜任需要决断力的商界或政界的领导角色，这种对语言方式的刻板印象发展为不利于华裔在美国社会中提高地位的预设。

谭恩美从自己在双语环境下成长的经历入手，指出这种刻板印象的偏颇之处。她认为，中文并不比其他任何语言，至少是英文，更加含蓄和隐晦，而是遵从了人际交流的基本原则，即根据交流对象、效果和目的来选择相应的话语方式。对于文化圈以外的人，这种语言当然有可能看起来含蓄和隐晦，而对于圈内人而言，意义的传递是明确直接的。谭恩美认为，概念化和总体化的对某种语言的定性评价，都是不符合实情的，但是在反复使用中，这些刻板印象却限制了人们的视点。同时听英文和中文长大的谭恩美对任何将两种语言进行比较的方法持怀疑态度。她认为，比较两种语言的人通常会把自己的母语作为一种标准，当作一种逻辑表达的基准线："那个被拿来比较的语言，就常常处于各种被误判的危险当中，如被认为不够有效率或是多余累赘，过于简单化或是不必要的复杂，韵律感太强或是刺耳难听。"[1]比如，由于中文没有与"yes"和"no"在英文中用法和意义完全简单对应的词语，英语国家的人就认定中文委婉，不如英文直接。但是谭恩美认为，在很多情况下，中文不直接使用一个"不"或"是"来回答，反而是为了表意更加清楚明确。

让谭恩美感到无奈的是，身处美国社会和英语文化中，她越想通过各种例子解释中文语言使用上的策略性而非模糊性，却越有可能加深那种认为中文和中国人就是含蓄隐晦的印象；更让她担忧的是，华裔也附庸这些对自己的刻板评价。对中文"含蓄"的评价，又暗含华裔缺乏新的思想、真实的情感和认真思考的贬义，只是场面上的礼貌客套而已。谭恩美进而认为，西方的整个人类学界可能在做国外研究时都没有真正地去客观记录所谓的"真实互动"，偏见往往先入为主，而那些"蛮夷"其实也相当世故，足以体会并附庸这种偏见，展现客人希望看到的形象。[2]

在对两种语言的分析中，谭恩美表现出她对中文和华裔所受到的刻板印象束缚相当的敏感性和自觉性。她担忧任由这些刻板印象发展下去，华裔在美国社会中也会持续处于被动的地位。因此，我们可以看到，她改变这种刻板印象、增强文化间相互理解的意图也是明确的。谭恩美对语言与身份关系的思考也体现在《母语》（"The Mother Tongue"）一文中。她大致陈述

1　Amy Tan: "The Language of Discretion", *The Opposite of Fate: A Book of Musings*, New York: G. P. Putnam's Sons, 2003, p. 286.

2　Amy Tan: "The Language of Discretion", *The Opposite of Fate: A Book of Musings*, New York: G. P. Putnam's Sons, 2003, p. 287.

了自己写作《喜福会》时大量使用中式英语的缘由：活生生的语言才能塑造活灵活现的人物，讲述鲜活的故事。[1]这与20世纪初的黑人作家佐拉·尼尔·赫斯顿（Zola Neale Hurston）采用南方黑人的方言土语来讲述故事的方式如出一辙，真实的有生活气息的却并不规范的语言是为了表现和讲述生动的更接近真实的人物和故事。在谭恩美看来，身在美国社会，无论如何解释，他文化圈的人因为并不身处华人圈，始终无法以圈内人的视角看待华人的语言和文化，那么即便有人要质疑她故意以异国情调来兜售故事，作家也只有通过生动的语言讲述故事，才有可能让他文化的读者暂时性地进入华人文化圈，在语言的感染下接近理解这种文化。从这个角度来看，谭恩美充分肯定了作家需要担负的社会责任与作品的社会意义。

然而，值得比较的是，在《必读和其他危险命题》（"Required Reading and Other Dangerous Subjects"）一文中，谭恩美又明确表达了对美国文坛和学界过于强调文学作品和作家创作的政治性和社会责任的不满，即对"政治性"作家的不认同。在这篇文章中，谭恩美反对给自己贴上"华裔""亚裔""少数族裔"或者"有色人种"作家等各种标签。她把贴标签的潮流归结为一种弥漫在美国文学圈内的"政治正确"的倾向，而这种倾向正在让文学失去独立性和文学性，成为政治宣传或道德教化的工具。与强调自身少数族裔身份的作家不同，谭恩美明确表示，比起以上各种标签，她更能接受"美国作家"这样的标签。她如是说道："我的种族血统，是中国人。我的家庭和成长环境是美籍华裔的。但是我相信我写的是美国小说，因为我生长在这个国家，我的情感、想象和着迷的东西大多都是美国的。"[2]

她可以理解有些少数族裔作家对自身族裔身份的强调，因为她也同样成长在一个始终被主流族裔"标"为非主流的环境之中，只不过自己的小说能够走运受到主流社会的欢迎，因而她没有那么愤世嫉俗。但对于有些作家过于强调少数族裔的写作应该"边缘化"和"非主流"，或者强调文学的功能在于"教大家如何思考，教大家去思考什么"，谭恩美措辞激烈，认为这是一种危险的文学法西斯主义。对谭恩美来说，文学创作是一种个人的行为，是一个人对什么叫生命，什么叫生活，何谓爱，何谓希望等抽象却普遍问题的思考的真实反映，她并没有找到答案，所以才继续写作，而最终写作是一种感觉的表达。

1　Amy Tan: "The Mother Tongue", *The Opposite of Fate: A Book of Musings*, New York: G. P. Putnam's Sons, 2003, pp. 271-279.

2　Amy Tan: "Required Reading and Other Dangerous Subjects", *The Opposite of Fate: A Book of Musings*, New York: G. P. Putnam's Sons, 2003, p. 310.

2008年，谭恩美在网上进行了题为"创造力隐身何处"（"Where Does Creativity Hide?"）的演讲，也呼应了她上文的态度。她声称自己每次开始写作前并不清楚这个作品究竟要表达什么，只是源于很多一直困扰她的问题，而写作就是一个寻找真理的过程。写作主要是一种情感的投入，即作家全身心地投入自己的故事中，不断思考可能性，不断查阅资料，甚至亲临虚构故事展开的现场，而当投入够多时，作品就开始奇迹般地自己呈现出一种平衡和焦点，具有意义。[1]

谭恩美不愿接受自己作为独特族裔文化代言人的标签，而作为文本的作者她也对文学批评和文学理论对文学进行的"非文学"介入相当反感。用她自己的话来说，在经过多年的大学文学批评训练之后，她再不愿读小说了，因为阅读已经不再是一种享受。[2]过去她对他人的评论一般采用低调和无所谓的态度，但现在她认为，作家如果有什么责任的话，那就是有责任清楚地告诉读者自己的创作态度，不能任由他人为自己发声，阐释自己的创作意图。

文中，谭恩美罗列出一系列她认为硬加在她头上的各种牵强分析，包括对象征的使用（她认为她的确调用了大量意象和比喻，但无意也无力去构筑任何更宏大的关于中国的象征系统），中国问题和中国文化的表现和塑造（她承认她写了她所知道的中国和中国文化，但算不得任何方面的专家），她同样否认她是阐释母女关系、代际问题、移民问题、种族问题、政治问题、人权等任何整体化的宏大主题的专家，甚至对于中国食物，她也绝对算不得精通。我们可以看到，这些均是对谭恩美和她的作品进行研究与分析的常见主题和理论。谭恩美说，即便如果谁认为或发现了她作品大量的象征元素或是涉及了大量的中国主题，那也只是因为她恰恰生在华裔家庭，她不过讲述了一个华裔美国人的经历，这个经历是独特的、个人的、家族的，并不代表或表现任何更大的群体。谭恩美承认，她对女性作家的作品有偏爱，但究其原因，也只是因为过去能够读到的她们的作品太少。

这种表态无疑会让任何试图对谭恩美的作品继续做出各种文学文化和社会历史分析的评论家感到尴尬。然而，谭恩美的坦诚和犀利所折射出的恰恰是她不愿介入但是又真实存在的美国文学界在文学创作理念以及多元社会如何运转等问题上不同思路的碰撞和博弈。总的来看，谭恩美质疑的是"多

1　"Amy Tan's TED Talk in 2008: Where Does Creativity Hide?", http://www.ted. com/talks/amy tan on creativity/transcript? language=e, 2016-07-06.

2　Amy Tan: "Required Reading and Other Dangerous Subjects", *The Opposite of Fate: A Book of Musings*, New York: G. P. Putnam's Sons, 2003, p. 318.

元文化社会"或"多元文化主义"本身的合法性与有效性：如果强调多元，也就是强调差异；如果强调差异，又如何实现平等？在强调"代表性政治"（representative politics）的环境下，个体是否可以既保持文化上的独立性又融入主流社会？

谭恩美的这种态度其实在华裔美国人身上并不罕见，因为在多元族裔共存但社会地位差异明显的社会环境中，族裔所标识的其实是一种文化身份，但"美国人"是一种公民政治身份，两者既可能互相促进，也可能相互抵触。美国华裔从政者，比如前驻华大使骆家辉首先旗帜鲜明地表达：我是百分之百的美国人[1]（骆家辉甚至总是婉拒秀中文的要求）。"华裔"是一个需要微妙把握分寸的身份，它既有助于他得到大使这一政治身份，为他赢得具有相同文化身份选民的认同，成为美国政府发送善意的信号，却也有可能让具有其他文化身份的选民产生疏离感，对他政治上是否能够百分之百维护美国利益产生怀疑。同样，作为希望赢得主流文化认同的作家，在文化身份与政治身份之间，谭恩美选择了后者。她坦言，后者更能带给她安全感，即自由表达和发展的权利。如果没有实现政治上的公民身份的平等性，文化上的独特性实际上是一种束缚。美国的多元文化社会不是一种理想，而是经过几百年残酷的种族、族群冲突博弈后的现状，这一理想毫无疑问是为政治服务的。历史形成的多元文化的"多彩性"也必然具有"冲突性"和"等级性"，特别是当不同人群必须去争夺有限的资源时，究竟什么是真正的"政治正确"就变得不再确定。

因此，在翻译、文学或文化研究领域，谭恩美拒绝在美国社会中被贴上"少数"这一标签，拒绝为一个群体代言，与她不可避免成为"少数"的代言之间产生了一种极具价值的张力。这种张力让谭恩美既是独特的，也是具有代表性的。近些年来，中国学界对谭恩美的关注呈上升之势，这与谭恩美身为华裔自然密不可分，与我们对她所扎根的美国社会文化的关注紧密相关，同时还与中国自身社会文化的环境与需求变化有关。作为中国研究者，我们应该尊重作者的本意，看到作家和作品是她特定的家庭、时代与社会的产物，对其作品的解读应该置于相应的语境中进行。最终，我们对谭恩美的关注与研究将有助于我们进一步了解当下的美国社会文化，也从另一方面了解美国文化视阈下的我们。

从谭恩美第一部小说问世开始，国内外学界就开始了对她的多方面研

1　《骆家辉婉拒秀汉语：我是百分之百的美国人》，中新网，http://www.chinanews.com/hb/2011/03-23/2925818.shtml，2016-02-06.

究，可以说成果丰硕，在翻译研究、文学研究和文化研究三个方面各有分析重点和理论偏好。

一、翻译方向研究现状

以"谭恩美"和"翻译"为主题词在"中国学术期刊网"（CNKI）上进行搜索，笔者搜到2002年至2017年共33篇文章。其中大部分是从某一个理论角度（如后殖民视角、叙事学视角、生态翻译视角、读者接受理论视角、多元系统理论视角）对谭恩美的某部作品（以《喜福会》为多）的汉译情况进行分析。此外，有几篇论文对蔡骏在《沉没之鱼》中的译写实践进行探讨，分析了蔡骏译写的动因、具体策略、优势及弊端。

以"谭恩美"和"翻译"为主题词在硕博士学位论文库中进行搜索，共搜到2004年至2016年共34篇硕士、博士学位论文。其中博士学位论文1篇，硕士学位论文33篇。33篇硕士学位论文中有11篇是从某个角度（如功能对等理论、关联理论、目的论、改写理论）对谭恩美的某部作品（多为《喜福会》）的汉译本进行微观层面的研究；6篇为文化角度的研究，2篇为主体性研究，3篇为翻译策略研究，12篇为其他角度的研究。

比较深入的研究有丰云的博士学位论文《论华人新移民作家的飞散写作》。这篇论文将华人新移民作家与美国华裔作家这两个移民作家群体进行比较研究。在这篇论文中，丰云提出华人新移民作家与美国华裔作家在写作中都存在文化翻译的现象。丰云所指的"文化翻译"类似于人类学人种志中普理查德的概念，即将一种文化当作一个文本进行传播，特别是在写作的过程中向所在国的读者传递母语文化以及作品中混杂化语言的使用。胡勇在《文化的乡愁》一书中也强调了美国华裔作家英文写作中的翻译现象，他在书中分析了谭恩美、任璧莲及包柏漪作品中对一些汉语专有名词的翻译。加州大学伯克利分校的苏开媛（Su Kai-Yuan）在她的博士论文（"Just Translating: The Politics of Translation and Ethnography in Chinese-American Women's Writing"）中也关注了华裔美国作家作品中对中国文化的翻译。她分析了黄玉雪的《华女阿五》、汤亭亭的《女勇士》以及谭恩美的《喜福会》三部作品。从苏开媛得出的结论来看，这三位华裔女作家的这三部作品中的文化翻译体现了三种不同的女性主义人种志模式。

总体而言，对谭恩美的翻译研究主要沿三条线进行：一是对谭恩美某部作品（《喜福会》）的汉译本进行某个理论角度的分析，二是从文化的角度探讨谭恩美某部作品汉译本对文化负载词的处理策略，三是分析谭恩美原著中对中国文化的文化翻译。

总的说来，当前针对谭恩美作品的翻译研究存在如下问题：（1）微观研究远远超过宏观研究，而且重复研究现象突出。对于谭恩美作品的翻译研究主要以译品研究为主。这些研究虽然论证充分，但以微观层面的理论分析和策略分析为主，而且大部分研究集中于《喜福会》这一部作品。（2）主体性的研究受到一定的关注，但大多数研究集中于对汉译本译者的主体性考察。对谭恩美英文原著中的翻译元素也有一些探讨，但鲜有对谭恩美的主体性的研究，即将她的文化身份和作家身份与她著作中的文化翻译现象及汉译本中的某些现象进行结合研究。王光林在《翻译与华裔作家文化身份的塑造》一文中从谭恩美等华裔作家的文化身份入手对她们作品中的文化翻译现象进行了分析。王光林针对《喜福会》《灶神之妻》中的误译现象抨击了谭恩美等华裔作家在文化翻译时的东方主义视角及自我殖民倾向。但王光林仅探讨了谭恩美等华裔作家文化身份中"美国性"的一面对其文化翻译所产生的影响，而忽视了他们文化身份中"中国性"的一面在其文化翻译实践中的互文。

二、文学文化研究现状

从文学和文化批评视角对谭恩美的小说进行研究的成果丰富多元，观点冲突也比较明显。目前国内关于谭恩美小说研究的专著有两部。邹建军在2008年出版的《"和"的正向与反向——谭恩美长篇小说中的伦理思想研究》是国内首部关于谭恩美五部长篇小说研究的学术专著。他运用文学伦理学批评方法分析了《接骨师之女》中母女关系的冲突与和解，指出作家着重表现的"和"的正向与反向的共存不仅是其小说伦理思想的核心，而且也是小说具有巨大情感、思想与艺术张力的根源。[1]和静在2012年出版的专著《寻找心灵的家园——陈染和谭恩美小说比较研究》中从比较文学和文化研究的角度，探讨了当代中国女作家陈染和美国华裔女作家谭恩美小说所体现的女性自我意识的迷失和重塑。虽然两位作家生活在不同的社会文化语境中，但她们的创作都源自女性内心的独特感受，以个人言说的方式，关注女性在强大的父权话语影响下的成长经历。[2]从单个文本研究角度所进行的文学文化批评也非常丰富，下面我们主要梳理本书将涉及的四部小说的研究现状。

1　邹建军：《"和"的正向与反向——谭恩美长篇小说中的伦理思想研究》，武汉：华中师范大学出版社，2008年。
2　和静：《寻找心灵的家园——陈染和谭恩美小说比较研究》，北京：对外经贸大学出版社，2012年。

欧美学者对《喜福会》的文学研究主要从女性人物、写作技巧、叙事策略、中国传统文化以及多重主题等方面展开。1993年，玛丽娜·黄（Marina Heung）在论文《女儿文本/母亲文本：谭恩美〈喜福会〉的母系家谱》中从女性主义视角分析了小说中的女性人物，指出"母亲使用的边缘语言标志着她们处于两种文化之间的地位，通过揭示母亲语言的局限性，小说强调了语言作为主体间性（intersubjectivity）和对话的工具，母亲向女儿传递的媒介"[1]。1994年，本·许（Ben Xu）在论文《记忆与民族自我：读谭恩美〈喜福会〉》中指出记忆对小说中的人物来说是"焦虑、希望和生存本能的一种社会化、自我形成的表达"，记忆不仅仅是一种叙事形式，"它是过去与现在之间更重要的存在关系，同时投影了未来"。[2]斯蒂芬·苏里斯（Stephen Souris）在论文《"只有两种女儿"：〈喜福会〉中独白之间的对话性》中强调谭恩美为多重第一人称独白（multiple first-person monologue）类型做出杰出贡献。[3]1998年，E. D. 亨特利（E. D. Huntley）的专著《谭恩美：批评指南》（Amy Tan: A Critical Companion, 1998）详细分析了《喜福会》的情节发展、叙事框架、人物形象、故事场景以及与母女关系、自我发现、寻找身份、追求美国梦和家庭关系解散、分离和缺失相关的五大主题。[4]1999年，帕特丽夏·汉密尔顿（Patricia L. Hamilton）在论文《风水、占星术和五行：谭恩美小说〈喜福会〉中的中国传统信仰》（"Feng Shui, Astrology, and the Five Elements: Traditional Chinese Belief in Amy Tan's The Joy Luck Club"）中指出中国传统文化中的五行元素不仅有助于作家刻画人物形象，还有助于作家推动小说情节冲突的发展。[5]2004年，玛丽·艾伦·斯诺德格拉斯（Mary Ellen Snodgrass）在专著《谭恩美：文学指南》（Amy Tan: A Literary Companion, 2004）中介绍了《喜福会》的创作影响以

1 Marina Heung: "Daughter-Text/Mother-Text: Matrilineage in Amy Tan's *The Joy Luck Club*", *Feminist Studies*, Vol. 19, No. 3, *Who's East? Whose East?* (Autumn, 1993), pp. 596-616.

2 Ben Xu: "Memory and the Ethnic Self: Reading Amy Tan's *The Joy Luck Club*", *MELUS*, Vol. 19, No. 1, *Varieties of Ethnic Criticism* (Spring, 1994), pp. 3-18.

3 Stephen Souris: "'Only Two Kinds of Daughters': Inter-Monologue Dialogicity in *The Joy Luck Club*", *MELUS*, Vol. 19, No. 2, *Theory, Culture and Criticism* (Summer, 1994), pp. 99-123.

4 E.D. Huntley: *Amy Tan: A Critical Companion*, Westport: Greenwood Press, 1998, pp. 41-77.

5 Patricia L. Hamilton: "Feng Shui, Astrology, and the Five Elements: Traditional Chinese Belief in Amy Tan's *The Joy Luck Club*", *MELUS*, Vol. 24, No. 2, *Religion, Myth and Ritual* (Summer, 1999), pp. 125-145.

及谭恩美小说叙事策略的重要意义。[1]2009年，著名文学评论家哈罗德·布鲁姆（Herold Bloom）在编辑的"布鲁姆现代批评阐释"系列之一《谭恩美的〈喜福会〉》中收录了十篇与《喜福会》相关的学术论文，主要从母女关系、麻将功用、中国叙事、家谱关系和时间对话等视角分析了这部小说。[2]

近年来，国内学界有关《喜福会》的研究可谓硕果累累。1990年，王立礼教授在《外国文学》上发表了国内第一篇评价谭恩美的文章《谭爱梅的〈喜幸俱乐部〉》。[3]1993年，冯亦代先生在论文《谭恩美与〈喜福会〉》中指出这部小说因"突出了首代移民母亲们与女儿间文化上的冲突"而"令人耳目一新"。[4]邹建军在2008年出版的专著《"和"的正向与反向——谭恩美长篇小说中的伦理思想研究》中指出《喜福会》中的母女关系从对立冲突到和解是"伦理冲突的重要走向，并且成为其小说总体艺术构思的总要体现"[5]。根据笔者在"中国学术期刊网"（CNKI）的搜索结果，从1990年到2016年7月，以"喜福会"为主题词精确查找到的学术期刊论文有745篇，涉及这部小说的博士学位论文有1篇，优秀硕士学位论文有211篇。从研究内容看，国内学界对谭恩美及《喜福会》的研究主要集中在母女关系、中美文化比较、女性主义、族裔身份认同、叙事策略、生态批评和创伤记忆七个方面：（1）母女关系研究。刘昀在《母女情深——论〈喜福会〉的故事环结构与母女关系主题》中指出，小说以"介于松散的短篇小说集与连贯的长篇小说之间"的故事环为叙事框架，与小说母女关系的主题交相辉映，形式与内容达成统一。[6]李雪梅在《母女冲突：两种文化的冲突——评〈喜福会〉》中从母女两代人的矛盾冲突入手，分析了母女双方在情感上从矛盾冲突、理解到认同的过程，探讨了中美两种文化在美籍华裔家庭中的碰撞与融合。[7]（2）中美文化研究。袁霞认为母女两代人各自秉承的中美文化影响了她们不同的人生观，引发双方的矛盾与冲突，《喜福会》的成功在于它是"以被置于跨文化语境的华裔母女间的关系为出发点，管窥中西文化、价值

1　Mary Ellen Snodgrass: *Amy Tan: A Literary Companion*, Jefferson: McFarland & Company, Inc., Publishers, 2004, p. 51.

2　Herold Bloom: *Amy Tan's The Joy Luck Club*, New York: Infobase Publishing, 2009.

3　参见王立礼：《谭爱梅的〈喜幸俱乐部〉》，载《外国文学》1990年第6期。

4　冯亦代：《谭恩美与〈喜福会〉》，载《读书》1993年第5期。

5　邹建军：《"和"的正向与反向——谭恩美长篇小说中的伦理思想研究》，武汉：华中师范大学出版社，2008年。

6　刘昀：《母女情深——论〈喜福会〉的故事环结构与母女关系主题》，载《四川外语学院学报》2003年第6期，第51-55页。

7　李雪梅：《母女冲突：两种文化的冲突——评〈喜福会〉》，载《西华师范大学学报（哲学社会科学版）》，2004年第1期，第100-103页。

观的异同与交往"，成为一个在全球化时代"通向文化融合与宽容的先行文本之一"。[1]关晶借用爱德华·霍尔关于高背景文化和低背景文化的理论阐释了《喜福会》中的文化隔阂与冲突，以及由此反映的中美文化差异。[2]（3）女性主义研究。孙刚运用后殖民女性主义批评理论分析小说中的华裔母女如何受到文化霸权和殖民话语的压制，但是，两代人通过调整自身与中华文化的关系，从中汲取精神支撑重新找回自我，找到属于自己的位置。[3]（4）族裔身份认同。胡亚敏在论文《当今移民的新角色》中讨论了《喜福会》的华裔文化身份问题，指出全球化以及随之而来的异质文化交融促使华裔重新审视自己的双重文化身份。小说中四位在美国土生土长的华裔女儿对自己的族裔文化从单纯拒绝、有意识疏远到逐渐正视，最终心平气和接受的过程反映了她们对自己双重身份认识的变化。[4]（5）叙事研究。徐劲探讨了小说的文本结构特点，指出《喜福会》利用了中国叙事模式中类似麻将的"四四"结构与弗莱的"四季理论"的相似之处，其叙事结构处于这两种模式之间。[5]马瑜运用现代叙事学理论从多个角度——小说多重第一人称叙事者的设置、复合式叙述结构的建构、内视角的强化与视角的交叉——多方位分析了作家独具匠心的叙事技巧。[6]王毅从小说叙事具有的历史性、真实性和完整性探讨了《喜福会》"他者性"叙述的独特之处。[7]（6）生态批评研究。蔡霞和邓娜是国内较早从生态批评视角分析《喜福会》的研究者，她们通过对小说中战争前后自然景观的描绘和对照来解读作家对中国传统文化要素的运用，揭示小说中的显性与隐性环境文本，从而将阅读语境从"人类中心主义"转换到"地球大生态圈"的环境语境，彰显作家的生态整

---

1 袁霞：《从〈喜福会〉中的"美国梦"主题看东西文化冲突》，载《外国文学研究》，2003年第3期，第82-85页。

2 关晶：《从〈喜福会〉看中美文化差异》，载《长春大学学报》，2005年第5期，第67-69页。

3 孙刚：《从后殖民女性主义文学批评角度解读谭恩美的"喜福会"》，载《湖北社会科学》，2008年第4期，第140页。

4 胡亚敏：《当今移民的新角色——论〈喜福会〉中华裔对其文化身份的新认知》，载《外国文学》，2001年第3期，第73-76页。

5 徐劲：《在东西方之间的桥梁上——评〈喜福会〉文本结构的特色》，载《当代外国文学》，2000年第2期，第148页。

6 马瑜：《论谭恩美〈喜福会〉的叙事艺术》，载《外国语言文学研究》，2005年第1期，第121-127页。

7 王毅：《〈喜福会〉的叙事艺术》，载《河北大学学报（哲学社会科学版）》，2012年第6期，第20-24页。

体观念。[1]（7）创伤记忆研究。顾悦在《论〈喜福会〉中的创伤记忆与家庭模式》中分析了小说里封建传统家庭的不幸和传统家庭文化中的不健康成分对华人移民母亲造成的巨大伤害，并指出这种伤痛记忆导致了四位母亲的自我缺失，而她们又将自己过去的苦难以及由此而生的负罪感传递给自己的女儿，使她们深受母亲影响，长期处于被压制的状态。"喜福会"作为"一个交换故事的聚会"为华人移民母亲提供了倾诉心声的场所，让她们在讲述过程中直面自己的创伤经历，这为修复心理创伤提供了机会。[2]

由小说《喜福会》改编的电影同样受到了国内媒介研究学界的高度重视。笔者在"中国学术期刊网"（CNKI）数据库中以"电影喜福会"为主题词搜索，共搜索到81篇相关论文，最早的一篇发表于2007年。

近几年学界对电影的关注度逐渐增加，有井喷之势。2007年至2008年的搜索结果为3篇，主要对影片所反映的母女关系[3]、文化冲突[4]以及女权主义思想[5]进行分析，与文学研究关注的主题基本吻合。在2009年至2010年和2011年至2012年两个时间段中，分别搜索到17篇和18篇相关论文，关注重点仍然是在母女、文化冲突与交融[6]以及女性主义[7]等主题上。此外，研究视角也开始投向影片的东方主义问题[8]、"美国梦"主题[9]，也有学者开始关注电影本

1　蔡霞、邓娜：《生态语境下〈喜福会〉的"环境文本"》，载《江苏外语教学研究》，2010年第1期，第80-85页。

2　顾悦：《论〈喜福会〉中的创伤记忆与家庭模式》，载《当代外国文学》，2011年第2期，第100-110页。

3　郭卫民：《不同文化，一样情深——电影〈喜福会〉母女关系主题探讨》，载《电影文学》，2007年第17期。

4　王凤霞：《论〈喜福会〉中双重文化的冲突与融合》，载《西南民族大学学报（人文社会科学版）》，2008年第3期。

5　许焕荣：《电影〈喜福会〉女权主义解读》，载《重庆交通大学学报（社会科学版）》，2008年第5期。

6　叶明珠：《〈喜福会〉象征艺术中的东方文化》，载《电影文学》，2010年第9期。

7　周隽：《从沉默到觉醒：美国华裔电影中的女性言说——以电影〈喜福会〉和〈面子〉为例》，载《扬州大学学报（人文社会科学版）》，2011年第4期；金衡山：《解放的含义：从〈喜福会〉（电影）到〈面子〉和〈挽救面子〉》，载《英美研究文学论丛》，2010年第2期。

8　刘源：《电影〈喜福会〉东方主义解读与反思》，载《知识经济》，2009年第1期；万永坤：《影片〈喜福会〉中的东方主义反思》，载《电影文学》，2010年第14期。

9　万永坤：《电影〈喜福会〉中的"美国梦"主题解读》，载《电影文学》，2010年第11期。

身的符号系统[1]和尝试用心理分析等方法解析影片的叙事策略。在2013年至2014年、2015年至2016年两个时间段，分别搜索到27篇和16篇论文，关注点仍多在文化差异、离散文化、中国文化意象、华裔形象与女性形象上，但开始出现对跨文化传播[2]、生态主义[3]以及创伤叙事[4]的研究。有学者从语言符号学角度讨论电影意象[5]，也有研究者关注电影对小说的改编[6]，但重点在于阐释电影是如何还原小说的叙事与表达小说主题的。

　　总的来说，虽然有学者对电影中的东方主义进行了批评，但总体评价较高，同时在分析中有一种将电影《喜福会》与小说《喜福会》视为一母同胞的倾向，认为电影与小说在寓意、主题上一致，而忽略了两者作为不同文化产品，在意义建构和文化传播上存在重要差异的事实。本书将从跨文化研究角度，在社会历史与文化语境中，运用符号学意识形态分析方法，对两者进行较深入的比较，分析重点将放在二者的共通性与差异性上，这也将是本书研究内容上的创新点之一。

　　《灶神之妻》自出版以来备受中外学界关注。国内外学者对这部小说的主题、人物形象、写作技巧等进行了深入阐释。西方学者的研究焦点集中在意识形态、族裔身份和写作技巧等方面。梅·里·罗宾逊（Mei Li Robinson）在1996出版的《〈灶神之妻〉克利夫笔记》（*Cliffs Notes on* The Kitchen God's Wife, 1996）中介绍了小说每个章节的主要情节、女主角雯妮的性格特征以及作品幽默的语言风格。[7]E. D. 亨特利（E. D. Huntley）的专著《谭恩美：批评指南》（*Amy Tan: A Critical Companion*, 1998）详细分析了小说的情节、人物，以及母女关系、女性地位和身份建构三大主题，指

1　周建华：《〈喜福会〉的电影符号系统及其意义的建构》，载《电影文学》，2009年第9期。

2　杨佳昕等：《电影〈喜福会〉中的中美文化差异——一个跨文化传播的个案叙述》，载《当代电影》，2014年第8期。

3　董丽丽等：《电影〈喜福会〉的生态女性主义解读》，载《现代交际》，2014年第11期；邹丽丹：《美国华裔电影〈喜福会〉的生态女性主义解读》，载《吉林艺术学院学报》，2016年第2期。

4　陈昕：《中西文化融合下〈喜福会〉的创伤叙事》，载《电影文学》，2015年第23期。

5　荣榕：《多模态文体学对电影场景的解读》，载《山东外语教学》，2015年第4期；许吟雪：《电影〈喜福会〉中天鹅羽毛意象的多模态话语分析》，载《外国语文》，2016年第3期。

6　刘思思：《试论电影改编技巧与艺术特征——以小说〈喜福会〉为例》，载《吉林广播电视大学学报》，2014年第2期。

7　http://dlx.bookzz.org/genesis/628000/e8ed5b6ad4b90c350fd1829c99bd77ba/as/[Amy_Tan,_Mei_Li_Robinson,_Meili_Robinson]_Kitchen (BookZZ.org).pdf, 2016-08-15.

出作品"通过讲故事的方式记录了女性从沉默到发声的过程"。[1]玛丽·艾伦·斯诺德格拉斯（Mary Ellen Snodgrass）在《谭恩美：文学指南》（*Amy Tan: A Literary Companion*, 2004）中强调交流是作品的中心主题，体现在隐瞒创伤往事多年的雯妮终于打破沉默，向女儿讲述自己过去的痛苦经历。[2]朱迪斯·凯西（Judith Casey）认为，故事是以日本军队对中国的侵略与丈夫文福对雯妮的身心蹂躏两条线索交织并行的。[3]贝拉·亚当斯（Bella Adams）指出这部小说的价值在于呈现了20世纪三四十年代中国的历史，尤其是日本侵华战争的历史。[4]

根据笔者在"中国学术期刊网"（CNKI）上的搜索结果，从1992年凌月、颜伟首次翻译出版这部小说的中文版至2016年7月，以"《灶神之妻》"为主题词查找到的学术期刊论文有74篇，涉及这部小说的博士学位论文有1篇，优秀硕士学位论文有94篇。国内学界对《灶神之妻》的现有研究主要集中在文化研究、叙事策略、族裔身份和女性研究四个方面：（1）文化研究。邹建军在专著《"和"的正向与反向——谭恩美长篇小说中的伦理思想研究》中从伦理学视角分析了这部小说母爱的寻找和母爱的痛苦。[5]潘玉莎从后殖民主义视角指出小说中中国作为"他者"出现，揭示了作家具有认同西方文化的文化身份。[6]林晓雯从"文本的历史性"和"历史的文本性"解读了这部小说，认为它是谭恩美对日本侵华战争的一种审视和思考。[7]詹乔运用原型批评方法对《灶神之妻》中"英雄拯救"的主题进行分析，认为小说情节的深层结构源自以基督教传统为背景的西方文化。[8]（2）叙事策略研究。吕琛洁指出小说中的饮食意象作为一种叙事策略推动故事情

1　E. D. Huntley: *Amy Tan: A Critical Companion*, Westport: Greenwood Press, 1998, p. 105.

2　Mary Ellen Snodgrass: *Amy Tan: A Literary Companion*, Jefferson: McFarland & Company, Inc. Publishers, 2004, p. 51.

3　Judith Casey: "Patriarchy, Imperialism, and Knowledge in *The Kitchen God's Wife*", *North Dakota Quarterly*, Vol. 62, No. 4 (1994-1995), pp. 164-174.

4　Bella Adams: "Representing History in Amy Tan's *The Kitchen God's Wife*", *MELUS*, Vol. 28, No. 2, (Summer, 2003), pp. 9-30.

5　邹建军：《"和"的正向与反向——谭恩美长篇小说中的伦理思想研究》，武汉：华中师范大学出版社，2008年。

6　潘玉莎：《从"他者"中国看谭恩美的文化身份——解读小说〈灶神之妻〉》，载《广西社会科学》，2008年第5期，第155-157页。

7　林晓雯：《论谭恩美的中国情结——从〈灶神之妻〉对中日战争的审视说起》，载《当代文坛》，2007年第6期，第174-176页。

8　詹乔：《〈灶神之妻〉中"英雄拯救"主题的原型分析》，载《国外文学》，2005年第1期，第83-89页。

节发展，展现人物性格，彰显文化冲突。[1]张淑梅、李宁认为小说中采用的多重第一人称有限视角使读者真切感受到人与人之间、文化与文化之间，只有展开对话而不是对抗，才能消除隔阂。[2]陈红霞、王琼运用格雷马斯的叙事语法理论解剖《灶神之妻》的叙事结构。[3]（3）族裔身份。郭建莲在硕士学位论文《华裔美国妇女身份的探求和重构——解读谭恩美的〈喜福会〉和〈灶神之妻〉》（江南大学，2012）中采用赛义德的东方主义理论和霍米巴巴的"第三空间"理论分析了小说中华裔女性的"他者"问题。张芬指出小说中具有双重文化特性的两代华裔女性挣扎在中国传统和西方文化价值观的矛盾冲突中，随着"中国性"与"美国性"文化融合、母女隔阂的消弭，她们才真正找到了自己的族裔身份和文化身份。[4]（4）女性研究。孙晓燕以创伤理论视角，从家庭暴力、男权社会和战争暴行三个方面解读了小说中的女性形象。[5]蒋曙以女性主义视角指出作家颠覆了父权制度下男性中心话语，挑战了男性霸权以及文化霸权的压迫，张扬了女性意识，重新确立了女性身份。[6]刘慧在硕士学位论文《反抗抑或投降——女性主义解读谭恩美的〈灶神之妻〉》（吉林大学，2006）中指出这是一部典型的女权主义文本，谭恩美用她特有的方式塑造了一个觉醒和抗争的女性形象，说明女性可以超越灶神之妻的命运。

小说《接骨师之女》问世以来，国内外学者对其主题、人物形象、写作技巧等进行了多维度的阐释。西方学者对这部小说的研究主要集中在意识形态、族裔身份和写作技巧等方面。林英敏（Ling Amy）认为这部小说体现了对美国东方主义的消解，从反面证明了谭恩美小说中体现的多元文化主义。[7]玛丽·艾伦·斯诺德格拉斯（Mary Ellen Snodgrass）在《谭恩美：文学

---

1 吕琛洁：《饮食背后——再读谭恩美之〈灶神之妻〉》，载《安徽工业大学学报（社会科学版）》，2010年第3期。

2 张淑梅、李宁：《〈灶神之妻〉和〈灵感女孩〉的叙事视角分析》，载《名作欣赏》，2011年第12期。

3 陈红霞、王琼：《〈灶神之妻〉的结构主义叙事学阐释》，载《宜宾学院学报》，2011年第7期。

4 张芬：《从〈灶神之妻〉解读美国华裔女性的身份寻求》，载《长江大学学报（社会科学版）》，2013年第11期。

5 孙晓燕：《以创伤理论视角解读〈灶神之妻〉中的女性形象》，载《海外英语》，2015年第12期。

6 蒋曙：《〈灶神之妻〉的女权主义解读》，载《江苏教育学院学报（社会科学版）》，2003年第3期，第88-90页。

7 Amy Ling: *Between Worlds: Women Writers of Chinese Ancestry*, New York: Pergamon Press, 1990.

指南》（*Amy Tan: A Literary Companion*, 2004）中指出高灵让姐姐茹灵以访问学者身份前往美国，使其身份从移民提升为文化交流的使者。[1]南希·维拉德（Nancy Willard）评价这部小说选择露丝作为第三人称、茹灵作为第一人称讲述故事"拓展了小说的感情范围"。[2]卡罗·库杰克（Carol Cujec）在论文《挖掘记忆、重建遗产》中强调这部小说受到谭恩美家庭背景的影响，聚焦母女关系，母亲的过去是理解并治愈女儿现有创伤的关键。[3]

根据笔者在"中国学术期刊网"（CNKI）上的搜索，从2001年康慨首次在国内《新闻周刊》发表这部小说的书评[4]到2016年7月止，以"《接骨师之女》"为主题词精确查找到的学术期刊论文有108篇，涉及这部小说的博士学位论文有2篇[5]，优秀硕士学位论文有45篇。现有研究成果主要集中在后殖民女性主义、族裔身份、伦理思想、母女关系、生态书写、创伤记忆的主题研究，叙事策略研究和跨文化比较研究三个方面：（1）主题研究。石聿菲、张静在《打破"沉默"之枷——〈接骨师之女〉的后殖民主义解读》一文中重点分析了宝姨、茹灵与露丝三代女性如何从失声到发声，打破"沉默"枷锁，获取话语权的过程。[6]林钰婷通过分析宝姨、茹灵、露丝家族三代女性之间历史经验的传承、语言言说的障碍以及承认与回忆的深层联系，探讨了小说中华裔身份的追寻过程。[7]王晓惠从文学伦理学的角度出发分析了斯芬克斯因子在儿童和成人身上的不同作用，阐释了茹灵和露丝在伦理成长过程中经历的伦理蒙昧、伦理冲突、伦理选择和伦理身份构建。[8]陈爱敏指出小说中两对母女——宝姨与茹灵、茹灵与露丝——之间的情感纠葛与华人移民及其后代间的文化差异、双方的身份认同与接受，以及情感交流障碍

1 Mary Ellen Snodgrass: *Amy Tan: A Literary Companion*, Jefferson: McFarland & Company, Inc. Publishers, 2004, p. 56.

2 Nancy Willard: "Talking to Ghosts", *The New York Times Book Review*, 2001 Vol. 18, No. 2, p. 5.

3 Carol Cujec: "Excavating Memory, Reconstructing Legacy: A Mother's Past is the Key to Understanding and Healing for Her Daughter", *The World and I*, 2001, pp. 145-148.

4 康慨：《接骨师的女儿》，载《新闻周刊》，2001年第12期，第80页。

5 参见邹建军：《"和"的正向与反向——谭恩美长篇小说中的伦理思想研究》，华中师范大学博士论文，2008年；金学品：《呈现与解构——论华裔美国文学中的儒家思想》，华东师范大学博士学位论文，2010年。

6 石聿菲、张静：《打破"沉默"之枷——〈接骨师之女〉的后殖民主义解读》，载《鲁东大学学报（哲学社会科学版）》，2010年第3期，第49—62页。

7 林钰婷：《历史的重量：〈接骨师之女〉的认同建构之途》，载《东南学术》，2012年第4期，第251—256页。

8 王晓惠：《〈接骨师之女〉的儿童伦理成长》，载《广西师范学院学报（哲学社会科学版）》，2014年第5期。

密切相关。[1]徐燕、万涛从生态批评视角探究谭恩美在《接骨师之女》中凸现的生态思想。[2]王俊生用创伤理论分析茹灵经历的个体创伤以及创伤记忆对她造成的伤害，揭示了一个母亲摆脱内心苦痛与女儿和解的心路历程。[3]（2）叙事策略研究。裴佩运用热奈特的结构主义叙事学理论，指出谭恩美在小说中运用的传统叙事技巧深化了主题。[4]陈丽群从叙述学角度分析了小说中沙盘对话、手稿、失声三个重要情节设计的意义。（3）跨文化研究：庄恩平、郭晓光指出多元文化观正是解读《接骨师之女》，挖掘谭恩美小说创作主题思想的关键所在；也有学者从新历史主义角度[5]、历史语境[6]和记忆书写等角度，对小说的历史重构进行了分析。

纵观近三十年国内外学界（1989—2016）对《喜福会》《灶神之妻》《接骨师之女》三部作品的文学和文化研究，不论是专著、学术论文的数量还是质量都呈现出持续发展的态势，学者采用不同文学批评理论、不同视角对作品进行了丰富的解读。但是，从目前国内外的研究现状看，对三部小说的文学文化研究多集中在分析主题和内容上，研究视角重复，对母女关系、族裔身份、文化冲突、叙事结构的研究虽然广泛，但理论深度有待加深。

《沉没之鱼》在西方学界饱受争议，但国内学界的评论则相当一致，认为这一作品体现了谭恩美思想和叙事艺术达到的高度，并且关注了当下美国现实。在中国学术期刊网（CNKI）上以《沉没之鱼》的另一译名"《拯救溺水鱼》"为主题搜索，截至2016年12月，共有20篇相关论文，而以"《沉没之鱼》"为关键词搜索，共有31篇相关论文。除去从翻译角度进行的论

1　陈爱敏：《母女关系主题再回首——谭恩美新作〈接骨师的女儿〉解读》，载《外国文学研究》，2003年第3期，第76-81页。

2　徐燕、万涛：《生态批评视域下的谭恩美小说》，载《安徽文学（下半月）》，2015年第8期。

3　王俊生：《〈接骨师之女〉中创伤历史的回避、展演及安度》，载《长沙大学学报》，2014年第6期。

4　裴佩：《在讲故事中跨越苦难——〈接骨师之女〉的叙事学解读》，东北师范大学硕士学位论文，2009年。

5　谢嘉：《历史与文本的互读——从新历史主义角度解读谭恩美〈接骨师之女〉》，载《重庆第二师范学院学报》，2016年第4期。

6　夏楠：《〈接骨师之女〉中的历史语境解读》，载《名作欣赏》，2011年第6期。

述，论文从叙事（空间重构[1]、叙事意义[2]、魔幻现实主义、反讽[3]、结构），人物（女性形象、族裔形象、男性形象），主题[4]（文化冲突、全球化[5]、创伤性、生态批评[6]、后殖民批评[7]）等多方面对谭恩美的这一小说进行了分析。学界关注的方面虽然非常广，但较少从文化文本的意识形态上进行分析，因此对该小说的政治性、历史性的讨论欠缺深度。在《沉没之鱼》创作了十年之后，美国社会和世界局势都发生了重大的变化，从这个意义上对这部看似荒诞的小说进行严肃的政治性分析，能够为我们解读文本和文本所反映的现实提供更新颖的视角。

本书将从翻译、文学和文化三种研究视角出发，对谭恩美过去30年最有代表性的四部小说《喜福会》《灶神之妻》《接骨师之女》《沉没之鱼》进行全方位的深度解读，其中"身份""创伤""符号"是本书的三个关键概念。本书的创新点主要在于：（1）将谭恩美小说置于翻译、文学和文化研究三重视角下进行分析，用跨文化传播理论在三种视角间建立关联，期待借此更全面理解谭恩美和谭恩美研究；（2）在理论上首次综合运用身份理论、创伤理论和符号学意识形态分析，考察小说的意义建构、生成与传播的方式，将谭恩美的小说不仅视为一种文学产物，而且视为社会文化产物，是作者、译者、读者在各自社会文化语境下做出的符号编码与解码，经得住并且需要进行多重阐释与解读。

为了对谭恩美作品的跨文化传播进行更多视角的研究，除绪论与结语外，本书主体分为三个部分，共八章。

1　任伟利等：《〈拯救溺水鱼〉的空间重构》，载《合肥工业大学学报（社会科学版）》，2013年第6期。

2　徐刚等：《美国华裔文学"荒原叙事"的当代发展——以〈第五和平书〉和〈拯救溺水鱼〉为例》，载《社会科学研究》，2015年第1期。

3　常转娃：《论谭恩美小说〈沉没之鱼〉中的反讽艺术》，载《长春工业大学学报（社会科学版）》，2013年第5期。

4　朱颂：《闪光的球体：〈沉没之鱼〉主题的多重性》，载《外国文学研究》，2008年第6期。

5　肖薇等：《评谭恩美新作〈沉没之鱼〉——兼论当代美国华裔作家的全球化情结》，载《安徽文学》，2009年第4期；谢燕燕：《真实的假象，假象的真实——论谭恩美〈拯救溺水鱼〉中的全球传媒思想》，载《安徽文学》，2009年第12期。

6　王立礼：《从生态批评的角度重读谭恩美的三部作品》，载《外国文学》，2010年第4期。

7　王晓平：《当西方与"他者"正面遭遇——从后殖民主义角度解读〈沉没之鱼〉》，载《名作欣赏》，2011年第3期。

第一部分从翻译研究视角，以谭恩美的文化身份及作家身份为出发点，考察其对谭恩美作品汉译本接受情况、汉译本译者选择及翻译策略选择的影响。首先，第一章以《喜福会》及《灶神之妻》为例，分析了谭恩美中美融合却厚美薄中的文化身份所决定的其作品中普遍存在的中国叙事，并对这种叙事手法的具体体现及特点进行了深入剖析。在此基础上，本章分析了这种中国叙事所造成的谭恩美作品原文与汉译本在西方和中国冷热相异的不同接受情况。第二章以程乃珊等译《喜福会》及蔡骏译写的《沉没之鱼》为例，考察了谭恩美作家的身份对其作品汉译本译者选择及翻译策略选择的影响。本章梳理了翻译中改写的不同形式，分析了作家译者蔡骏和程乃珊等在分别翻译《沉没之鱼》《喜福会》时所采取的改写实践，剖析了谭恩美选择作家译者并肯定他们翻译中所采用的改写策略的深层动因。

第二部分从文学研究视角出发，以当代创伤叙事理论为理论基础，从创伤记忆、叙事疗法、创伤修复多个层面剖析《喜福会》《灶神之妻》《接骨师之女》中的创伤往事以及主人公通过创伤叙事积极修复创伤、重塑自我的过程，深入挖掘三部小说的文学价值和社会意义。第三章详细分析《喜福会》中母女两代人经历的成长创伤、婚姻创伤、战争创伤以及她们通过创伤叙事和麻将聚会活动积极修复创伤、重塑自我的重要过程。第四章重点讨论《灶神之妻》中女主角雯妮如何在童年受创，婚后遭受丈夫性虐待和家庭暴力的婚姻创伤，抗日战争中死里逃生的战争创伤以及移民美国后经历的在文化焦虑中修复创伤、重塑自我身份的心路历程。第五章进一步研究《接骨师之女》中以外婆宝姨为灵魂人物的祖孙三辈的创伤记忆在不同地域、不同时空穿梭交织，展现了自然生态的破坏、个体创伤、代际冲突、战争灾难和社会他者身份的焦虑。三代家族女性通过书法、回忆录、沙盘、日记、代笔写作的书写方式和讲故事的口述传统向家族成员记录、再现过去伤痛经历的过程，实际上是她们从失语到言说的疗伤过程和重塑身份的重要过程。作家谭恩美采用创伤叙事策略有效地把小说中人物的伤痛、罪恶、忏悔、宽恕关联起来，使她们在自我修复中重建身份，追求新的生命价值。

第三部分从文化研究视角，以符号学和马克思主义意识形态分析为理论基础，对谭恩美三个时期的代表作《喜福会》《接骨师之女》《沉没之鱼》中的文化冲突呈现、意识形态建构、历史重构与反讽等主题进行集中论述。第六章通过比较《喜福会》的小说文本与电影文本，分析不同符号系统下语象叙事和图像叙事的可转换性与相异性，着重探讨了两个文本的叙事象征系统和人物形象塑造在符号建构意义上所体现出的意识形态上的异同。第七章对《接骨师之女》中的历史和政治书写进行了分析，运用詹姆逊的政治无意识理论和符号学理论，阐释了小说作家作为少数族裔在文化差异上的自觉以及政治上的无意识。第八章则进一步讨论了《拯救溺水鱼》对美国文化和全球化的反讽书写，作家从人物设置、情节发展与主题寓意等方面体现出大局面反讽的三个变体，反映了作者在艺术创作和思想体系上的发展，也反映了当下美国社会对文化冲突与全球化的复杂态度。

第一部分

翻译视角：身份与阐释

　　"叙述的手法暗示了我们说话和写作的立场……无论我们在说什么，我们都是在一定的语境下表达的。也就是说我们阐释的立场是预设的。"[1]作家的写作立场，即其身份，与其作品的阐释（叙述）方式是互文的。身份决定言说方式，同样，言说方式也带有身份的痕迹。作为一位民权运动后崛起的第三代华裔作家代表，谭恩美在中美两种文化之间的挣扎及认同选择会深刻地影响到她文学作品中的言说方式。这种言说方式又会在作品从美国到中国的越界旅行中产生一定的影响。此外，作为一名作家，谭恩美的文学立场也会间接制约汉译本的阐释方式。作为其作品翻译过程的发起者，谭恩美自身的诗学理念及文学观会决定她对译本在审美及形象建构上的期待。这种期待体现在她对译者的选择、译本的阐释方式即翻译策略的选择上。

　　因此，在本部分中，我们将以《喜福会》《灶神之妻》《沉没之鱼》为例，探究谭恩美的身份对其作品及汉译本阐释方式的制约和影响。本部分研究将聚焦于以下几个问题：谭恩美的文化身份与其作品中特定的言说方式有何联系？这种言说方式是否会对作品汉译本在目的语社会的接受情况造成一定的影响？谭恩美的作家身份是否会在其作品的汉译过程中对译文的阐释方式产生一定的影响？

1　S. Hall: "Cultural Identity and Diaspora", P. Williams, *Colonial Discourse and Past Colonial Theory*, New York: Longman, 1998, p. 392.

第一章　文化身份与中国叙事

　　"identity"（身份）源自拉丁语"*identitās*"。这个词的核心词干为"*idem*"，意为"同一"。从词源上分析，"身份"一词强调了群体的同一。文化身份是指"人们对世界的主体性经验与构成这种主体性的文化历史设定之间的联系"[1]。就宏观层面而言，文化身份包括国家身份和民族身份；就微观层面而言，文化身份的建构受到个体或群体不同的地域、职业、阶级等因素的影响。在张裕禾、钱林森看来，文化身份核心五要素如下：

　　（1）价值观念或价值体系，包括宗教信仰、伦理原则、世界观和人生观、集体和个人的社会理想；

　　（2）语言，包括书面语、口语、方言、行话以及表达语言的符号——文字；

　　（3）家庭体制，包括家庭形式、婚姻关系和家庭内部人与人之间的关系；

　　（4）生活方式，主要指衣、食、住、行；

　　（5）精神世界，指的是一个民族在历史发展过程中集体记忆里所储存的各种形象。[2]

　　就文化身份的性质而言，有两种相对的观点：本质主义的身份观及反本质主义的身份观。这两种观点也反映了西方哲学主体论的嬗变。本质主义的身份观源自笛卡儿。笛卡儿认为人类思想是天生的，人本身具有一定的理性。与这种主体观相符的本质主义身份观认为，文化身份是由某一民族共同的历史经验所决定的，是超越历史变迁的内在的、固定的存在。这种笛卡儿式的本质主义身份观受到20世纪西方五大社会理论（马克思主义、精神分析学说、结构主义与后结构主义、后现代主义及女性主义）的冲击。这些反本质理论使"带有固定静止身份的启蒙主义主体，转向开放的、矛盾的、未完成的、碎片化的后现代主体的身份"[3]。萨义德指出："（身份）绝非静止的，在很大程度上是一种人为建构的历史、社会学术和政治过程，就像是一场牵涉各个社会的不同个体和机构的竞赛……简而言之，身份的建构与每一

1　P. Gilory: "Diaspora and the Detours of Identity", K. Woodward, *Identity and Difference*, London: Sage Publications, 1997, p. 323.

2　张裕禾、钱林森：《关于文化身份的对话》，乐黛云、李比雄编《跨文化对话9》，上海：上海文化出版社，2002年，第72—73页。

3　陶东风：《后殖民主义》，台北：扬智文化事业公司，2000年，第171页。

社会中的权力运作密切相关。"[1]在非本质主义的身份观看来，文化身份并不是恒定的、静止的，而是在历史、文化及权力的合力下不断发展变化的。

美国文化研究学者斯图亚特·霍尔认为，移民的文化身份既包括本质主义的成分，也包括非本质主义的成分。霍尔在《文化身份与族裔散居》一文中，将移民的文化身份分为两种。第一种文化身份为同一民族、同一文化中的某一特定族裔所共有。这一身份折射了该民族、该文化共有的历史经验和文化背景，具有传承性和历史延续性。"这种经验和符码给作为'一个民族'的我们提供在实际历史变幻莫测的分化和沉浮之下的一个稳定、不变和连续的指涉和意义框架。"[2]第二种文化身份体现了身份的嬗变，体现了个人在新的生存环境中，在不同文化和权力的影响下身份的改变。[3]霍尔认为，移民的文化身份是本质主义成分与非本质主义成分相互作用的结果。

霍尔以加勒比黑人为例阐明了移民的文化身份问题。在霍尔看来，加勒比黑人身份的形成是两个向量的合力共同作用的结果。一个向量具有相似性和连续性，即身份的本质主义成分；另一个则是差异和断裂的，即身份的非本质主义成分。相似性和连续性的向量即与母国文化的联系，是与过去的联系。这也即是本尼迪克特·安德森所称的"一种想象的共同体"。非洲即是加勒比黑人想象的共同体。而差异和断裂的向量则指移民在移入国所受到的影响和经历的变化，是与现在的关系。因此，霍尔认为，移民的身份是融合了过去与现在、本质主义成分与非本质主义成分的一种混杂体。"移民社群经验不是由本性或纯洁度所定义的，而是由对必要的多样性和异质性的认可所定义的；由通过差异、利用差异而非不顾差异而存活的身份观念，并由杂交性来定义的。移民社群的身份是通过改造和差异不断生产和再生产以更新自身的身份。"[4]

因此，处于第三空间，深受"过去"与"现在"两股力量影响的美国华裔作家的文化身份并不是在中国文化身份与美国文化身份之间择一取之，而是基于两种身份之上的一种新的身份。汤亭亭曾这样描述自己对身份的探索："我不想抹去自己所有的中国特性而成为美国人，也不想坚持做中国人而永不加入周围奇妙的美国世界。'所以对我而言必须有一种方法让我拥有

1　萨义德：《东方学》，北京：生活·读书·新知三联书店，2000年，第427页。
2　斯图亚特·霍尔：《文化身份与族裔散居》，刘象愚、罗钢编《文化研究读本》，北京：中国社会科学出版社，2000年，第209页。
3　斯图亚特·霍尔：《文化身份与族裔散居》，刘象愚、罗钢编《文化研究读本》，北京：中国社会科学出版社，2000年，第211页。
4　斯图亚特·霍尔：《文化身份与族裔散居》，刘象愚、罗钢编《文化研究读本》，北京：中国社会科学出版社，2000年，第222页。

全部，万事皆可，而不是毁掉自身的一部分或是否认部分现实……我现在明白了可以有一种混合物，下一步就是——音乐中怎么称呼来着？对，是'融合'（fusion）。"[1]美国华裔学者王灵智（Ling-chi Wang）也指出："华裔美国人的身份既不是从美国也不是从中国转换而来，而是植根于华裔美国经验的一种新的身份。"[2]

第一节　华裔美国作家文化身份的嬗变

19世纪末，随着加州"淘金热"的兴起，第一批华人移民怀着对美好生活的期望漂洋过海来到美国。由于受教育程度较低及语言不通的限制，他们中的大多数人只能以"契约劳工"的身份从事繁重的体力劳动。"苦力"一词便是对他们当时生存状况的真实写照。这个词也因此进入了英语词汇。在横跨美国东西海岸的太平洋铁路的修建中，大约有14万华人沦为苦力。然而，"因为在衣食住行上都遵循着对美国人来说是完全陌生的习俗，所以无论从文化上或是生理上都被看作不可同化的种族"[3]。因此，1878年加州金矿及太平洋铁路两大工程接近尾声不再需要大量廉价劳动力时，美国法律以"不是白人"为由拒绝华人加入美国国籍。1882年，美国政府颁布《排华法案》，华裔移民的境况更是雪上加霜。华人劳工10年内不得入境，同时任何在美华人也不能入籍。1884年的追加限制使美国的国门向华人关闭了长达61年之久。在恶劣的生存环境中，"华埠单身汉"等极端现象随之产生。第二次世界大战期间中美成为盟国，1943年罗斯福总统签署了《马格纳森法》后，《排华法案》才最终被废除。然而，《排华法案》的废除并未改变华人移民被"边缘化"的命运，美国主流文学及文化产品将华人的形象"刻板化"，塑造成与美国主流社会格格不入的他者。美国传教士明恩溥（Arthur H. Smith）的《中国人的气质》（*Chinese Characteristics*）在19世纪末20世纪初对华人形象的塑造及定位影响极其深远。这部作品受众广泛，再加之明恩溥在中国生活了近50年，因此，在美国人眼中，他对中国的评价极具权威性。明恩溥非常片面地将中国人的国民性总结为注重"面子"、缺乏时间观

1　P. Skenazy, T. Martin: "Conversations with Maxine Hong Kingston", *Kinston at the University*, Jackson: University Press of Mississippi, 1998, p. 156.

2　L. Wang: "The Structure of Dual Domination: Toward a Paradigm for the Study of the Chinese Diaspora in the United State", *Amerasia Journal*, Vol. 2, (1995), p. 41.

3　James Olney: *Autobiography: Essays Theoretical and Critical*, Princeton: Princeton University Press, 1980, p. 15.

念。此外，在文学领域中，布勒特·哈特（Bret Harte）和杰克·伦敦等美国作家在其作品中丑化中国移民，将华人形象刻板化。在美国文学中，傅满洲（Fu Manchu）和陈查理（Charlie Chen）是两个最著名的刻板化华人形象。傅满洲是爱尔兰作家萨克斯·罗默（Sax Rohmer）所塑造的华人这一刻板印象的原型。罗默一生共创作了13部以傅满洲为主角的小说，其中有6部被搬上了银幕。在这一系列作品中。罗默几乎用尽所有恶毒的字眼来刻画这一"满洲第一恶人"。"试想一个人，高高的，瘦瘦的，举止像猫，肩膀高耸，长着莎士比亚的眉毛、撒旦的脸，脑袋刮得精光，一双细长、魅惑的眼睛闪着猫眼的绿光。他集东方人所有的残忍、狡猾、智慧于一身，可以神不知鬼不觉地调动一个财力雄厚的政府所能调动的一切资源……试想那样一个可怕的人，你心中就有了一副傅满洲医生的形象……"[1]傅满洲成为美国将华人妖魔化的典型。陈查理是美国作家戴尔·毕格斯（Derr Biggers）所塑造的"华人"的另一刻板形象。华人侦探陈查理是毕格斯小说《没有钥匙的房间》中的主人公。陈查理是檀香山的一名警长，和妻子生了14个孩子。与傅满洲的邪恶不同，陈查理笑容可掬，逢迎温顺。如果说傅满洲代表了华人"非人化"的刻板形象，那陈查理则是华人"去性化"刻板形象的典型。"他确实很胖，然而却迈着女人似的轻快步伐。他那象牙般肤色的脸像婴儿一样可爱，黑头发剪得短短的，深褐色的眼睛有点斜视。"[2]美国为少数族裔虚构了陈查理这一女性化的"模范少数族裔"形象。陈查理虽是华人，但他却对白人的主导地位逆来顺受。他一心渴望回到夏威夷的老家，夏威夷位于美国领土的边缘。这也象征着陈查理虽然被白人主流社会接受，但却最终只能处于边缘地位。"妖魔化"的傅满洲和"平面化"的陈查理成为"华人"刻板形象的两个符号，在美国传媒长达数十年的推波助澜下，对华人社群的整体形象产生了较大的负面影响。正如索尔伯格在为黄忠雄的《家园》（Homebase）一书所写的《跋》中所说，华裔美国人不得不面对的社会现实是："华人很早很早以前就已经在这里生活了，远远早于我们挪威人来到这片土地上定居的时间。然而，没有人质疑我的美国身份或者我在这里生活的权利，而华裔美国人却一直以来都不得不面对一个完全陌生的世界——美国对于他们是陌生的。美国的法律不承认他们的公民身份，此起彼伏的种族主义仇恨不断打击这个绝大多数是男性的族群，华人的长相也成了被辱骂的理由，他们始终不被接受。"[3]

1　Sax Rohmer: *The Insidious Dr. Fu-Manchu*, New York: McBird, 1913, pp. 25-26.

2　E. D. Biggers: *The House Without a Key*, New York: Grosset & Dunlap, 1925, p. 26.

3　S. E. Solberg: "Afterword", *Homebase*, New York: Plume, 1991, p. 99.

索尔伯格所描绘的泛种族主义社会现实、华人失语的困境使文学作品成为华裔言说自我的重要方式。小圣胡安指出："当人们共同面临的危机意识被诸如'异化''无家可归''隔膜''放逐''孤立'等等感觉词语激活的时候，便会产生对本族文化传统意识的觉醒。"[1]在美国华裔文学中，身份认同问题一直是核心问题。"我是华人，在这个社会意味着什么？"是大多数华裔美国文学作品不断追问并试图回答的问题。华裔美国人在身份认同、文化融合等方面的经历以及双重文化背景下的文化、意识冲突，构成了华裔美国文学作品重要的内容。

华裔美国文学的序幕是由自传或自传体文学拉开的。这种自传体文学通常以家族或个人的经历为题材，描写华人在中美两种文化中的挣扎以及华裔在美国的奋斗。但总的说来，这一时期的华裔文学缺乏斗争性，作品着重刻画的是"模范的少数族裔"形象。刘裔昌（Pardee Lowe）的《虎父虎子》（*Father and Glorious Descendent*）是华裔美国文学的第一部自传。自传描写了代表中国文化的父亲和代表美国文化的儿子两代人之间的冲突和融合。这场斗争最终以儿子的胜利告终，他娶了一位美国姑娘。而在传记的最后，坚守中国文化的父亲接受了美国儿媳妇，并为儿子流利的英语而骄傲，体现了他最终对美国文化的认同。在这一时期另一代表作家黄玉雪的《华女阿五》里，我们看到的是一个出身贫寒的华裔姑娘通过自己的努力奋斗，最终获得白人社会的认同，跻身主流社会，成为"模范的少数族裔"的过程。对于刘裔昌和黄玉雪来说，美国就意味着白人美国。在他们的文化身份中，"现在"的力量，即非本质主义成分占上风。

20世纪60年代风起云涌的民权运动唤醒了华裔精神。在由"文化熔炉"转为"多元文化"的进程中，边缘文化渐渐拥有了一定的话语权。黑人、华裔、西班牙裔、印第安人等都竭力让自身文化得到肯定。华裔美国文学也得到了真正意义上的发展。首先在数量上，根据林英敏的统计，截至1990年，华裔作家出版的英语文学作品有70多本，是前70年的数倍。此外，在体裁上，自传体文学不再是主流。小说、诗歌、戏剧等均蓬勃发展，其中小说成为最主要的文学形式。一大批才华洋溢并拥有广泛受众及影响力的华裔作家如汤亭亭、赵健秀、黄哲龙、任璧莲、谭恩美等相继出现。这批作家不再满足于迎合白人世界，做"模范的少数族裔"。这一时期崛起的华裔作家均是二代甚至三代移民。与父辈不同，他们在西方文化的氛围中长大，他们喝

1　E. San Juan, Jr.: *Hegemony and Strategies of Transgression: Essays in Cultural Studies and Comparative Literature*, New York: Suny Press, 1995, p. 166.

着可口可乐，说着流利的英语，接受着西式的教育。他们在价值观及思维方式上皆异于以中国文化为根的父辈。他们对父辈的中国习俗、价值理念及口中的中国故事不屑一顾，甚至感到厌恶。然而，他们在成长过程中又无法摆脱来自家庭和华人社区传统中国文化的影响。父母们也试图守住儿女身上的中国之根。因此，这一代华裔移民身上的一个典型特征便是"过去"与"现在"两股力量的交锋、冲突及融合。正如《喜福会》中所描述的，当母亲用中国的传统文化、价值理念对女儿进行说教时，女儿却充耳不闻，甚至对着母亲吹出一个比脸还大的泡泡。女儿时刻提醒母亲："我是美国人！"而母亲却有意在两种文化之间划出一道泾渭分明的界线："这些美国人！……"然而，虽然他们在思维模式、生活习惯等方面完全西化，却无法改变外形上的中国特征。根深蒂固的华人刻板印象使他们无形中被划入了与白人不同的阵营。"对美国人来说，这些黑头发、黑眼睛、黄皮肤的'绿卡族'永远是'外国佬'，是美国境内的永久住客，仅此而已。"[1]正如《喜福会》中许露丝第一次见特德母亲时，特德母亲婉言希望露丝能与特德分开，因为她的东方身份会对特德以后的医生职业前景造成影响。因此，华裔作家纷纷拿起手中的笔，思考两种文化夹缝间生存的困惑，言说自己的身份。正如任璧莲的作品《梦娜在向往之乡》中所刻画的那样，"我是谁？"，究竟是中国人还是美国人是一直困扰主人公梦娜的问题，在这批华裔作家的作品中，"我"的身份也是一个最为常见的母题。

本尼迪克特·安德森（Benedict Anderson）在《想象的共同体：对民主主义源头与扩散的反思》（*Imagined Communities: Reflections on the Origin and Spread of Nationalism*）一书中提出了"想象的共同体"这一概念。这一共同体是身处其中的所有成员为之奋斗和捍卫的理想之邦，是身份认同的重要标志。这一阶段的华裔作家在他们的作品中也试图构建起这样一个美丽的共同体——华裔美国。林英敏（Amy Ling）在自己的作品中曾设想过这个共同体：

> 什么是亚裔美国？
>
> 一处地方？
>
> 一个种族？
>
> 一种参照的框架？一行政府派遣的考察队？

1　应霖：《浅谈"ABC"与"FBO"的对立与冲突》，程爱民主编《美国华裔文学研究》，北京：北京大学出版社，2003年，第222页。

一只调查种族的人口调查箱？[1]

她的回答是：

> 它像是布洛桑所说的那种
> 心中的一个梦想，
> 一件牵肠挂肚的事，
> 一丝的认识：
> 亚裔美国人的
> 奋争。[2]

她进而强调："我一生中得到过许多标签，但最近被授予了'亚裔美国人'这一令人最感舒心的标签。其他的人也许在我的故事中得到共鸣，并且发现与他们自己的经历相类似。"[3]

任璧莲（Gish Jen）在一次访谈中这样定义"华裔美国"：

> 严格地讲，它是一个美国虚构物。在我们年轻的时候，没有亚裔美国之说。这并非讲我们那时没有认识到它已经存在于那里，事实是它还没有被杜撰出来。至于我对它的理解，时间较迟，没有立刻知道你是亚裔美国人胜于你是美国东部居民。如果你在加州，那么你便更早地知道你不是白人。在旧金山，你属于一个（华裔）社区。在东海岸，你无（华裔）社区可归属。[4]

这里的（华裔）社区指的是文化及社会认同意义上的华裔社区。相较于美国东海岸如纽约和波士顿的华裔居住区——唐人街而言，西海岸如旧金山和洛杉矶的华裔社区文化的符号性更为强烈。早在19世纪中叶，这里便有以广东方言为主的报纸及传教士主办的中英文双语报纸出版。两代华裔的代表

1　Amy Ling: *Yellow Light: The Flowering of Asian American Arts*, Philadelphia: Temple University Press, 1999.

2　Amy Ling: *Yellow Light: The Flowering of Asian American Arts*, Philadelphia: Temple University Press, 1999.

3　Amy Ling: *Yellow Light: The Flowering of Asian American Arts*, Philadelphia: Temple University Press, 1999.

4　Gish Jen: "Interview by Rachel Lee", K. K. Cheung, ed., *Words Matter: Conversations with Asian Writers*, Honolulu: University of Hawaii Press, 2000, p. 217.

作家水仙花、刘裔昌、黄玉雪、汤亭亭、赵健秀、谭恩美等的文学事业均崛起于西海岸。

这一时期的华裔作家对于"华裔美国""华裔美国人"的理解并不一致。赵健秀是站在"白人美国"的对立面来定义"华裔美国"的。他用手中的笔捍卫"华裔美国"属性的纯洁性，反对和抨击对白人主流价值的认同和归附。他诘问："什么是亚裔美国、华裔美国、日裔美国？不管我们如何像白人那样地穿戴、讲话、表现，我们绝不会是白人。"[1]1974年由赵健秀、黄忠雄等人编辑的《哎呀！亚裔美国文学选集》出版。这是华裔美国文学史上具有重要意义的事件。赵健秀试图从一个全新的角度，在这本选集中对华裔美国人的身份问题进行历时的梳理和分析。他们希望把自己与白种美国人、黑人，以及那些祖先未曾做过19世纪中期金山客而是从中国或其他地区移民美国的华人区分开来。在赵健秀看来，华裔美国人是处于华人及白人美国人之间的一个独立的群体，他们"非中非美"。这一特殊的人群必须用特殊的术语加以界定。在赵健秀看来，定义"华裔美国人"最核心的便是是否具有"华裔美国人的独特情感"（Chinese American sensibility）。在他的小说《庚加丁高速公路》中，赵健秀借华裔数学教师马老师之口清楚地阐明了华裔美国人的属性："我可以教你们读中文写中文，但你们永远成不了中国人。现在你们大家应该知道，不管你们讲英语讲得多么的好，熟知西方文明的名著又是如何的多，你们永远成不了白鬼——白种欧裔美国人。中国人因为你们不是中国人而抛弃你们，白人因为你们不是美国人而排斥你们。显然你们既不是白人也不是中国人，但你们告诉我，那是什么意思？是什么人呢？是从石头里生出来的石猴。为了学会辨别石头思想与血肉之躯，你们必须学会华人和美国人应当知道的一切，必须掌握天地间所有的知识，成为和玉皇大帝同等的圣人，以便能分出真假来，掌握既不是中国人又不是白鬼的含义。"[2]赵健秀定义的"华裔美国人"并非渐进同化继而融入白人主流文化、设法保持自己的民族文化，而是自我隔离和自我放逐于两种文化之外。

而对于另一批华裔美国作家如汤亭亭、任璧莲、谭恩美而言，"华裔美国"并不是一个独立的第三空间。在她们看来，"华裔"与"美国"这两个词之间首先是相辅相成的。汤亭亭曾在采访中描述了自己在"中国性"与"美国性"之间的认同选择。对于自己身份中的这两个部分，她并不想择一

1　F. Chin: "Come All Ye Asian American Writers of the Real and the Fake", J. P. Chin, *The Big Allieeee! An Anthology of American and Japanese American Literature*, New York: Meridian, 1991.

2　F. Chin: *Gunga Din Highway*, Minneapolis: Coffee House Press, 1994, p. 93.

取之。"中国性"和"美国性"都是自身必不可少的有机组成部分。因此，对她来说，这两个部分的融合才是她对自己文化身份的定位。[1]

但对于她们来说，"华裔"与"美国"并不是并列关系，而是修饰与被修饰的关系。在华裔美国文学史上著名的赵汤之争中，赵健秀对汤亭亭、谭恩美等在作品中加深刻板印象、歪曲、改写中国文化，将中国文化作为调味品以吸引白人读者猎奇心理的做法进行大肆抨击。汤亭亭反击道："我是美国作家。像其他美国作家一样，我也想要写出伟大的美国小说。《女勇士》是美国书。但是，许多评论员没有看到这本书的美国性，也没有看到我本人的美国性这一事实。"[2]她甚至提出去掉"Chinese-American"之间的连词符："最近，我一直在考虑我们应该去掉'Chinese-American'之间的连字符，因为这个连字符使得这个词的两边同等重要，好像是连接了两个词。'Chinese-American'看起来似乎有双重国籍，这在当今世界是不可能的。去掉连字符后，'Chinese'变成形容词，'American'变成名词，华裔美国人是美国人的一种。"[3]

在任璧莲看来，在"华裔美国"这个词中，"美国"也是占主导地位的。任璧莲期望能以犹太作家索尔·贝娄和马拉默德为榜样，"希望能像犹太裔美国作家一样被主流社会接受，希望有一天她被接受时是凭作品本身的价值，而不是社会学的、历史的价值"[4]。因此，任璧莲在她的代表作《典型的美国佬》中并没有像汤亭亭或赵健秀那样大量使用中国文化元素和文学作品来书写华裔美国人的文化身份，而是将华裔的生活作为故事背景，着重描述第一代中国移民知识分子克服重重困难和挫折，接受美国文化和价值观念，最终融入美国社会，成为"典型的美国佬"的过程。任璧莲希望自己笔下的华裔美国人可以跨越种族藩篱，不以人种学的差异来吸引读者。任璧莲笔下的华裔生活在美国东部，与西方文化交融的机会较多，没有西部华裔那种浓厚的中国文化色彩。首先，她既打破了过去白人主流社会强加给亚裔美国人的刻板印象：从事体力劳动、狡猾而傻气，对白人上司卑躬屈膝、谄媚奉承，对自己的女人则粗暴、独断专行；又突破了华裔美国作家新被强加的

1　P. Skenazy, T. Martin: "Conversations with Maxine Hong Kingston", *Kinston at the University*, Jackson: University Press of Mississippi, 1998, p. 156.

2　M. H. Kingston: *Hawai'i One Summer*, Honolulu: University of Hawai'i Press, 1998, p. 97.

3　M. H. Kingston: *Hawai'i One Summer*, Honolulu: University of Hawai'i Press, 1998, p. 99.

4　单德兴、何文敬：《文化属性与华裔美国文学》，台北："中央研究院"欧美研究所，1994年，第165页。

刻板印象：第一代移民的艰苦经历、神话传说、中美文化引起的冲突，苦苦寻找和保持少数族裔的属性。她在《典型的美国佬》里一开始就声称她写的是美国故事。这一故事的主人公最初瞧不起美国人，逐渐被主流文化所同化，最后成为典型的美国佬。"她所构建的不是华裔美国人划一的文化身份，而是华裔美国人的国家身份。"[1]她作品中所构建的想象的"华裔美国"的共同体，是"文化大熔炉"的美国。在这个共同体中，白人、华裔及其他少数族裔都是美国人。

第二节 "过去"与"现在"的和解：谭恩美的文化身份

在谭恩美的小说中，我们所看到的既不是华裔族性被白人文化渐进同化的过程，也不再是如赵健秀般试图超然于两种文化，游离其间从而成为独立的非此非彼的存在。谭恩美所建构的华裔的文化身份是一种中西融合你中有我、我中有你，然而又非此即彼的"复合型"属性。

对于谭恩美而言，最初"美国性"是占绝对主导地位的，而"中国性"是她所竭力抹去的。作为在华人社区、华人家庭中长大的孩子，她和同时代的其他华裔作家一样都切身体会到少数族裔在社会中所受到的排挤与被边缘化。她亲眼看见母亲操着一口破碎的中式英语和小贩理论时所受到的冷眼及嘲弄。这些切身体会使她在自己与母亲所代表的中国文化身份之间清晰地划出了一道界线。她在《我的缪斯》中写道："少女时代，我不知道为什么从来没有人邀请我跳舞，我把原因归咎于我是中国人，而非我的呆头呆脑；读大学时，我意识到我的祖辈从来都不吃火鸡，也不会穿着红外套从烟囱里钻出来。"[2]14岁那年，谭恩美爱上了白人牧师的儿子罗伯特。那年圣诞节，她的父母邀请罗伯特一家及一些亲朋好友共享圣诞大餐。当母亲精心准备着一桌"奇怪"的中式菜肴，当亲戚们舔着筷子尖又伸手用筷子在十几道菜里翻来翻去，当父亲饭后靠在椅背上大声打嗝时，她觉得难堪并痛苦，恨不得立刻消失。尽管谭恩美试图远离自己的中国性，但她却发现"美国性"和"中国性"并不是二元对立、泾渭分明的，"中国性"已融入她的血液，成为她的一部分。母亲在这顿饭后告诫她："你想要表现得像其他美国女孩一样……但骨子里，你永远都是个中国人。你应该为你的与众不同感到骄傲，

1　刘纪雯：《车子、房子与炸鸡：〈典型美国人〉中的大众文化与国家认同》，何文敬、单德兴主编《再现政治与华裔美国文学》，台北："中央研究院"欧美研究所，1996年，第106页。

2　谭恩美：《我的缪斯》，上海：上海远东出版社，2007年，第225页。

你若为此感到难为情，那才是可耻的。"[1]

谭恩美将自己在两种文化之间的挣扎以及寻求身份认同的过程也融入自己的作品中。她的代表作品《喜福会》《灶神之妻》《百种神秘感觉》《接骨师之女》皆是以母女问题为母题。在这些作品中，母亲代表着"过去"的力量，代表着祖国、故乡、根，是所有华裔身体及精神的源头。正如《喜福会》开头部分吴精美所发出的感叹："我坐在麻将桌上我母亲过去坐的位置上——东方——那儿是事物开始的地方。"[2]"东方是太阳升起的地方，也是风吹来的方向。"[3]东方喻指中国。母亲们在旧中国经历了战乱和创伤，她们克服重重困难来到美国，期望女儿们能在新的土地上拥有更好的生活。她们竭力想要守住中国传统，希望美国环境与中国文化能在女儿身上完美融合，但却失望地看到这两者最初在女儿身上水火不容。女儿则代表着"现在"，她们竭力摆脱母亲的约束及影响，摒弃自己身上的中国成分。"谭恩美作品中的中国母亲具有强烈的代际延续感。她们强烈地感受到与自己母亲，以及母亲的母亲之间的那种紧密联系，同时也能体会与女儿间的这种联系。"[4]然而，她们的女儿对于母女间的这种纽带关系却有不同的看法。在双文化背景下，母女间的二元关系从代际间的对话衍变成离散的母亲与文化错置的女儿之间的一种张力。正如林英敏在《两个世界之间：华裔女作家》（*Between Worlds: Women Writers of Chinese Ancestry*）中所强调的："在美国的华人，无论是新来的移民还是在美国出生的，均发现自己夹在两个世界之间。他们的面部特征显示着一个事实——他们的亚裔族性，但是，通过教育、选择或出生，他们是美国人。"[5]女儿们起初总是站在对立面将母亲所代表的中国文化视为他者、异端。《喜福会》中，吴精美评论她妈妈和安梅阿姨穿的旗袍"滑稽可笑"，是"奇装异服"，她把母亲在桂林的故事当作"中国的神话故事"，将"喜福会"比作"中国的民间陋习，如同'三K党'的秘密集会，或者像是电视里印第安人在打仗前举行的手鼓舞会一类的宗教仪式"。15岁时，母亲对她说："只要你生为中国人，你就会不知不觉地用中国人的方式去感受、去思考。"精美的反应是："当时我强烈否认在我的体内有哪怕那么一点点所谓中国性的东西。那时我是旧金山伽利略高中

1　谭恩美：《我的缪斯》，上海：上海远东出版社，2007年，第86页。

2　Amy Tan: *The Joy Luck Club*, New York: Ivy Books, 1989, p. 32.

3　Amy Tan: *The Joy Luck Club*, New York: Ivy Books, 1989, p. 22.

4　E. D. Huntley: *Amy Tan: A Critical Companion*. Westport, Conn.: Greenwood, 1988, p. 6.

5　Amy Ling: *Between Worlds: Women Writers of Chinese Ancestry*, New York: Pegamon Press, 1990, p. 20.

一年级学生，班上所有白人同学都承认：我和他们完全一样，与中国人没有丝毫相同之处。"[1]丽娜对自己东方血统的小眼睛甚感自卑，一直试图努力睁大眼睛，梦想自己有一对白人的大眼睛。母亲们则清楚地意识到，女儿"除了头发和皮肤是中国式的，她的内部，全是美国制造的"[2]。她们不禁感叹女儿们"与我隔着一条河，我永远只能站在对岸看她，我不得不接受她的那套生活方式，美国生活方式"[3]。《百种神秘感觉》中的奥利维亚对自己的亚洲特征极度敏感。《接骨师之女》中卡门夫妇对儿子特德现任的华裔妻子露丝彬彬有礼，却对同为美籍乌克兰人的第一任儿媳米莉亚姆态度更为亲热，让露丝感到自己这个黄皮肤的亚洲人并未真正被卡门家所接受。母女两代人之间的严重隔阂和分歧、旧中国及美国之间的巨大差异都凸现了华裔美国人的现实困境。女儿起初对母亲的误解及排斥也正是华裔美国人身份认同过程中必然发生的。她们否定母亲实质上是在与母亲所代表的中国的"陈规陋俗"划清界限。在她们看来，只有与"中国性"保持距离，才能确保"美国性"，从而成为真正的美国人。

华裔评论家黄秀玲指出："文化不是移民随身携带的一件行李；它并非静止不动，而是在新环境中不断得到修正的。"[4]张敬珏在《重新审读亚裔美国文学研究》（"Reviewing Asian American Literary Studies"）一文中也强调："即便是出生在美国的亚裔——他们一度尽量拉大他们与自己母体文化之间的距离——也对自身的亚洲文化传统重新产生了浓厚的兴趣。"[5]虽然女儿们试图通过与母亲所代表的"中国性"相对立及抗争来凸现自己的"美国性"，但她们无法忽视来自体内的中国血液。正如吴夙愿对精美所说的："总有一天你会知道，这些东西生存于你的血液中，等待着机会释放出来。"[6]她们意识到自己的"美国性"是与众不同的。薇弗莱年轻时爱上了一个美国白人男孩，母亲提出警告："他是个美国人哦。"女儿反驳道："我也是美国人。"但母亲有时又会用中文向女儿嚷道："你们这些美国人，就会钻牛角尖。"由此可见，在母亲的潜意识中女儿有双重身份：对美国人而言，她是中国人；而对中国人而言，她是美国人。

1　Amy Tan: *The Joy Luck Club*, New York: Ivy Books, 1989, p. 306.

2　Amy Tan: *The Joy Luck Club*, New York: Ivy Books, 1989, p. 289.

3　Amy Tan: *The Joy Luck Club*, New York: Ivy Books, 1989, p. 286.

4　S. C. Wong: *Reading Asian American Literature: From Necessity to Extravagance*, Princeton: Princeton University Press, 1993, p. 43.

5　K. K. Cheung: "Re-viewing Asian American Literary Studies", *An Interview Companion to Asian American Literature*, New York: Cambridge UP, 1997, p. 7.

6　Amy Tan: *The Joy Luck Club*, New York: Ivy Books, 1989, p. 306.

当女儿们在现实生活中跌跌撞撞碰得头破血流之时，她们自己才清楚地意识到，她们与白人美国人是存在差异的。如果彻底否认自身种族的某些特性及文化身份，她们是无根之木，无法成为一个完整的华裔美国人。露丝平常总是对母亲的话不置可否，但当特德不再心甘情愿地扮演曾经拯救她的骑士角色，他们的婚姻濒临崩溃时，她开始发现"美国人的想法也有严重的缺陷"，母亲的话也有一定道理。薇弗莱对母亲拿自己"炫耀"颇为反感，但还是从母亲那里获得了"一种无形的力量"，一种"抑制力"，即"说话占上风，得到别人尊重，最终又成了对弈中克敌制胜的策略"，看到了自己同母亲抗争的愚蠢。奥利维亚的中国行虽然并未实现她寻找父姓的初衷，但她与女儿继承了姐姐邝的"李"姓，找回了自己的中国血统。她们在经历了一连串挫折后，最终不再用"美国那种不屑一顾的眼光"将母亲视为"试图将她们置于绝对控制之下而又一心破坏（她们幸福）的魔鬼"，而是自觉向中国文化回归。

虽然对于喝着可口可乐长大的中国女儿来说，中国及中国文化已是遥远的存在，但母亲作为桥梁，却将她们与中国文化连接起来。虽然她们认为中国文化如她们的母亲一样仍然存在一些缺陷，但她们却最终拥抱了这一古老的文化，认同了自己中国文化的身份。

《喜福会》和《灶神之妻》两部小说均以母女和解结尾。这种结尾颇具匠心，具有丰富的表征意义，象征了"过去"与"现在"，"中国性"和"美国性"最终在华裔美国人身上融合在一起。在《灶神之妻》中，母亲最终将深埋心中数十年的屈辱经历及创伤记忆向女儿和盘托出，希望女儿能在了解真相后冰释前嫌、理解自己。《喜福会》的最后一章也着重描写了母亲与女儿的和解。谭恩美颇有深意地将这一章命名为"西天王母"。这就意味着中国母亲在美国女儿的眼里最终从"可憎的女妖"变为"神圣的天后"。正如林瑛所说："谭恩美的小说以消除冲突与和解结局。斗争、战斗结束了；当尘烟消尽时，以前被认为是令人憎恶的束缚现在变成了值得珍惜的联结。"[1]

谭恩美在《喜福会》的开篇让吴精美接替母亲在喜福会麻将桌上的角色，又在小说结尾让她回到中国替母亲实现夙愿与战乱中失散的女儿相聚。精美最终回到中国与姐姐团圆，清楚地看到属于自己的那一部分中国血液以及融化在自己血液中的中国基因。这不是一次简单的省亲，而是一次灵魂之

---

1 S. Souris: "Only Two Kinds of Daughters: Inter-Monologue Dialogicity in *The Joy Luck Club*", A. Tan, ed., *Harold Bloom*, Philadelphia: Chelsea House Publishers, 2000, p. 79.

旅，一次文化认同之旅。"当我们乘坐的火车离开香港边界驶入深圳的瞬间，我感到自己有点异样。我能感觉到前额的皮肤在不停地颤动，全身的血液正顺着一条全新的通道在奔腾，浑身骨头也阵阵作痛，那是一种熟悉的疼痛。我想，妈妈曾经说的话是对的，我正在变成一个中国人。"[1]在姐姐身上，精美强烈地感受到与母亲的联系，"我看见一个小个子的短头发女子，她的手紧紧按在嘴上，她正在哭。我知道她不是妈妈，但那脸庞，却是妈妈的……我又看到妈妈了，有两个她，在向我挥手……我一走出大门，我们就不由自主地抱成一团，所有的犹豫和顾虑都消失了。'妈，妈'我们三人低声地呼唤着，好像母亲就在我们中间。"[2]在美国女儿身上，她曾竭力抹去的中国部分正变得越来越清晰："要真正成熟，要在'世界之间'所处环境中获得一种平衡，人们不能只信奉新的美国方式而摒弃旧的中国方式，那是孩子气的做法。人们应该使两者'和解'，要能容纳过去的一切。如果过去确实无法与现在融合，那么过去的也应受到尊重，应该保存在墙上的图画里、人们的记忆中以及写下的故事里面。"[3]

　　虽然，在谭恩美身上，"现在"与"过去"，即"美国性"与"中国性"两股力量从对抗走向了和解，但两股力量并不均衡。"现在"的力量仍处于上风。在《喜福会》中，薇弗莱准备和里奇去中国度蜜月，母亲表示愿意一同前往。尽管薇弗莱担心母亲的挑剔和抱怨会使蜜月成为一段不欢之旅，但她仍然觉得"但从另一方面想想，我们三个不同的人，登上同一架飞机，并排坐着，从西方飞向东方，倒也挺有意思的"[4]。"三个不同的人"，里奇代表的是白人美国，母亲代表中国，而薇弗莱则代表具有中国性的美国人。

　　正如谭恩美所说："如果我必须给自己贴个标签，我不得不说我是一个美国作家。就种族背景而言，我是个中国人。按家庭和社会成长环境，我是个华裔美国人。"[5]她也指出："我写作是为我自己。因为我喜欢读故事，也喜欢写故事。如果不动笔，我说不定会疯掉。我写那些困扰我的问题，创造那些让我迷惑的形象，或是描述让我焦虑和伤痛的记忆以及那些秘密、谎言和矛盾，是因为这其中隐藏着真相的诸多方面。换言之，我写出了自己对生活的误解。这里所谓的人生当然是华裔美国人的生活，但迄今为止，这也

1　Amy Tan: *The Joy Luck Club*, New York: Ivy Books, 1989, p. 306.
2　Amy Tan: *The Joy Luck Club*, New York: Ivy Books, 1989, p. 331.
3　Amy Tan: *The Joy Luck Club*, New York: Ivy Books, 1989, p. 308.
4　Amy Tan: *The Joy Luck Club*, New York: Ivy Books, 1989, p. 205.
5　谭恩美：《我的缪斯》，上海：上海远东出版社，2007年，第220页。

是我唯一熟稔的生活。"[1]谭恩美所谓的"华裔美国人的生活"并不是赵健秀所强调的作为一个独立的第三空间"华裔美国"的生活。谭恩美在《必读和其他危险命题》一文中提到，她曾参加过一个亚裔美国人和艺术文学的研讨会。在会上，一位文学教授很动情地发表演讲，呼吁亚裔美国作家在文学创作中应坚持边际主义，强调亚裔美国作家有责任有义务从主流中分离出来。听众大都对她的观点表示赞同。"我认为她的观点无异于文学艺术界的法西斯主义，这种思想令人恐慌，也违背了我写作的初衷。我认为写作是一种自我表达，角度和形式也要按作家的喜好选择。我不能想象，身为一名作家，却由别人来命令我应该写什么，为什么要写以及应该为谁而写。这也是为什么我认为自己是美国作家的真实原因：我有自由写我想要写的，我也应该享有这种自由。"[2]谭恩美所谓的"华裔美国人的生活"并不是边际性的，而是隶属于主流文化的。当她得知自己的小说和一些散文在种族研究、亚裔美国人研究、亚裔美国文学、亚裔美国人历史、妇女文学、女权主义研究、女权主义作家等教学中都被列为必读教材时，她回应道："我当然为此感到自豪，有哪个作家不希望自己的作品被别人阅读？但有个恼人的问题却在我耳边响起，'为什么没有美国文学？'"[3]"我认为美国文学，如果真的存在这样一种分类的话，它应该是民主包容的，不应该根据作者的肤色，或者小说中餐桌上摆的是米饭还是土豆而区别对待。我经常自问，有时候也请教其他人：是谁决定了什么是美国文学？为什么由少数派作家完成的小说被局限在研究阶级、性别和种族问题的课堂上？为什么突破文学的隔离带如此之难？"[4]

第三节　身份与阐释：谭恩美的中国叙事

哈金在《移民作家》一书中指出："在一个作家职业生涯的开端，他常常为亚里士多德的问题所困扰，那就是——他应该为了谁，以谁的身份，为了谁的利益而写作？他对这些问题的回答会塑造他的文学观并决定着他写作的主题和写作风格。在这三个问题中，'以谁的身份而写作'是最麻烦的一

1　谭恩美：《我的缪斯》，上海：上海远东出版社，2007年，第217页。
2　谭恩美：《我的缪斯》，上海：上海远东出版社，2007年，第225页。
3　谭恩美：《我的缪斯》，上海：上海远东出版社，2007年，第218页。
4　谭恩美：《我的缪斯》，上海：上海远东出版社，2007年，第218页。

个问题，因为这个问题包含了作者对自我身份及传统的认识。"[1]

谭恩美的文化身份也决定了她的写作主题及风格。就主题而言，除《沉没之鱼》外，谭恩美的其他代表作如《喜福会》《灶神之妻》《百种神秘感觉》《接骨师之女》皆聚焦于美国华裔在中美两种文化间的挣扎以及身份认同的过程，表现了代表美国文化的女儿与代表中国文化的母亲从对抗走向相互理解的过程。就写作风格而言，谭恩美作品中的叙事手法和写作风格也会与她的文化身份互文。正如斯图亚特·霍尔在《文化认同和族裔散居》一文中所说，作者在作品中所采取的立场是作品文学表现的关键，"叙述的手法暗示了我们说话和写作的立场，也就是我们表达观点的立场。不论我们在说什么，我们都是在一定的语境下表达的。也就是说我们阐释的立场是预设的"[2]。谭恩美的文化身份决定了她作品的一个显著风格是"中国叙事"。《喜福会》全书包括"千里鹅毛""二十六道鬼门关""美国翻译""王母娘娘"4个部分，每个部分又由4个短故事组成，共计16个小故事，每个小故事都可以独立成章，组合起来就构成了一个更大的故事。这种叙事模式类似中国传统的章回体小说。此外，"中国叙事"集中地体现在谭恩美作品的隐含读者及叙事时间上。

一、谭恩美作品的隐含读者与受述者

里蒙·凯南指出，文学叙事学中"叙述"（narration）包含两层含义："一指交流的过程，包括信息发出者将信息传递至接受者的过程；二指用来传递信息的语言媒介。"[3]里蒙的定义首先阐明了以文字为载体的文学叙事与其他非文字叙事在交流方式上的不同，同时也指出了文学叙事与其他一切叙事形式的共同性，即任何形式的叙事都涉及交流，如都有信息的发出者和接受者。

美国语言学家雅克布森在《语言学的元语言问题》一书中指出，言语行为的交际过程涉及三个核心要素：说话者（addresser）、信息（message）、受话者（addressee）。小说叙事也是一种语言交流。美国芝加哥学派领军人物布思在《小说修辞学》一书中从理论上探讨了小说叙事的具体交流过程。

---

1 Ha Jin: *The Writer as Migrant*, Chicago & London: The University of Chicago Press, 2008, p. 3.

2 S. Hall: "Cultural Identity and Diaspora", P. Williams, *Colonial Discourse and Past Colonial Theory*, New York: Longman, 1998, p. 392.

3 S. Rimmon-Kenan: *Narrative Fiction: Contemporary Poetics*, London: Routledge, 2002, p. 2.

他在该书的序言中把小说称作"与读者进行交流的一门艺术"，并建议对叙事作品的修辞形式进行深入研究，从而揭示作者如何"有意或无意地采用多种修辞手段将虚构世界传递给读者"。布思把作者、作品、读者看作小说叙事交流的三个基本要素。这一观点与雅克布森关于言语交际过程的分析十分类似。

美国叙事学家查特曼在《故事与话语》一书中建构了叙事交流图。这一交流图被众多叙事学家所采纳，用以明确文本叙事交流所涉及的基本要素和模式。

叙事文本

真实作者- - ▶隐含作者━━▶（叙述者）━━▶（受述者）━━▶隐含读者- -▶真实读者

这一流程图是对布思小说叙事交流三要素的深化及发展，主要对小说叙事交流的两极进行了细化说明。查特曼将作者进一步分为真实作者、隐含作者及叙述者，将读者分为真实读者、隐含读者及受述者。其中，真实作者与真实读者被置于方框外，表明这两者并不属于文本内部结构成分。

所谓"隐含读者"，"就是隐含作者心目中的理想读者，或者说是文本预设的读者，这是一种跟隐含作者完全保持一致、完全能理解作品的理想化的阅读位置"[1]。隐含读者与真实读者往往并不一致。隐含读者是指作者心目中那些拥有特定的知识结构、认知能力、文化前理解及期待视野的读者。对隐含读者的预设会决定作者对题材的选择和写作的手法。

正如第一节所述，"美国性"在谭恩美身上是第一位的，她将自己的作品视作美国文学的一个分支。因此，谭恩美作品中的隐含读者不是华人也不是华裔美国人，而是主流的白人读者。她在《必读和其他危险问题》一文中明确了自己心目中的读者群："仍有部分少数族群作家认为，少数族群作家的作品应该告诉人们如何去思考。这些作家相信，如果你是亚裔美国作家，就应该写现代的亚裔美国人，不要写过去的。你的读者群应该仅限于亚裔美国人，而不是主流受众。如果你的作品白人读者没读懂，那证明它贴近真实。如果白人喜欢你的作品，那说明这部作品是赝品，你背叛了少数族群，应该被视为叛徒、被指责甚至辱骂。虽然这部分作家的人数不多，但他们在学术界和传媒界的影响力却非同小可。他们渴望被关注，而且也真的实现了

1　申丹、王丽亚：《西方叙事学：经典与后经典》，北京：北京大学出版社，2010年，第77页。

他们的目的。"[1]谭恩美大多数小说中的主要叙述者都是华裔女儿，她们站在美国文化的立场来讲述华裔的现实生活，讲述与母亲间的故事。她们心中的隐含读者是白人读者。

谭恩美作品中的"隐含读者"有时会通过"受述者"在文本中现身。在查特曼叙事交流图中的读者端还包括受述者。受述者是文本结构内部信息的接受者。普林斯将"受述者"定义为"接受叙述的人"（the one who is narrated to），并强调"受述者""铭刻在文本中"（inscribed in the text）。换言之，读者可以从文本的话语中发现"受述者"的踪迹。如果"受述者"以"你""你们"或其他指称语在字面上出现，"受述者"便是显性的，反之便是隐性的。在《灶神之妻》一书中，我们可以发现不少显性受述者。

> Of course, he did not hug me and kiss me, not the way <u>you Americans</u> do when you have been reunited after five minutes' separation. We did not even talk very long after my aunties left. But what little he did tell me has made me wonder, even to this day: Did he truly think he was sending me to a good marriage? Or was he finding an easy way to be rid of me forever, this reminder of his own unhappy marriage?

这段话描述的是雯妮结婚前同父亲重逢的场景。其中出现了显性受述者"you Americans"。在下面两段话中我们也可以看到明确的受述者"Americans"。这也表明谭恩美心目中理想的读者应是白人美国人。

> On the seventh day, the last, we bought all my dishes and silver. By this time, I had been living at my father's house long enough to know what I needed: two sets of everything!
>
> I got one set for banquets, one set for everyday use, ten of everything for each set. And it was not just plates and knives and forks like <u>Americans</u> have, one plain, one fancy. Everything was pure, soft silver, just like money you can exchange.
>
> But that afternoon I saw that what he drove back, an old sports car, a Fiat, I think, with its top cut off. What is that word <u>Americans</u> have

---

1　谭恩美：《我的缪斯》，上海：上海远东出版社，2007年，第225页。

for such a bad car?—a jalopy, that's it. It was a little jalopy, dusty and dented, no top to keep the rain, snow, or cold air out. And the passenger-side door would not open. Of course, any kind of car was rare during the war, a luxury. So Wen Fu did not mind that he paid the dead pilot's family ten times what the car was worth. He was honking the horn, laughing and shouting, "Hanh? Now that what do you think?"

此外，在叙事结构上，谭恩美的代表作品如《喜福会》《灶神之妻》皆有双叙述层。"母亲"与"女儿"两个叙述者分别代表"过去"与"现在"对历史与现实生活进行描述。两个叙述层之间的穿插交织正如双重文化身份的融合。

赵毅衡在《三层内茧：华人小说的题材自限》一文中指出，在现代的移民文化中，作家写作时首先考虑的是"如何获得文学场的接受"[1]。而在他看来，西方的文学场（批评界、读书界、书院）对一个有中国背景的作家的期待视域是非常小的。美国华裔评论家林玉玲也强调了这一点："当代美国文学的感受力是建立在盎格鲁文学共同体的凝视基础上的。作为种族能指符号来阅读的亚美文学名著首先是那些成功地赢得欧裔美国读者的作品。成功地赢得主流编辑和读者意味着一种筛选过程，它提出了少数民族文化身份的内容，而这些内容要得到大多数欧裔美国人的许可才能合法化。"[2]而美国的文学场却很难摆脱根深蒂固的刻板印象及东方主义的窥视欲，他们对华裔作家的作品最大的期待视野便是期望从中品尝到地地道道的中国菜。任璧莲也清楚美国读者的期待视野："美国公众总是期待从华裔作家的作品里读到异国情调。"[3]主流读者的需求决定了市场的需求，而市场的需求也决定了出版商在发行作品时的策略及对作者的特殊要求。就主题而言，正如亚美文学研究者张静珏（King-Kok Cheung）所指出的，"美国少数族裔作家通常由其作品中的族裔题材而被界定，那些致力其他主题创作的作家极少引

1　邹建军：《中国学者眼中的华裔美国文学——三十年论文精选集》，武汉：武汉出版社，2012年，第90页。

2　S. G. Lim: "Assaying the Gold: Or, Contesting the Ground of Asian American Literature", *New Literary History*, 1993, Vol. 1, p. 153.

3　石平萍：《多元的文化，多变的认同——美国华裔作家任璧莲访谈录》，载《文艺报·文学周刊》，2003年8月26日。

起主流评论界的关注"[1]。以谭恩美为例，她以中国故事为母题的几部作品如《喜福会》《灶神之妻》《接骨师之女》受到了美国主流书评机构及普通读者的一致好评，而当她打算改变写作套路尝试新的题材时，她的转变之作《沉没之鱼》却反响平平，甚至受到了尖锐的批评。此外，为了迎合读者的阅读期待，出版社还会对作品做一些调整。如汤亭亭的代表作《女勇士》在出版时其出版商阿尔弗雷德·A. 诺普夫公司（Alfred A. Knopf, Inc.）执意将之归为"非小说"类，强调此作品的真实性及自传性，这样才能吸引大批试图在此作品中寻找中国文化踪迹的读者。汤亭亭的另一部作品《中国佬》因作品中有大量对美国排华历史的控诉，在美国的受欢迎程度远逊于《女勇士》。谭恩美《喜福会》原书名为"风水"（"Wind and Water"），但谭恩美的经纪人决定将其中一章的篇名"喜福会"定为书名，因为这一富含东方色彩的书名一定会帮助这本书成功地打开销路。谭恩美也指出："与那些学生、教授、记者，还有那些慈善组织所认为的不同，对于中国、中国文化、麻将、母女心理学、代沟、非法移民、同化、非法移入、种族冲突、最惠国贸易和谈、人权、环太平洋地区国家的经济等诸如此类的事情，我都不是什么专家，我还要很遗憾地告诉大家，我也烧不来中国菜。"[2]因此，赵毅衡指出，所有的作家都有一种"接受焦虑"（Anxiety of Reception）。但不同的作家处理这种焦虑的方式是不同的。"强势作家，努力避开接受定势，追求出乎意料的新颖题材；弱势作家，有意无意迎合文学场的期待域。"[3]对于在主流文化中身处弱势的华裔作家来说，想要获得出版商和读者的青睐，就必须迎合他们的期待。因此，几乎所有的华裔作家都不约而同地选择了中国题材。东方的奇异、寻根访祖、华裔生活等成为华裔作家作品共同的主题，也可满足读者对异域的好奇心和窥视欲。此外，在写作中，华裔作家也必须以英文为载体翻译、阐释中国文化。

二、谭恩美作品的叙事时间

"时间"是小说写作中的核心要素之一。福斯特指出："小说完全摒除

1　K. Cheung: "Re-viewing Asian American Literary Studies", K. Cheung, *An Interethnic Companion to Asian American Literature*, New York: Cambridge University Press, 1997, p. 19.

2　谭恩美：《我的缪斯》，上海：上海远东出版社，2007年，第217页。

3　邹建军：《中国学者眼中的华裔美国文学——三十年论文精选集》，武汉：武汉出版社，2012年，第90页。

时间后，什么都不能表达。"[1]伊丽莎白·鲍温在《小说家的技巧》中也强调："时间是小说的一个重要组成部分。我认为时间同故事与人物具有同等重要的价值。凡是我所能想到的真正懂得，或者本能地懂得小说技巧的作家，很少有人不对时间因素加以戏剧性利用。"[2]

因此，叙事与时间的关系是叙事学研究的一个重要方面。俄国形式主义者什克洛夫斯基和艾亨鲍姆将"故事"（素材）和"情节"两个概念进行了区分。"故事"指按照实际（自然）时间、因果关系排列的事件总和，而"情节"指对"故事"的一切加工手段，包括对叙事时间的处理。这两个概念的区别类似于叙事时间中两个核心概念"故事时间"及"话语时间"的区别。叙事学中对时间的研究主要从"故事"与"话语"关系入手，揭示"故事时间"与"话语时间"之间的差异。"'故事时间'是指所述事件发生所需的实际时间，'话语时间'指用于叙述事件的时间，后者通常以文本所用篇幅或阅读所需时间来衡量。"[3]"故事时间"类似于我们日常生活中真实的时间体验。"故事时间"是指事件按照自然时间的发生顺序，从开始到结束的线性排列顺序，是恒定不变的。而"话语时间"是指小说家为了人物刻画、建构情节等特定目的，对"故事时间"进行加工、调整。"话语时间"不必受"故事时间"的束缚，可以自由延伸及收缩。正如福斯特所说，"每一部小说中都有一个时钟，但是小说家可能不以为然"[4]。

菲尔丁在《汤姆·琼斯》中也借叙述者之口强调在叙述中对时间进行加工剪辑的必要性："小说不应该像马车一样不停地往前奔跑……在接下来的叙述中，我们将采用一种不同的方法，如果故事中有值得叙述的东西，我们将不遗余力地向读者详细讲述；但是，如果故事中好几年都没有什么值得讲述的事件，我们就应该跳过去，而不必担心这样做会出现什么不连贯。"[5]

在小说中，"故事时间"和"话语时间"之间总是存在差异。叙事时间的加速或放缓，"故事时间"与"话语时间"之间的不一致决定着叙述者讲述的速度及节奏，从而营造了作品独特的审美效果。在"故事时间"中，我们不得不接受时间的客观性及不可逆转性。但在"话语时间"中，我们通过压缩、延长、错置、重组等手法，让叙事拥有了无限的可能，使叙事时间

1　福斯特：《小说面面观》，广州：花城出版社，1981年，第34页。

2　伊丽莎白·鲍温：《小说家的技巧》，载《世界文学》，1979年第1期。

3　申丹、王丽亚：《西方叙事学：经典与后经典》，北京：北京大学出版社，2010年，第112页。

4　E. M. Forster: *Aspects of the Novel*, London: Hodder & Stoughton, 1993, p. 20.

5　H. Fielding: *Tom Jones*, Hertfordshire: Wordsworth, 1999, pp. 39-40.

成为展现作者叙事目的及审美旨趣的重要手段。而对于小说而言，匀速的时间是失败的，当"故事时间"和"话语时间"完全等同时，故事甚至讲不下去；小说的魅力就体现在变化的时间所带来的节奏感及张力上。故事时间与话语时间往往是不对等的。就时序层面而言，预叙是话语时间先于"故事时间"，倒叙则是"故事时间"先于"话语时间"。就时速层面而言，在讲述时对"话语时间"的控制可以加速或延缓故事时间的速度。从频率层面看，叙述者可能会在叙述中多次重复某一事件。通过凸现这些事件、元素而实现预定的叙事目的。"故事时间"与"话语时间"的相互关系则制约着叙述者讲述的速度、节奏，以至于决定虚构叙事作品的审美效果。

三、叙事频率

在《叙事话语》中，热奈特将"故事时间"与"话语时间"的关系用"时序""时距""频率"三个概念来加以说明。叙事频率是指"一个事件出现在故事中的次数与该事件出现在文本中的叙述（或提及）次数之间的关系"[1]。重复叙述是指数次讲述只发生了一次的事件。如福克纳在《押沙龙！押沙龙！》中对萨特彭谋杀鲍恩的事件重复了39次，鲁迅笔下的祥林嫂数次重复叙述儿子被狼吃掉的事件。叙述者为了凸现一些东西，实现自己的叙事目的往往会运用时间的叠合。重复叙述的也可能是故事发展中的某些特定元素。对这些元素的重复叙述旨在达到作者特定的叙事目的。在谭恩美的作品中，她大量植入中国文化元素。这些植入的中国文化元素丰富多样，既包括表层文化，也触及深层文化。值得关注的是，某些中国文化元素在故事叙述中重复出现，成为推动情节发展及刻画人物形象的关键要素。

1. 生肖及五行

生肖是《喜福会》中烘托映映·圣克莱尔这个人物形象的重要元素。映映生于1914年："我出生的那个虎年，可真是个坏年头。反正那年挺晦气，那年出世的婴儿都养不大……"[2]

老虎是充满热情、勇敢、极具个人魅力并且独立的动物，但老虎也具有不喜欢受约束、虚荣、鲁莽、无礼等特点。老虎的优点也正是映映性格中的核心优点。她年幼时是奔放的、顽固的、虚荣的。在"月亮娘娘"这个小

1　Rimmon-kenan: *Narrative Fiction: Contemporary Poetics*, London and New York: Methuen,1986, p. 56.

2　Amy Tan: *The Joy Luck Club*, New York: Ivy Books, 1989, p. 282.

故事里，她喜欢奔跑，大声叫喊，她拥有"狂放的天性"。映映的阿妈试图驯服她，使她成为传统的大家闺秀，"一个女孩子永远应该多听少问"。她的母亲也警告她必须收敛自己的脾气："女孩子可不能像男孩子那般捉蜻蜓啰、追跑啰。小姑娘应该文静。"[1]然而母亲告诉映映：老虎为什么有金色和黑色两种颜色？因为金色是内心凶猛的表示，黑色则表示它善于隐蔽。映映的凶猛体现在她发现丈夫的背叛以后，毅然打掉腹中的胎儿。她的善于隐蔽体现在学会静静等待机会。在打掉腹中的胎儿以后，映映搬到了上海郊区的堂叔家，等待重生的机会。最终她等到了丈夫死亡的消息，也等到了真心待她的圣克莱尔。

《接骨师之女》也是如此，引子"真"的开头部分便是露丝的母亲茹灵对母女俩属相的一段陈述。这一段陈述也为整本小说的故事发展埋下了伏笔："我的女儿叫杨如意，英文名字叫露丝。我们母女都是龙年出生，但她属水龙，我属火龙，属相相同，性格却截然相反。"[2]这样，读者从一开始就被引入了一段属相与人物命运的交响曲。而人的属相与其命运的紧密联系也贯穿了整个故事。最后，即使是在美国文化中长大的露丝也在潜移默化中被这种观念所影响。在她失语的日子里，她静静地观看旧金山金门湾一带的海景。巨浪滚滚而来，浪花仿佛轻柔的被子一般覆盖在海面上，缓缓向大桥推进。她想起母亲曾说过，雾其实是两条巨龙在搏斗时扬起的水汽，一条火龙，一条水龙。

"五行"是《喜福会》中频繁出现的文化元素，对塑造人物形象、推动情节的发展都起到了很大的作用。吴夙愿坚信五行的说法。她认为一个人五行中如果有太多的"火"，则脾气会比较暴躁；如果一个人五行中"水"太多，则会没有定性；五行缺"木"则会不坚定，容易听信别人的话而失去主见。

根据五行说法，一个人的缺陷可以通过增加他所缺乏的元素而得到弥补。相反，我们也可以去除一些元素来打破平衡状态。当龚琳达在第一次婚姻中久婚未孕时，媒婆告诉她婆婆："只有五行缺一的人才能生孩子。你的儿媳妇五行中木、火、水、土都很充足，但缺金，这本是极好的征兆。但她结婚时，你给了她金手镯等太多的金器，这样她什么都不缺。太平衡了怎么怀得上孩子呢？"[3]

虽然琳达知道她无法受孕的真正原因并不在于她有了金而达到了五行的

---

1 Amy Tan: *The Joy Luck Club*, New York: Ivy Books, 1989, p. 68.
2 Amy Tan: *The Bonesetter's Daughter*, New York: Ballantine Books, 2001, p. 1.
3 Amy Tan: *The Joy Luck Club*, New York: Ivy Books, 1989, p. 59.

平衡，但她却接受了媒婆五行的说法。多年以后，琳达对女儿薇弗莱说："看我手上戴的这副金手镯。我生了你的哥哥们后你爸爸送了我这副手镯。接着，就有了你。"[1]这句话的隐藏含义是，琳达之所以能生儿子就在于她五行缺金。当不缺金以后就只能生女儿。

此外，琳达和凤愿都认为五行会决定一个人的性格。"当金被去掉以后，我觉得自己更轻盈，更自由了。他们说这就是缺金的表现。你开始更加独立地思考。"[2]在谭恩美看来，琳达天生五行缺金是决定她性格的关键因素，也决定了她的人生之路。当她还是小女孩的时候，她决定履行父母为她定下的婚约，即使这意味着牺牲自我。但在婚礼当天她却对这一安排产生了质疑："为什么我的命运要让别人来决定？为什么我要牺牲自己的幸福生活以成就别人的幸福？"[3]当琳达的金饰和珠宝被婆婆拿走以助她怀孕后，琳达开始策划逃离这桩不幸的婚姻。在去掉金后，她觉得更加轻盈，更加自由，自我意识开始觉醒。

谭恩美不仅运用五行说来帮助塑造人物，五行说也是《喜福会》中推动故事情节发展的重要手法。"五行缺木"是许露丝母亲许安梅对女儿婚姻不幸的诊断。同样，许安梅自己也一辈子活在好友吴凤愿的批评中："耳根太软，没有主见，五行缺木的典型缺点。"安梅承认她年幼时太容易受人左右。她几乎完全屈从于家里的要求彻底忘掉自己的母亲。后来随母亲生活后，差点被母亲的敌人大太太的一串珍珠项链引诱。安梅从自己的切身经历得出这样的结论：人试图接近他人都是出于自己的私心。因此，为了保护自己的女儿不被他人利用，她告诉安梅，女孩应该如一棵树。如果她想长得挺拔健壮，就必须听妈妈的话；如果俯身去听别人的话，就会变得佝偻软弱。但露丝却认为这已经太迟了，因为她已经习惯弯下身子听别人的话了。

2. 食物

在谭恩美的作品中，除母女间的冲突与融合这一最为常见的主题外，这些描写华裔生活或中国故事的作品还有一个共同之处，那就是对华裔移民生活场景的详尽介绍。在这些场景的勾勒中，中国文化成为必不可少的元素，如对中国人婚丧嫁娶、节日风俗的详尽描写。此外，值得关注的是，每部作品都对"食物"这一日常生活中最为常见的生活要素进行了重点刻画。谭恩

1　Amy Tan: *The Joy Luck Club*, New York: Ivy Books, 1989, p. 63.
2　Amy Tan: *The Joy Luck Club*, New York: Ivy Books, 1989, p. 59.
3　Amy Tan: *The Joy Luck Club*, New York: Ivy Books, 1989, p. 53.

美用阐释型的翻译法（即用大量阐释型的文字，如对食物原料、制作过程的详尽描述）在作品中大量引入中国食物。

《喜福会》第一章，吴凤愿忆起桂林战乱时期的生活。为了排解心中的恐惧及绝望，凤愿提议搞个"喜福会"。接下来，作者详细地描述了"喜福会"大家轮流做东准备的点心：

> Each week one of us would host a party to raise money and to raise our spirits. The hostess had to serve special *dyansyin* foods to bring good fortune of all kinds—dumplings shaped like silver money ingots, long rice noodles for long life, boiled peanuts for conceiving sons, and of course, many good-luck oranges for a plentiful, sweet life.[1]

在这段描述中，作者首先用音译的方法将"点心"转化为英语，并用斜体以突显其异质性。接着，作者详细介绍了"点心"的种类、各种点心的形状及寓意。在接下来的故事情节中，特别是当喜福会成员聚会时，食物总是作品中浓墨重彩的一笔。如"馄饨"：

> She is stuffing *wonton*, one chopstick jab of gingery meat dabbed onto a thin skin and then a single fluid turn with her hand that seals the skin into the shape of a tiny nurse's cap."Time to eat," Auntie An-mei happily announces, bringing out a steaming pot of the *wonton* she was just wrapping. There are piles of food on the table, served buffet style, just like at the Kweilin feasts. My father is digging into the *chow mein*, which still sits in an oversize aluminum pan surrounded by little plastic packets of soy sauce. Auntie An-mei must have bought this on Clement Street. The *wonton* soup smells wonderful with delicate sprigs of cilantro floating on top. I'm drawn first to a large platter of *chaswei*, sweet barbecued pork cut into coin-sized slices, and then to a whole assortment of what I've always called finger goodies—thin-skinned pastries filled with chopped pork, beef, shrimp, and unknown stuffings that my mother used to describe as "nutritious things."[2]

1　Amy Tan: *The Joy Luck Club*, New York: Ivy Books, 1989, p. 10.
2　Amy Tan: *The Joy Luck Club*, New York: Ivy Books, 1989, p. 18.

在这两段描述中，作者对馄饨的做法、食材、烹饪方法、配料进行了详细的说明。同时，也用音译加解释的方法介绍了另一种唐人街常见的食物"炒杂碎"。在所有食物的介绍中，谭恩美都用音译加斜体的方式对异质性进行特别强调。

在《灶神之妻》中，随着主人公从一个地点不得不颠沛到另一个地点，"食物""吃""做饭"的场景也不断重复。只不过食物的类型、特点、质量也随着地点的变化及主人公境遇的变化而不断改变，从而成为推动情节发展的一条隐线。

雯妮跟随丈夫文福所在的空军部队从上海迁往扬州后，经常看见飞行员们出生入死，有去无回。深受触动的雯妮决定用自己的嫁妆钱置备上好的食材，做出丰盛的菜肴以款待飞行员们。作者用了整整两页篇幅来详细描述各个菜品的名称、烹饪方法和寓意。如"饺子"的食材、做法、配料等。

I didn't mind spending this money. As I bought this good food, I was thinking about those men, all the pilots, also Wen Fu: If their luck blew down, those men might not return for the next meal. And with that sad thought, my hand would hurry and reach for a thicker piece of pork, one with lots of good, rich fat.

And then I decided also to include a few dishes with names that sounded lucky. These were dishes I remembered Old Aunt had cooked during the New Year—sun-dried oysters for wealth; a fast-cooked shrimp for laughter and happiness; *fatsai*, the black-hair fungus that soaks up good fortune; and plenty of jellyfish, because the crunchy skin always made a lively sound to my ears…

Back home, I told the cook girl to boil enough pots of water and to chop enough pork and vegetables to make a thousand dumplings, both steamed and boiled, with plenty of fresh ginger, good soy sauce, and sweet vinegar for dipping. Hulan helped me knead the flour and roll out the dough into small circles…

I cooked many other dinners like that. Whenever Wen Fu and the pilots return home after many days' absence, they always wanted to eat my dumplings first thing—steamed, water-cooked, or fried—they always thought they were delicious.[1]

　　这些频繁出现的食物描述早已超出了食物的表层含义。食物成为一种表达社会关系、建构文化身份的符码，成为作者言说自我、建构身份的工具。

　　赵毅衡在《后仓颉时代的中国文学》一文中将一个人的民族性分为两种：一是基因层次，家传所得；二是体验层次，经历所得。在赵毅衡看来，美国华裔作家的"中国性"停留在体验层次。这些作家与中国文化之间有一条"依母脐带"，在这些作家的心里都有一个代表中国文化的母亲。他们心目中的中国，往往来源于母亲所口述的民间故事和民俗遗风，停留在体验的层次上。而华裔作家的"中国性"不仅仅停留在体验层次上。此外，文化身份的建构具有两重性：它既是个人主体对自我建构的追寻，同时也是社会历史文化政治等外在合力的共同建构。根据当代后殖民理论，文化身份的形成主要取决于以下三个因素：第一，与该民族或族群在某一特定的历史时代相关的形式特征；第二，群体内部成员的心理结构；第三，外界的人们对该群体内部特征进行挑选、解释和评价的方式。[2]第一个因素是种族或生物意义上的。第二个因素是三因素中的核心，是一个民族或族群在长期的历史发展中所形成的价值观及理念等诸多因素，是自我认同的文化身份观。第三个因素其实指的就是该民族或族群文化身份的外部形象。由此看来，自我身份的最终建立是自我认同与他人认同共同作用的结果。他人的认同是身份构成中不可忽视的重要因素。

　　阿尔都塞提出了"意识形态国家机器"的概念。他认为有两种形式的国家机器可行使国家权力：一种是以政府、法庭和监狱等为代表的强制性国家机器；第二种则是意识形态国家机器，包括宗教、教育、传媒、文化等诸多方面，通过影响及塑造人们的意识形态而发挥作用。在阿尔都塞看来，意识形态国家机器的教化功能会决定主体身份的建构和确立，即"意识形态把个体召唤（interpellate）为主体"。主体实质上是意识形态的"臣属主体"。

　　在谭恩美的身份建构过程中，"中国性"是体验层次而非基因层次的。因此，美国社会的意识形态对其身份塑造起到了决定性的作用。美国社会的主流意识形态对中国东方主义式的刻板印象也会潜移默化地影响谭恩美，以至于当她在作品中奋力打破刻板印象言说华裔时难免陷入东方主义的窠臼，以东方主义者的眼光去审视及筛选中国文化。因此，谭恩美在作品中通过翻

1　Amy Tan: *The Kitchen God's Wife*, London: Fourth Estate, 1991, p. 199.
2　赛格斯：《全球化时代的文学和文化身份建构》，乐黛云、李比雄主编《跨文化对话2》，上海：上海文化出版社，1999年，第91页。

译所植入的某些中国文化却偶然迎合了美国主流读者的期待视野，从而加深了对中国文化的刻板印象。正如汤亭亭所坦言，"尽管你想忽视刻板印象，说那是全然不相干的，实际上你做不到。它对你的生活产生了很大的影响，它影响着你的工作"[1]。

程裕祯在《中国文化要略》一书中将文化结构分为"物态文化层""制度文化层""行为文化层""心态文化层"四个层次。"物态文化层"包括人们的衣、食、住、行，"制度文化层"指规范人们日常行为及人际关系的准则制度，"行为文化层"主要指某一社会在长久历史发展中沉淀的风俗习惯，"心态文化层"指某一特定社会的文化及文学作品。这些文学作品体现了这一社会的意识形态、思维方式、审美情趣及价值理念。程裕祯认为，"心态文化层"是"文化的核心部分，也是文化的精华部分"[2]。

虽然谭恩美在作品中频繁使用生肖、五行、饮食等中国文化元素，但这些中国文化元素却流于浅表，"往往是草根性的民间情趣、民俗遗风、民情故事"[3]。作品所触及的"心态文化层"文化明显不足。正如吴冰在评价黄玉雪的《华女阿五》时所指出的，"明眼人一看就知道书中反映的大多是低层次文化，是为了满足追求'异国情调'、对中国和华人一无所知且兴趣仅限于中国'饮食文化'的美国读者"[4]。

以谭恩美作品中频繁出现的中式食物为例，赵健秀将华裔作家作品中热衷于对中国饮食的介绍称之为"色情饮食"（food ponography）行为。从经济的角度来看，这种行为指的是利用本民族食物的异国情调来吸引游客；从文化层面而言，是指自我深化刻板印象，强调自身的"他者性"，以在白人社会中争得一块立足之地。

3. 汉语

《喜福会》的开篇部分有这样一段描写："待到了美国，我要生个女儿，她会长得很像我。但是，她不用看着丈夫的眼色低眉垂眼地过日子。她一出世就是在美国，我会让她讲一口流利漂亮的美式英语，不会遭人白眼看

1　S. F. Fishkin: "Interview with Maxine Hong Kingston", P. Skenazy, T. Martin, *Conversations with Maxine Hong Kingston*, Jackson: University Press of Mississippi, 1998, p. 164.

2　程裕祯：《中国文化要略》，北京：外语教学与研究出版社，1998年，第3页。

3　赵毅衡：《后仓颉时代的中国文学》，载《花城》，2001年第5期，第204页。

4　吴冰：《从异国情调、真实反映到批判、创造——试论中国文化在不同历史时期的华裔美国文学中的反映》，程爱民主编《美国华裔文学研究》，北京：北京大学出版社，2003年，第76页。

不起。她将事事称心、应有尽有。她会体谅我这个做母亲的一番苦心，我要将她打磨成一只真正的天鹅，比我所能期待的还要好上一百倍的高贵漂亮的天鹅！"[1]

能说一口地道流利的英语是完全融入美国社会的标志之一，是远涉重洋、饱受痛苦的母亲们对女儿的期望。但对于在美国出生、在英文环境中长大的女儿来说，中文却是血液中不可分割的一部分，是自我身份构成的不可忽视的一部分。因此，谭恩美也将中文作为构建华裔文化身份的一种工具。共同的语言能产生巨大的凝聚力，使族群成员有强烈的归属感。美国少数族裔作家格洛丽亚·安扎杜尔（Gloria Anzaldua）指出："族裔身份与语言是一枚硬币的两面——我就是我的语言。"[2]语言是华裔作家言说身份的重要工具。中文是谭恩美小说中的重要构成元素。华裔作家以英语作为叙事语言来表现华裔及中国生活时，存在两大突出困难：一是失去了其表述对象及表述文化所依托的母语，二是目标读者对这一文化缺乏前理解。因此，为了弥补这种缺失，华裔作家在其作品中将大量的中文植入英语文本。这种植入有助于彰显文本的中国文化身份。这也是华裔文学与白人中国题材写作的一个显著差异。谭恩美植入中文书写文化身份的做法表现在两个方面。首先，谭恩美将汉字不做任何语码转换直接嵌入文本；其次，在翻译中国文化专有词时，采用音译加直译的方法凸显其"异质性"。

胡勇指出："华裔作家都喜欢以汉字形象或直译或意译英译后置于文中……这种假借语言符号竟然成了新一代华裔文学的一个共同特征，它确实刻意为西方读者造成了关于小说人物与作者的一种身份印象。"[3]这些英译的汉字在文中营造了一种陌生化的氛围，与英语之间形成了巨大的张力，从而强化了其符号象征功能，建构了文本的文化身份。谭恩美在作品中通过三种方式引入汉字。

（1）采取零翻译将汉字直接植入文本。如谭恩美在《接骨师之女》中有八个标题皆为汉字："真""心""变""鬼""命运""道""骨""香"。为方便理解，在汉字后面附上相对应的英文单词。

（2）解释已经翻译的汉字的读音或意义。德里达在《论文字学》一书中指出，西方的逻各斯中心主义实质是表音文字中心主义。语音与语义相关

1 Amy Tan: *The Joy Luck Club*, New York: Ivy Books, 1989, p. 3.

2 G. Anzaldua: *Borderlands/La Frontera: The New Mestiza*, San Francisco: Aunt Lute, 1999, p. 59.

3 胡勇：《文化的乡愁》，北京：中央戏剧出版社，2003年，第149–151页。

联。语音创造语义，语音体现语义。因此，德里达将西方的表音文字视为人类文字进化的高级阶段，而在他看来汉字就像"驶向港口的船只一样在即将到达目的地时在一定程度上搁浅了"[1]。

谭恩美在作品中竭力发挥汉字作为表意文字的优点。在《接骨师之女》中，当露丝在帮助患有阿尔茨海默病的母亲回忆外祖母的姓氏时，姨妈高玲告诉她外祖母的姓氏是"古"，露丝误以为是"骨"。因此，高玲向露丝解释说：

1. "No, no," Gao Ling said, "*Gu* as in 'gorge'. It's a different *gu*. It sounds the same as the bone *gu*, but it's written a different way. The third-tone *gu* can mean many things: 'old', 'gorge', 'bone', also 'thigh', 'blind', 'grain, 'merchant', lots of things. And the way 'bone' is written can also stand for 'character'. That's why we use that expression 'It's in your bones'. It means, 'That's your character.'"

读音为三声的汉字"ɡu"具有很多所指："古""谷""骨""股""瞽""贾"。其中"谷"字代表三个不同意义：姓氏、峡谷及谷物。从小在英语环境中长大的露丝本认为汉字令人迷惑的一音多字及一词多义是汉语的一大弊端，但当她身体中的中国意识渐渐苏醒后，她认识到这一弊端却恰好是汉语相对于表音文字的优势所在。汉字的同音异形多义使汉语成为一种深邃的、具有丰富表现力的语言。露丝甚至将这五个同音不同形的"gu"用英语戏仿出来："The blind bone doctor from the gorge repaired the thigh of the old grain merchant."（山谷来的瞽骨大夫帮老谷接好了股骨。）

2. "And what does Ma's name mean?" I whisper.

" '*Suyuan*,'" he says, writing more invisible characters on the glass. "The way she writes it in Chinese, it means 'Long-Cherished Wish.' Quite a fancy name, not so ordinary like flower name. See this first character, it mean something like 'Forever Never Forgotten.' But there is another way to write '*Suyuan*'. Sound exactly the same, but the meaning is opposite." His finger creates the brushstrokes of another character. "The

---

1　德里达：《论文字学》，汪堂家译，上海：上海译文出版社，2005年，第15页。

first part look the same: 'Never Forgotten.' But the last part adds to first part make the whole wood mean 'Lond-Held Grudge.' Your mother get angry with me, I tell her her name should be Grudge."

精美的母亲名"Suyuan"，相同的读音在汉语中对应两种不同的形式，一是"夙愿"，二为"夙怨"。这两种不同的形式也为这一人物做了一个生动的注脚。她一生有一个美好的"夙愿"，那就是能和在中国失散的两个女儿重逢团聚；而这一"夙愿"直到去世都无法实现，只能留下一声叹息，成为"夙怨"。从这个例子中，读者可以感受到汉语强大的表现力。

（3）直译或音译中国文化专有词从而凸显异质性。"文化专有词目，主要指那些为一定民族文化专有或蕴含特殊文化信息的词语。这类词语反映了两种语言符号和两种文化的不对等，表现为源语词目与译语词之间义值错位、部分对等或无等值物的对应关系。"[1]

就翻译策略而言，德国翻译理论家施莱尔马赫提出了译者在面临文化缺省项时的两种选择：一是尽量不打扰原作者，读者向作者靠近，即"异化"的翻译策略；二是尽量不打扰读者，作者向读者靠近，即"归化"的翻译策略。韦努蒂在《译者的隐身》一书中对英美盛行的归化翻译进行了批驳，并提倡异化的翻译策略。韦努蒂认为："英语中的异化翻译应是抵抗欧洲中心主义、种族主义、文化自恋及帝国主义的一种方式。"[2]韦努蒂赞同菲利普·刘易斯的"扭曲忠实"（abusive fidelity）。韦努蒂的异化翻译强调译语在语言上的陌生化，甚至牺牲语言的通顺及可读性，从而凸显译本在语言及文化层面上的不同。后殖民理论家尼兰贾纳也提出翻译应该"控制不去交流"，翻译的单位是词而非句子，译文应该能够反映出原文的句法结构。[3]解殖民及彰显弱势文化是韦努蒂、尼兰贾纳等赞成"异化"这一翻译策略的出发点。但对于"异化"的过度强调却会对文化交流造成障碍。然而，后殖民理论家罗宾逊却对这种极端的"异化"提出了质疑。在他看来，这种"异化"实践会造成交流的障碍，然而要对一个文化造成一定的影响，交流的确

1　李开荣：《文化认知与汉英文化专有词目等值释义》，载《南京大学学报》，2002年第6期，第150页。

2　Lawrence Venuti: *The Translation's Invisibility: A History of Translatiion*, Shanghai: Shanghai Foreign Language Education Press, 2006, p. 20.

3　T. Niranjana: *Sitting Translation: History, Post-structuralism, and the Colonial Context*, Berkeley, Los Angeles, Oxford: University of California Press, 1992, p. 155.

是不可或缺的。[1]韦努蒂也在2013年出版的新书《翻译改变一切》中修正了自己前期的观点，强调对译文的评价应以译语文化语境为基础，而不应以源语文化为着眼点。谭恩美在作品中通过翻译引入中国文化元素言说中国文化身份时大多采用了"异化"的翻译策略，但在"异化"有可能会造成交流障碍时通过阐释等手段确保交流渠道的畅通。

①直译。

> And when she did find an old schoolmate's address and wrote asking her to look for her daughters, her friend wrote back and said this was impossible, like looking for a needle on the bottom of the ocean.

"looking for a needle on the bottom of the ocean"是对中文成语"海底捞针"的直译。英语中也有类似的表达，"look for a needle in the haystack"。但谭恩美并没有采用归化的译法，而是完整地保留了汉语原有的形式。

> On and on she went, like a crazy woman. Now that I remember it, that was when our friendship took on four splits and five cracks.

"took on four splits and five cracks"来自于汉语表达"四分五裂"。谭恩美将其直译，这种陌生化的表达既不会阻碍读者的理解，也营造了与目的语足够大的差异而带来一种具有异域风情的阅读体验。

②直译+解释。

> "People think the broom star is very bad to see. That's the other kind, with the long, slow tail, the comes-around kind." "Comet?" "Yes, comet."

"扫帚星"是中文里对彗星的别称。谭恩美将这一文化负载词直译为"broom star"，并通过接下来的人物对话指出其实质就是彗星，既保持了这一表达的异质性，又保证了可通约性。

③音译+阐释。

---

1 D. Robinson: *Translation and Empire: Postcolonial Theories Explained*, Beijing: Foreign Language Teaching and Research Press, 2007, p. 93.

I was about to get up and chase them, but my mother nodded toward my four brothers and reminded me: "*Dangsying tamende shenti*," which means "Take care of them," or literally, "Watch out for their bodies."

Auntie Lin explains how mad she got at a store clerk who refused to let her return a skirt with a broken zipper. "I was *chiszle*," she says, still fuming, "mad to death."

And in this quick-thinking way I must have waved my knife too close to her nose because she cried angrily, "*Shemma bender en*!"—what kind of fool are you? And I knew right away this was a warning.

So now the only Chinese words she can say are *sh-sh*, *houche*, *chir fan*, and *gwan deng shweijyau*. How can she talk to people in China with these words? Pee-pee, choo-choo train, eat, close light sleep.

在这几个例子中，谭恩美将汉语表达通过音译直接嵌入英语文本，并用斜体凸显其异质性。在音译表达之后同时附上意译，既保证了读者理解的顺畅，也使读者接触到了汉语的表达方式。

然而如前一节所述，尽管"中国性"是谭恩美文化身份中不可或缺的一部分，但相较于"美国性"，"中国性"是第二位的。因此，谭恩美在作品中植入汉语并非仅仅为了弘扬中国文化，而是将中国文化作为一种解殖民及建构族裔身份的工具。正如拉什迪所述："我希望大家都持这种观点，即我们不能仅仅是按照英国人的方式来使用英语；我们应该根据自己的意图去改造它……我们在语言的斗争中可以看出真实世界里发生的其他斗争、我们内心深处不同文化间的冲突以及对我们的社会产生作用的种种影响。征服英语或许可以使我们最终获得自由。"[1]因此，在谭恩美的作品中有时展现的并非是纯正、规范的标准中文，而是朱路易在其作品《吃一碗茶》（*Eat a Bowl of Tea*）中所表现的能传达美国华裔特色的唐人街的语言。这种语言尽管是以英语为载体，却不符合英语的语法规则，深受汉语影响，是一种糅

---

1 S. Rushidie: *Imaginary Homelands: Essays and Criticism, 1881-1991*, London: Granta Book, 1991, p. 17.

合了英汉两种语言特点而形成的具有特殊风格的唐人街杂合语言。谭恩美指出，她作品中所展现的华裔的语言是"我想象中的母亲用英语对汉语的翻译。这种语言是母亲内心的语言。为了表现这种语言我试图保留其精神，而不是英语或汉语的结构"[1]。这种杂合英语也出现在许多美国华裔作家的作品中。汤亭亭在一次访谈中曾这样评价自己作品中的语言风格："这是我说话的方式，也是我听到的我周围的人说话的方式。我试图接受现实中语言的影响……我周围的人既说汉语又说英语……（他们的）英语带有汉语的口音，还有他们创造的新词汇，虽然是英语，却深受汉语的影响。我试图在自己的写作中获得那种力量和乐感。所以有时为了捕捉住那种节奏，我先用汉语说一遍，然后再在打字机上用英语打出来。所以我想我的风格与一种美国华裔的声音有关。"[2]

黄秀玲指出，《喜福会》中中国人物对话的语言特征之一是"有大量简短、支离破碎的句子"[3]。这种支离破碎，不符合英语语法规则便是这种杂合语言的集中体现。在具体的翻译层面，谭恩美采用了三种策略：

（1）译者由自己的汉语思维翻译而成的符合汉语语法但不符合英语语法的句子：

Yes, that's how she was. <u>Show everything, doesn't matter!</u>

（2）汉语习惯说法的直译：

<u>Two three hours later</u>, the doctor went to the Miao house, guess what he found?

"two three hours later"是对汉语"两三小时后"的直译，对应的英文表达应是"two or three hours later"。具有双语背景的读者在读到这个表达时可以迅速回溯到汉语的相应表达。

1　A. Tan: "Mother Tongue", J. C. Oates, *The Best American Essays*, New York: Ticknor and Fields, 1991, p. 202.

2　K. Bonetti: "An Interview with Maxine Hong Kingston", P. Martin T. Skenazy, *Conversations with Maxine Hong Kingston,* Jackson: University Press of Mississippi, 1998, p. 38.

3　S. C. Wong, "Sugar Sisterhood: Situating the Amy Tan Phenomenon", L. D. Palumbo, *The Ethnic Canon: Histories, Institutions, and Interventions*, Minneapolis/London: University of Minnesota Press, 1995, p. 188.

（3）对汉语节奏的模仿：

"What a shame! No one to greet you! Second wife, the others, gone to Peking to visit her relatives. Your daughter, so pretty, your same look. She's so shy, eh? First Wife, her daughters…gone on a pilgrimage to another Buddhist temple…Last week, a cousin's uncle, just a little crazy, came to visit, turned out not to be a cousin, not an uncle, who knows who he was…" (*The Joy Luck Club*)

My mother patted the flour off her hands. "Let me see book," she said quietly. She scanned the pages quickly, not reading the foreign English symbols, seeming to search deliberately for nothing in particular.
"This American rules," she concluded at last. " Every time people come out from foreign country, must know rules. You not know, judge say, too bad, go back. They not telling you why so you can use their way go forward. They say, Don't know why, you find out yourself. But they knowing all the time. Better you take it, find out why yourself." She tossed her head back with a satisfied smile.

在这两个例子中大多数句子没有完整的主谓结构，一些句子甚至是汉语结构的直接转换，如"your daughter, so pretty, your same look"，"You not know, judge say, too bad, go back"。

这种以英语为载体，但却深受汉语结构及特点影响的中式英语便是谭恩美所说的"母亲内心的声音"，也正是"美国性"第一、"中国性"第二的美国华裔所要建构的语言。

四、叙事时距

在叙事文本中，我们常会遇到这样的情况。有时叙述者用很长的篇幅来叙述较短时间内发生的故事。如在《尤利西斯》中，乔伊斯用了整整18章的篇幅来详细刻画斯蒂芬、布卢姆及妻子莫莉三个人物在都柏林一天的生活。相反，有时叙述者会用很短的篇幅将较长时间段内发生的事件一带而过。在《鲁滨孙漂流记》中，鲁滨孙结束长达27年的荒岛生活后，娶妻生子，成家立业，笛福仅仅用一段话就将这数年才能完成的事件进行了概述。这种"故事时间"和"叙事时间"之间的不同及长短比较就是叙事中的"时距"。

"它的意义在于可以帮助我们确认作品的节奏，每个事件占据的文本篇幅说明作者希望唤起注意的程度……"[1]时距的长短变化，表现了叙事节奏的快慢，也体现了叙事的重点变化。

"时距"通常以故事时长（以秒、分钟、小时、天、月和年来确定）与文本长度（用行、页来测量）之间的关系来测量。根据"故事时间"与"话语时间"的长度之比，热奈特将"时距"分为以下四种情况。

（1）"话语时间"短于"故事时间"，即"概述"（summary）；

（2）"话语时间"基本等于"故事时间"，即"场景"（scene）；

（3）"话语时间"为零，"故事时间"无穷大，即"省略"（ellipsis）；

（4）"话语时间"无穷大，"故事时间"为零，即"停顿"（pause）。

在第四种情况"停顿"中，"时距"为零，即"故事时间"暂时停止，情节停滞不前，叙事节奏缓慢。"停顿"通常以关于某个观察对象的描述出现在叙事作品中。在谭恩美作品的叙事中，有不少叙事"停顿"的情况出现。这些"停顿"是通过对中国文化及习俗的阐释和说明来体现的。

《灶神之妻》的第二章有一大段关于杜姨婆葬礼的描述：

> 座位前面，挂着一张很大的杜姨婆的照片，看上去好像是根据五十年前的护照翻拍放大的。照片上的她不能说已经很年轻了，但大部分牙齿当时肯定尚完好无损……

> 棺材上方的墙上，贴着一条足有十尺长的厚白纸做的横幅，上面写着很大的黑色汉字，结尾是一个感叹号，就像我有一次在中国的画报上看到的政治口号那样。……

> 过了一会儿，我听到空洞的木头的敲击声，伴随着连续不断的"叮——叮——叮"的声音，好像有人不耐烦地在走廊里按铃叫服务员。这些声音里还混合了两个人声，口中念念有词，好像都是四个音节的，一次又一次地重复，我敢肯定是在放一段录音给卡住了。

> 这时，从左边的一间小房间里出来两个和尚，都剃着光头，穿着橘黄色的袈裟。年纪大一些、人也高大些的和尚，点了一炷很长的香，向遗体鞠了三个躬，然后把香插在香炉上，退下了，年纪小

---

1 罗钢：《叙事学导论》，昆明：云南人民出版社，1994年，第146页。

一些的和尚敲着木鱼，然后他们两个开始缓缓从走廊上下来，口中念着："阿弥——阿弥，阿弥陀佛，阿弥陀佛。"……

弗兰克开始给每人分发点燃的香。我看看周围，想弄明白拿它怎么办。大家一个个都站起来，跟着和尚尼姑念，"阿弥陀佛，阿弥陀佛！"

我们绕着棺材一圈又一圈地走着，不知道走了多少时间。我感到有些傻乎乎的，参加了一个对我来说毫无意思的仪式……

我母亲现在正在向杜姨婆鞠躬，她把香插入香炉中，然后口中轻轻念叨"唉！唉！"，另外的人也照做不误，有人哭了，那几个越南老太婆大声哀号起来。

在这一段对葬礼的描述中，谭恩美详细介绍了中式葬礼的细节、流程、陈设。虽然整个故事还是在缓慢前进，并没有完全停顿下来，但是由于谭恩美过于热切地向读者呈现葬礼的具体细节和步骤，以至于叙事频频出现暂时的停顿，整个叙事节奏被打乱。

那天我们还找到了一张三层的梳妆台和一口三层大衣橱，都非常漂亮，这是我最心爱的东西，我自己挑了一张现代风格的梳妆桌，它有一面镶银边的大圆镜子，两边都有抽屉，一只长一些，一只短一些。每只抽屉前面都用桃花心木、橡木和珍珠母镶嵌起来，形状像一把打开的扇子。抽屉里还嵌着香樟木，打开来香气扑鼻，中间部分比其他部分略低一些。上面嵌一张正方形的桌面。桌子下面是一张小小的弯曲的座椅，上面罩着绿色的锦缎……

第二天，三妈带我去买那些好玩的东西：收音机啦、缝纫机啦、能够自动换片的留声机啦，还有大的能把我整个人都装进去的金鱼缸啦……

第三天和第四天，三妈又陪我去买新娘的私人用品……我们先去买了一个洗脸槽，这真是一件非常好的家具——绿色的大理石台面和雕花的木头柜子……随后我们又买了两只不同的澡盆，一只高高的木盆，是早上起床后用来洗身子的，还有一只小的搪瓷盆，只用来洗脚和下身……然后三妈又叫我买了三个马桶。我见到马桶，想到我以后要和文福合用这些马桶，脸一下子就红了。马桶有木头做的盖，里面涂了红漆，还上了一层气味很浓的桐油。

第五天，三妈陪我去买了出门和居家用的东西：几个大皮箱，两只樟木箱，我们把枕头和毛毯全塞进里面……我选了又好又厚的被子，全是中国制造的，四周织着精美的花纹，里面填着最好的、最贵的、弹过多次而变得竖立起来的棉花。我还为那些毯子挑了漂亮的被套，全是针织的，没有一只棉布的，每只被套上绣的花卉图案都各不相同，没有一只重样的。

第六天，我们去买了会客和祭祖所需的一应物件：沙发和椅子、祭坛、四只凳子和一张矮圆桌。最后这件东西是用很厚很重发光的红木做的，桌腿雕成中式的兽爪形状，台板的边沿全刻上了"寿"字，桌子底下还有四张小桌子，客人多时可以拉出来。

第七天，也是最后一天，我们去买了所有的碗筷和银器。这时我在我父亲家里待的时间够长了，已经知道这个道理：一切东西都要备两套！

我买了两套，一套是请客用的，另一套是平时用的，每套共有十件。不像美国式的有盆、刀和叉。一套一般的，一套高级的，是用象牙或银做的。你能想象得出吗？是中国银器，很纯，很软，就像能用来兑钱。

这段文字是《灶神之妻》中雯妮结婚之前回到父亲家中，父亲安排三妈陪雯妮置办嫁妆的场景。虽然在叙事中仍有"第一天""第二天"……"第七天"等时间提示词表示故事时间并没有被悬置而是继续向前发展，但实质上故事并未发展，就情节而言是停滞的。整段文字实际上是对中国婚礼嫁妆具体材质、装饰、用途的详细介绍。如此详尽的介绍远远超出了刻画人物及事件叙述的需要，有一种文化人类学中民俗整理的倾向。

第四节　双单向道：
谭恩美作品在西方和中国的接受情况分析

赵毅衡在《对岸的诱惑》一书中提到了20世纪中外文化交流的一种特殊现象，即双单向道的问题——"表面有来有往，实际上是两个单向：中国人去西方当学生，西方人到中国当老师"[1]。中国读者对西方文化的期待视野决定了20世纪中国译入与译出在规模及数量上的巨大差异。译入的西方文学

1　赵毅衡：《对岸的诱惑》，上海：上海人民出版社，2007年，第341页。

文化著作数量巨大，影响深远。而且单就译入而言也存在内部的差异。一些西方人描写中国的作品，即使是在西方世界享有广泛赞誉及影响力，也很难引起中国人的兴趣。[1]中国人及华裔作家用英文书写的中国题材的作品也面临同样的冷遇。林语堂的《京华烟云》在西方读者众多，甚至助林语堂入围诺贝尔文学奖，但这部作品在中国却反响平平。汤亭亭的《女勇士》在美国已成为英语系的必读书，在中国却并未获得与之匹配的赞誉。谭恩美也不例外。

美国华裔作家李健孙曾在张子清的访谈录中强调了谭恩美之于美国华裔文学的意义。在他看来，谭恩美为华裔美国文学作品的出版打开了闸门。自20世纪60年代以来，美国文坛涌现出许多优秀的华裔作家及作品。正如李健孙所说，"美国出版业对新华裔美国作者的兴趣，一般地讲，当然要归功于汤亭亭，特殊地讲，要归功于谭恩美。谭恩美神奇的作品震动了美国社会精神的意识之弦，创造了既有永久历史意义又具有广泛商业成功的一种文学作品"[2]。

简而言之，对于专业型读者而言，汤亭亭具有更高的学术地位，她的一些作品甚至进入了美国的高中课本。而对于普通读者而言，谭恩美的影响更为深远，她成功地将华裔文学作品带入了普通美国读者的视野。

1989年，谭恩美的第一部小说《喜福会》出版。这部小说取得了奇迹般的成功。《喜福会》连续9个月占据《纽约时报》畅销书排行榜。《纽约时报》《华盛顿邮报》《芝加哥论坛报》《时代周刊》《人物杂志》等许多美国主流媒体都给予这部作品高度赞誉："拥有神话般的魔力。"（《华盛顿邮报》）"美妙的描写，出类拔萃之作。"（《纽约时报》书评）"充满魔力，令人忍不住一口气读完。"（《洛杉矶时报》）"这是一本罕有的，令人着迷的小说，是我们一直在寻找却很少能找到的，它会给你带来愉悦的阅读体验。"（《芝加哥论坛报》）"小说该如何讲述记忆与传承？本书为我们上了精彩而令人印象深刻的一课。"（《旧金山书评》）此外，这部小说还斩获了诸多大奖。1989年获得"美国国家图书奖"及"洛杉矶时报书籍奖"。1990年获得"联邦俱乐部书籍奖""加州书评会最佳小说奖""湾区优秀小说书评奖""美国图书协会最佳青年图书奖"。《喜福会》首版精装本销售达27.5万册，总销售量高达230万册，仅平装书的版税就达到120万美

1　赵毅衡：《对岸的诱惑》，上海：上海人民出版社，2007年，第342页。

2　张子清：《善待别人，尊重别人的生存权——李健孙访谈录》，王光林、叶兴国译《支那崽》，南京：译林出版社，2003年，第387—388页。

元。此外，这部小说被译成30多种文字，在30多个国家和地区出版，并在英国、加拿大、澳大利亚等国家的畅销书排行榜上占据一席之地。1993年，王颖（Wayne Wang）将《喜福会》搬上银幕，延续了这部作品的辉煌，谭恩美也在美国成了家喻户晓的人物。

谭恩美1991年出版的第二部小说《灶神之妻》复刻了《喜福会》的辉煌。该小说同样荣登《纽约时报》畅销书榜，在1991年美国畅销小说排行榜上高居第三位，后来甚至强势反超，跃居第一位。《纽约时报》《星期日电讯报》《时代周刊》等美国主流媒体也对这部作品给予了一致肯定："将文学的表现力与商业小说令人无法抗拒的叙事吸引力相结合。"（《纽约时报》）"谭恩美是一个极具才能的作家。她用我们不熟悉的颜色、味道、风景编织了一张耀眼的网。"（《星期日电讯报》）"一本扣人心弦的，极具魅力的小说。"（《时代周刊》）在1991年6月3日的《时代周刊》上，比科·莱尔（Pico Lyer）做了题为"谭恩美的第二次胜利"的专题报道。在报道中，比科称谭恩美的第二部小说《灶神之妻》是她创作生涯的第二次胜利。《灶神之妻》仅在图书俱乐部的销售权就卖出了42.5万美元。

谭恩美之后的作品也取得了不错的成绩。1995年第三部小说《百种神秘感觉》（*The Hundred Secret Senses*）出版，这部作品取得了名列《纽约时报》畅销书榜长达3个月的不俗成绩。2001年她出版了第四部小说《接骨师之女》（*The Bonesetter's Daughter*）。《接骨师之女》同样得到了主流媒体的一致称赞："这是一本强有力的小说。它充满着奇诡、令人同情的人物，令人难以忘怀的画面，复杂的历史场景，具有现代意义的主题思想及悬疑色彩。"（《洛杉矶时报》）"这本小说因为母亲向女儿讲述的一个一个小故事而变得极具层次感。这些故事告诉了我们那些难以言说却不能被遗忘的秘密。"（《纽约时报》书评）2003年，谭恩美出版了散文集《命运的对立面——沉思集》（*The Opposite of Fate*）。2005年，谭恩美试图放弃母女题材，出版了悬疑小说《沉没之鱼》（*Saving Fish from Drowning*）。此外，谭恩美还著有儿童文学《月亮娘娘》（*The Moon Lady*）和《中国暹罗猫》（*The Chinese Siamese Cat*）。一位华裔作家在这么短的时间内能如此高产，且作品大都引起广泛关注及好评，实属难能可贵。

相较于谭恩美在美国受到万人追捧，同时获得专业型读者和普通读者青睐的盛况，谭恩美在中国的接受状况要冷清许多。在谭恩美出版的作品中，受到中国出版社、专业型读者及普通读者最多关注的还是她的处女作《喜福会》。就出版及译介情况而言，《喜福会》在1989年出版以后，同年中国就出现了节译本。《文汇周刊》1989年第11期刊登了程乃珊节译的三个故事："露丝的故事"（译自"Half and Half"）、"丽娜·圣克莱的故事"（译自"Rice Husband"）和"薇弗莱·荣的故事"（译自"Four Directions"）。1990年，《译林》和《外国文学动态》第一期也对这部小说进行了介绍，不过当时的译名为"喜乐侥幸俱乐部"。紧接着《外国文学》第二期刊登了由王晓路节译的其中一个小故事"两种类型"（"Two Kinds"）。《外国文学》第六期上则发表了王立礼节译的两个小故事"喜幸俱乐部"（"The Joy Luck Club"，与小说同名）和"两张机票"（"A Pair of Tickets"），并附有译者对该小说的评价。1995年，《当代外国文学》第一期刊登了由程爱民、王正文节译的《喜福会》16个小故事中的最后一个故事"两张机票"（"A Pair of Tickets"）。

　　《喜福会》的第一个全译本出现于1990年。第一个全译本的译者为著名的海派女作家程乃珊，但遗憾的是，由于未获原作者版权，未能正式出版。同年，于人瑞的全译本由台北联合文学出版社出版。1992年，春风文艺出版社、浙江文艺出版社、安徽文艺出版社相继出版了三个全译本：田青译《喜福会》，程乃珊、严映薇译《福乐会》以及吴汉平译《喜福会》。1994年，吉林文史出版社再版了田青译的《喜福会》。《喜福会》最新的一个全译本于2006年由上海译文出版社出版，译者为程乃珊、贺培华和严映薇。这个译本相较于1992年的译本在文字上做了一些调整、润色。2008年，圣叹国际股份有限公司再版了于人瑞的译本。《喜福会》6个版本共印刷10次，在中国的译介及发行量在所有美国华裔作家作品中当属第一。其中，上海译文出版社2006年出版的程乃珊、贺培华和严映薇译本目前在当当、亚马逊、卓越等中国各大网络书店仍有销售。

　　较之于《喜福会》，谭恩美的其余几部作品的译介情况要萧条许多。被誉为"谭恩美第二次胜利"的《灶神之妻》总共只有3个译本，其中大陆2个，台湾1个。王家湘在《外国文学》1992年第一期对《灶神之妻》进行了介绍及评价。随后，凌月、颜伟翻译的全译本由福州海峡文艺出版社出版。1994年，杨德译本《灶君娘娘》由台北时报文化企业公司出版。1999年，浙江文艺出版社出版了张德明和张德强的译本。而这几个汉译本也没有再版，目前在中国各大网络书店已无迹可寻。

　　谭恩美的第三部小说《百种神秘感觉》在中国共有两个译本，台湾1个，大陆1个。1996年，恺蒂在《读书》杂志第五期上对此书进行了首次介绍。1998年，李彩琴和赖惠辛译本《百种神秘感觉》由台北时报文化企业公司出版。大陆的唯一译本《灵感女孩》1999年由浙江文艺出版社出版，译者为孔小炯、彭晓丰和曹江。同样，这个译本也没有再版，除孔夫子旧书网有旧书售卖外，新书已买不到。

《接骨师之女》也只有两个译本。台湾地区的译本2002年由台北时报文化企业公司出版，译者为施真清。大陆的译本2006年由上海译文出版社出版，译者为张坤。这个译本目前在当当等网络书店仍然有售。总的说来，就这本书而言，介绍多于翻译。2001年，《外国文学动态》《外国文艺》《中国新闻周刊》分别刊登了对《接骨师之女》的介绍及评价。2002年，《译林》在第五期上也刊载了对这部小说的简要情节介绍。

谭恩美的转型之作《沉没之鱼》首先由康慨在《华文文学》杂志2006年第一期上进行了介绍，题为"谭恩美幽灵小说登上畅销榜"。同年9月，其中译本由北京出版社出版。这个译本与谭恩美其他作品的译本不太相同，是由悬疑小说家蔡骏在基础译稿的基础上进行译写的。在此过程中，蔡骏对原文进行了大刀阔斧的增删以及文字层面的调整及润色。这个译本目前仍然在售。

总的说来，就译本的出版和销售情况而言，除了《喜福会》能勉强体现出原著的影响力，其他几本小说在中国的接受程度与原著在美国的接受情况完全无法相提并论。究其原因，谭恩美在其作品中采用的"文化叙事"应该是最为重要的因素之一。中国读者和西方读者有着迥异的前理解和期待视野。作品中频繁出现那些对中国读者来说一目了然的文化词语、风俗典故、人名地名，谭恩美却要花上几个句子甚至一个段落细细解释这些文化负载词。这样一来，本来紧凑的故事节奏被打乱，故事变得拖沓冗长，读者自然也就兴味索然。此外，在选择和翻译这些文化元素时，谭恩美难以完全脱离东方主义的视角，因此就她对中国文化的选择和翻译而言，西方的读者和有着中国文化背景的读者有着巨大的分歧。

首先，就学术型读者而言，英美的主流专业书评对谭恩美小说中的中国文化元素持普遍接受态度。英国的《观察者报》充分肯定了谭恩美在作品中对中国的一些风俗迷信的引入，并强调这些元素以及复杂的中国背景介绍增加了小说的深度和吸引力。《星期日电讯报》对谭恩美小说中的异质元素大加赞赏："谭恩美是一个极具才能的作家。她用我们不熟悉的颜色、味道、风景编织了一张耀眼的网。"然而在具有中国文化背景的专业读者中，却有完全不同的声音。赵健秀在一次采访中称，谭恩美《喜福会》中的中国文化是伪造的，根本就不存在那样的中国文化。"从第一页起，她就开始伪造中国文化，没人会喜欢那种中国文化，更谈不到那样做了。她在一个伪中国童话中，刻画了一个伪华裔母亲。谭是个伪作家、伪华人。她把中国文化和美国文化相对立是伪装的，是她的基督教偏见造成的。"[1]在中国学者中，谭恩美小说中所表现的滤镜中的中国文化也饱受诟病。台湾学者张琼惠批评《灶神之妻》并非对中国文化的真实再现，而是在神话、两性政治、语言等方面进行了多种扭曲及变形。王光林在《翻译与华裔作家文化身份的塑造》一文中也批判了谭恩美等华裔作家对中国文化的东方主义视角。在他看来，谭恩美等华裔作家将中国文化当作一种工具来建构自己的主体身份，他们作品中的许多中国文化元素实质上是为了迎合西方读者而凸显的文化差异和异域风情。

在普通读者接受方面，也存在相似的情况。谭恩美在中国的接受情况远逊于美国。以在中国最受青睐和关注的《喜福会》为例。在美国最大的网络书店亚马逊（Amazon）及亿贝（eBay）上，1989年版、1990年版及2006年版的《喜福会》原著皆有销售。通过分析读者评论可以看出，读者的分布很广，主流读者为对中国文化无前理解的白人读者，也有一部分华裔或华人移民读者。而分析当当网、卓越网及亚马逊中国网的读者评论可发现，汉译本《喜福会》的读者群体比较狭窄，大部分都是英语专业或文学专业的学生，读此书的目的是完成课堂作业或是撰写论文。

就读者的评价而言，在亚马逊网站对1989年初版的评价中，907位读者的平均分值为4.3（5分为满分）。其中，91%的读者给出了3分（好）以上的好评。在世界最大的在线读书俱乐部好读网（Goodreads）上，共有512 566位读者对此书做出了评价，平均分值为3.89（5分为满分）。其中，468 252位读者给出了3分（满意）以上的好评。值得关注的是，当分析这些读者评价时我们可以发现，大部分好评都集中于两点：一是这本小说对于母女关系的深刻剖析。如：

No matter what race you are, or when your ancestors came to America, the themes that rings true to all women are the struggles that we see underscored by the fierce love that is so obviously shared between each mother and daughter. The topic has universal appeal. Who hasn't been ashamed of her roots at one time or another? In this case, the

---

1　张璐诗：《谭恩美被定义的"古老"作家》，载《新京报》，2006年4月14日。

mothers are trying to instill their Chinese spirits into their Americanized daughters before their ancestry is lost forever. The daughters fight their mothers every step of the way under the pretense of independence from overbearing matriarchs.[1]（无论你来自哪个种族，无论你的祖先何时踏上美国的土地，母亲与女儿之间那种强烈而深刻的爱及分歧对于所有女性来说都是相同的。这本小说的主题具有普世的吸引力。谁都有这样的经历，在某一时期对自己的根感到羞愧。在这本小说中，母亲试图强化她们已美国化的女儿身上也许很快就会永远消失的"中国性"，而女儿们却以独立为名义尽力挣脱母亲的束缚。）

二是这本小说能够带来的关于中国、中国文化的奇妙阅读体验。如：

I definitely give this book an A+. Don't think that I've told you everything. That is not even the beginning. Not only are you enjoying a good book, but you are learning about Chinese Culture. I've said this many, many times, but this book is a "must" read.（我给这本书打A+。当然这还不足以完全表达我对此书的感受。当你读这本书时，你不仅在享受一本好书，同时你也在学习中国文化。我已经强调了很多次，这是一本必读书。）

She includes Mandarin lines which makes it interesting and her book is so detailed that it seems believable and very realistic.[2]（在这本书中谭恩美使用了很多中文的表达，这些表达使这本书变得很有趣。谭恩美细腻的描写也使整个故事可信、真实。）

再来看汉译本的接受。以当当网为例，影响力最广的2006年程乃珊译本，693位读者给出了99%的好评。但90%以上是系统默认好评。此外，一部分好评集中在纸张、印刷方面，对于内容及写作技巧的好评主要集中在成功的对母女关系的刻画及对女性的启迪。

虽然对中国的理解已然过时了，但作为一本女性题材小说来看

1　https://www.amazon.com/Luck-Club-Mass-Market-Paperback/dp/B010MZLRTA/ref=cm_cr_arp_d_product_top?ie=UTF8, 2017-01-30.

2　https://www.amazon.com/Luck-Club-Mass-Market-Paperback/dp/B010MZLRTA/ref=cm_cr_arp_d_product_top?ie=UTF8, 2017-01-30.

依然很动人。

就这本书而言，故事性还是比较强，值得一看的。同时推荐作者的另一本《接骨师之女》。母亲和女儿的情感交汇，很值得品读的一本好书。[1]

非常有意思的是，无论是原著读者还是译本读者，对这本书的批评都集中在这本书失真的中国描写上。如：

I'm a one and half generation Chinese American man having immigrated to the US when I was 11 years old. Luckily, it is in the age of Internet and air travel, so I have retained my Chinese language and cultural connection while being an American. I had to read the book for class twice, once for high school, and once in college, and hated it both times. The book is decent if viewed as a purely mother-daughter relationship book or as a book purely focuses on Chinese Americans of the boomer generation and treat all the stories from China as a dream rather than reality. However, the way it is used in class as well as in many of review, the book somehow before a guide for Chinese culture. In class discussion, people seems to take stories told by the mother as historical accounts of what happened in China back then as well as archetypal cultural norms of Chinese society. Since unlike Maxine Hong Kingston, Amy Tan used a reliable narrator for these stories so the China depicted in the book is supposed to be the realistic one, but the stories themselves are more about the mythical China rather than the real China. Every time when I see people wrote they learned something about Chinese culture by reading this book, I cringe a little. The greatest enemy of knowledge is not ignorance, it is the illusion of knowledge, and this book provides plenty of that. The mythical China in the Amy Tan universe has about the same relation to the real China as Westeros has with the Real Europe. If you are fascinated by the stories of the mothers, the 'windows to Chinese culture' it supposedly provides, then

---

1 https://www.amazon.com/Luck-Club-Mass-Market-Paperback/dp/B010MZLRTA/ ref=cm_cr_arp_d_product_top?ie=UTF8, 2017-01-30.

please read Lin Yutang's *Moment in Peking* as well as Eileen Chang's *Love in a Fallen City*.[1]（我是一个半华裔美国人，我11岁那年移民美国。幸运的是，在这个互联网发达及出行便捷的时代，我还是在身为美国人的同时保持了我的汉语能力以及与中国文化的联系。这本书我读过两次，一次是高中时期，一次是大学时期，两次阅读我都无法喜欢这本书。如果这本书仅仅作为一本纯粹讲母女关系的书或是仅仅聚焦于第二次世界大战后诞生的那代华裔美国人生存状态的书，而将那些关于中国的故事作为梦境而不是现实的话，这本书还是可以接受的。然而，在课堂上和在很多书评中，这本书被视作对中国文化的一个导读。在课堂讨论中，很多人把此书中母亲讲述的故事当作历史的真实事件及中国社会文化规范的原型。和汤亭亭不同，谭恩美在小说中使用了值得信赖的叙述者，因而也使书中叙述者口中的故事变得真实可信。但这些故事中的中国是虚构的中国而不是现实的中国。每次当我看到其他读者写到他们在阅读此书时学到不少中国文化时，我都会皱眉。知识最大的敌人不是无知，而是伪知识。这本书中存在着大量的伪知识。此书中所虚构的中国和真实中国的关系正如韦斯特罗斯和真实欧洲的关系。如果你被书中中国母亲的故事所吸引，认为这些故事为你打开了一扇通向中国文化的窗户，那我建议你最好去读林语堂的《京华烟云》和张爱玲的《倾城之恋》。）

虽然对于中国的理解已然过时了，但作为一本女性题材小说来看依然很动人。

谭恩美的小说可读性很强，想象力天马行空，并且海外二代华人眼中碎片化、印象化的中国也是很有意思。

始终对于在国外长大，或者是从少年时期就在国外生活的作家，笔下的中国和关于中国的故事，不太有很深的感触。可能是作品或者作者本身，内心的隔阂，也在文字中体现了出来。

以前看过电影版的，可能因为作者是华侨，汉语表达还不怎样，所以感觉书没电影精彩。[2]

1　https://www.amazon.com/gp/customer-reviews/R2I85CGD83VKKS/ref=cm_cr_arp_d_viewpnt?ie=UTF8&ASIN=B010MZLRTA#R2I85CGD83VKKS, 2017-01-30.

2　http://product.dangdang.com/20990564.html, 2017-01-30.

　　由此可见，谭恩美身份中的"中国性"决定了她在作品中由"隐含读者""叙事时间""叙事空间"等构成的中国文化叙事，而她文化身份中的"美国性"又决定了她在文化叙事时难以走出东方主义的窠臼，因而也就造成了译著和原著冷热不同的情况。

第二章　作家的选择
——谭恩美汉译本中的译写策略研究

　　谭恩美在《五个写作秘诀》一文中总结了自己认为一部文学作品获得成功的五个诀窍。其中两个诀窍是文字层面的，另外三个诀窍关乎作品的主题。就文字而言，首先应避免陈词滥调。"意义的光谱无穷无尽，人类的表达也理应丰富多彩。而陈词滥调却死气沉沉，它背后的力量早已消失殆尽。"[1]此外，在细节描写上应避免类化。"作为一个小说家，我不相信绝对的真理、训诫和陈腐的训示以及广播讲话。我喜欢详细的细节，比如用长达400页的篇幅讲述主人公的个性。作为文学作家，除非是撰写童话故事，否则都应该清楚，故事中不该塑造那些极好或极坏的极端人物。这种形象无法使人信服，人性如此复杂，绝不能仅用好坏就加以区别，如果你把人如此简单地分类，或者进行'善必胜恶''权威永远正确'的说教，聪明的读者自然读不下去。这样的逻辑在警匪片或推理小说里会比较普遍，在文学作品中则苍白虚弱。文学应该反映这个世界细节上的真实，敏感细微胜于专横傲慢，颠覆胜于说教。"[2]就作品的主题表达而言，首先，作家应寻找自己的声音。"寻找自己的声音，就是寻找个性的真实，寻找只有你才具有的品质。这种真实源自你的个人经验和观察，当你找到独属于你的真实时，你会惊讶地发现其他人也真的会相信它。"[3]其次，作家应有悲天悯人的同情心。"刚开始写作的人往往认为挖苦讽刺是显示智慧的聪明做法。成熟的作家却多半知道，尖酸刻薄的人视角单一局限，其实惹人生厌。多数成功的小说主角都以深深的同情来对待人性中的弱点，即便那是很严重的缺陷。"[4]第三，一部文学作品的主题应是对一些重要问题的追问。"一部小说价值的大小往往取决于其中蕴含的问题。比如说什么是爱？什么是遗失？什么是希望？回答这三个问题可能要耗尽一生。我的故事是一种答案，你的故事是另

1　谭恩美：《我的缪斯》，卢劲杉译，上海：上海远东出版社，2007年，第210页。

2　谭恩美：《我的缪斯》，卢劲杉译，上海：上海远东出版社，2007年，第210页。

3　谭恩美：《我的缪斯》，卢劲杉译，上海：上海远东出版社，2007年，第210-211页。

4　谭恩美：《我的缪斯》，卢劲杉译，上海：上海远东出版社，2007年，第211页。

一种答案。"[1]总的说来，在谭恩美看来，一部优秀的文学作品在文字上应是生动的，具有丰富的表现力；在主题上应是严肃的，应体现对人性、对重要问题的终极思考。

作为一名作家，其自身对文学的理解会在某种程度上对自己作品的译介情况产生一定的影响。身为作家，他们期望自己的文学主张能在译文中得到充分的体现。因此，对"谁来译"这个问题他们是非常谨慎的。他们深谙译者的选择及译作质量的优劣会在很大程度上决定自己作品的后续生命以及在另一语言文化中的形象。在谭恩美作品的汉译者中，有两位译者的身份非常特殊：《喜福会》的译者之一程乃珊及《沉没之鱼》的译者蔡骏。他们两人是中国知名的作家。相较于普通译者，作家译者在翻译时会有所不同吗？谭恩美为什么会选择作家译者？在本章中，我们将基于蔡骏译写的《沉没之鱼》及程乃珊等所译《喜福会》对这两个问题进行探讨。

第一节　翻译中改写的不同形式

在传统的翻译观里，"对等""忠实"是核心关键词。翻译也就是用另一种语言再现原文。对于原文来说，译文是派生的，是居第二位的。译文的好坏很大程度上取决于能否在语义、风格等方面与原文对等。在这种翻译观看来，原文的意义是恒定不变的，是固定的，翻译的最高标准就是在译文中完全再现这种恒定。雅克布逊、卡特福德、奈达、科勒、纽马克等提出了各种对等概念。在中国的传统译论中，"忠实"也是翻译首要的标准，如玄奘的"求真喻俗"，严复的"信、达、雅"。

随着翻译研究文化学派以及后结构主义的兴起，这种"忠实"的翻译观受到了挑战。翻译研究的文化学派号召我们将视线从原文中心转移开来，去关注译者、目的语社会意识形态及诗学传统对翻译的影响及制约。在后结构主义者看来，意义不是文本所固有的。文本的意义是读者所理解的意义。罗兰·巴特认为，文本"向读者、社会、文化等完全裸露，可以任由阐释者欣赏、玩味、挪用、颠覆"[2]。在这一理论基础上，原文的权威被打破。翻译就是对原文"忠实"的再现这一观点也遭到解构。德里达提出"文本外无物"。这并不是在强调文本的至高无上及超然性，而是意味着文本外的社会

1　谭恩美：《我的缪斯》，卢劲杉译，上海：上海远东出版社，2007年，第211页。

2　方成：《文本与本文》，载《外语研究》，2009年第1期，第107页。

历史要素都内在于文本的组织结构中。原文并不仅仅包括词、句、篇等语言层面的要素。原文意义不是从句法、语境网单一的体系中提取出来的，而是需要不断地语境化及再语境化，需要通过翻译得以延续。[1]

在这两股合力下，翻译理论界从对"对等""忠实"的讨论转向了对翻译中不对等现象（如改写）的关注。其实，改写在翻译实践中古已有之。在传统的语言学视域下的翻译研究中，翻译中的"改变"（shift）现象就受到了一些学者的关注。卡特福德列举了翻译中的一些改变现象，这些改变都源于源语及译语在语言层面的不兼容性。凡·登·布鲁克（Van den Broeck）将翻译中的"改变"分为两类：一类是必须做的改变（obligatory shift），另一类为非强制性的改变（optional shift）。第一类"改变"和卡特福德的概念颇为相似，这种改变是由于源语和译语两种语言体系的不同而在翻译中的不得不为之，目的是保证译文的可通约性。第二种"改变"的出发点并不是出于语言层面的考量，这种改变与翻译中的"改写"现象相似。根据改写的目的又可细分为几个不同的类别。

勒菲弗尔是明确提出"改写"这一概念并为之正名的第一人。在《翻译、改写以及对文学名声的制控》一书的序言中，勒菲弗尔指出："翻译当然是对原作的一种改写。所有改写，无论其目的，都反映了特定的意识形态及诗学观念，从而控制某一文学在特定社会起到某种既定的作用。"[2]

勒菲弗尔赞同伊文·佐哈尔的多元系统论，将翻译看作文学系统中的子系统，它会受到文学系统的影响和制约。这种影响和制约体现在三个方面：

一是文学系统内的职业人士，如评论家、书评家、教师和译者，他们决定着某一社会某一时期翻译文学的主流意识形态及主流诗学。

二是文学系统外的赞助人。赞助人包括在一个特定历史时期具有重要影响力的个人，出版商、媒体、政党等社会群体以及学术期刊等决定文学作品及文学观念传播的机构。[3]赞助人在三方面对翻译行为进行控制：首先，赞助人的意识形态会影响翻译文学的主题选择；其次，赞助人通过为文学系统内的职业人士提供经济支持，从而左右他们的选择；第三，正因为译者从属

1　Kathleen Davis: *Deconstruction and Translation*, Shanghai: Shanghai Foreign Language Education Press, 2004, p. 41.

2　André Lefevere: *Translation, Rewriting and the Manipulation of Literary Fame*, Shanghai: Shanghai Foreign Language Education Press, 2007, p. vii.

3　André Lefevere: *Translation, Rewriting and the Manipulation of Literary Fame*, Shanghai: Shanghai Foreign Language Education Press, 2004, p. 14.

于赞助人，因此，译者会在一定程度上满足赞助人的要求。[1]

三是译入语文学系统的主流诗学。一是指体裁、主题、原型人物等文学样式，二是指对文学应在某一社会起到何种功用的文学观念。[2]

勒菲弗尔认为，改写可以帮助塑造一个作家、一部作品在某一接受语社会中的形象。翻译是一种非常常见的改写形式。总体而言，勒菲弗尔的"改写"是在译入语社会诸多权力因素合力制约下的行为，目的是"在译入语文化中产出可接受性的译文"[3]。图里、赫曼斯、切斯特曼等人所谈论的"改写"均属此类。

"改写"的第二种目的是实现译者的政治理想。这一类改写实践以女性主义翻译为代表。17世纪法国哲学家、修辞学家梅纳热在评论阿布朗古尔的翻译时有一个闻名翻译史的性别隐喻，"漂亮而不忠实"（les belles infidels），一语道破了翻译在漫长的历史中所受到的双重歧视及女性化地位。相对于原文来说，翻译是居于从属地位的，它应该忠实于原文丈夫。如果妻子不忠诚，她就会受到道德审判。同样，译文如果不忠实于原文，那也是不可饶恕的。

20世纪60年代第二次妇女运动在西方兴起。这一阶段的女权运动已从第一次运动的政治领域转向文学、文化领域。西方女性主义在1968年法国"五月风暴"后分化为英美女性主义及法国新女性主义两派，后者关注语言学、符号学等领域，给女性主义翻译研究奠定了基础。

法国新女性主义批评将女性问题的根源视为语言。德里达的逻各斯中心主义批判、福柯的权利话语秩序学说以及罗兰·巴特的"作者死了"的学说深深影响了这一阶段的女性主义批评。她们把语言视为意义及权力争夺及主体身份建构的场所。她们认识到，语言是人为的，是可以被颠覆、重构以实现自己政治目的的。西蒙（Sherry Simon）指出："妇女的解放首先是从语言中获得解放。在过去的二三十年里，女性主义学者的论著中出现了这样一个观点，即她们清楚地意识到语言是意义斗争的场所，是主体在此证明自我的决斗场。因此，毫不奇怪，翻译研究会受到女性主义思想的滋养。"[4]弗

---

1 André Lefevere: *Translation, Rewriting and the Manipulation of Literary Fame*, Shanghai: Shanghai Foreign Language Education Press, 2004, p. 16.

2 André Lefevere: *Translation, Rewriting and the Manipulation of Literary Fame*, Shanghai: Shanghai Foreign Language Education Press, 2004, p. 30.

3 Edwin Gentzler: *Contemporary Translation Theories*, Shanghai: Shanghai Foreign Language Education Press, 2004, p. 125.

4 Sherry Simon: *Gender in Translation: Cultural Identity and the Politics of Transmission*, London and New York: Routledge, 1996, p. 8.

洛图（Luise Von Flotow）在《翻译与性别》一书中指出："女性主义思想家与'政治正确'的观念赋予语言浓厚的政治色彩。毫无疑问，性别问题必须成为翻译的一个议题。"[1]她们赋予了"翻译即叛逆"这句话积极的意义。女性主义译论从女性译者的身份出发，强调凸显女性译者的主体性，张扬"叛逆"。哈伍德（Susanne de Lotbiniere-Hardwood）曾这样说："我的翻译实践就是一种政治活动，旨在让语言传达女性的心声。因此，我在译作上的署名就意味着：这一译作穷尽各种翻译策略，以达到让女性在语言中得以张扬的目的。"[2]

因此，女性主义译者及女性主义翻译理论皆强调对翻译文本中语言的改造，从而颠覆男权的话语语系，实现女性的平等。女性主义翻译是一种激进的翻译实践。女性主义翻译强调"差异性"的书写。德里达这样评价女性主义译者："女性主义译者不是简单地亦步亦趋。她不是原作者的秘书，而是原作者所眷顾的人。在原作的基础上，有可能进行创作。翻译即写作，不是文字转换意义上的翻译，而是由原作激发的创造性书写。"[3]

这种"创作"即"改写"，体现在以下具体操作层面上：

戈达尔（Barbara Godard）在《女性主义话语与翻译的理论化》一书中提出了著名的"妇占"（womanhandling）策略。"妇占"即女性译者对文本的操控。首先，她在序言中除向读者介绍这部作品作者的写作意图、文体风格等原文元素外，还详细描述了她作为译者的具体翻译策略，以及解决具体翻译难题的方法，让译者的主体性得以在序言中得到彰显。此外，她通过在译作中增加注释、创造新的表达方式等策略，对原文进行改写，将译文变为自己的作品，变为生产权力话语的场所。

哈伍德（Lotbinière-Harwood）的翻译研究论著《双语人》的副标题就是她的翻译主张——"翻译是女性主义的一种改写"。哈伍德的"改写"主要表现在词汇的层面上。哈伍德提出"再性化"（resexization）的翻译策略。这种策略旨在使语言女性化，避免使用对女性有偏见的词，如以"-ess""-ette"等结尾的词。此外，通过创造新词、改变拼写等方法赋予词语性别的含义，如从希腊语词缀"hyst"（意为"子宫"）中创造出了"hystory"（意为"女性的历史"）；改变一些现有词语的拼写，如

1　Luise Von Flotow: *Translation and Gender: Translating in the "Era of Feminism"*, Manchester: St. Jerome Publishing, 1997, p. 1.

2　谢天振：《当代国外翻译理论》，天津：南开大学出版社，2008年，第387页。

3　L. Venuti: *The Translation Studies Reader*, London and New York: Routledge, 2000, p. 325.

"lovher" "address（h）er"。

弗洛图的"改写"体现在她所提出的"劫持"（hijacking）的翻译策略。"劫持"是女性主义者对原文的挪用，也就是把没有女性主义意图的文本通过改写译出女性主义意识。

翻译中"改写"的第三种目的是寻求文化身份。这种改写模式以巴西食人主义翻译为代表。"食人"是源自于巴西原主民的一种原始仪式。16世纪，一个葡萄牙主教被巴西原主民吃掉。通过食人，原主民认为自己的力量得到了壮大。20世纪20年代，为了使巴西人民挣脱殖民的枷锁，安德拉德发表了《食人宣言》（"Manifesto Antropofago"）。《宣言》旨在抵抗欧洲中心主义，正如维埃拉所指出的："在使巴西文化挣脱精神殖民的公开努力中，《食人宣言》改变了欧洲中心主义史学的流向。"[1]

20世纪六七十年代，这一"食人"隐喻获得了复兴，并在文学、文化领域产生了广泛的影响。坎波斯将翻译这一本土文化与外来文化（即殖民者的欧洲文化）间的媒介视为一种食人行为。坎波斯认为："破坏原作（扼杀父亲）的翻译意味着，在原作（父亲）不在场的情况下，通过用不同的有形物（语言）使原作（父亲）继续生存，从而颠覆原作。在超越（trans）的空间中，翻译进行了一场输血。"[2]对此，维埃拉指出，食人隐喻"使翻译超越了源语与目的语的二元对立，将原作与译作带入第三空间。在这个空间里，二者都既是给予者也是接受者。这是一个双向的交流"[3]。坎波斯的食人主义主张消化原文，从原文中汲取营养，再结合巴西本国的文学传统，将不同来源、不同文化的知识杂合在一起，共同编织一张新的知识之网。而且坎波斯认为，"食人"是有选择性的，食人的对象是身为强者的敌人。通过"食人"我们从强者身上汲取营养，积蓄自身能量。在这个意义上，翻译是一种输血的行为，翻译既解构了殖民话语，又滋养了译入语的文学传统。坎波斯创造了一系列新词来描述他所理解的"翻译"，如翻译是"诗歌创作""再创造""超越性创造"。

在实践层面上，"创造性翻译"（transcreation）是坎波斯所提出的最为著名的策略。坎波斯认为："创造性翻译是一种激进的翻译实践。要达到超越性的创造不是竭力复制出原作的形式，即语音模式，而是挪用译者同代

1　E. Vieira: "Liberating Calibans", Susan, Bassnett *Post-Colonial Translation: Theory and Practice*, London and New York: Routledge, 1999, p. 98.
2　谢天振：《当代国外翻译理论》，天津：南开大学出版社，2008年，第531页。
3　谢天振：《当代国外翻译理论》，天津：南开大学出版社，2008年，第531页。

人的最佳诗作，运用本土现有的传统。"[1]也就是说，翻译不仅是对世界传统的解读，而且也是阐释及整理本土文学作品的过程。这一观点在精神实质上与歌德、庞德的文学观颇为接近。歌德认为，伟大的作品是建立在别人作品的基础之上的与其他作品的互文。庞德也持相同的观点。他基于自己翻译《诗章》（The Cantos）的实践提出，伟大的诗人通过"借用"或"抄袭"前人或从同时代作家那里汲取营养，从而创作出精妙的华彩诗篇。

在《作为创作与批评的翻译》一文中，坎波斯将翻译《奥德赛》的门德兹（Manuel Odorico Mendes）视为"创造性翻译"的代表。门德兹将12 106行的诗句浓缩成9 302行。此外，为了翻译荷马的隐喻，他创造了许多葡萄牙语复合词；值得关注的是，他以"食人"的方式，用巴西其他诗人，如卡蒙斯的诗句来替代荷马的某些诗句。

坎波斯自己在翻译希伯来语《圣经》的实践中也采用了这种"创造性翻译"的策略。首先，他将希伯来语与葡萄牙语进行杂合，在希伯来语中糅进葡萄牙语，同时又在葡萄牙语中掺杂希伯来语。此外，在翻译原文中的隐喻与习语表达时，他在译文中融入了巴西本国的文学传统。如借用巴西作家罗萨（Guimaraes Rosa）在其作品《庄园的困境》（The Devil to Pay in the Backlands）和内托（Joao Cabral de Melo Neto）在其作品《戏剧》（Plays）中的相应表达。

总的说来，巴西食人主义翻译观主张通过改写原文解构欧洲中心主义，从而在文化上找到自我，实现文化认同。

以上三种不同目的的改写形式皆得到了研究者的广泛关注，然而有一类形式的改写却未能引起足够的重视。在这类改写中，译者有双重身份，既是作家又是译者。正因为自身本是作家，这类译者在翻译时的关注点有其特殊之处。首先，对于一个作家来说，一部作品能否走进目标读者、被读者接受是衡量这部作品是否成功的重要标志，也是作家最为关心的问题之一。因此，在了解译入语目标读者不同的期待视野后，作家译者可能会对原文进行改写。1902年，梁启超将凡尔纳的《两年假期》翻译为中文，中文译名为《十五小豪杰》。这部译作也是晚清"豪杰译"的代表之一。作为《新民丛报》的主笔及主编，梁启超深谙出版之道。为了减少读者的认知困难，方便读者接受，扩大销量，梁启超对原文进行了大量的改写。首先，他改变了原作的叙事方式和语言风格，采用大部分读者所熟悉的章回体小说文体进行翻译。当时小说译介主要依靠报刊连载，章回体小说的分章断节非常有利于报刊连载，而且每期连载的完整性可以得到充分的保证，从而达到吸引读者的目的。此外，梁启超在译文中增加了许多内容，如章回体小说每一回的回目以及每一回结尾处概括本回内容的诗句等。此外，叙述人也在译文中现身。凡尔纳的原著本是采用倒叙的叙述法，而章回体文体却是线性的叙述，故事情节必须按照时间先后顺序推进才能保证叙述的顺畅。因此，梁启超通过增加叙述人的话语来达到倒叙的效果，从而使读者在阅读时不至于茫然："前回讲到武安绞下盘涡里去，连影也不见。看官啊，你不必着急。这武安是死不去的。他是这部书的主人公，死了他那里还有十五小豪杰呢？却是前两回胡乱讲了许多惊心动魄的事情，到底这些孩子是那个国家的？是什么种类的人？这脊罗船到底欲往那里？为何没有船主只剩这几个乳臭小儿？我想看官这个闷葫芦，已等得不耐烦了。如今乘空儿补说一番罢。"凡尔纳的小说在同一时期也有其他译本，但就影响而言均不如《十五小豪杰》。其中最重要的原因之一便是译者没有充分考虑读者的接受能力。夏颂莱在《金陵卖书记》中指出："若《新民报》之《十五小豪杰》，吾可以百口保其必销。"而其他"小说书亦不销者，于小说体裁多不合也"[1]。

此外，作为作家，这类译者有着自己对文学的理解及诗学观念。因此，当原文的诗学观念与自己对文学的理解相左时，他们可能会对原文的某些文学要素进行改写，从而使之符合自己的诗学观念。总体而言，对文学的理解有两条路径：一是文学的社会功用论，即文学意识形态论。在中国，这一派以韩愈、陆机为代表。韩愈的"文以载道"说影响深远。陆机提出"济文武于将坠，宣风声于不泯"，强调文学弘扬教化的功能。在西方，这一派以马克思文学观为代表，把文学与社会紧密地联系起来。卢卡契提出，文学是现实的反映。别林斯基强调文学应体现时代精神。二是"为艺术而艺术"的纯文学观。这一派以普希金、王尔德为代表。当作家译者的文学及诗学观念属于第一种情况时，他们在翻译中所做的改写就类似于勒菲弗尔所提到的改写形式；而当他们的文学观符合第二种情况时，他们在翻译中所改写的对象便是那些构成"文学性"的具体文学元素。

英国诗人乔叟最著名的译作《特罗伊勒斯和克丽西达》是对薄伽丘叙事长诗《菲洛斯特拉托》的改写。乔叟将这首长诗改译为小说，并进行了大胆的发挥，将自己现实社会中的经历融入这首诗中，以至于有些评论家甚至把《特罗伊勒斯和克丽西达》视作最早的一部现实主义小说。英国16世纪人文主义诗人魏阿特在翻译意大利诗人彼得拉克的十四行诗时，改变了原诗严

---

1 夏颂莱：《金陵卖书记》，上海：开明书店，1902年。

谨的结构，进行自由创作。不过，经魏阿特改编的十四行诗却为英国十四行诗的结构、格律奠定了基础。与魏阿特同时代的萨雷，比魏阿特更大胆。在翻译彼得拉克十四行诗时，对原诗的格律、诗节规定进行了颠覆性的改写。此外，他在翻译维吉尔的《伊利亚特》时借用拉丁语诗歌不押韵的特点，以无韵诗即素体诗的形式进行翻译。这种新的诗歌风格也受到了莎士比亚、弥尔顿等诗人的青睐，使素体诗成为英国文艺复兴时期乃至以后英国戏剧写作的基本诗体。阿米欧在翻译古希腊、古罗马名著时遵循"与原作媲美"的原则。他在最著名的译作《希腊、罗马名人比较列传》（简称《名人传》）中借鉴希腊语及拉丁语，创造了大量的政治、哲学、科学、文学、音乐等方面的词语，大大地丰富了法语词汇。有人甚至评论说，《名人传》是阿米欧的《名人传》，而不是翻译的《名人传》。诺思在将阿米欧《名人传》的法译本译为英文时，采用了比阿米欧更为大胆的方式，他并非仅在用词上进行改变，而是对整部作品进行了改写。诺思的《名人传》是在普鲁塔克原著基础上的重新创作。查普曼在翻译《伊利亚特》及《奥德赛》时，声称荷马在自己身上显灵。因此，他毫无顾忌地对原作进行了大量改写。他改造了诗中的人物性格，在诗中加入了自己的感悟及道德说教。18世纪英国著名的古典主义诗人，当时最负盛名的荷马史诗翻译家蒲柏在翻译时用英国读者熟悉的双韵体对原诗进行了改写，并大量加入自己创作的文字。有评论说："这诗作得实在优美，蒲柏先生，不过您不能把它称作荷马的诗。"[1]19世纪英国作家菲茨杰拉德在翻译波斯诗人伽亚谟的《鲁拜集》时，恣意对原作进行改写。他将其中自认为粗鄙的部分删掉，将散见于不同章节但表达同一意境的诗句挑选出来放到一起，将其中的某些诗重写，并将其他几位波斯诗人的几首诗塞进这一诗集。

19世纪俄国最伟大的诗人普希金在翻译时采用的是德莱顿所说的"拟作"模式。"在翻译帕尔尼的诗歌时，对原作进行压缩、更动、改写，把帕尔尼的平庸的即兴诗歌变成赞美生气勃勃的青春的动人颂歌，使译文在诗的美感和艺术价值上大大超过了原作。"[2]与普希金同时代的俄国诗人茹科夫斯基在翻译中将一切不合口味的原著进行改写。他在翻译中任意改动故事发生的年代，将外国人名改译为俄国人名。他创作初期的诗作《乡村墓地》实际上是对英国诗人格雷《墓园哀歌》的改写。美国意象派诗人庞德在英译汉语诗歌时，并没有追求意义、用词及韵律的对等，而是试图运用一系列创造

1　谭载喜：《西方翻译简史》，北京：商务印书馆，2000年，第157页。
2　谭载喜：《西方翻译简史》，北京：商务印书馆，2000年，第178页。

性的手法实现诗歌所要表达的情感的同一。艾略特曾称庞德为"我们时代中国诗歌的发明者"。美国意象派另一伟大诗人洛威尔也持有相同的翻译主张。洛威尔翻译的《赠张云容舞》曾被吕叔湘称赞"比原诗好"。

在中国，苏曼殊将雨果的《悲惨世界》改译为中国传统的章回体小说。从译文前六回及最后一回还能大致看出原文的痕迹，中间七回则完全是苏曼殊的自由发挥创作。卞之琳在英译汉诗时，在很多地方对原诗进行增删、阐释、改写，恣意洒脱甚至可以说是放纵。林语堂的《英译重编传奇小说》也是一本译写合集。在这部作品中，林语堂在《太平广记》《聊斋志异》《京本通俗小说》等作品中挑选了共20篇小说作品。这些故事大都情节曲折、引人入胜，在中国广受赞誉。但正如林语堂在该书序言中所说："我很抱歉，我在将这些故事译为英文的时候，并没有仅仅满足于译者这一角色。因为，在某些情况下我认为翻译是不可行的。相异的语言、不同的习俗，必须进行解释说明读者才能理解。更为重要的是，就现代小说的节奏和写作技巧而言，必须对原文进行改写。这些因素决定了我在翻译这本书时采用的是改写的方法。""在改写中，若对故事有所增删，其目的是增强故事效果。"[1]在这部作品中，林语堂在翻译时对某些故事的主题进行了深化，对某些作品的人物描写进行细节化、丰满化。此外，他的改写策略还体现在增加人物对话、转换叙述视角等方面。

第二节　蔡骏《沉没之鱼》译写实践分析

2005年，谭恩美尝试走出她所擅长的母女主题，悬疑小说《沉没之鱼》（*Saving the Fish from Drowning*）问世。《沉没之鱼》讲述的是一位名叫陈璧璧的旧金山华裔艺术品交易商计划组织一个13人的旅行团，由中国丽江出发进入缅甸的文化之旅。但陈璧璧却在出发前离奇死亡。她的灵魂随着其他12名团友按原计划开始了一段奇诡的旅程。

这部小说虽是采用悬疑小说这种较为通俗的形式，主题却很严肃。小说的故事背景设置在曾经沦为西方殖民地或半殖民地的中国云南和缅甸——对于西方来说的文化"他者"。小说的题目"Saving the Fish from Drowning"来自小说开头部分的一段引子：

1　Lin Yutang: *Famous Chinese Short Stories*, Beijing: Foreign Language Teaching and Research Press, 2009, p. XVIII.

一位虔诚者对他的信徒们说："夺取生命是邪恶的，拯救生命是高尚的。每一天我立誓要拯救一百条鱼。我会将渔网撒入湖中捞起一百条鱼，将它们放在岸边，鱼儿们会翻滚跳跃。我会告诉它们：'别害怕！我把你们从水里救起来，你们就不会被淹死了。'很快，鱼儿们就渐渐平静下来，不会动弹。唉！我不禁叹息，我总是晚了一步，鱼儿死了。但是浪费东西也是邪恶的。因此，我把这些死鱼拉到市场，卖个好价钱。有了这笔钱，我就可以买更多的网救更多的鱼。"

蔡骏译写的这段引言也精辟地概括了这部小说的主题："拯救"与"被拯救"。缅甸曾是英国的殖民地，小说中生活在"无名之地"的南夷人曾在白人传教士的影响下信奉基督教。他们将白人传教士"小白哥"视为救世主。但前任"小白哥"安德鲁斯实质上在传教的名义下疯狂敛财。他也成为曾经作为殖民者的西方在东方的真实写照。在第一任"小白哥"神秘消失后，南夷人隐居丛林，期待他投胎转世来拯救他们脱离苦海。一天，当南夷人的首领黑点及同伴们发现美国游客中的小男孩鲁帕特拥有"小白哥"的三个特征：一本黑皮书、一副扑克、浓密而倾斜的眉毛时，他们认定鲁帕特就是"小白哥"转世。因此，他们设法将11位美国游客骗到了"无名之地"。但随后他们却发现鲁帕特根本没有神力，无法拯救他们，只是个普通的游客。南夷人对鲁帕特身份的清醒认识体现了对"西方中心主义"的颠覆。另一方面，小说也否定了西方人将东方从落后中拯救出来的臆想，试图让西方社会反思，名义上打着拯救别人的旗号也许实质上是对别人的伤害。只考虑意图而不计后果的"拯救"究竟能否实现救赎的目的？生活在"无名之地"的南夷人，他们并未在美国人的帮助下脱离苦海，相反最后的回归原始才是他们最终的救赎之路。

2006年，《沉没之鱼》汉语译本出版，译者为中国著名悬疑小说家蔡骏。蔡骏被誉为"中国悬疑小说第一人"。自22岁发表首部作品以来，至今蔡骏已出版中、长篇小说二十多部。代表作品有《人间》《病毒》《猫眼》《夜半笛声》《幽灵客栈》《荒村公寓》《地狱的第19层》《旋转门》《天机》《谋杀似水年华》等。其中，《病毒》获"人民文学·贝塔斯曼杯文学新秀奖"。2008年6月28日，由中国作家协会和山西师范大学出版社联合主办的"蔡骏作品暨中国类型化小说研讨会"在北京召开。作协充分肯定了蔡骏在文学创作上的成就以及作品中对人性的深刻剖析。甚至连曾经毫不客气地批评中国现当代文学为垃圾的德国汉学家顾彬在接受中国媒体采访时也高度肯定了蔡骏的作品（特别是《人间》），将其与当代悬疑小说大师斯蒂芬·金的作品相提并论。[1]蔡骏的悬疑小说在"严肃"与"通俗"中尺度拿捏得当，既能获得专业读者的广泛好评，也深受普通读者的青睐。2005年，萌芽杂志社联合接力出版社推出"蔡骏心理悬疑小说"系列，这些作品总销量突破700万册，并连续7年保持中国悬疑小说最高畅销纪录。此外，《诅咒》《地狱的第19层》《荒村公寓》等作品也相继被改编为电影。

悬疑小说通常以强烈的悬念及严密的逻辑推理为特点。悬疑小说的鼻祖为美国作家爱伦·坡。1841年，爱伦·坡创作了世界第一部悬疑小说《莫格街血案》，随后又创作了《玛丽·罗热疑案》《窃信案》《金甲虫》等作品。在《创作哲学》（"The Philosophy of Composition"）中，爱伦·坡提出了创作的统一效果论（The Unity of Effect）。他认为，聪明的艺术家不是将自己的思想纳入他的情节中，而是事先精心策划，想出某种独特的、与众不同的效果，然后再杜撰出这样一些情节——他把这些情节连接起来，而他所做的一切都将最大限度地有利于实现那预先构思的效果。[2]爱伦·坡的统一效果论对悬疑小说创作有着深远的指导意义。柯南·道尔感叹道："一个侦探小说家只要沿着这条狭窄的小路步行，而他总会看到前面有爱伦·坡的脚印。如果能设法偶尔偏离主道，有所挖掘，那他就会感到心满意足了。"[3]

根据表现手法，悬疑小说通常可分为现实型悬疑和超自然悬疑两类。现实型悬疑强调缜密的悬念设置，情节的层层深入、抽丝剥茧，作品的重点不在于恐怖气氛的渲染。超自然悬疑小说则在作品中运用超自然的神秘来推动故事发展。在中国，现实型悬疑小说以蔡骏为代表。蔡骏的小说大都以一个真实的历史事件为切入点，将离奇、充满悬念的故事编织在这一真实事件中，从而营造一种神秘的阅读体验。

蔡骏的文学观和谭恩美颇为接近：

（1）同谭恩美一样，蔡骏也非常注重作品文字的表现力。他的作品除引人入胜的情节设计、生动立体的人物形象外，备受读者赞誉的还有他深厚的文字功底。他的文字精练、生动，注重精微处的勾勒，读起来有强烈的画面感。曲折巧妙的情节以优美娴熟的语言为载体，更能产生奇妙的魅力。

1　http://book.sina.com.cn/news/c/2009-03-20/1056252737.shtml, 2017-01-30.

2　盛宁：《爱伦·坡与"五四"运动以后的中国现代文学》，载《国外文学》，1981年第4期，第9页。

3　朱利安·西蒙斯：《文坛怪杰——爱伦·坡传》，西安：陕西人民出版社，1986年，第247页。

（2）如前所述，谭恩美认为，作家应有悲天悯人的情怀，在作品中应去探索共同的人性，思考人类所共同面对的困境。同样，蔡骏认为："文学之所以吸引人，主要有两点，一是对人心的震撼力，二是对人心的控制力。'震撼力'就是卡夫卡、博尔赫斯等大师的杰作，往往具有对人性的终极思考，构筑宏大的精神世界，具有穿越时空的力量；而'控制力'就是一般所说的通俗小说，比如读金庸的作品，就会在不知不觉中被他控制，你会被他的情节牵着走，为故事中人物的喜而喜，悲而悲，而作者成功的关键就是其编故事的能力。小说应该是逻辑思维与大胆想象力的智慧结晶，我喜欢卡夫卡、斯蒂芬·金这些充满智慧的作家，他们的作品是人们理性与激情的成果。相比之下，我不喜欢那些没怎么动脑筋就写出来的文字，我更愿意让我的作品都变成大脑的磨刀石，让读者们的智慧之刀变得锋利起来。"[1]蔡骏是爱伦·坡统一效果论的坚定践行者。虽然蔡骏充分肯定情节在文学作品中的重要性，但在他看来，情节是服务于主题的，作品的社会关怀、人文关怀更为重要。"在我们这个波澜壮阔的大时代，在我们这个可能会改变全人类历史的国家的这个时期，我们却缺乏中国作家真正的声音。我并没有说我们就一定要回归以前批判现实主义的传统，哪怕是现代主义，甚至后现代主义的作品，比如卡夫卡的作品，同样可以反映大时代。哪怕是魔幻的，比如拉美的那种，也同样可以反映大时代。甚至于哪怕是非常通俗的，就像我极其喜欢的一位美国作家史蒂芬·金把通俗小说进行到底的这位大师，他的作品同样反映了一代美国人的精神世界。我们也可以做到，我也愿意去尝试，不管用哪种方式，我想都会是殊途同归。"[2]因此，在蔡骏的作品中，我们可以清晰地看到他的人文情怀。在长篇小说《人间》中，蔡骏将关注点投射到现实的社会生活中，探索现代都市人的精神困境。小说中不乏对一些热点事件的记录和评论，如"5·12"地震、世界金融危机引发的种种事件。《谋杀似水年华》更是以离奇的谋杀案为引线切入社会深层的矛盾内核。蔡骏小说的主题都相当明确，通过对贪婪、嫉妒、自私等人性阴暗面的批判来歌颂宽容、博大等美好的人性。

（3）柯南·道尔认为，悬疑小说大都沿着爱伦·坡所设定的路径，如果能偶尔"偏离主道，有所挖掘"已属难能可贵。蔡骏和谭恩美在悬疑小说的创作中都试图"有所挖掘"。而他们所挖掘的元素也非常相似，那就是中国本土特色元素。《沉没之鱼》中谭恩美依然延续了她其他作品中的中国叙

1　蔡骏：《将悬疑进行到底》，载《中国图书商报》，2005年4月8日。
2　《"新世纪十年文学：现状与未来"国际研讨会作家发言（综述）》，载《文艺争鸣·新世纪文学研究》，2010年第10期。

事。而蔡骏则将唐诗、宋词、昆曲艺术等中国传统文化符号植入他的作品。在《神在看着你》中，老人轻轻地吟出了苏轼的《水调歌头》。"但愿人长久，千里共婵娟。"在《天机》中，蔡骏将昆曲《牡丹亭》杜丽娘游园中那段"那荼蘼外烟丝醉软"的唱词穿插其中来渲染故事氛围。

蔡骏对文学、对悬疑小说的理解决定了他在翻译《沉没之鱼》时所采用的特殊翻译策略——译写。如前所述，谭恩美和蔡骏都认为一部文学作品最重要的是有严肃的主题。蔡骏在《沉没之鱼》的序言中充分肯定了原作深刻的思想内涵。在译作中，蔡骏的译写主要体现在以下几个方面：（1）语言层面。《沉没之鱼》在汉译时首先由几名译者完成基础翻译稿。这一过程要求译者准确表达原著的每一句话及每一个词。接着，蔡骏在基础译稿的基础上，对译文进行语言润色。（2）情节的增删。蔡骏对书中部分冗长的内容进行了精简及删减。此外，增加了原作没有的一部分内容。（3）小说结构。蔡骏对原作的章节进行了重新划分，并重新拟定了各章节标题。

一、语言层面的润色

首先，在语言层面上，蔡骏在《沉没之鱼》的序言中指出了翻译中所存在的一个普遍问题，即"翻译腔"的问题："因为不同语言间的巨大差异，翻译作品一般都会有语言生涩等问题，阅读时常感觉像在吃被别人咀嚼过的肉。尤其是中国读者的阅读习惯，大多难以适应欧美原著的小说。许多经典的西方作品译成中文后，往往丢失了大半精彩之处。而越是语言优美的作品，在翻译中的损失就越巨大。"[1]在《译写：一种翻译的新尝试》一文中，蔡骏列举了译文的晦涩难懂及冗长等问题给一些优秀的现代西方文学作品在中国的接受所造成的障碍。如斯蒂芬·金、丹·布朗的作品汉译后的一些阅读障碍问题。因此，蔡骏在《沉没之鱼》中的译写主要体现在语言文字层面，以期使汉译本的语言更加中国化，最大限度地减少"翻译腔"，以适合大多数中国读者的阅读习惯。

蔡骏对文字的调整主要体现在：

（1）让文字更加细节化，营造画面感。

原文：The idea for this book began with a bolt of lightning and a clap of thunder. I was walking on the Upper West Side in Manhattan

---

1　蔡骏：《序言》，载谭恩美著《沉没之鱼》，北京：北京出版社，2006年，第6页。

when I was caught without an umbrella in a fierce summer downpour. I spotted a possible shelter: a handsome brownstone building with gleaming back double doors.

译文：本书的创意源于一次电闪雷鸣。那个夏日，我正走在曼哈顿上西区，暴雨毫无预兆地倾盆而下。没有带伞的我被雨淋得像落汤鸡，狼狈地四处寻找避雨之处。忽然，眼前跳出了一栋褐岩色的房子，它有一扇闪亮的黑色大门，宛如阿里巴巴的宝藏，冥冥中召唤着我入内。

这段文字为原作的开头部分。陈璧璧为了避雨，走入了一幢有着闪亮黑色大门的房子。蔡骏对于这个推动情节发展的重要意象——黑色大门进行了深入的刻画，"宛如阿里巴巴的宝藏，冥冥中召唤着我入内"。对于中国读者来说，"阿里巴巴的宝藏"便是神秘的代表。蔡骏在这里所增加的两句描写使原文所要表达的神秘悬疑跃然纸上。

原文："You should have seen your mother when she was nine months pregnant with you. She looked like a melon balanced on chopsticks, teetering this way and that...Early in the morning, that's when her water broke, after making us wait all night. The winter sky was the color of spent coal, and so was your mother's face...You were too big to come out between her legs, so the mid-wives had to slice her nearly in two and pull you out like a fatty tapeworm. You weighed over ten pounds, and you had bloody hair down to your shoulders."

I shivered when she said that.

译文："你该看看你妈怀了你九个月的时候。她就像个插在筷子上的大甜瓜，走路摇摇摆摆……一大早上，她就说要生了，结果害我们足足等了一天一夜。天空灰蒙蒙的，你妈的脸也是……你出生时太大了，难产，接生婆好不容易把你抱出来，满身是血。"

我听了直发抖，难道我的出生就是个阿鼻地狱吗？

这部分内容来自甜妈对璧璧生母生她时场景的描述。璧璧母亲生她时因难产而大出血，产后不久也最终因糖尿病而丧命。因此，璧璧从小内心就有对自己的强烈怀疑。过早的失去母亲也使她内心变得坚硬，无法如正常人般付出全身心的爱。一生茕茕孑立，无夫无子。蔡骏在译文中增加了一句：

"难道我的出生就是个阿鼻地狱吗？""阿鼻地狱"出自《法华经》，意为永受痛苦的无间地狱，即十八层地狱中的最深一层。增补的这句话也非常形象地烘托出原文所试图表达的深层含义。

> 原文：It was a thrilling, vertiginous run—the smell of morning fires, steaming cauldrons, and fire-snapping grills, the awesome snowy peaks.
>
> 译文：清晨的空气带着高山上的芳香，他们可以闻到烟火的味道，听到噼啪作响的烧烤声，甚至感到数百年前路过此地的忽必烈骑兵军团的马蹄声。

这一段是12位美国游客在丽江的首个清晨所看到的美景，有声有色。蔡骏增补了"甚至感到数百年前路过此地的忽必烈骑兵军团的马蹄声"，这一细节描写不仅让读者瞬间产生了身临其境的听觉体验，也带来了丽江曾为茶马古道要塞的历史厚重感。

（2）使译文的文字符合地道汉语的表达习惯。

在《译写：一种翻译的新尝试》一文中，蔡骏指出："（谭恩美）是一位非常细腻、语言丰富多彩、擅长细节与心理描写的女性作家，对于美国华人家庭的刻画很深入。但作者本人是从美国主流社会的角度出发的，她的视角与我们想象中的华人作家不同。谭恩美就是一个美国作家，她的血统和家庭是中国的，但她的思维方式和语言完全是美国的。"[1]

英语重形合。英语句子通常较长，分句之间大量采用连接词来支撑整个长句的架构。而汉语则是重意合的语言，句子内部及句与句的连接常采用语义的手段，很少使用连接词，因此汉语句式结构短小精悍。蔡骏在译文中也尽力再现汉语精练、简洁的特征，将一些冗长的句式换成凝练的汉语。此外，对英文中常出现的词，如"试图""希望"等进行替换改写，采用汉语习惯的词语进行表达。

> 原文：Rupert had taken off down the road to check out the rock-climbing possibilities, and because he was fifteen and utterly unable to discern the difference between five minutes and fifty, not to mention between private and public property, he had managed to climb a stone

---

1　蔡骏：《译写：一种翻译的新尝试》，载《译林》，2007年第2期，第205页。

wall and trespass into a courtyard housing six hens and a disheveled rooster. Roxanne was capturing arty footage with her camcorder of Dwight walking down a deserted road. Wendy had located some photogenic children who belonged to the sister of the chef's wife, and she busied herself taking pictures with a very expensive Nikon while Wyatt made faces to make the kids laugh. Bennie was adding shading to the sketch he had made of this local Chinese bistro, a dilapidated building at a crossroads that appeared to lead to nowhere. Mr. Fred, the bus driver, had wandered across the road to smoke a cigarette. He would have stayed closer to the bus, but Vera, who wanted to board, had asked with exaggerated wave of her hands that he not contaminate the air around her. Miss Rong was in the front seat, studying a book of English phrases. Moff also got on the bus, and lay down at the back for a five-minute nap. Heidi boarded and applied a disinfectant to her hands, then put some on a tissue and wiped down the armrest and grab bar in front of her. Marlena and Esme were doing their best to use the latrine with its perilous pit. Bad as it was, they preferred privacy to open-air cleanliness. Harry had gone searching for a better loo and in doing so saw a pair of interesting red-breasted birds with twitchy eyes.

　　译文：鲁帕特忽然想到了攀岩，这男孩只有十五岁，对五分钟和五十分钟没什么概念。马赛先生找到了一条神秘的小路，他的妻子正在用摄影机拍他。温迪看到厨师老婆妹妹家的孩子，她赶紧用尼康相机拍照，让怀亚特做鬼脸逗那些小孩笑。朱玛琳和小女儿在凑合着用厕所。柏哈利摇摇头去找好一点的厕所，却看到一对有趣的鸟。

　　本尼正在往日志上作记录。巴士司机小飞，逛到马路对面去吸烟。要不是薇拉向他夸张地挥手要上车，小飞会待在离车近一点的地方。荣小姐坐在前排，认真地看着英语书。莫非也上了车，躺在后面小憩。海蒂也上来了。

　　这段文字描写的是旅行团前往石钟寺途中的一幕场景。原文本由若干长句及复合句构成。特别是第一句话，甚至有四个分句。而蔡骏仅仅用了32个字，不到一行就完整地再现原文占据四行包括四个分句的第一句话。紧随其后的是若干短句。这种简短、精练的句式体现了地道汉语的语言特点，具有鲜明的节奏感，摆脱了"翻译腔"的束缚。读者读起来朗朗上口，毫无障碍。简洁生动的语言也为情节的铺陈增色不少。

原文：A group of boys with freshly shaved heads walked by, wearing the garb of acolyte monks, a single piece of cloth the color of deeply saturated orange-red chillies, which had been draped, tucked, and wound around their thin brown bodies. Their feet were bare, and they walked about as new beggars. One of them shyly held out a palm cupped into a begging bowl. Another boy slapped down his hand. The boys giggled. The monks were allowed to beg for their food, but only early in the morning. They went to the market before dawn with bowls and baskets, and shopkeepers and customers loaded them with rice, vegetables, pickled goods, peanuts and noodles, all the while thanking them for allowing them this opportunity to increase their merit, merit being the good-deed bank account by which Buddhists improved their chances in future lives. These food supplies were taken back to the monastery, where the novices, ordained monks, and abbots lived, and a breakfast was made of the haul, a meal that had to last them the entire day.

译文：一群男孩走过，刚剃过头发，僧侣装扮，深橘红色的一片布料，裹在他们瘦瘦的晒黑了的身体上。

他们光着脚，就像乞丐那样走路。其中一个胆怯地将手掌握成乞讨碗的形状。和尚们可以乞讨食物，但只能在早上。他们在黎明前带着碗和篮子来到市场上，店主和顾客给他们装上米、蔬菜、腌制食品、花生和面条，同时感谢和尚给了他们机会行善，做善事会在来世得到回报。

他们将食物带回寺庙，这是寺庙里僧人们的早餐，也是一天中唯一的一餐。

这段文字是12位美国游客在曼陀罗集市所看到的一幕。译文语言依然简洁、精练。此外，我们可以看到，原文中有一句"These food supplies were taken back to the monastery, where the novices, ordained monks, and abbots lived..."。如果直译，这句话应译为："他们会将食物带回寺庙，为这里新受戒的或已获正式法号的和尚及寺院住持提供早餐，也是一天中唯一的一餐。""新受戒的或已获正式法号的和尚及寺院住持"信息冗长繁复。因此，蔡骏用"寺庙里的僧人们"来概括这三类和尚，这样的精简也保持了译语节奏的明快及句式的简练。

（3）针对中国读者的前理解，有意识地用古诗词等中国文化元素来增强译语的表达效果。

如前所述，蔡骏和谭恩美在悬疑小说的创作中都试图"有所挖掘"。他们都努力在中国传统文化中汲取养料。谭恩美依然沿用中国叙事。而蔡骏则善于将深层的中国文化要素如诗词曲赋等融入作品。他也将这一手法沿用到《沉没之鱼》的翻译中。

原文：From the window of the deluxe air-conditioned tour bus, my friends and I could see the startling snowcapped peaks of Tibet glinting in the distance. Each time I have seen them, it is as amazing as the first.

译文：从空调大巴的窗户往外看，我和我的朋友们看到了遥远的雪峰。每次我看到它们，感觉和初次相见一样新鲜神秘，宛如纳兰性德的词"人生若只如初见"，其实我的人生亦是如此。

在译文中，蔡骏增加了清代著名词人纳兰性德《木兰花令·拟古决绝词》中的名句："人生若只如初见。"这句诗意指事物的结局并不如最初想象的那样美好，在事情的发展中往往会有超出最初想象的变化，如果一切都停留在初见时的感觉那该多么美好。这句增加的诗句不仅增强了译语的表达效果，而且恰好契合了整个情节的发展。对于12个美国游客来说，初见丽江的雪山无疑会被它的美所震撼，但他们却没有料到，在这动人心魄的美之后隐藏着危机。

原文：There is a famous Chinese sentiment about finding the outer edges of beauty. My father once recited it to me: "Go to the edge of the lake and watch the mist rise."

译文：中国人对于边缘有古老的审美，我父亲曾向我背诵过一首李白的诗——

湖与元气连，
风波浩难止。
天外贾客归，
云间片帆起。

> 龟游莲叶上，
> 鸟宿芦花里。
> 少女棹归舟，
> 歌声逐流水。

这段文字是美国游客泛舟菩提湖将被黑点带到"无名之地"时璧璧所发出的感叹。静谧的湖景让所有人忘记了世界的嘈杂。原文用父亲曾给"我"说过的一句话来描述这种心灵的净化："走到湖边去看湖面薄雾的升起。"蔡骏用李白的组诗《姑孰十咏》中的《丹阳湖》一诗对这句话进行了替换。丹阳湖位于宣州当涂县东南79里。这首诗写于"安史之乱"发生之年。李白深知朝廷危机重重，无奈只能寄情于山水。在畅游此湖时，李白被丹阳湖的恬淡平和所打动，写下此诗。这首诗的意境与原文也是相契合的，除了美化译文，更能唤起中国读者的情感共鸣。

二、对故事情节的增删

为了增强叙事效果及营造悬疑小说环环相扣的情节设置，蔡骏对原作中打乱叙事节奏的部分冗长的内容进行了精简及删减。此外，他还增加了原作中没有的一部分内容。"至于小说的基本情节和人物脉络，我基本上并没有做改动（除了出版社要求必须修改的以外）。谭恩美在原著中体现的思想和情绪，我也完全保留在中文文本内。"[1]

译文中最明显的删减有两处。第一处出现在第二章对旅行团成员的具体介绍中。原文用了整整四页对温迪的背景信息——温迪的母亲、她的亲密房客菲尔、她的现任情人怀亚特——进行说明。然而这些信息与情节的发展并无任何紧密的联系，而且温迪也并不是这12名游客中重点刻画的核心人物。因此，蔡骏果断地删减了这一部分，仅留下了最重要的背景信息以及游客怀亚特的相关介绍。

第二处删减出现在石钟山之行后。原文中，游客们是从丽江途经中缅边境城市瑞丽由陆路进入缅甸。在导游孔祥露的组织下，他们参观了瑞丽市区及周围的乡村生活。这一部分除对瑞丽民俗风情的展现外，与前后的故事发展也关系不大，甚至可以说冲淡了石钟山之行后整个故事的那种紧张、阴森的氛围。因此，蔡骏也删掉这一部分，将原文改写为游客直接从丽江坐飞机进入缅甸，从而使环环相扣的紧张气氛得以延续。

---

1 蔡骏：《译写：一种翻译的新尝试》，载《译林》，2007年第2期，第205页。

　　蔡骏曾强调"悬疑"在悬疑小说中的重要性："我想，悬疑就是一把匕首，在文学中，在电影中，展示最锋利与最要害的部分，耀眼而夺目。"[1]因此，为了增加作品的悬疑色彩，蔡骏将原文中的目的地"缅甸"改为具有神秘色彩的兰那王国，并增加了一节对兰那王国的介绍。兰那王国是八百年前曾经控制泰北地区及缅甸部分地区的一个神秘王国，也称兰纳王国。其前身是中国史书称之为"八百媳妇国"的清盛国。兰那王国在孟莱王时期达到极盛，而后由盛转衰。在16世纪，因六王子争夺王位而引发了长达25年的宫廷内乱，甚至四年无君王统治。此外，孟莱王后的君王大兴土木，大量建造宫殿及佛寺。寺院占用过多的土地，加之僧侣众多，以至于国库空虚，国家劳动力匮乏。因此，曾经辉煌一时的兰那王国逐渐式微。1558年，缅甸东吁王朝的莽应龙国王大举入侵，攻陷兰那王国首都清迈。兰那成为缅甸的附属国。在此之后，兰那与缅甸之间进行了数次战争，最终1803年，曼谷王朝赢得了曾经兰那王国大部分领土的所有权。但缅甸与兰那历史渊源深厚，今日的缅甸仍保留着与兰那王国千丝万缕的关系。对于西方读者和中国读者来说，"缅甸"所唤起的阅读感受是不同的。对于西方读者来说，缅甸是充满神秘异域风情的文化他者，而对于中国读者来说，缅甸却是我们所熟悉的一个邻国。因此，将缅甸改为与之有着深厚历史渊源的兰那王国无疑会极大地增强故事的神秘色彩，使故事效果最大化。

1　蔡骏：《悬疑是文学的匕首》，载《文汇报》，2016年2月18日。

三、对小说结构的调整

蔡骏对原作的章节进行了重新划分，并重新拟定了章节标题。

表2.1　《沉没之鱼》原文、译文章节标题对照表

原文章节标题	译文章节标题
1. A brief history of my shortened life	第一部　旧金山 1. 一桩凶杀案 2. 观看自己的葬礼 3. 我在上海的童年 4. 准备旅行
2. My plans undone 3. Such was their karma 4. How happiness found them 5. We all do what we must	第二部　云南 1. 到丽江去！ 2. 第一个夜晚 3. 命运的转折点 4. 石钟山的诅咒 5. 最致命的改变 6. 夜色撩人 7. 再见丽江
6. Saving fish from drowning 7. The jacarandas 8. It was not just a card trick 9. No trace	第三部　兰那王国 1. 异国 2. 兰那王国简史 3. 拯救溺水的鱼 4. 欲望 5. 旅途 6. 英语家族 7. 关卡 8. 神灵骑着白马而来 9. 少了一个人 10. 虎口脱险 11. 菩提湖 12. 菩提渔夫 13. 浮岛 14. 霾兆 15. 火烧平安夜 16. 被抛弃 17. 边缘 18. 紧急调查 19. 通往天堂之路 20. 恋爱症候群

续表2.1

原文章节标题	译文章节标题
10. No name place 11. They all stuck together 12. Darwin's fittest 13. Of particular concern 14. The invention of noodles 15. A promising lead 16. How they made this news 17. The appearance of miracles	第四部　无名之地 1. 生死桥 2. 圣诞大餐 3. 小白哥：埃德加·塞拉菲尼斯·安德鲁斯 4. 神的三个证据 5. 神之军队 6. 别无退路 7. 电视机 8. 湖面的雾 9. 达尔文的适者生存 10. 部落的早晨 11. 恐惧流言 12. 地球另一端 13. 新兰那王国 14. 甜苦艾 15. 独立日 16. 面条的发明 17. 鲁帕特和埃斯米 18. 蛇菇 19. 全世界在看着你们 20. 曼陀罗佛塔 21. 新闻是怎样制造出来的 22. 奇迹 23. 希望 24. 柏哈利的忧郁 25. 自由
18. The nature of happy endings	第五部　不是终局 1. 喜剧？ 2. 悲剧？ 3. 间谍之谜 4. 美国梦 5. 莫非和海蒂 6. 温迪和怀亚特 7. 马塞夫妇 8. 薇拉的巴黎 9. 本尼的幸福 10. 柏哈利与朱玛琳母女 11. 轮到我了

　　从表2.1可以看出，谭恩美按照主要的故事情节将小说分为18章。而蔡骏在译改的文本中将18章浓缩为5部，并以每个部分故事发展的核心叙事空间作为章节标题。"旧金山""云南""兰那王国""无名之地"地点的转换也成为推动故事情节发展的主线。此外，原作中并无小节标题，谭恩美根据故事情节在每章中用空格将相对独立的小故事进行分隔。蔡骏在译文中并没有遵循谭恩美这种隐性的划分，而是将这些独立小故事的内容做了一些调

整，合并了某些相邻故事的结尾和开头，并重新分割。此外，蔡骏还为每个小故事拟定了名称。这一改变也更符合中国读者的阅读习惯。

第三节　程乃珊等《喜福会》改写实践分析

谭恩美的代表作《喜福会》于1989年在美国出版。同年，其节译本在国内各类刊物上陆续刊载。1990年，《喜福会》的第一个全译本由著名海派女作家程乃珊译出。但由于未得到原作者授权，该译本未能正式出版。其后几年间，于人瑞、田青、吴汉平等译本相继出版。2006年，时隔16年后程乃珊、贺培华、严映薇重译《喜福会》。这一译本也是迄今为止国内读者认可度最高的译本。

程乃珊是上海颇具名气的海派女作家。她在上海出生，童年时期移居香港，50年代中期返回上海，曾从事英语教学长达十余年，后调上海作协从事创作，代表作有小说《蓝屋》《穷街》《女儿经》《丁香别墅》等。中篇小说《蓝屋》获《钟山》首届文学奖、上海市文学奖及蜂花杯上海优秀小说奖，《穷街》《女儿经》获上海青年敦煌文学奖，长篇小说《银行家》获首届《文汇》月刊双鹿文学奖，短篇小说《华太太的客厅》获香港第三届《亚洲周刊》短篇小说创作赛亚军。

程乃珊的作品具有鲜明的艺术特点及风格。她的作品大多取材于她所熟悉的上海生活。程乃珊善于运用生动的细节描写来刻画人物，体现上海滩的人情社会。另一名杰出的上海女性作家张爱玲对程乃珊的写作有着重要的影响。程乃珊说："她（张爱玲）笔下的种种人事和景，在我心中总会引起一番温暖的触动。真实的细节赋予虚构的故事以强烈的生命力……我不敢以高鹗续曹雪芹的《红楼梦》来自拟，但我却希望，画出一个张爱玲之后的上海的月亮。"[1]张爱玲不仅以上海故事闻名，她最为人称道的便是入木三分的细节描写。程乃珊延续了张爱玲这一写作特点。在程乃珊的上海叙事中，生动的细节描写也对烘托人物性格、营造故事张力起到了推波助澜的作用。

以《女儿经》中程乃珊对大女儿蓓沁的几句描写为例。"蓓沁走扶梯轻捷得很，她懂得该略略踏起前脚掌上楼梯。尽管她手中捧着饭窝，但却是脊背挺得笔直，头昂得高高的，那神情活像一位捧着首饰盒的公主。"寥寥数行对蓓沁上楼时身姿步态的细节描写将作者想要告诉读者却没有明确宣之于口的"潜台词"展露无遗。"懂得"说明蓓沁具有很强的自我形象意识，她

1　顾传菁：《程乃珊创作论》，载《渤海学刊》，1995年第4期，第24页。

非常在意自己在他人眼中的仪态风度。而且，她确实训练有素，颇有心得，上楼时"略略踏起前脚掌"，"背脊挺得笔直，头昂得高高的"。她时刻保持这样的仪态是有很强目的性的，"那神情活像一位捧着首饰盒的公主"，优雅的仪态显示着高贵的身份。但问题是，她并无"高贵的身份"。这短短数句的细节描写却力透纸背，将这个人物身上全部的喜剧性和悲剧性表现得淋漓尽致。一方面，她为自己的平民身份感到沮丧，另一方面，却渴望成为上流人士。在梦想与现实的巨大落差中，人物的悲剧命运便埋下了伏笔。

程乃珊作家的身份以及她在写作中对细节描写的强调也体现在她所翻译的《喜福会》中。程乃珊自陈对《喜福会》一见钟情。她于1990年译出了《喜福会》的第一个汉语全译本，但由于版权问题并未正式出版。程乃珊本人对这个版本的译文并不满意，"……文字的干涩让她自己总也满意不起来"[1]。

因此，2006年在获得谭恩美授权后，程乃珊等重译了《喜福会》。用她自己的话来说，"这第二次翻译完全是一次'推倒重来'的浩大工程，但这回显然要顺畅许多"[2]。在这版译文中，为了解决文字的干涩问题，程乃珊等在翻译中表现出了较大的自由度。在此书的译后感中，程乃珊说："为了照顾中国读者的阅读习惯，尽量保留原作的诙谐和美国式的幽默，在翻译过程中，直译与编译相结合。"[3]程乃珊所说的"编译"实质就是改写。在2006版的《喜福会》中，程乃珊等并没有采取对原文亦步亦趋的直译，而是按照自己对文学的理解，在作品多个部分就语言、细节描写等进行改写，旨在增加小说的表现力，照顾中国读者的审美习惯。此外，身为作家，目标读者的期待视野也是必须考虑的重要因素。为了避免赵毅衡在《对岸的诱惑》中所提到的中西文化交流的双单向道问题，程乃珊等"删除了一些作者原为照顾不了解中国习俗的外国读者而做的一些注释"[4]。程乃珊对这个版本的译文还是较为满意的，而且认为自己作家的身份对于翻译是不无裨益的。正如她在《程乃珊15年后再译〈喜福会〉》中所说，"这可能得益于我是一个作家吧，我总觉得作家当翻译是最好的"[5]。程乃珊等在《喜福会》中的改

1　郦亮：《程乃珊15年后再译〈喜福会〉》，载《华文文学》，2006年第3期，第20页。

2　郦亮：《程乃珊15年后再译〈喜福会〉》，载《华文文学》，2006年第3期，第20页。

3　谭恩美：《喜福会》，上海：上海译文出版社，2006年，第260页。

4　谭恩美：《喜福会》，上海：上海译文出版社，2006年，第260页。

5　郦亮：《程乃珊15年后再译〈喜福会〉》，载《华文文学》，2006年第3期，第20页。

写体现在以下几个方面：

（1）在翻译中程乃珊注重在语言层面上采用美化的策略。

在汉语中，四字结构的词使用广泛。汉语中的成语绝大多数都采用四字结构。因此，在中国的文学作品中，四字结构词颇受青睐，具有很强的文学表现力。就语音角度而言，四字结构词具有独特的音韵美。汉语的节奏往往通过音色、音高及音长的组合来实现。在大多数四字结构的词语特别是成语中，前两个字为平声，后两个字为仄声。平仄交替，产生抑扬顿挫的节奏感。就形式结构而言，四字成语结构严整，形式整齐。就表现力而言，四字结构词语虽只有寥寥四字，却往往言简意赅，具有鲜活生动的表现力。此外，结构整齐，在使用时能组合而形成排比、并列、对仗等修辞格，将汉语的文字魅力最大化。

原文："I dreamed about Kweilin before I ever saw it," my mother began, speaking Chinese. "I dreamed of jagged peaks lining a curving river, with magic moss greening the banks. At the tops of these peaks were white mists. And if you could float down this river and eat the moss for food, you would be strong enough to climb the peak. If you slipped, you would only fall into a bed of soft moss and laugh. And once you reached the top, you would be able to see everything and feel such happiness it would be enough to never have worries in your life ever again."

译文：母亲总是用她的母语——中文，叙述故事的开头。"中国有句俗话'桂林山水甲天下'，我梦想中的桂林，青山绿水，翠微烟波，层层叠叠的山峦，白云缭绕，真是个世外桃源。"

这段文字是吴夙愿对桂林山水风光的回忆。程乃珊等在翻译时巧妙地使用了四个四字格词语。"青山绿水"与"翠微烟波"形象地勾勒出山峰、河流、苔藓及河岸组合而成的山水画卷；"层层叠叠"突出了群山连绵起伏、层峦叠嶂的层次感；将"white mist"译成"白云缭绕"更增加了译文的动感。总体而言，译文节奏明快，极具音韵美感。将重形合的英语原文地道地转化为重意合的汉语译文，将汉语意合之美表现得淋漓尽致。

原文：In China, everybody dreamed about Kweilin. And when I arrived, I realized how shabby my dreams were, how poor my thoughts.

When I saw the hills, I laughed and shuddered at the same time. The peaks looked like giant fried fish heads trying to jump out of a vat of oil. Behind each hill, I could see shadows of another fish, and then another and another. And then the clouds would move just a little and the hills would suddenly become monstrous elephants marching slowly toward me!

译文：然而待我真的来到桂林，我才发现，我的桂林之梦太小家子气了，我的想象力显得那样贫乏！置身真正的桂林山水间，那是一种令你身心震撼的感动，连绵的山峦起伏不一，活像大堆妄图蹦出油锅的煎鱼，充满动感，层层叠叠，影影瞳瞳，千姿百态……这有点如我们小时候玩的万花筒，只要云层稍稍移动一下，那群山构成的图案就变了样，就这样永远的变幻无穷。

在这段对桂林风光的描述中，程译依然使用了四字格词语。"充满动感""层层叠叠""影影瞳瞳""千姿百态"，整个描写行云流水，读起来朗朗上口。仅寥寥16字，山峦变幻莫测的不同形态便跃然纸上。此外，为了使细节描写更加生动、更加具有吸引力，程译补充了原文并不存在的一个比喻，将吴凤愿眼中形态不一、变化多端的山景比作万花筒中我们能看到的图案变化。这一细节补充也在一定程度上增强了原文的表现力。

（2）为了使语言更加地道，程乃珊等在翻译中有意识地深化一些细节描写，从而使译文更加具有张力。

原文：And she had a daughter who grew up speaking only English and swallowing more Coca-Cola than sorrow.

译文：她有了三个女儿，都已长大成人，如她所曾希望的讲着一口标准美腔英语。中国人说"打落牙齿和血吞"，而她们，只会大口大口往肚里灌可口可乐！

在这个例子中，程译增加了"中国人说'打落牙齿和血吞'"这个细节，与"大口大口往肚里灌可口可乐"相对比，将母女两代不同的际遇、不同的文化背景表现得细致到位。在旧中国深受苦难折磨的母亲只能选择隐忍，将所有不幸折磨"打落牙齿和血吞"。而女儿出生在美国，她们生活在一个和平富足的国度，接受西式教育，因此，她们大口喝下的是西方的可口可乐。

在以下几个例子中，程乃珊等在细节翻译中更是进行了充分的发挥，将文字的表现力最大化。

> 原文：What fine food we treated ourselves to with our meager allowances! We didn't notice that the dumplings were stuffed mostly with stringy squash and that the oranges were spotted with wormy holes.
>
> 译文：我们尽力用微薄的财力来款待自己以如此丰富的食物！我们不在乎金钱饼的馅子是用干瘪腐烂的瓜菜充替的，福橘皮上天花般布满虫斑。

如果仅按原文直译为"福橘皮上布满虫斑"，译文的表现力会弱许多。在程译补充了"天花般"三个字后，对这个橘子的描写突然有了画面感，读者脑海中甚至能马上浮现出具体的画面。

> 原文："So what do you think of Rich?" I finally asked, holding my breath.
>
> She tossed the eggplant in the hot oil and it made a loud, angry hissing sound. "So many spots on his face," she said.
>
> 译文：我终于鼓起勇气，在厨房里轻声地问："妈，你对里奇印象怎样？"
>
> 她只顾热锅快炒她的茄子。伴着阵阵剧烈的油爆声，传来她冷冷的话语："他脸上的斑斑点点就像溅起的油锅似的，可真热闹。"

薇弗莱第一次将男朋友里奇带回家见母亲。母亲对她之前的男友都非常挑剔。因此，薇弗莱非常紧张，在里奇进门后，悄悄溜进厨房，询问母亲的意见。母亲正在厨房用热油炸着茄子。原文中母亲对里奇的评价是，"so many spots on his face"。程译结合场景巧妙地将原文做了深化处理："他脸上的斑斑点点就像溅起的油锅似的，可真热闹。"里奇脸上的斑点与油锅中溅起的油星交相辉映，形象生动，令人拍手叫绝。

> 原文：Eating is not a gracious event here. It's as though everybody had been starving. They push large forkfuls into their mouths, jab at more pieces of pork, one right after the other.

译文：在这里吃东西一点不用讲究仪态，他们一个个狼吞虎咽的好像饿了几辈子似的。

这几句话描写的是几个家庭在喜福会聚会上吃馄饨的场景。程乃珊也采用了深化的翻译策略，用"他们一个个狼吞虎咽的好像饿了几辈子似的"将大家大快朵颐的轻松氛围描写得颇为传神。

原文：Vincent got the chess set, which would have been a very decent present to get at a church Christmas party, except it was obviously used and, as we discovered later, it was missing a black pawn and a white knight. My mother graciously thanked the unknown benefactor, saying, "Too good. Cost too much." At which point, an old lady with fine white, wispy hair nodded toward our family and said with a whistling whisper, "Merry, merry Christmas."

When we got home, my mother told Vincent to throw the chess set away. "She not want it. We not want it," she said, tossing her head stiffly to the side with a tight, proud smile. My brothers had deaf ears. They were already lining up the chess pieces and reading from the dog-eared instruction book.

译文：另一个哥哥文森特，则摸到一副棋。那应该说是一份很相宜的圣诞礼物，只是明显的，这是一副用过的旧棋子，而且还缺少一个黑兵和一个白骑士。我母亲有礼貌地感谢了这位不知姓名的赞助人："太花费了！"这时，一个满头银丝的老太太，对我们全家颔首微笑着："圣诞快乐！"

但一到家，母亲就要文森特把棋子扔了："她自己不要了，倒塞给我们！扔掉，我们又不是捡垃圾的。"她生气地说着。哥哥们装聋作哑，只见他们已兴致勃勃地把棋子摆开，一边参阅着已给翻旧了的说明书玩了起来。

在这段话中，程译补充了一句："扔掉，我们又不是捡垃圾的。"这句话是中国人在相同境况下常说的一句话，在这里容易唤起中国读者的共鸣。

（3）"删除了一些作者原为照顾不了解中国习俗的外国读者而做的一

些注释。"¹因为这些对中国文化的附加说明对于中国读者来说不免显得冗长多余，读起来自然也就兴味索然。

原文：I follow Auntie Ying, but mostly I watch Auntie Lin. She is the fastest, which means I can almost keep up with the others by watching what she does first. Auntie Ying throws the dice and I'm told that Auntie Lin has become the East Wind. I've become the North Wind, the last hand to play. Auntie Ying is the South and Auntie An-mei is the West. And then we start taking tiles, throwing the dice, counting back on the wall to the right number of spots where our chosen tiles lie. I rearrange my tiles, sequences of bamboo and balls, doubles of colored number tiles, odd tiles that do not fit anywhere.

"Your mother was the best, like a pro," says Auntie An-mei while slowly sorting her tiles, considering each piece carefully.

译文：我跟着映姨砌牌，尽量做得手法利落，不过我主要还是跟着琳达姨，因为她的动作最快捷麻利。如果我能跟得上她，就一定已经跟上其他人了。

"你妈的牌打得真好，简直是行家了。"安梅姨一边悠悠地理着牌，一边说。每张牌在排列前她都慎重地掂量过。

这段话描写的是母亲去世后，精美回到喜福会坐到母亲曾坐的位置与其他三位阿姨打麻将的场景。原文中本有一段关于打麻将具体细节的介绍。这一段介绍可帮助没有中国文化背景的原文读者了解"麻将"这一重要的文化意象。但对于中国读者来说，如果译文按原文直译过来，不免有冗余之嫌，这样长的一段文字会破坏叙事的节奏。因此，程译果断地将其去掉。

原文：The Moon Lady! I thought, and the very sound of those magic words made me forget my troubles. I heard more cymbals and gongs and then a shadow of a woman appeared against the moon. Her hair was undone and she was combing it. She began to speak. Such a sweet, wailing voice!

1　谭恩美：《喜福会》，程乃珊等译，上海：上海译文出版社，2006年，第260页。

"My fate and my penance," she began to lament, pulling her long fingers through her hair, "to live here on the moon, while my husband lives on the sun. So that each day and each night, we pass each other, never seeing one another, expect this one evening, the night of the mid-autumn moon."

The crowd moved closer. The Moon Lady plucked her lute and began her singing tale.

On the other side of the moon I saw the silhouette of a man appear. The Moon Lady held her arms out to embrace him—"O! Hou Yi, my husband, Master Archer of the Skies!"she sang. But her husband did not seem to notice her. He was gazing at the sky. And as the sky grew brighter, his mouth began to open wide—in horror or delight, I could not tell.

The Moon Lady clutched her throat and fell into a heap, crying, "The drought of ten suns in the eastern sky!" And just as she sang this, the Master Archer pointed his magic arrows and shot down nine suns which burst open with blood. "Sinking into a simmering sea!" she sang happily, and I could hear these suns sizzling and crackling in death.

And now a fairy—the Queen Mother of the Western Skies!—was flying toward the Master Archer. She opened a box and held up a glowing ball—no, not a baby sun but a magic peach, the peach of everlasting life! I could see the Moon Lady pretending to be busy with her embroidery, but she was watching her husband. She saw him hide the peach in a box. And then the Master Archer raised his bow and vowed to fast for one year to show he had the patience to live forever. And after he ran off, the Moon Lady wasted not one moment to find the peach and eat it.

As soon as she tasted it, she began to rise, then fly—not like the Queen Mother—but like a dragonfly with broken wings. "Flung from this earth by my own wantonness!" she cried just as her husband dashed back home, shouting, "Thief! Life-stealing wife!" He picked up his bow, aimed an arrow at his wife and—with the rumblings of a gong, the sky went black.

Wyah! Wyah! The sad lute music began again as the sky on the

续表2.1

stage lightened. And there stood the poor lady against a moon as bright as the sun. Her hair was now so long it swept the floor, wiping up her tears. And eternity had passed since she last saw her husband, for this was her fate: to stay lost on the moon, forever seeking her own selfish wishes.

"For woman is *yin*," she cried sadly, "the darkness within, where untempered passions lie. And man is *yang*, bright truth lighting our mind."

At the end of her singing tale, I was crying, shaking with despair. Even though I did not understand her entire story, I understood her grief. In one small moment, we had both lost the world, and there was no way to get it back.

A gong sounded, and the Moon Lady bowed her head and looked serenely to the side. The crowd clapped vigorously. And now the same young man as before came out on the stage and announced, "Wait, everybody! The Moon Lady has consented to grant one secret wish to each person here..." The crowd stirred with excitement, people murmuring in high voices. "For a small monetary donation..."continued the young man. And the crowd laughed and groaned, then began to disperse. The young man shouted, "A once-a-year opportunity!" But nobody was listening to him, except my shadow and me in the bushes.

译文：月亮娘娘！这几个字令我忘记了自己眼前的困境。一阵密集的锣鼓声后，一个娉娉婷婷的女人身影，在布幔上出现了。

她拨响琵琶唱起来："妾居月中君住日，日月相对遥相思，日日思君不见君，唯有中秋得相聚。"

她披散着头发，悲痛欲绝。她已命定将永远栖身在月亮上与丈夫终身分离，无望地寻找着她的未来。

"女人是阴，"她痛苦地说，"她注定只能冷却自己的热情，就像阴影一样，没有光彩。男人是阳，夺目耀眼，女人只有借着男人，才有光彩。"

听到唱的最后几句，我哭了，绝望又悲恸。尽管我还看不懂整出戏，但我已能理解她的隐痛。"我们都失却了自己的世界，再也无法把它唤回。"

锣声当一响，月亮娘娘向观众鞠了个躬，从布幔后消失了。人们热烈地喝着彩，这时，一个年轻男人向大家说："听着，每个人，都可以向月亮娘娘许个愿……"他的声音被下面的嘈杂淹没了。"……只要花几个铜板……"观众开始散场了。"一年才这么一次呢！"年轻人几乎在恳求了，依旧没人理会他，只有我和我的影子，匆匆地挤向前边，但那个年轻人眼皮子都没向我翻一下。我赤着双脚继续奋力往前挤，我要对月亮娘娘许个愿，我知道我要什么。我像蜥蜴一样，钻到布幔后面。

这段文字描写的是映映在跌落湖中被渔民救起后在岸边看的一场嫦娥的表演。在原文中有很长的一段文字详细介绍了嫦娥奔月及鹊桥相会的故事背景。这一背景信息对于对中国文化缺乏前理解的西方读者来说是必不可少的。但对于中国读者来说，这一老少皆知的故事的确没有必要保留在译文中。即使译文保留了这一故事，读者在阅读时也会选择跳过这一段。因此，出于对读者接受的考虑，程译删除了这一部分。

（4）作为作家，程乃珊对叙事中的一些要素，如叙事节奏等也非常关注。在她的翻译中，有时她会为了译作的文学表现力对原文进行改写。

原文：When I offered Rich a fork, he insisted on using the slippery ivory chopsticks. He held them splayed like the knock-kneed legs of an ostrich while picking up a large chunk of sauce-coated eggplant. Halfway between his plate and his open mouth, the chunk fell on his crisp white shirt and then slid into his crotch. It took several minutes to get Shoshana to stop shrieking with laughter.

And then he had helped himself to big portions of the shrimp and snow peas, not realizing he should have taken only a polite spoonful, until everybody had had a morsel.

He had declined the sautéed new greens, the tender and expensive leaves of bean plants plucked before the sprouts turn into beans. And Shoshana refused to eat them also, pointing to Rich: "He didn't eat them!He didn't eat them!"

He thought he was being polite by refusing seconds, when he should have followed my father's example, who made a big show of taking small portions of seconds, thirds, and even fourths, always saying he could not resist another bite of something or other, and then groaning that he was so full he thought he would burst.

But the worst was when Rich criticized my mother's cooking, and he didn't even know what he had done. As is the Chinese cook's custom, my mother always made disparaging remarks about her own cooking. That night she chose to direct it toward her famous steamed pork and preserved vegetable dish, which she always served with special pride.

译文：我递给里奇一把叉，他却坚持要用象牙筷。并且将它操成八字形，就像鸵鸟的两只又蠢又笨的八字脚。一次，当他笨拙地夹起一块浓油赤酱的茄子往嘴里送时，这块汁水浓浓的可口之物，竟滑落到他两腿的岔开处，令苏珊娜开心地尖笑了好久。

他大口大口从菜盘里夹油炸虾和荷兰豆，经他这么一夹，盘马上见底了。他觉得不添饭是礼貌，其实他应该学我爸，每餐饭要添两碗三碗甚至四小碗……他还拒绝吃绿叶蔬菜。他不知道，在中国餐桌上，拒绝夹第二筷，是十分失礼的。

这段文字描写的是里奇第一次上薇弗莱家吃饭时所闹的不愉快。原文中有一道中国菜是"炒时蔬"。谭恩美详细介绍了这道菜的原材料。但对于中国读者来说，对于原材料的介绍无疑是多余的。因此，程乃珊删掉了这一部分。但删掉这一部分后剩下的"he had declined the sauteed new greens"与周围的文字似乎缺乏连贯性。为了确保译文的叙事节奏不被破坏，程乃珊重写了最后两段。在不改变意思的前提下，保持了原文紧凑的叙事节奏。

原文：And seeing the garden in this forgotten condition reminded me of something I once read in a fortune cookie: When a husband stops paying attention to the garden, he's thinking of pulling up roots. When was the last time Ted pruned the rosemary back? When was the last time he squirted Snail B-Gone around the flower beds?

I quickly walked down to the garden shed, looking for pesticides and weed killer, as if the amount left in the bottle, the expiration date, anything would give me some idea of what was happening in my life. And then I put the bottle down. I had the sense someone was watching me and laughing.

I went back in the house, this time to call a lawyer. But as I started to dial, I became confused. I put the receiver down. What could I say? What did I want from divorce—when I never knew what I had wanted from marriage?

The next morning, I was still thinking about my marriage: fifteen years of living in Ted's shadow. I lay in bed, my eyes squeezed shut, unable to make the simplest decisions.

I stayed in bed for three days, getting up only to go to the bathroom or to heat up another can of chicken noodle soup. But mostly I slept. I took the sleeping pills Ted had left behind in the medicine cabinet. And for the first time I can recall, I had no dreams. All I could remember was falling smoothly into a dark space with no feeling of dimension or direction. I was the only person in this blackness. And every time I woke up, I took another pill and went back to this place.

But on the fourth day, I had a nightmare. In the dark, I couldn't see Old Mr. Chou, but he said he would find me, and when he did, he would squish me into the ground. He was sounding a bell, and the louder the bell rang the closer he was to finding me. I held my breath to keep from screaming, but the bell got louder and louder until I burst awake.

译文：这一片破败荒芜的景象，令我忆起曾在一本杂志里读过的一番话：当一个丈夫不再注意修整家中的花园时，说明他正在想把这个家连根拔掉。我已记不清特德最近一次修剪迷迭香是什么时候了。

我决心给律师挂个电话。当电话那边铃声一响，我又迟疑了，我挂断了电话：我将对律师说什么呢？对离婚，我将提些什么要求呢？——天呀，我甚至在结婚时，都没想过要提什么要求。

我在床上整整躺了三天，十五年来与特德形影相依的生活，令我无法对眼前的问题作一个明确的决定。

一直到第四天，我在昏睡中被电话铃叫醒，电话叫了一遍又一遍，不知疲倦地，我想它一定已叫了起码有一个小时了。我拿起了电话。是妈打来的。

这一段讲述的是露丝离婚后心灰意冷，躲在家里顾影自怜的情景。在译文中，程乃珊等做了大胆的改写，删除了原文中大段露丝的心理描写及对往昔的回忆，再将剩下的句子重新整合。删减改写后的译文结构紧凑，叙事节奏相较于原文明显快了许多。

（5）针对中国读者的阅读习惯对英文原标题进行改写。

中国小说深受传统章回体小说的影响，就章节标题而言通常简洁明了，具有较强的概括性。寥寥数字就能将本章节的主要内容归纳概括。"在翻译过程中，直译与编译相结合，特别各标题不是按照原文直译的。"[1]

表2.2　《喜福会》原文、译文章节标题对照表

原文章节标题	译文章节标题
Feather From A Thousand Li Away 　Jing-Mei Woo: The Joy Luck Club 　An-Mei Hsu: Scar 　Lindo Jong: The Red Candle 　Ying-ying St. Clair: The Moon Lady	千里鸿毛一片心 　吴精美：喜福会 　许安梅：伤疤的故事 　龚琳达：红烛泪 　映映·圣克莱尔：中秋之夜
The Twenty-six Malignant Gate 　Waverly Jong: Rules of the Game 　Lena St. Clair: The Voice from the Wall 　Rose Hsu Jordan: Half and Half 　Jing-mei Woo: Two Kinds	道道重门 　薇弗莱·龚：棋盘上的较量 　丽娜·圣克莱尔：凌迟之痛 　许露丝：信仰和命运 　吴精美：慈母心
American Translation 　Lena St. Clair: Rice Husband 　Waverly Jong: Four Directions 　Rose Hsu Jordan: Without Wood 　Jing-mei Woo: Best Quality	美国游戏规则 　丽娜·圣克莱尔：饭票丈夫 　薇弗莱·龚：美国女婿拜见中国丈母娘 　许露丝：离婚之痛 　吴精美：哎哟妈妈！
Queen Mother of the Western Skies 　An-mei Hsu: Magpies 　Ying-ying St. Clair: Waiting Between the Trees 　Lindo Jong: Double Face 　Jing-mei Woo: A Pair of Tickets	西天王母 　许安梅：姨太太的悲剧 　映映·圣克莱尔：男人靠不住 　龚琳达：在美国和中国间摇摆 　吴精美：共同的母亲

从上表我们可以看出，前五个标题是在原文的基础上通过增词和减词使该标题更具有概括性。如增加一个"泪"字，暗示了母亲在旧中国所遭受的磨难。将"二十六道门"抽象化为"道道重门"也更符合中国读者的审美标准。此外，将"rules of game"译为"棋盘上的较量"，"较量"一词也折射了母女之间的紧张关系。在后十一个标题中，程乃珊等完全放弃了原文标题的形式，而根据自己的理解对标题进行了重写。如"Waiting Between the Trees"这一标题暗含的意思是伺机而动，这是和该故事的主人公映映·圣克莱尔命运相呼应的。映映属虎，虎不仅有凶猛扑杀的一面，也有等待时机伺机而动的一面。在故事中，映映受到丈夫伤害后并意志没有消沉，而是等待

1　谭恩美：《喜福会》，程乃珊等译，上海：上海译文出版社，2006年，第280页。

时机寻觅一个更值得托付的丈夫。程乃珊等放弃了这个含蓄的表达，而将核心故事情节"男人靠不住"作为这一节的标题。

第四节　身份与选择：
谭恩美对汉译本译写策略的肯定及动因解析

蔡骏译写的《沉没之鱼》（北京出版社）出版后引起了译界激烈的争论。争论的焦点在于一个译者是否有权力改写原文，蔡骏的这种译写形式是否还能称得上是翻译。蔡骏的译写无疑已经撼动了千百年来被译者奉为圭臬的"忠实"原则。同样，在程乃珊等所译的《喜福会》中也存在相当一部分对原文的删减及改写。而作为原作者的谭恩美，对于这种翻译形式是否接受呢？与翻译界不绝于耳的反对声相对的是，谭恩美的反应并不激烈。在《南方周末》的采访中，她坦言自己对《沉没之鱼》中蔡骏所采取的译写策略是清楚的。在《新京报》的一次采访中，她说："如果出版方对英文小说的原文有一个字的改动，我都会很在意，但中文版就不同了。"她表示，翻译的过程牵涉语言的差异、译者个人的理解、出版社的考虑等不可控的因素，她能理解。[1]

对于译者的改写持宽容态度的并不仅仅只有谭恩美。不少作家也明确表示对这种美化翻译法的肯定。著名的翻译家、汉学家、作家葛浩文被誉为帮助莫言获得诺贝尔文学奖的最大功臣。在《被誉为"西方首席汉语文学翻译家"——葛浩文，帮莫言得奖的功臣》一文中，葛浩文指出，他把翻译当成重新创作的过程。在翻译实践中，葛浩文不仅没有对原文亦步亦趋，而且改写的现象甚为普遍。在翻译莫言的《天堂蒜薹之歌》时，他甚至将原作的结局改成相反。然而，2000年3月，莫言在美国科罗拉多大学博尔德校区的演讲中却高度评价了自己作品的英文译者葛浩文："如果没有他杰出的工作，我的小说也可能由别人翻成英文在美国出版，但绝对没有今天这样完美的译本。许多既精通英语又精通汉语的朋友对我说，葛浩文教授的翻译与我的原著是一种旗鼓相当的搭配，但我更愿意相信，他的译本为我的原著增添了光彩。"[2]马尔克斯也盛赞《百年孤独》的译者格利高里·拉博萨（Grebory Rabassa），甚至公开声称英译本胜过原作。蔡骏在《译写：一种翻译的新尝试》一文中也说道："将来我的其他小说在欧美出版时，如果有斯蒂

1　http://news.sina.com.cn/c/cul/2006-09-29/004510133497s.shtml, 2017-01-30.
2　莫言：《我在美国出版的三本书》，载《小说界》，2000年第5期，第170页。

芬·金这样的作家来为我'译写'，我将感到荣幸之至。"[1]

为什么那么多杰出的作家都能接受译者对自己作品的改写呢？他们作家的身份便是答案。对于一位作家来说，当自己的作品被译介到另一不同的文化社会语境时，他们最关心的有两点：一是自己的文学观，即这部作品的文学价值能否在译作中得到很好的体现；二是译作能否被译语社会的读者所接受。

译作质量的优劣在很大程度上决定一个作家在译入语社会中的文学形象。因此，在选择译者时，作家们都非常慎重。作家通常会选择与自己风格相似、文学功底深厚、完全信任的译者。当然，优秀的作家译者是首选。葛浩文的中文功底及文学鉴赏力在学界广受赞誉。与他合作的二十多位中国作家都对他予以充分信任。莫言甚至授权葛浩文任意处理自己的作品。在翻译时，这样的译者往往可以为作者提供一些宝贵的意见，在与作者的互动合作中实现作品在新的文化语境中的重构。在翻译《天堂蒜薹之歌》时，葛浩文就向莫言直言，小说的结尾力度不够，有不了了之之嫌。在与莫言进行深入交流后，莫言用十天改写了一个全新的结局，葛浩文再用两天时间译出。甚至此后发行的中文版都改用了这个新的结尾。同样，谭恩美对蔡骏和程乃珊也是充分信任并肯定的。谭恩美在《南方周末》的一次采访中毫不掩饰自己对蔡骏的欣赏："我知道蔡骏很有名，专门写恐怖小说，他的写作风格和我很相似，很善于讲故事，有人告诉我他翻译水平很好，我很高兴他来翻译我的作品。"[2]程乃珊初译《喜福会》时并未得到谭恩美授权。16年后，《喜福会》的汉译权仍交给程乃珊，谭恩美无疑对程乃珊的文学功底、写作手法也是持肯定态度的。

此外，威廉·威弗（William Weaver）曾说："诗无所至，便归于消亡。"对于一个作家来说，作品能否被读者接受是他们所关心的最为重要的问题。因为，只有当作品被读者接受，作品的价值才得以实现。在这一点上，原文作者与译者的立场是一致的。葛浩文明确主张翻译中的"读者中心"。他指出，翻译中应弄清楚两个问题，一是"作者为谁而写"，二是"译者该为谁而译"。毋庸置疑，作者是为读者而写，而非为译者所写。因此，"当作者写作时，他可以想到很多人，但就是不能想到译者；作者不能忘记每个人，但必须忘记译者。只有这样，作家才可以写出自己的风格，即中国的风格。同理，译者是否要不惜牺牲译文的流畅地道也要尽可能地紧贴

1　蔡骏：《译写：一种翻译的新尝试》，载《译林》，2007年第2期，第206页。

2　http://www.china.com.cn/culture/txt/2006-11/03/content_7312092_2.htm, 2017-01-30.

原文以取悦作者？答案当然是否定的。译者只能为目的语读者而译，并对其负责"[1]。既然作者、译者出发点相同，那么，对于作者来说，译者旨在让译作跨越语言与文化的藩篱，成功抵达目标读者的改写策略自然是情有可原的，甚至是不得不为之举。

翻译活动是两种不同语言的双向交流。翻译并不是在真空中进行，而是受到译入语社会语言、文化、诗学传统及意识形态等多种因素的共同制约。在某些情况下，对原文亦步亦趋的直译是行不通的。相异的语言、不同的文化前理解、不同的阅读习惯及诗学传统，会在一部作品从一种语言到另一种语言的文本旅行中设置道道关卡。一生致力英译中国文学经典的杨宪益和戴乃迭在翻译中恪守"信、达、雅"的翻译原则。然而，他们的译作在西方读者中却反响平平，究其原因，主要还是在于没能正确把握目标读者的期待视野及阅读习惯，没能处理好文学翻译中的跨文化差异。

为了让译作被英美读者接受，葛浩文在翻译中常采用改写的策略。葛浩文的改写常出现在作品的开头部分。"英美读者习惯先看小说的第一页，来决定这个小说是否值得买回家读下去；中国作家偏偏不重视小说的第一句话，而中国的读者对此也十分宽容，很有耐心地读下去。国外的编辑认为小说需要好的开篇来吸引读者的注意。"[2]美国作家厄普代克在《苦竹：两部中国小说》中也指出："美国读者那颗'又硬又老的心，我不敢保证中国人能够打动它'。倘若美国读者的心真的如此难以打动，又往往没有慢慢探寻和品味的耐心，那着实必须有一下子就能吸引眼球的精彩开头不可。"[3]因此，在翻译刘震云的《手机》时，葛浩文对原作的结构做了调整，将小说第二章的一部分提前作为故事开头。在译《狼图腾》时，葛浩文删掉了原作每一章开篇所引诸如"周穆王伐田畎戎，得四白狼、四白鹿以归"之类的典籍资料，因为英文读者无法读出这些典籍所蕴含的历史厚重感，也无法获得与中国读者相同的情感体验。

同样，蔡骏也指出，"有很多适合大众阅读的优秀国外小说，翻译成中文以后都变成了小众图书。谭恩美作为美国著名的华裔作家，其作品的水平自不待言，但她在中国的知名度始终不高"[4]。因此，蔡骏希望通过自己的

---

1 孟祥春：《葛浩文论译者——基于葛浩文讲座与访谈的批评性阐释》，载《中国翻译》，2014年第3期，第74页。

2 刘云虹、许钧：《文学翻译模式与中国文学对外译介——关于葛浩文的翻译》，载《外国语》，2014年第3期，第13页。

3 刘云虹、许钧：《文学翻译模式与中国文学对外译介——关于葛浩文的翻译》，载《外国语》，2014年第3期，第13页。

4 蔡骏：《译写：一种翻译的新尝试》，载《译林》，2007年第2期，第206页。

译写让更多的中国读者认识谭恩美及其作品。事实证明，蔡骏以读者为中心的翻译策略也获得了预期的效果。蔡骏译写的《沉没之鱼》，首印量高达85 000册，虽然赶不上蔡骏任何一本作品的销量，但在谭恩美所有中文译本的销量中排名第一。

蔡骏、程乃珊、葛浩文等作家译者根据目标读者的接受及自身对文学的理解对原作进行改写的翻译实践是有一定积极意义的。

本雅明在《译者的任务》一文中将译作比作原作的后续生命。在本雅明看来，译作并不是原作的附庸。原作和译作是平等互补的，它们皆服务于一个共同的意图。"语言间一切超历史的亲缘关系都藏于某个整体意图中。这个意图是每一种语言的基础。不过，仅凭任何单一的语言自身是无法实现这个意图的，只有将所有语言中的意图互补为一个总体才行。这个总体就是纯语言。尽管不同的语言在个别因素——如词语、句子、结构——上都是相互排斥的，但它们在意图上却相互补充。"[1]本雅明将"纯语言"比作由碎片构成的花瓶。这些碎片相互补充，相辅相成。在本雅明看来，原作与译作便是这一花瓶的两块碎片，原作必须依靠译作来完成自己的生命，不断臻于完美。译作将原作带入了生命的另一新的阶段，"翻译因此要达到的最终目的就是表达不同语言之间最重要的互补关系"[2]。"翻译绝不是两种僵死的语言之间毫无生气的等同。在所有的文学形式中，它担负着特殊的使命，即在其自身诞生的阵痛中密切关注着原作的语言走向成熟。"[3]因此，蔡骏、程乃珊等的译写是对谭恩美原作的有益补充。他们帮助原作延长了生命，成功地赋予了原作后续生命。

此外，如果我们将本雅明的"纯语言"概念进行拓展，将某一作品不再视为某一作家、某一文化独有的财富，而作为人类文明这个巨大花瓶的块块碎片，我们可以更清晰地看到这种改写策略的积极意义。1827年1月31日，歌德在与爱克曼的谈话中提出了"世界文学"这一概念。歌德表示，没有任何一种民族文学能够体现文学的真谛，所有民族文学都是世界文学的有机组成部分。我们应从各民族文学中汲取养分，共同促成世界文学的形成，促进人类文明的繁荣。蔡骏、程乃珊等的改写实践不仅帮助谭恩美的作品离开起源地，穿越时空，成为空间意义上的世界文学，而且他们根据自己的文学观

1　谢天振：《当代国外翻译理论》，天津：南开大学出版社，2008年，第325页。

2　本雅明：《译者的任务》，谢天振编《当代国外翻译理论》，天津：南开大学出版社，2008年，第323页。

3　本雅明：《译者的任务》，谢天振编《当代国外翻译理论》，天津：南开大学出版社，2008年，第32页。

及目的语读者的接受对原作所做的创造性改写也丰富了原作的表现形式，使原作成为真正意义上的世界文学。

小　结

本部分研究以"身份"为关键词，探讨了谭恩美的文化身份及作家身份与其作品的叙事方式以及汉译本翻译策略选择的互文关系。通过分析得出，谭恩美的文化身份决定了其作品中的中国叙事，而原作中的中国叙事手法则造成了汉译本与原作迥异的接受情况。此外，谭恩美的作家身份也间接地影响了其汉译本的阐释形式。谭恩美对作品文学性及读者接受的强调，决定了她对与自己文学观相近的作家译者的青睐，以及对这些作家译者在汉译本中的改写策略的肯定及宽容。

在本书第二部分"文学视角：个体与历史的创伤叙事研究"中，谭恩美文化身份中"中国性"将再次受到关注。该部分将剖析谭恩美身份中的"中国性"在其文本中的第二个显性表达，即以"中国故事"为基调的创伤叙事策略。本书第三部分"文化视角：谭恩美的符号与作为符号的谭恩美"的探讨将从言内走向言外，将谭恩美的文本放置于宏大的社会话语体系中，结合符号学和意识形态分析，剖析谭恩美作品中的社会思考，聚焦谭恩美作品中的文化冲突再现、意识形态建构及历史重构与反讽。

第二部分

文学视角：
个体与历史的创伤叙事研究

　　谭恩美的小说成为跨越时空的世界文学经典，不仅与她的文化身份与自我选择有关，而且与她在文学创作中精心采用的创伤叙事策略密不可分。细读作家的重要作品《喜福会》《灶神之妻》《接骨师之女》，不难发现创伤记忆和创伤叙事贯穿作品始终，成为谭恩美塑造人物形象、建构小说多重主题的重要写作策略。作品中的主要人物把刻骨铭心的创伤往事与现实生活中的种种困境关联起来。她们回忆往事，讲述创伤的叙事疗法，还原历史真相，宣泄个人压抑的情感，帮助自己修复创伤，重塑自我身份。

第三章　创伤与修复
——《喜福会》中的创伤叙事研究

　　谭恩美在1989年3月出版的第一部小说《喜福会》大获成功，她因此被誉为"跨文化的文学之狮"[1]。小说发行后连续9个月成为《纽约时报》最佳畅销书，被翻译成25种语言文字，获得1992—1993年度"美国国家图书奖"、"美国图书协会青年最佳图书奖"（American Library Association Best Book for Young Adults Award）、"湾区图书评论家奖"（Bay Area Book Reviewers Prize）、《洛杉矶时报》"年度最佳图书提名"和"全国书评界最佳小说"等殊荣。[2]1993年华裔导演王颖把小说改编成电影《喜福会》，成功打进好莱坞主流电影市场，进一步扩大了谭恩美在美国主流文学界的影响。谭恩美在小说主题上延续美籍华裔作家尤其是汤亭亭的传统，聚焦华裔母女两代人之间的文化冲突以及相互融合的心路历程，触动读者心灵。

　　小说题目"喜福会"是故事中吴凤愿在日本侵略军攻打中国桂林时与其他三位志同道合的女性成立的麻将会之名。她们四人轮流做东，定期聚会，"与其悲悲切切地等死，不如快快乐乐地过一天算一天"，"我们以吃喝玩乐来自寻快乐，讲最美好的故事，大把大把地赌钱。就这样，我们每个星期都有一次期盼，期盼着一次欢悦，这种期盼心情就成为希望，成了我们唯一的快慰，这就是为什么我们将自己的聚会命名为'喜福会'"[3]。1949年吴凤愿到达美国旧金山后，与在教堂认识的许家、龚家、圣家成立了第二个喜福会。它沿袭了第一个麻将会轮流做东、定期相聚的传统，"代表着记忆的延伸，象征着精神的继续，而且是联结母女两代过去与现在、东方与西方的桥梁，更是确立自我身份的开始及其延续"[4]。整部小说分为4个部分，每个部分各有4个故事，共计16个故事，分别由四个家庭的母亲一代或女儿一代叙述。第一、第四部分由母亲一代叙述，第二、第三部分由女儿一代叙述。这四家如同麻将桌上的四方，各家的故事就在轮流做庄中娓娓道来，构成麻

1　Mary Ellen Snodgrass: *Amy Tan: A Literary Companion*, Jefferson: McFarland & Company, Inc., Publishers, 2004, p. 16.

2　Mary Ellen Snodgrass: *Amy Tan: A Literary Companion*, Jefferson: McFarland & Company, Inc., Publishers, 2004, p. 17.

3　谭恩美：《喜福会》，程乃珊等译，上海：上海译文出版社，2006年，第11页。

4　张瑞华：《解读谭恩美〈喜福会〉中的中国麻将》，载《外国文学评论》，2001年第1期，第97页。

将四圈16局，共16个故事。谭恩美以其东西方文化的双重身份，在自我探寻的写作过程中融合东西文化，使《喜福会》成为中西合璧的经典作品。[1]

纵观国内外学界三十多年来（1989—2023）对《喜福会》的研究，不论是发表论文的数量还是质量，都呈现出持续发展的态势，学者用不同理论、从不同视角对作品进行了丰富解读。近年来，研究视角从最初对作品外部的文化研究转向了对作品本身的结构、艺术风格等内部文学因素的深入探讨。[2]从目前国内外的研究现状看，对这部小说的研究仍然存在不足：比如分析的主题、内容过于集中，研究视角狭窄且重复，难以跳出母女关系、族裔身份、文化冲突、叙事结构的传统研究模式，研究深度有待进一步挖掘。细读小说不难发现创伤记忆和创伤叙事贯穿作品始终，成为作家谭恩美塑造人物形象、建构多重主题的重要写作策略。当前，国内学界研究《喜福会》中创伤记忆和创伤叙事的学者并不多，顾悦的文章《论〈喜福会〉中的创伤记忆与家庭模式》聚焦母亲的创伤记忆对美籍华裔家庭女儿的成长影响；王智敏在《"残缺的爱"——〈喜福会〉"创伤性记忆"的心理学解读》中主要从心理学角度解读"创伤性记忆"对小说中四对母女的影响，指出人物的创伤经历影射了在文化夹缝中生存的华人群体的"集体创伤性记忆"。[3]本章笔者从当代创伤叙事理论及批评方法切入，从创伤记忆、叙事疗法、创伤修复多个层面剖析《喜福会》中母女两代人经历的成长创伤、婚姻创伤、战争创伤以及她们通过创伤叙事和麻将聚会活动积极修复创伤、重塑自我的过程，深入挖掘这部小说的文学价值和社会意义，以期对国内现有研究提供新的解读思路。

第一节　创伤记忆——危机中的抗争

从词源学讲，"创伤（Trauma）源自希腊语，本义是外力给人身体造成的物理性损伤"[4]。在16世纪以前，创伤在文献中指身体的伤口，"即刺破

1　张瑞华：《解读谭恩美〈喜福会〉中的中国麻将》，载《外国文学评论》，2001年第1期，第95-100页。

2　盛周丽：《谭恩美小说研究现状综述及其问题》，载《重庆工商大学学报（社会科学版）》，2014年第5期。

3　王智敏：《"残缺的爱"——〈喜福会〉"创伤性记忆"的心理学解读》，载《中北大学学报（社会科学版）》，2012年第3期，第79-82页。

4　陶家俊：《创伤》，载《外国文学》，2011年第4期，第117页。

或撕裂的皮肤"[1]。这一术语在现当代外科医学中一直被保留沿用。弗洛伊德"将心理创伤类比医学领域的创伤，并假设承受创伤的主体或结构是人类的心灵"[2]，奠定了当代创伤理论的研究基础。20世纪经历两次世界大战后到五六十年代，创伤定义发生了演变。创伤研究溢出精神分析的医学领域，进入社会科学领域。美国著名学者凯茜·卡鲁斯（Cathy Caruth）对当代创伤理论做出了杰出贡献，她把创伤概念从精神分析领域延伸到围绕战争、灾难、大屠杀、种族和性别研究的社会领域。卡鲁斯在《不可言传的体验：创伤、叙事和历史》（*Unclaimed Experience: Trauma, Narrative and History*，1996）中把创伤定义为："在突发的或灾难性事件面前，［个人原有的］经验被覆盖，对这些事件常常表现出延迟的，以幻觉和其他侵入［意识］的现象反复出现的难以控制的反应。"[3]20世纪80年代开始，创伤研究进入西方历史、文学、哲学、文化研究、批评理论等人文学科领域。20世纪90年代以降，欧美学者开始从心理学、社会学、历史学、伦理学、文学、文化批评等多个视角展开对创伤的跨学科研究。西方学界在文学研究中使用创伤理论，结合文化研究来剖析文本中的创伤再现与创伤叙事。小说作为记载、呈现创伤事件的一种主要文学体裁，如何再现人物的创伤场景，通过创伤叙事帮助人物修复创伤、重建身份成为近年来国内外学者研究文学作品的热点。

创伤叙事策略是谭恩美小说中最重要、最有力的叙事技巧之一。她认为："女性作家能够写出男性作家难以发现的东西，比如软弱、尴尬时刻、脆弱、易受伤害。女性愿意对自己要求更高，更愿意揭示自我。"[4]她解释说："在我所有作品中，无论是小说还是非小说，我总是痴迷于直接或间接地回到命运和相关选择的思考。这些关于命运的思考表达了我个人的品位和逐渐形成的哲学观，反过来又形成了我的'声音'——决定了我想讲故事的类别、我选择的人物和我决定的相关细节。"[5]谭恩美在小说中以母女关系、男女关系为核心，体现了她对女性寻找自我声音和身份、改变命运的不断探究。心理学家詹尼特·皮埃尔（Janet Pierre）指出："创伤的核心是创

1　郭兰等主编：《心理创伤：评估诊断与治疗干预》，武汉：武汉大学出版社，2013年，第3页。
2　郭兰等主编：《心理创伤：评估诊断与治疗干预》，武汉：武汉大学出版社，2013年，第4页。
3　Cathy Caruth: *Unclaimed Experience: Trauma, Narrative and History*, Baltimore: The Johns Hopkins University Press, 1996, p. 11.
4　George Gurley: "Amy Tan: The Ghosts and the Writer", *Kansas City Star*, April 22, 1998.
5　Amy Tan: *The Opposite of Fate*, London: Harper Collins Publishers, 2003, p. 2.

伤记忆。在日常生活中，熟悉的且被期待的经验自动整合，而无需对特殊情况的细节加以自觉意识，这种记忆是叙事记忆。与之相反，在创伤记忆中，由于其骇人之处或者无法被理解的特点，创伤者往往丧失对创伤事件的主体判断，这就使得创伤者可以清晰记住细节，但却无法将其整合到现存的认知结构中。"[1]创伤事件虽然发生在过去，成为"过去式"，然而它不断"闪回"在人们的意识中，对现在造成不可估量的显性或隐性影响。《喜福会》中四位母亲总是沉浸在对过去的创伤记忆中，她们把自己过去创伤经历的影响投射到在美国出生的孩子的生活中，使母女关系紧张甚至对立。这四对美籍华裔母女经历了不同形式、不同程度的成长创伤、婚姻创伤和战争创伤。

一、成长创伤

少年时期受到的创伤常常是不自觉的，他们在成年中遭受"解离混乱"（dissociative disorders），而在症状中证实了创伤的过去，包括生理和感情所受到的痛楚、麻木、自我伤害、记忆衰退和性格改变等。[2]《喜福会》中无论是许安梅在中国的童年生活，还是薇弗莱·龚、许露丝、吴精美在美国的童年生活都经历了不同程度的成长创伤，这些创伤经历给她们留下了刻骨铭心的伤痛。

童年的许安梅遭受了母爱缺失、身体受伤和母亲自杀的创伤经历。安梅的母亲在丈夫去世后一直恪守妇道。在与家人去西湖游玩时，她的美貌吸引了好色之徒吴青，不幸中了吴青二姨太的骗局，被他强占，只好嫁给他做四姨太。安梅的母亲因打破为亡夫终身守寡的封建传统遭受娘家人谩骂、唾弃。母亲的形象被家人诋毁给年幼的安梅留下了巨大的心灵创伤，她觉得自己非常不幸。安梅和弟弟从小就寄居在舅舅家，得不到母爱。在安梅4岁那年，母亲打算把她从舅舅家接走，遭到家人的强烈反对。在大人激烈争执时，火锅翻腾的汤水泼翻在安梅脖子上。她经历了意外的身体创伤："那种痛楚是无法形容的，这不是一个孩子所能忍受的。这种痛苦作为一个伤痕，已永远烙在我的皮肤上了。我连哭都无法哭，因为我已烫得皮开肉绽，连透气都感到痛。我也无法说话，疼痛令我涕泪滂沱，眼前一切都让泪水给迷蒙了。但在外婆和舅妈的嚷嚷中，我还能听出妈妈的哭喊，渐渐地，我什么都

1　Cathy Caruth: *Trauma: Exploration in Memory*, Baltimore: The John Hopkins University Press, 1995, p. 163.

2　Laurence J. Kirmayer: "Landscapes of Memory: Trauma, Narrative, and Dissociation", Paul Antze and Michael Lambek, eds., *Tense Past*: *Cultural Essays in Trauma and Memory*, New York: Routledge, 1996, pp. 174-179.

不知道了。"[1]幼小的安梅被严重烫伤后，无法言说肉体的伤痛：

> 哭得眼睛和颈脖火辣辣的生疼，外婆则坐在床边，不断将凉水
> 泼在我的颈脖上，泼呀泼呀，直到我的呼吸开始变得均匀平缓，而
> 且，我开始能入睡了。直到有天早上，外婆用她留得尖尖的长指
> 甲，像小镊子样轻轻揭去伤口上的痂片。整整两年，我的颈脖上，
> 显着一道苍白平亮的疤痕。而我对母亲的记忆，却消失得无影无踪
> 了。我生命中的一道伤口，就这样愈合了，收口了。谁也看不见
> 它底下埋着什么样的痛苦，谁也不知道那痛苦的起因来自哪里。伤
> 疤，是痛苦的终止。[2]

身体的伤疤比心灵的伤疤更易愈合。安梅只能小心翼翼地抑制内心对母
亲的思念，对母爱的渴望。

正如朱迪斯·赫尔曼（Judith Herman）所说："创伤事件不同寻常不是
因为它偶然发生，而是因为它们压制人们去适应生活。"[3]安梅不得不去适
应没有母亲陪伴的寄人篱下的生活。在外婆病危时，母亲终于赶了回来，
"当她轻轻抚摸着我那伤疤时，我的心情顿时平静下来了，似乎她把'过
去'，轻轻揉进我的皮肤，渗进我的记忆。她垂下手，哭了，双手紧紧缠住
她自己的脖子，哀哀地哭得很伤心。这一切唤起了我的记忆，我记起了，那
幻梦一样的往事"[4]。安梅脖子上的伤疤成为诱发创伤记忆的"扳机点"[5]，
唤醒她和母亲对创伤往事的回忆。在外婆弥留之际，安梅亲眼看见了母亲割
肉救母之举：

> [母亲]拿起一把锋利的小刀，搁在自己的手臂上，我简直不敢
> 睁眼看。母亲在自己手臂上割下一片肉，眼泪从她脸上淌下，血，
> 也"答拉""答拉"地往地板上滴。妈妈把手臂上割下的那片肉放
> 入药汤里，就像古代的巫婆样，希冀着用一种未可知的法术，来为
> 自己的母亲尽最后一次孝心。妈妈设法撬开外婆已经紧闭了的嘴

1　谭恩美：《喜福会》，程乃珊等译，上海：上海译文出版社，2006年，第34页。
2　谭恩美：《喜福会》，程乃珊等译，上海：上海译文出版社，2006年，第35页。
3　Judith Herman: *Trauma and Recovery: From Domestic Ability to Political Terror*, New York: Basic Books, 1997, p. 4.
4　谭恩美：《喜福会》，程乃珊等译，上海：上海译文出版社，2006年，第33页。
5　西格蒙德·弗洛伊德：《精神分析引论》，高觉敷译，北京：商务印书馆，1984年，第36页。

唇，把汤药给喂了进去，但是她无法将外婆的生命再倾注回去，当晚，外婆还是走了。虽然当年我尚幼小，但我能想象妈妈的这种切肤之痛，及这痛苦的意义。一个女儿，就是这样地孝顺着她的母亲。这种孝，已深深印在骨髓之中。为此而承受的痛苦显得那般微不足道。你必得忘记那种痛苦。因为有时，这是唯一的途径，能让你意识到"发肤受之父母"的全部含义。[1]

母亲永远失去了曾经责骂她的母亲。外婆去世时，母亲哭得死去活来，不久母亲的丧母之痛也降临在安梅身上。

在母亲处理完外婆的丧事离家的前一夜，她把安梅紧紧抱在怀里，告诉她关于乌龟吞泪的故事，告诉女儿要学会坚强，学会吞下自己的眼泪，因为眼泪不能洗尽自己的悲伤，反而增加他人的快乐。就在母亲离开舅舅家的时候，年幼的安梅决定跟着母亲一起走，她渴望彻底摆脱舅舅家的阴森恐怖和窒息压抑。于是，她跟着母亲来到母亲在天津的新家，大开眼界，开始了一段无忧无虑、舒适享乐的生活。然而，安梅的快乐日子如同昙花一现，很快便匆匆消失。她了解到母亲的处境，得知母亲是吴青的四姨太，在家里忍气吞声，地位最低。为吴青生的儿子却被二姨太收养了。母亲光鲜富足的物质生活掩盖了她内心的创伤。安梅为母亲的沉默感到十分难受，她希望母亲能够大声指责吴青和二姨太的过错。不久，无法诉说内心伤痛的母亲在小年夜服药自杀。

母亲继续在做着痛苦的抽搐，我想这时，我该说些令她肉体和灵魂都能安宁的话语，但我却一个字也说不出来，只是木头样呆呆地站着。我又忆起母亲讲过的乌龟的故事。她叮嘱过我，哭是最没有用的，我试着吞下自己咸涩的眼泪，一滴一滴的，但我的眼泪太多，涕泪滂沱的我，终于哭倒在地。迷糊中，我觉得自己也变成水池的一只小乌龟，成千只喜鹊在啄饮池里的水，那些水，全是我的眼泪。[2]

她明白在母亲生活的时代，传统女性没有选择和反抗的机会，她们忍气

1　谭恩美：《喜福会》，程乃珊等译，上海：上海译文出版社，2006年，第35–36页。
2　谭恩美：《喜福会》，程乃珊等译，上海：上海译文出版社，2006年，第214页。

吞声接受注定的命运，小心翼翼埋藏难以诉说的痛苦。安梅母亲的遭遇是时代的悲剧，也是她个人的悲剧。母亲的失语、委屈和离世使安梅学会了大声反抗。母亲的创伤经历和安梅童年的成长创伤成为她一生难以忘记的伤痛，让她变得独立坚强。

小说中四位母亲带着过去伤痕累累的记忆和对新生活的期望移民到美国，希望在美国出生并长大的女儿"不用看着丈夫的眼色低眉垂眼地过日子。她一出世就是在美国，我会让她讲一口流利漂亮的美式英语，不会遭人白眼看不起……我要将她打磨成一只真正的天鹅，比我所能期待的还要好上一百倍的高贵漂亮的天鹅"[1]。母亲们希望自己的孩子能够拥有美好的生活。然而，母亲对女儿的过高期待、母亲创伤经历对孩子的影响以及中美文化差异给薇弗莱、吴精美和露丝的成长带来难以言说的创伤。

薇弗莱在9岁时已是美国国家级的象棋冠军了，连著名的《生活周刊》也刊登了这位棋坛新星、神童的照片。10岁那年，具有棋艺天赋的薇弗莱可以毫不费力地在棋盘上制胜敌手。女儿的少年得志让母亲龚琳达虚荣心无限膨胀。在薇弗莱没有比赛的每周六，她必须陪母亲去市场："妈会得意扬扬地挽着我，几乎进出每一爿店，购一大堆东西，然后不失时机地、骄傲地向任何对她多瞟一眼的人介绍着：'这就是薇弗莱·龚，我女儿。'"[2]高调炫耀的母亲完全无视女儿的个人感受。有一次，薇弗莱在大街上低声恳求母亲不要再以自己为炫耀资本，因为她不仅感到十分尴尬，而且自尊心严重受伤。这导致母女产生激烈冲突。薇弗莱在街上当众对母亲大嚷大叫：

> "为什么你非要拿我出风头？如果你自己想出风头，那么你为啥不学下棋呢？"妈气得眯起双目，有如脸庞上突然裂开两道莫测的隙缝。她什么也没说，只是用沉默来折磨我。我只觉得耳朵发烫，血管突突地跳着，犹如阵阵热风拂脸而过。我奋力将手从母亲那里挣脱出来，撒腿就跑。……我想象着妈妈，怎样从这条街找到那条街，最后，她不得不放弃了寻找，只好在家里等着我。约莫两个钟头后，我拖着疲惫不堪的双脚，往家里走去。[3]

薇弗莱与母亲因下棋吵架冷战几日后，重病了一场。等她康复时，薇弗莱发现母亲完全变了。母亲对她练棋不再指指点点，不再擦拭代表她辉煌

1　谭恩美：《喜福会》，程乃珊等译，上海：上海译文出版社，2006年，第3页。
2　谭恩美：《喜福会》，程乃珊等译，上海：上海译文出版社，2006年，第80页。
3　谭恩美：《喜福会》，程乃珊等译，上海：上海译文出版社，2006年，第81页。

过去的奖杯,感到"与她之间,似生出一堵无形的大墙,每天,我都在悄悄伸手摸索着这堵墙,忖思着它有多高,有多宽……"[1]。母亲用这种冷漠的方式对抗女儿,挫败了女儿反抗的力量,两人之间被无形的高墙隔开。薇弗莱意识到坐在64块黑白相间棋盘对面的对手不是别人,而是以胜利者身份对她冷笑的母亲。象棋风波直接影响着薇弗莱的棋艺,"那个六十四个方格棋盘对我,一下子陌生了,它们曾有过的对我的默契、感应,那份操纵全局的自信和感觉,荡然无存,好像我失却了那根指挥它的魔杖。一下子,面对棋盘,我觉得是那般的无把握,那般的生分疏远,且人人都看出了我这致命之处!……每输一次,便觉得有一种无际的恐怖把我淹没了,我已不再是个神童了,我的天才已离开了我,我正在逐渐变成那种十分平庸普通的人"[2]。这段象棋风波成为薇弗莱心里难以愈合的伤疤,使她彻底生活在被母亲否定的阴影中,让她觉得苛刻挑剔的母亲看谁都不顺眼,对谁都能挑出许多毛病。"妈就是这样厉害,她永远知道如何击中要害。摊上这么个母亲,想象得出,我有多痛苦。她对我所做的每一次打击,都深深地嵌入我的记忆中。"[3]薇弗莱在母亲吹毛求疵的挑剔与操控中渐渐长大。她觉得自己永远都是母亲手中的一枚棋子,听任摆布。成长创伤始终影响着薇弗莱与母亲的关系,使她们在挫败与被挫败中挣扎。

对于移民到美国的四位母亲,她们渴望实现美国梦:"在美国,任何梦想都能成为事实。你可以做一切你想做的:开餐馆,或者在政府部门工作,以期得到很高的退休待遇。你可以不用付一个子的现金,就可以买到一幢房子。你有可能发财,也有可能出人头地,反正,到处是机会。"[4]望子成龙、望女成凤的吴凤愿在女儿吴精美9岁那年的一段时间里每天给她做一些智力测试,并从各种旧杂志里搜寻培养天才孩子的有效方法。看到母亲失望的眼神后,精美对自己有了新认识:

> 我内心对成才的激动和向往,也消遁了。我开始憎恨这样的测
> 试,每一次都是以满怀希望开始,以失望而告终。那晚上床之前,

1　谭恩美:《喜福会》,程乃珊等译,上海:上海译文出版社,2006年,第156页。

2　谭恩美:《喜福会》,程乃珊等译,上海:上海译文出版社,2006年,第156-157页。

3　谭恩美:《喜福会》,程乃珊等译,上海:上海译文出版社,2006年,第154页。

4　谭恩美:《喜福会》,程乃珊等译,上海:上海译文出版社,2006年,第114页。

我站在浴室的洗脸盆镜子前，看到一张普普通通、毫无出众之处的哭丧着的脸——我哭了。我尖叫着，跺脚，就像一只发怒的小兽，拼命去抓镜中那个丑女孩的脸。随后，忽然我似乎这才发现了真正的天才的自己；镜中的女孩，闪眨着聪明强硬的目光看着我，一个新的念头从我心里升起：我就是我，我不愿让她来任意改变我。我向自己起誓，我要永远保持原来的我。[1]

9岁的她开始产生叛逆和反抗意识。

在母亲接受女儿不是天才少年的事实后，她很快安排精美学习钢琴，让叛逆的女儿"有一种被送进炼狱的感觉"[2]。母女俩开始了激烈争执。精美哭嚷着告诉妈妈自己不是神童，永远也成不了天才，母亲当即给了她一巴掌说道："谁要你做什么天才，只要你尽力就行了。还不都是为了要你好！难道是我要你做什么天才的？你成了天才，我有什么好处！哼，我这样的操心，到底是为的什么呀！"[3]精美无法理解母亲的良苦用心。由于钢琴老师耳朵聋、眼力差，精美学会了偷懒，学会掩盖弹琴的失误，即使自己按错一个琴键，她也从来不去纠正，只是坦然地弹下去，因为钢琴老师根本听不见她弹的音乐。性格执拗的精美只学会了弹震耳欲聋的前奏曲和最不和谐的赞美诗。在一次教堂大厅举行的联谊会上，她因过度紧张，弹琴失误而出尽洋相：

> 我头顶开始冒凉气了，然后慢慢弥散开来。但我不能停下不弹呀。我的手指似着了魔，有点自说自话，尽管我一心想将它们重新调整一番，好比将火车重新拨回到正确的轨道上，可手指就是不听指挥。反正从头到尾，就是这么杂乱刺耳的一堆！待我终于从凳子上站起身时，我发现自己两腿直打哆嗦，大概是太紧张了。四周一片黯然，唯有老钟笑着大声叫好。在人簇中，我看到妈一张铁青的脸。观众们稀稀拉拉地拍了几下手。回到自己座位上，我整个脸抽搐了，我尽力克制自己不哭出声。……一下子我觉得，似乎全世界

1　谭恩美：《喜福会》，程乃珊等译，上海：上海译文出版社，2006年，第117页。

2　谭恩美：《喜福会》，程乃珊等译，上海：上海译文出版社，2006年，第118页。

3　谭恩美：《喜福会》，程乃珊等译，上海：上海译文出版社，2006年，第118页。

的人都坐在观众席上。我只觉得千万双眼睛在后边盯着我，热辣辣的。我甚至感觉到那直挺挺地硬挺着看节目的父母，他们那份难堪和丢脸。[1]

精美第一次钢琴公开演奏以失败告终，使前来观看她表演的喜福会成员感到尴尬、失望。骄傲的薇弗莱甚至当众嘲笑精美弹琴不如她弹得好。最让精美伤心难过的是母亲的态度。她不但没有安慰女儿，把女儿从尴尬局面中解救出来，反而用满脸的冷漠凝视着女儿："现在大家都这么团团地围着我们，似车祸中看热闹的人一样。一心要看看那倒霉的压在车轮底下的家伙，到底压成个什么样子！"[2]母亲成为女儿表演失败的围观者，这让年少的精美无法诉说自己的伤痛，变得更加叛逆。她决定不再听任母亲摆布。钢琴风波成为母女冲突爆发的导火线。精美钢琴表演失败后，母亲不顾女儿的低落情绪仍然强迫她继续弹琴。性格执拗的精美坚决反抗。母亲把她悬空拎到钢琴前，她拼命地挣扎。然而，精美弱小的身体无法抵挡母亲的力量，她内心痛苦到极致，哭着说道："'我希望不做你的女儿，你也不是我的母亲！'当这些话从我嘴里吐出来时，我只觉得，癞蛤蟆、蜥蜴和蝎子这种恶毒的东西，也从我胸里吐了出来。"精美开始揭开母亲深埋内心的伤疤："'我希望我没有出世，希望我已经死了，就跟桂林的那对双胞胎一样！'好像我念了什么咒似的，顿时，她呆住了，她放开了手，一言不发地，蹒跚着回到自己房里，就像秋天一片落叶，又薄又脆弱，没有一点生命的活力。"[3]母女之间的相互折磨和伤害成为精美成长过程中难以愈合的创伤。从此，精美再也没有钢琴课，母亲再也不叫她练琴。上了锁的琴盖从此关闭了母亲的梦想和精美的灾难。这架寄予母亲希望的钢琴成为精美永久的伤痛。

许露丝14岁那年，全家人到海滩度假。"现在回想起来，那个小海湾其实十分令人恐惧，阴森森湿漉漉冷飕飕的，风沙扑面，几乎不能睁眼看清脚下，如是磕磕绊绊地走着，老实说，根本就像瞎子一样，顾不上风景。瞧，一个中国家庭竭力想模仿标准美国生活方式，去海滩度假而受的这份洋

1　谭恩美：《喜福会》，程乃珊等译，上海：上海译文出版社，2006年，第122页。

2　谭恩美：《喜福会》，程乃珊等译，上海：上海译文出版社，2006年，第123页。

3　谭恩美：《喜福会》，程乃珊等译，上海：上海译文出版社，2006年，第124页。

罪！"[1]父母叮嘱露丝看好四个弟弟，当时最小的弟弟平只有4岁。他在海边溺水身亡的创伤场景至今历历在目："直到今天，我还是那般清晰地看见，他小心地挨着墙，摸索着崎岖的礁石丛移着步，那一幕，似已永远被我凝固在那块礁石上了。""只见他跨了一步，二步，三步……小小的身子挪动得很快，好像海里有什么吸引着他让他快步走去。哎呀，他要摔下去了。那念头不及闪过，已看见他一对在凌空乱划的小脚掌，只一会工夫，连水纹都没激起几圈，便悄然无声地不见了踪影。"[2]面对弟弟意外落水的场景，露丝感到万分惶恐，双脚一软，跌跪在沙地上。她深陷极度自责中，"像木头人样挪不动步子，只是呆呆地看着姐姐们在围墙四处焦急地呼唤着，弟弟们则探出身子小心地察看着海面上漂浮着的木片后面，有没有平的身影。最后，绝望了的爸妈，妄图用自己的双手来劈开波浪……"[3]母亲不顾危险，丧失理智搜寻平的遗体，这使露丝对弟弟的溺亡更加愧疚。"每次从翻腾的白色浪尖上出现的轮胎，都空空然，没有平的影踪，但它每次的隐没，似都带着一份希望。然后如此反复了十几次后，当它再次浮现，已被波涛打成碎片，刮得遍海都是。几乎在此同时，妈放弃了希望。我至今永远记住她当时的神情：那是一种彻底的绝望和恐惧。"[4]露丝把弟弟的意外溺亡归咎于自己看管不力。这种自责和负罪感成为她成长过程中无法愈合的伤口，深深影响着她，使她难以走出恐惧、无助、绝望的深渊。

二、婚姻创伤

谭恩美在《喜福会》中采用了典型的女性叙事，女性人物的婚姻创伤成为她们人生的痛苦回忆。无论是在中国龚琳达为了摆脱童养媳身份与传统封建家庭的抗争，映映遭受第一任花心丈夫的抛弃，还是在美国露丝与特德的婚姻危机，丽娜与哈罗德的婚姻危机，薇弗莱第一段婚姻的失败，这些女性都经历了撕裂的婚姻创伤。她们采用不同方式面对婚姻伤痛和创伤回忆。母亲的创伤经历无意识地投射给女儿，影响着女儿的婚姻观以及母女关系。

龚琳达在两岁时通过村里媒人提亲成为洪家的童养媳。在她12岁那年，

1　谭恩美：《喜福会》，程乃珊等译，上海：上海译文出版社，2006年，第105页。

2　谭恩美：《喜福会》，程乃珊等译，上海：上海译文出版社，2006年，第107页。

3　谭恩美：《喜福会》，程乃珊等译，上海：上海译文出版社，2006年，第108页。

4　谭恩美：《喜福会》，程乃珊等译，上海：上海译文出版社，2006年，第112页。

家乡山西被洪水摧毁："那年汾河闹水灾，洪水吞没了整个平原，毁了我家的麦地，连我家的房子都无法住了，当我们下楼时，屋里的地板和家具，都被覆盖在混沌沌的泥浆中。院子里，满是给连根冲倒的树干、倒塌的墙垣和淹死的家畜。一场水灾令我们一贫如洗。"[1]家人被迫离开山西投奔南方的舅舅。龚琳达被家人留下，以童养媳的身份进入洪家。她为了履行父母许下的诺言而牺牲了个人的自由与幸福。龚琳达知道即使自己嫁给一个坏男人做妻子，她也只能认命，不可违抗，必须遵循封建婚姻的传统。她进入洪家那一天，洪家并没有举行隆重仪式欢迎她，而是直接被洪太太叫进厨房干活。龚琳达从此明白了自己在洪家的地位，她开始学做一名"能管好自个丈夫，又孝顺公婆，能持续夫家香火，待老人百年之后还会时时去上坟的"[2]中国传统好媳妇。

丈夫天余比龚琳达年龄小，是被洪家宠坏的"小皇帝"，横行霸道，对她百般刁难。生活在这样的环境中，龚琳达必须忍气吞声，努力学做一名贤惠妻子。功夫不负有心人！她学会做得一手好饭菜，做的针线活无懈可击，绣花栩栩如生，连洪太太也无法挑剔。她被洪家不断洗脑，对天余唯命是从。她用实际行动履行了对父母的承诺。在洪家生活的三年，龚琳达的自我意识开始萌芽，她开始思考为什么不得不牺牲自己，为什么自己的命运要让别人来决定，为什么为了别人的快乐就得献上自己。洪家在龚琳达16岁时举行了中国传统的结婚仪式。她至今还记得结婚那天，"我穿着一条漂亮的红裙子，但我的价值远不止这条红裙子；我健康、纯洁，在我内心深处，保留着对生活的颖悟，那只为我独自所有，无人知晓。也没有人能掳走它。我觉得，自己就像那空灵而持有力度的清风"。"即使蒙在红绸巾下，我依旧十分明白，我究竟是谁。当下，我对自己许诺：我会经常将双亲的期望记在心头，但我永远不会忘记'自我'。……就像盲人那样，在我的命运之路上摸索而行，但我不再为之难过，因为我自己心里对此已是大彻大悟了。"[3]龚琳达意识到自己的人生价值，她对自己有了全新认识，不会再在封建婚姻的束缚中忘记自我。

在中国传统婚礼的洞房花烛夜，龚琳达为自己的命运哀叹流泪。她彻夜未眠，起床偷看象征着婚姻的蜡烛。因为在洪家，它"较之天主教里不得离婚的允诺更富有权威，它意味着我岂但不能离婚，即使天余死了，我也不能再婚。这根红蜡烛似就此永远用它的烛油，将我粘在丈夫身上，粘在洪家，

1　谭恩美：《喜福会》，程乃珊等译，上海：上海译文出版社，2006年，第41页。
2　谭恩美：《喜福会》，程乃珊等译，上海：上海译文出版社，2006年，第40页。
3　谭恩美：《喜福会》，程乃珊等译，上海：上海译文出版社，2006年，第46页。

永无解脱之日"[1]。龚琳达希望代表婚姻长久的烛光熄灭，她内心默默祈祷获得菩萨保佑，"火苗只是不停地摇曳着，跳跃着，时隐时明，眼看着烛火渐渐黯淡了，却忽闪一下，又蹿了起来。一个强烈的突如其来的愿望哽在我喉头，我抑制着，抑制着，最终，它们爆发了，'扑'一下，代表我丈夫的那端烛火被吹灭了"[2]。龚琳达内心强烈的愿望化成一道风，终于吹灭了封建婚姻的未来。

在结婚仪式举行后，龚琳达与丈夫开始了同房不同床的无性婚姻生活。因为丈夫天余尚未成年，龚琳达保持着婚前的贞洁，她渐渐把丈夫视为自己的弟弟，产生了一种久违的亲情。这段相安无事的平静生活不久遭到洪太太的强加干预。心急抱孙子的婆婆对龚琳达开始实施身体监禁，"她把我圈禁在床上不准起身，以保证她儿子的种子不致流失。……整日躺在床上，吃喝拉都在床上。告诉你，这种日子，比囚犯都不如，婆婆想抱孙子，有点想疯了"[3]。完全失去身体自由的龚琳达不堪忍受这种折磨。她开始绞尽脑汁想法如何在不辱没娘家名声的前提下逃出这个婚姻的牢笼。其实，只要她得到洪家的休书，一切折磨就结束了。聪明的龚琳达特意选择在中国清明节那天，以老祖宗的名义编造了一个噩梦来威胁洪家尽快解除她与天余的婚约。她用一种突然的哀号惊醒了洪家所有人。她假装身体承受着巨大的折磨和痛苦，把一向咄咄逼人的洪太太吓退了好几步。龚琳达编造出一个谎言让洪太太相信宝贝儿子天余只有与自己解除婚约才能有健康、平安的生活。龚琳达永远忘不了那年的清明——"我终于解除了套在身上的枷锁。我也永远忘不了那天，我终于醒悟了，发现了一个真正的自我，并任凭着这个'我'的思想来带领自己。就是那一天，我覆着新嫁娘的头巾，独坐在窗边，答应自己永不忘记自己"[4]。她最后得到一张去北京的火车票，逃出了这段婚姻。洪家给了她一笔足够去美国的路费，要求她永远不向外人提及这场与他们的联姻。龚琳达在这段封建婚姻中被自己的父母遗弃，在婆家逆来顺受、忍气吞声的婚姻生活中逐渐找到自己的声音。

与龚琳达年龄相仿的顾映映是封建传统社会的富家小姐。衣食无忧的她在4岁中秋节与家人游太湖时不小心跌进水里。这段创伤记忆对她来说刻骨铭心："一开始，我一点也不惊慌。这有点像坠入软绵绵的梦境那种感觉，飘飘欲仙，我希望阿妈把我拉上去。但我马上觉得透不过气。我绝望了，在

1　谭恩美：《喜福会》，程乃珊等译，上海：上海译文出版社，2006年，第47页。
2　谭恩美：《喜福会》，程乃珊等译，上海：上海译文出版社，2006年，第48页。
3　谭恩美：《喜福会》，程乃珊等译，上海：上海译文出版社，2006年，第50页。
4　谭恩美：《喜福会》，程乃珊等译，上海：上海译文出版社，2006年，第54页。

水中乱划乱蹬着，湍急的水灌进我鼻子和喉咙，我觉得窒息了。"[1]幸运的映映被渔夫救了起来，然而死里逃生的她悲伤地发现没有人在乎她。湖面上灯火辉煌，爆竹声声，人们沉浸在节日的愉快中。备受冷落的映映看到中秋夜戏台上月亮娘娘的演唱："女人是阴，她注定只能冷却自己的热情，就像阴影一样，没有光彩。男人是阳，夺目耀眼，女人只有借着男人，才有光彩。"[2]生活在当时男尊女卑的传统社会里，年幼的映映虽然看不懂整出戏，但她已能理解女性的隐痛。她们是男人世界里的他者，失去了自我。映映无意识地接受了这种男尊女卑的封建思想，直到自己顺从家人安排的婚姻、遭受丈夫背叛抛弃时才开始醒悟。映映对自己的第一段婚姻感到无比悲哀。年轻、漂亮、富有的她遭到丈夫的冷落和遗弃。"那年我只有十八岁，可青春却已离开了我，一度，我真想投水自尽，做个披头散发的冤鬼。"[3]映映嫁给了一个自己根本不了解的浪荡好色之徒。他抛弃了怀孕中的妻子，与其他女人厮混。遭受婚姻创伤的映映为了彻底摆脱与丈夫的联系，在悲痛至极时选择了堕胎。她让护士把堕胎的血块扔进了太湖。后来映映寄居在上海郊区的亲戚家开始了新生活，认识了第二任丈夫。移民美国后，她与第二任丈夫的第二个孩子胎死腹中。丧子之痛导致她精神完全崩溃，"不是突发的，而只是像碟子般一只只从架上落下来，一只接一只，跌下来，碎了"[4]。她那段时间终日像个木头人一直躺在床上。映映的美国丈夫和女儿难以理解她身心的伤痛，因为在美国失去这个孩子使她想到了多年前在中国那个被扔进太湖的孩子和那段伤心的婚姻。映映的悲观使女儿丽娜一直生活在害怕与惶恐中，"一天又一天，一年又一年，我始终紧紧抓住'希望'这个字眼，守在妈妈床边，看着她昏昏沉沉，无意识地自言自语着。但我相信，这样的状况——这个最最可怕的状况，总有一天会结束"[5]。映映在中国曾经遭受的婚姻创伤直接影响着她在美国的家庭生活，影响着女儿的成长。

《喜福会》中四位母亲带着过去在中国经历的创伤和对新生活的期待来到美国，希望自己的孩子能够拥有幸福的人生。然而，她们的女儿露丝、丽娜分别陷入了婚姻危机中，薇弗莱难以摆脱第一段婚姻失败的阴影，似乎她们以不同方式、在不同程度上重演了母亲当年的婚姻悲剧。露丝第一次到特

1　谭恩美：《喜福会》，程乃珊等译，上海：上海译文出版社，2006年，第63页。
2　谭恩美：《喜福会》，程乃珊等译，上海：上海译文出版社，2006年，第65页。
3　谭恩美：《喜福会》，程乃珊等译，上海：上海译文出版社，2006年，第221页。
4　谭恩美：《喜福会》，程乃珊等译，上海：上海译文出版社，2006年，第94页。
5　谭恩美：《喜福会》，程乃珊等译，上海：上海译文出版社，2006年，第97页。

德家见他的父母时，虚伪的特德母亲为了掩饰自己对露丝美籍华裔身份的歧视而以儿子需要继续完成医学深造为借口解释儿子不能过早考虑成家。特德母亲排斥少数族裔的言行深深伤害了露丝：

> 她向我保证，她对少数民族，一丁点都没有任何偏见。她与她丈夫拥有好几爿办公用具公司，他们对公司里的一些东方人、西班牙人甚至黑人，印象都很好，私交也不错。但是特德将来所持的专业，注定有其特定的局限与准则。他的活动范围将是病人和其他医生们，他们不可能像我们乔顿家那般通情达理，那般理解特德。然后，她不无遗憾地表示，世上其他地方还有那么多灾难和不幸，越南战争……[1]

特德母亲对露丝与特德恋爱关系的反对更加刺激了他们叛逆、冲动和冒险的心理。在最初热恋的几个月里，他们如胶似漆，难以分离："我们自认对方就是自己的那一半，我们两个一半，构成坚固的整体，就像阴阳和合一样协调完美。我们是自己想象中一出悲剧的男女主角，他是搭救我的勇士，我只是个屠弱的女子。不论我陷于怎样的困境，我的勇敢的男主角，总会排除万难，就像童话中的王子历经曲折去解救受难的公主一样，将我搭救出来。我们沉醉在其间，情意缠绵。"[2]这段叛逆的激情吞噬了两人各自的理性，使他们对彼此缺乏了解。

露丝与特德相识一年便开始了同居生活。他们刚住一起时，两人还互相讨论生活中的计划、安排。逐渐地，露丝把家庭生活的决定权交给了特德。婚后，她处处顺从、取悦丈夫，并掩盖自己真实想法，导致丈夫对她缺乏主见、过于依赖的性格日益感到不满，为他们的婚姻埋下了隐患。特德出了医疗事故后，开始逼着露丝做各种决定："我本能地意识到，在我们之间，已起了微妙的变化，这使我非常不安。那层以保护者自居的面纱已经揭掉，现在，特德处处都在逼胁我，甚至是最琐细的生活小事，我觉得他似在有心折磨我……"[3]这种心理折磨逐渐演变成夫妻争执，特德指责妻子在婚礼上跟

1 谭恩美：《喜福会》，程乃珊等译，上海：上海译文出版社，2006年，第100页。
2 谭恩美：《喜福会》，程乃珊等译，上海：上海译文出版社，2006年，第101页。
3 谭恩美：《喜福会》，程乃珊等译，上海：上海译文出版社，2006年，第102页。

着牧师鹦鹉学舌地附和愿意与他共同承担家庭责任。露丝隐忍、谦让的性格使她陷入了婚姻危机。"我们各自的所作所为,导致了我们间感情的恶化,那简直是个一百八十度的大突变。我俩就像分别站在两个山头的互扔石头的家伙,肆意地互击,最终导致了这场婚姻的破裂。"[1]特德正式向露丝提出离婚对她来说犹如晴天霹雳,这种感受如同"当你在生活中,挨了当头一棒,你毫无办法,只能被击倒。直到你自己能爬起来前,别指望有谁会来解救你"[2]。露丝的婚姻危机使她想到了多年前弟弟平在海滩溺水身亡的家庭悲剧,即使自己看到了危机信号,悲剧最后还是不可避免地发生了。她认为这就是命运,"一半其实就是出自我们的期望,一半,又是出自我们的疏忽。而且似乎唯有当你失却你所爱的,你才会真正接受信仰。你必会更珍惜你所失却的,你必会领悟覆水难收的哲理"[3]。悲观懦弱的露丝难以找到一条可以拯救婚姻的出路。

与露丝性格一样软弱的丽娜同样遭受了痛苦的婚姻创伤。丽娜和哈罗德从同事关系逐渐发展成恋人关系。他们从最初的工作讨论到正式约会外出就餐一直采用平分付账的方式。这种看似公平的经济关系为他们后来的婚姻生活埋下隐患。由于丽娜的童年生活充满不安与惧怕,她内心缺乏安全感,变得胆怯、自卑。哈罗德用甜言蜜语很快俘获了她的芳心:"那些轻怜蜜爱的话语将我灌得痴迷迷的,这一次的爱情,令我完全栽进去了。我当时就很觉得不可思议:怎么像哈罗德这样一个不同寻常的人,也会认为我是出众的。"[4]缺乏自信的丽娜一直陷于自我怀疑的困境中,当哈罗德向她求婚时,她觉得自己十分幸运,同时也忐忑不安:"那种担心,那种不踏实感和惧怕,从未离开过我,我真害怕有一天,会被他看作一个女骗子拎出来。"[5]丽娜大方得体,才华出众,但由于一直缺乏安全感,她担心眼前的幸福有一天会从她身边偷偷溜走。她担心哈罗德不喜欢她的体味,不认可她的品位。丽娜在自己的原生家庭中长期缺乏安全感,缺乏母亲映映的关爱,

---

1 谭恩美:《喜福会》,程乃珊等译,上海:上海译文出版社,2006年,第103页。

2 谭恩美:《喜福会》,程乃珊等译,上海:上海译文出版社,2006年,第103页。

3 谭恩美:《喜福会》,程乃珊等译,上海:上海译文出版社,2006年,第112-113页。

4 谭恩美:《喜福会》,程乃珊等译,上海:上海译文出版社,2006年,第137页。

5 谭恩美:《喜福会》,程乃珊等译,上海:上海译文出版社,2006年,第138页。

她小心翼翼地维持与哈罗德的关系，非常珍惜可以给她带来温暖的婚姻。

经济基础是婚姻关系中的关键因素。丽娜与丈夫结婚后，两人仍然保持婚前平分付账的经济关系，因为哈罗德坚持认为金钱上的平等独立是幸福婚姻的基石。他告诉妻子由于他非常珍惜他们的感情，才不愿听有关钱的事，不愿用金钱玷污它。性格胆怯、懦弱的丽娜内心曾发出无声的抗议，她很想大声告诉丈夫："不要这样。实在我并不满意我们目前这种对钱财上的'井水不犯河水'分得一清二楚的做法。我真的很想为我们的爱情奉献一部分，让我觉得，我也在奉献，也在操心，也在奔波。"[1]但内心的不满和抗议一直哽在丽娜喉头难以说出口。

哈罗德以珍惜感情为由提出与丽娜平分账单的看似平等的婚姻游戏规则深深伤害着为了爱情、婚姻全心全意付出的妻子。她搬进哈罗德的公寓需要支付他500元的房租。聪明能干的丽娜为哈罗德的公司出谋划策，提供了不少绝佳的设计方案。"我付出了怎样的精力，得到的却是如此的报酬。我做得那样努力，可哈罗德对人人都按劳付酬，唯独我不是，这令我很是不快。事实上，我和他为利伏脱尼公司付出的努力是相等的，但哈罗德的工资，却是我的七倍。"[2]在职场受到的不公平待遇与家里贴在冰箱门上两人精确的平分账单形成强烈对比。长久以来，丽娜被动、无奈地接受这种双重标准的不公平待遇，包容着斤斤计较、自私自利的丈夫。他们甚至在家中会为了跳蚤争个不停。这些烦恼积少成多，萦绕在她心头，"只是起先，我自己还没有十分清醒地意识到，只是觉得心里不大自在。直到最近一星期前，自己才突然明白过来了，这究竟是为什么烦躁和不安"。"这些细微的生活小景，居家气息，搅得我万箭钻心。"[3]她意识到自己陷于婚姻危机的深渊，开始寻找婚姻破裂的根源——丈夫对她的关心和付出太少。

丽娜母亲的来访加速了丽娜与哈罗德之间婚姻矛盾的爆发。冰箱上各种详细的账单深深刺痛了丽娜的母亲："'为什么要这样！'妈的嗓音中带着抑制着的伤痛。好像这张账单刺痛了她。我想着如何向她解释这一切，一下子就冒出哈罗德和我互相间常用的那句话：'……唯如此，我们才能排除一切错觉，一切捆绑感情的束缚，从而达到相互间的真正的平等尊重，没有任

1　谭恩美：《喜福会》，程乃珊等译，上海：上海译文出版社，2006年，第139页。

2　谭恩美：《喜福会》，程乃珊等译，上海：上海译文出版社，2006年，第142页。

3　谭恩美：《喜福会》，程乃珊等译，上海：上海译文出版社，2006年，第142页。

何企图的相爱……' "[1]细心的母亲很快发现哈罗德自私、自我,对女儿缺乏关心,根本不了解她的生活习惯和个人喜好。母亲对丽娜婚姻的失望促使她反思自己的生活现状。一向软弱让步的丽娜终于鼓起勇气掀起一场轩然大波。她大胆说出心中压抑许久的想法,指责哈罗德:"为什么你总是这样一分一角算得那样清楚,如此斤斤计较……我讨厌斤斤计较,什么该平摊,什么不该平摊,什么得自己一个人付,什么又要加起来,再减过去,再一分为二……我讨厌,讨厌!"[2]她委屈愤怒的泪水夺眶而出。丽娜告诉丈夫婚姻基础不是这种斤斤计较的各种账单支付。正当两人陷入无言以对的尴尬局面时,丽娜母亲住的客房里摇晃的大理石茶几倒塌了,茶几上的黑花瓶打碎一地。丽娜与哈罗德的婚姻犹如这些花瓶碎片,需要重拾拼贴。在母亲的点拨下,丽娜终于看清了婚姻危机的要害。

争强好胜的薇弗莱长期生活在母亲的挑剔和否定中,从来不敢向强势的母亲说一个"不"字:"我好几次是要开口,话都涌到喉咙口了,可给她那么几句轻飘飘的,刀子样割人的话一搅动,我……"[3]薇弗莱在母亲面前始终处于无法改变的失语状态。在她的第一段婚姻里,母亲曾一针见血地指出陈马文的种种缺点——他好色小气,对家庭严重缺乏责任感。薇弗莱曾经认为是母亲的诅咒破坏了她的第一段婚姻。走出第一段婚姻的阴霾后,薇弗莱开始与新男友里奇交往,体会到他真挚的爱意。由于她非常珍惜这段爱情,薇弗莱担心一向苛刻的母亲会破坏她与里奇的关系:"我还是为里奇担心。我明白,自己是那般脆弱,我生怕自己心目中的里奇的形象,会被妈那番信口开河的议论和夹枪带棒的言语冲毁。因为里奇深爱我和苏珊娜。他的爱是那么的坦诚和毫不含糊。他对我并无他求,只需要我存在,就足够了。他对我说过,因为有了我,他自身变得更完美了。"[4]薇弗莱渴望保护里奇在她心中的完美形象,但是,由于她从小到大都生活在母亲的否定指责中,她害怕母亲对里奇的诋毁影响他们的爱情:

　　　　她(母亲)将会如何数落他,评价他,让他难堪,受尽折

1　谭恩美:《喜福会》,程乃珊等译,上海:上海译文出版社,2006年,第145页。

2　谭恩美:《喜福会》,程乃珊等译,上海:上海译文出版社,2006年,第147页。

3　谭恩美:《喜福会》,程乃珊等译,上海:上海译文出版社,2006年,第157页。

4　谭恩美:《喜福会》,程乃珊等译,上海:上海译文出版社,2006年,第159页。

磨……最初她会保持缄默，然后，会就一件小事讲开了，一句又一句，阴阴地，颠来倒去地数着他的种种不是，过一阵，又拿出来温习一遍，再从头数一次，直到他的长相、个性、灵魂都给描绘得面目全非而止。即使我对她的伎俩是早就领教过了，可我还是害怕，害怕一些看不见的真相，会随着她的话语飞入我的眼睛，改变我自己的视觉，将里奇从我心目中的出类拔萃形象，变得平庸俗气，令人不快。[1]

在薇弗莱父母的家宴中，由于东西方文化的差异，里奇丑态百出，窘迫不已。别人小口抿着尝酒，里奇却连饮两大杯。他坚持使用象牙筷，拿筷姿势和夹菜方式令人忍俊不禁。他不顾及用餐礼仪，大口大口地夹菜。直率的里奇当面对薇弗莱母亲的厨艺评头论足，甚至还批评了她。这让紧张的薇弗莱更加忐忑不安。她希望母亲能看到里奇坦诚、善良的优点。然而，母亲失望的眼神让薇弗莱明白她难以接受里奇。这对于在母亲面前从不说"不"，一直处于失语状态的薇弗莱来说是一种内心的煎熬。她不愿因母亲的反对放弃这段宝贵的感情。

三、战争创伤

创伤的当代核心内涵是指人对自然灾难和战争、种族大屠杀、性侵犯等暴行的心理反应，影响受创主体的幻觉、梦境、思想和行为，产生遗忘、恐怖、麻木、抑郁、歇斯底里等非常态情感，使受创主体无力建构正常的个体和集体文化身份。[2]20世纪第一次世界大战老兵普遍出现的"炮弹综合征"，第二次世界大战中大屠杀引起的"创伤后应激障碍"（Post-traumatic stress disorder）等都属于历史性创伤。这种集体创伤事件如战争、大屠杀等对个体造成的影响大小不一。幸存者常常具有恐怖、麻木或抑郁的创伤经验，反复出现的噩梦、幻觉使他们仿佛再次经历创伤。匈牙利哲学家和心理分析家尼古拉斯·亚伯拉罕（Nicolas Abraham）和玛利亚·托洛克（Maria Torok）提出的"代际间幽灵"（transgenerational phantom）有助于揭示战争、大灾难、大屠杀等给受害者的后代带来的沉默、遗忘、记忆丧失、失语症等心理创伤，有益于在个体、家族、共同体、种族、历史等多层面上审视

1　谭恩美：《喜福会》，程乃珊等译，上海：上海译文出版社，2006年，第158页。

2　陶家俊：《创伤》，载《外国文学》，2011年第4期，第117页。

文化创伤，有助于人们战胜沉默和遗忘，学会悲悼，恢复记忆。[1]

谭恩美在小说《喜福会》《灶神之妻》《接骨师之女》中都有与战争相关的人物和故事。《喜福会》中吴夙愿在日本侵略军攻打桂林时的逃难经历成为她一生最大的伤痛，龚琳达在日本军队攻打山西时参加了婆家举办的冷清婚礼。《灶神之妻》里中国抗日战争的创伤场景与主人公雯妮的婚姻创伤构成情节的两条主线，相互交织。日本侵华战争的血腥残酷让她变得更加坚强，认识到生命的价值和意义。《接骨师之女》中刘茹灵和刘高灵在抗日战争中死里逃生，历尽艰辛移民到美国生活。作为美国当代女性作家的谭恩美虽然在小说中没有正面描写战争的血腥场景，但战争给主要人物带来的身心创伤影响了他们的一生。《喜福会》中吴夙愿在从上海到桂林、桂林到重庆的逃难中历经千辛万苦。日本军队的侵华战争使她遭受痛失丈夫与双胞胎女儿的伤痛。谭恩美在这部小说中"不以战争为重点，却生动地表现了战争条件下人性善恶的演变，并且以此作为母女关系的一种重要因素，小说的艺术构思是独到而深刻的，也有着重大的意义与价值"[2]。

众所周知，"桂林山水甲天下"！吴夙愿到达桂林时，对这里的美景奇观赞不绝口："置身真正的桂林山水间，那是一种令你身心震撼的感动，连绵的山峦起伏不一，活像大堆妄图蹦出油锅的煎鱼，充满动感，层层叠叠，影影憧憧，千姿百态……这有点如我们小时候玩的万花筒，只要云层稍稍移动一下，那群山构成的图案就变了样，就这样永远的变幻无穷。"[3]然而，桂林的美景很快遭到了日本侵略军队的破坏。吴夙愿经历了担惊受怕、死里逃生的战争恐慌与无奈：

> 我整天就只是呆呆地蜷缩在房间的暗角里，一手一个抱着我的两个女儿，她们是一对双胞胎，还在襁褓中。我的双脚总是处于紧张的戒备状态——就像运动员的起跑状态，只要空袭警报一起，我便像野兔般弹起直奔防空洞。但人怎么可能长久呆在黑暗中？过不多久，你的内心就会开始沉沦，特别听到外面如天崩地裂般的轰炸声，然后是如雨点般石砾劈头盖脑敲打下来的声音，这时，人特别渴望光亮，哪怕只有一点点！躲在防空洞里，我眼睛死死盯住顶部的钟乳吊花，我才不是在欣赏这古时期的大自然杰作，我只是担心

1　陶家俊：《创伤》，载《外国文学》，2011年第4期，第120页。
2　邹建军：《"和"的正向与反向——谭恩美长篇小说中的伦理思想研究》，武汉：华中师范大学出版社，2008年，第197页。
3　谭恩美：《喜福会》，程乃珊等译，上海：上海译文出版社，2006年，第7页。

它会不会塌下来。你能想象吗？生的希望，不在洞里，也不在洞外，不知究竟在哪里？那完全是一种绝望的难挨的等待。[1]

日本侵略军对桂林的轰炸使人们在战乱中"如此近距离地'亲密'挤拥在一个空间里，否则，准会打个头破血流。你想想看，上海人和乡巴佬，银行家和剃头师傅，黄包车夫和缅甸商人……虽然如今大家一样都是蓬头垢面，身上散发着恶臭，一样肆无忌惮地当街吐痰擤鼻涕，却仍是互相不买账，互相看不起"[2]。城里一片狼藉，人们疲于逃命，"一旦轰炸声远去，大家便像刚落地的小猫崽样，乱抓乱扒磕磕绊绊地涌上回城之路……四周没有一丝风，从阴沟泛出的令人恶心的臭气，四下弥散、无孔不入"[3]。

吴凤愿无法忍受这种绝望无期的等待，觉得需要找点事情来分散悲观思绪，让自己从绝望的深渊中走出来。她找到几个家庭背景相似的女性朋友一起打麻将。"我们每星期轮流做一次东，做东，即出钱出力，尽力令大家开心。做东的一方，要准备一些名字吉祥讨口彩的点心来款待大家——金钱饼，因为样子像圆圆的银洋或金圆，长长的米线象征着长命百岁，落花生象征得贵子，福橘象征多福多吉……我们知道我们已过得很奢侈了。我们很知足，觉得很幸运。"[4]这些女性生活在胆战心惊的战乱中，并非麻木不仁，对苦难视而不见。

> ［战争使她们］一样也在担惊受怕，战火给我们各自都留下不堪回首的一页。什么叫失望？所谓失望，是对某样根本早不存在的事物的一种期盼，期待着它们的回归，或者不如说，是在无谓地延长着一份难挨的折磨。比如你的家园连同父母在内都被烧毁了，你还会念叨着一件心爱的挂在房里大橱内的貂皮大衣吗？当满街电杆上挂着血淋淋的人的残肢，饿狗拖着啃了一半的死人肉到处乱窜，这时，你的头脑还会保持清醒理智的思维吗？我们都问过自己，与其悲悲切切地等死，不如快快乐乐地过一天算一天，这又有什么错呢？[5]

---

1 谭恩美：《喜福会》，程乃珊等译，上海：上海译文出版社，2006年，第8-9页。

2 谭恩美：《喜福会》，程乃珊等译，上海：上海译文出版社，2006年，第8页。

3 谭恩美：《喜福会》，程乃珊等译，上海：上海译文出版社，2006年，第9页。

4 谭恩美：《喜福会》，程乃珊等译，上海：上海译文出版社，2006年，第9-10页。

5 谭恩美：《喜福会》，程乃珊等译，上海：上海译文出版社，2006年，第11页。

于是，这四位女性尽量把每周一次的聚会过得像新年一样热闹开心，"至少我们每个礼拜有一天可以忘记过去。我们以吃喝玩乐来自寻快乐，讲最美好的故事，大把大把地赌钱。就这样，我们每个星期都有一次期盼，期盼着一次欢悦，这种期盼心情就成为希望，成了我们唯一的快慰，这就是为什么我们将自己的聚会命名为'喜福会'"[1]。喜福会为在战争中避难的这些女性带来了积极乐观的精神，打麻将成为她们在战争中一种重要的生存策略。她们通宵谈论过去的快乐和对未来的憧憬，暂时忘记了战争带来的恐慌和苦难。

不久，日本侵略军在桂林的轰炸更加肆无忌惮，吴凤愿像很多难民一样开始了从桂林到重庆的逃难之路。战争给逃难的人们带来难以言说的身心创伤。"我把行李，还有那对双胞胎女儿放进独轮车开始上路……刚遭日军残杀的男女老幼同胞的尸体，鲜血淋淋的就像刚刚开膛剖腹横七竖八地躺在砧板上的鲜鱼一样！惨不忍睹。"[2]逃难路上遭受日军残杀的同胞尸体随处可见。"那时，连哭的心情都没有了。我用围巾打成两个结环搭在肩上，一边吊一个孩子，腾出两只手各提着一只口袋，一只是衣服，一只是吃食。走呀走，我提着它们，手腕处勒出深深的血槽，血肉模糊的。鲜血顺着手腕淌到掌心，滑腻腻又黏糊糊的，我再也握不住任何东西了！于是，我松开了左手，又松开了右手……"[3]由于独轮车坏在了逃难途中，吴凤愿只好扔掉那张贵重的麻将桌。逃难的人们不得不扔掉随身财物，"一点一点地放弃了手中最后抓住的希望。整条逃难之路犹如一条嵌满财宝的华丽的路面：成匹的绫罗绸缎、卷卷古书，还有祖宗的画像、木器家具……但已经筋疲力尽的人们，对这些眼皮都不扫一下。绝望的人，什么都不会使之动心"[4]。战争迫使逃难的人们在绝望中寻找生存的希望。

身体虚弱的吴凤愿在逃往重庆的路上被迫把襁褓中的双胞胎女儿遗留在途中，希望好心人能够收养她们。她对自己能否存活下去失去了希望。逃难中的骨肉分离成为吴凤愿终身的遗憾和愧疚。战争给她带来了无法愈合的身心创伤。后来她移民到美国，一直努力寻找当年被她遗弃在中国的两个女儿，期待有朝一日能与她们见面。在中国失散的女儿成为吴凤愿心中永远的

1　谭恩美：《喜福会》，程乃珊等译，上海：上海译文出版社，2006年，第11页。
2　谭恩美：《喜福会》，程乃珊等译，上海：上海译文出版社，2006年，第12页。
3　谭恩美：《喜福会》，程乃珊等译，上海：上海译文出版社，2006年，第12页。
4　谭恩美：《喜福会》，程乃珊等译，上海：上海译文出版社，2006年，第12—13页。

伤痛。她小心翼翼地把这个伤痛埋藏心底，带着遗憾在美国离开了人世。

龚琳达与第一任丈夫天余的婚礼受到了日本侵华战争的严重影响，给这段婚姻带来种种不祥的征兆：

> 我们的运气真是坏极了，尽管媒婆选了八月十五这个好日子，但就在八月十五的前一个星期，日本人打入山西，已经离我们很近，大家都人心惶惶。这些日本人好像特地赶来为我的婚礼"道贺"。到了八月十五日早上，天却渐渐沥沥下起雨来，这是个不祥的征兆。那隆隆的雷声和咆哮的闪电，使人们误以为是日本人的炸弹，大家都躲在屋里不敢出门，来喝喜酒的人寥寥无几。洪太太为了使婚礼不致显得太冷清，拖迟了几个小时，直到发现实在来不了更多的宾客，才开始举行婚礼。她无法违抗战争。[1]

由于父母早已举家南迁，这场没有自己亲人参加的婚礼对龚琳达来说本已孤单冷清，加上洪太太邀请的客人因躲避日军轰炸而缺场，整个婚礼失去了热闹喜庆的气氛，预示着这段婚姻前景黯淡。

《喜福会》中四对华裔母女在中国和美国经历了不同程度、不同形式的成长创伤、婚姻创伤和战争创伤。她们在各种危机中抗争个人命运，寻找修复创伤的途径。

第二节　创伤叙事空间——麻将聚会

创伤记忆在受害者大脑里与普通记忆不同，是"无语静默的"[2]，常以"闪回和噩梦的形式占据受害者的意识"，敏感脆弱的受害者感到他们的精神世界缺乏安全感，充斥着恐慌和梦魇。[3]如果创伤患者能够在意识中对创伤记忆进行有效调整、理解、重构并积极回归现实，他们便有可能走出创伤阴影。叙述往事对创伤患者来说是一种积极有效的治疗方法。创伤叙事不仅可以还原历史真相、见证创伤事件中受害者的伤痛，而且可以宣泄他们压抑的情感进而帮助他们修复创伤。尽管叙述创伤经历令人痛苦，但要想彻底治

1　谭恩美：《喜福会》，程乃珊等译，上海：上海译文出版社，2006年，第45页。

2　Judith Herman: *Trauma and Recovery: From Domestic Ability to Political Terror*, New York: Harper Collins / Basic Books, 1992, pp. 75-77.

3　Judith Herman: *Trauma and Recovery: From Domestic Ability to Political Terror*, New York: Harper Collins / Basic Books, 1992, p. 25.

愈，患者需要把过去的伤痛回忆拼凑起来，向他人讲述往事使聆听者部分参与创伤事件，多人的分享有助于修复个体创伤。谭恩美指出讲故事是"思维的故意错乱"，是一种逻辑的重新排序和对过去惧怕的驱魔。她认为人生既不是按计划发展也不是完全随意的。她把人生与女性联系起来是因为人生"是爱的疯狂棉被，一块一块缝在一起，被撕裂开，反复修补，坚固地保护着我们所有人"[1]。作家小说中的女性人物经历了不同程度的成长创伤、婚姻创伤和战争创伤。她们的创伤往事通过回忆、讲故事的形式被逐渐揭露，"既打破了她们在父权下被迫沉默的枷锁，改写了历史，又让她们找到了各自的声音。这声音一方面是她们勇敢坚定的反叛，是她们确定自我的力量，是她们用于斗争的武器，另一方面又是她们为之骄傲的宝贵遗产以及传递这种遗产的必要途径"[2]。《喜福会》中四个华裔家庭定期的麻将聚会为四对母女回忆创伤往事、讲述创伤经历、修复母女关系提供了重要的叙事空间。

四位华裔母亲各有难言之痛，"——那遗落在中国的希望和梦！然而，她们的英文太不行了，以致她们根本不可能将此一吐为快，只好成天憋在心里"[3]。吴夙愿理解她们脸上漠然惆怅的表情，所以，当她提出成立这么一个喜福会时，大家一口同意。四位母亲一直希望能够说一口流利美式英语的女儿能够了解她们自己过去的经历，把她们的经验、信仰、愿望、精神当作宝贵财富传给女儿，同时赋予女儿找到自己声音的力量，帮助她们真正了解中国文化，确立自己的双重身份，使她们既适应美国环境又保留中国人的气质。母亲希望讲述自己过去的创伤往事，让女儿更多地了解自己，尽量消除母女隔阂。

对吴精美来说，母亲吴夙愿生前总是用中文讲述故事的开头，不断重复她在中国桂林的往事。母亲喜欢晚饭后一边拆旧毛衣一边回忆过去。"她的故事，也就此滔滔地倒了出来。多年来，她重复讲述着一个故事，只是，故事的结尾，一次比一次黯淡，犹如投在她生活中的一道阴影，越来越浓重，现今，这道阴影甚至已深入到我的生活中。"[4]吴夙愿的创伤叙事是动态多变的，因为她在逃难途中遗弃的两个女儿下落不明。

在女儿丽娜眼里，母亲顾映映讲述的往事总是关于她的担忧、焦虑。这

---

1 George Eberhart: "ALA Thinks Globally, Acts Federally", *American Libraries*, Vol. 29, No. 7 (August, 1998), pp. 70-83.

2 张瑞华：《解读谭恩美〈喜福会〉中的中国麻将》，载《外国文学评论》，2001年第1期，第97页。

3 谭恩美：《喜福会》，程乃珊等译，上海：上海译文出版社，2006年，第6页。

4 谭恩美：《喜福会》，程乃珊等译，上海：上海译文出版社，2006年，第7页。

种沉重的创伤叙事影响女儿的健康成长，使她长期缺乏安全感，缺乏自信。随着年龄的增加，映映感到自己"有了一种归属感，我好像又回到童年，我生命的黎明，我又清晰地记起那年中秋，重番体会到那份天真，坦诚，不安，好奇，恐怖和孤独，就那样，把自己给丢了"[1]。经历了第一段失败婚姻后，伤痕累累的映映在答应嫁给圣克莱尔时如同失去灵魂的空心人。丈夫在世时，映映曾向他倾诉多年来一直隐藏的过去。她现在觉得应该把自己的创伤往事告诉女儿，因为她不能把这种没有灵魂的耻辱带进坟墓。映映希望通过揭开自己第一段婚姻的伤疤来告诫女儿要避免自己当年婚姻悲剧的重演："她出生了，就像一条鱼一样从我身上滑出去了。从此，我只能站在岸边看着她滑翔。我必须把我的故事告诉她，这是唯一的一个可以钻进她体内，把她往安全地带拽曳的办法。"[2]目睹女儿在婚姻中因性格的软弱、妥协、让步而饱受伤害，映映哀其不幸，怒其不争。她希望女儿能够尽快醒悟，"多年的磨难和痛苦，令我对一切预兆更加敏感和灵验。我得用痛苦的尖角去戳痛我女儿，让她醒悟过来。她会与我斗起来的。因为我俩都属虎，斗本是老虎的本性，但我会斗胜她的，因为我爱她"[3]。映映在女儿与女婿闹矛盾时故意掀翻了女儿家里摇摇晃晃的茶几，摔碎了花瓶，让女儿意识到她的婚姻如同这摇晃不稳的茶几和易碎的花瓶，不堪一击。映映用创伤叙事的方式不仅再现了多年前自己在中国的创伤往事，让女儿对自己有更多了解，同时这种创伤叙事给软弱的女儿带来寻找自我身份、积极抗争命运的力量。

在女儿薇弗莱心里，母亲龚琳达一直是一个强势、苛刻的女性。她从小到大生活在母亲的操控与挫败中，无论是童年时代的象棋风波还是自己第一段婚姻遭受到母亲的强烈反对。在薇弗莱第一次把里奇带回父母家把一切搞砸后，在母亲面前长期失语的薇弗莱决定为了捍卫里奇的真爱而改变自己。她决定与母亲开诚布公地正面交流。她鼓起勇气回到父母家想大胆告诉母亲自己打算和里奇结婚。当薇弗莱急匆匆进入父母家门时，发现躺在沙发上睡觉的妈妈"显得那样孱弱、单薄、无助。一阵突发的恐怖淹没了我，她看上去似一个没有生命的躯体，她死了！我曾一再祈求，她别进入我的生活之中，希望她就在我的生活以外生活，现在她默从了，扔下她的躯体走

1　谭恩美：《喜福会》，程乃珊等译，上海：上海译文出版社，2006年，第66页。

2　谭恩美：《喜福会》，程乃珊等译，上海：上海译文出版社，2006年，第216页。

3　谭恩美：《喜福会》，程乃珊等译，上海：上海译文出版社，2006年，第225页。

了"[1]。母亲瘦弱、平静的身体让冲动的薇弗莱冷静下来，"我对她的那股兴师问罪之劲，早已消失，而为她显示出的那另一面：羸弱、天真，这些我颇陌生的品格而惊异、迷惑，这种太快的感情转移，令我就像突然给拔去电插头的灯，一下子麻木黯然，脑中只是一片空白"[2]。薇弗莱指责母亲讥笑里奇脸上的麻子，告诉母亲想结束这种多年来被她刺痛的生活方式。女儿做好了被母亲数落、打击的心理准备。然而，体弱衰老的母亲难过得气哭了。"她是那么强悍，又那么软弱！⋯⋯我觉得很疲倦。我又败了一局，却不知道，这一局的对手，究竟是谁。"[3]薇弗莱第一次走进母亲脆弱柔软的内心世界，体会到母亲对她的关心和爱。

特德向露丝主动提出离婚，令她备受打击。她通过与心理医生和不同朋友交谈来释放自己的伤痛。"我与太多的人谈过特德，每一个描述就是一个版本，但每一个版本都是我的真实感受。至少，在我讲述的时刻。⋯⋯我以前一直不知道自己爱特德爱得有多深，直到他伤害了我，我才发现，他伤得我有多深，恰如我爱他爱得有多深一样。那种痛苦，犹如不上麻药而被人肢解一样。"[4]软弱的露丝无法摆脱这种撕裂的婚姻伤痛，难以在这种痛苦的深渊里自拔。母亲得知女儿陷入婚姻危机后，鼓励一向被动的露丝大胆向丈夫说出自己的想法，不再受他摆布。特德不断催促露丝签署离婚协议是急着把她赶出去，计划马上与另一个女人结婚。露丝突然觉得自己获得了解脱，不再需要优柔寡断、患得患失了。为了捍卫自己在婚姻里的权利，露丝与特德谈判，提出离婚的前提是房子必须属于她。咄咄逼人的特德"气势汹汹地把手臂往胸前一抱，斜着眼盯住我，那架势，说明他准备大大地发作一场。过去只要他一摆出这样的架势，我就会吓得六神无主。不过现在，我一点也无所谓了，既不害怕，也不生气。⋯⋯我用足全身的力气，一个字一个字地，对着他说：'你反正不能就这样把我从你生活中拎出去这么顺手一丢'"[5]。露丝终于说出了内心压抑很久的想法，敢于在以自我为中心的丈

---

1 谭恩美：《喜福会》，程乃珊等译，上海：上海译文出版社，2006年，第164页。

2 谭恩美：《喜福会》，程乃珊等译，上海：上海译文出版社，2006年，第165页。

3 谭恩美：《喜福会》，程乃珊等译，上海：上海译文出版社，2006年，第166页。

4 谭恩美：《喜福会》，程乃珊等译，上海：上海译文出版社，2006年，第172页。

5 谭恩美：《喜福会》，程乃珊等译，上海：上海译文出版社，2006年，第179页。

夫面前提出离婚条件，捍卫了自己在婚姻中的尊严。

第三节　创伤修复——重塑自我身份

　　文学性创伤叙事作品是创伤的载体，它以再现创伤、见证创伤、疗治创伤为目的。拉卡普拉认为："将极力抑制的创伤记忆用语言表述出来是从创伤中康复的必要途径。"[1]创伤受害者通过有意识的创伤叙事来解构过去、重塑现在和建构未来。《喜福会》中创伤受害者通过回忆创伤的叙事方式，将她们过去人生的苦痛逐渐揭开，随着叙事的深入，伤口逐渐暴露、结疤、愈合。这种方法被弗洛伊德称为"宣泄治疗"[2]。"喜福会"中三位华人女性因对家庭的忠诚、责任和义务而遭遇了人生的第一次重创：安梅目睹了母亲如何屈辱身亡，琳达和映映在各自不幸的婚姻中舔舐着伤口。这些游离在传统家庭的边缘女性在家人的冷漠与抛弃中学会了压抑自我。[3]"治疗创伤是一个发声的过程。一个人治愈了创伤，他就能分辨过去与现在，能记起那时候自己（或他的亲人）究竟发生了什么，并清楚认识到自己生活在此时此地。"[4]叙事疗法能够让创伤者以诉说的方式把创伤记忆转化成叙事记忆。在叙事过程中，创伤者的内心伤痛得以宣泄，并慢慢接受过去发生的事情。这样，创伤者不但可以解构过去的伤痛，还可以重拾自我，重新认知现实世界。谭恩美的作品以女性人物为焦点，关注女性的创伤经历以及女性回忆往事、修复创伤、改善家庭关系的过程。她曾指出："我不认为我的作品主要是关于文化和移民经历的。那只是其中的一部分内容而已。我的作品关注的是家庭和母女关系。"[5]《喜福会》中四对母女采用创伤叙事的治疗方法讲述过去，接纳过去，将其创伤经历纳入自己的人生体验中，从而接纳自我，完成自我修复。在创伤修复最后阶段与自己和解，并找回自我，母女关系得以改善。

1　Dominick LaCapra: *Writing History, Writing Trauma*, Baltimore: The Johns Hopkins University Press, 2001, p. 18.

2　西格蒙德·弗洛伊德：《论无意识与艺术》，北京：中国人民大学出版社，1998年，第119页。

3　许铼：《回忆与自我：谭恩美小说的中国书写》，载《广西民族师范学院学报》，2015年第6期，第90页。

4　Dominick LaCapra: *Writing History, Writing Trauma*, Baltimore and London: The Johns Hopkins University Press, 2001, p. 22.

5　E. D. Huntley: *Amy Tan: A Critical Companion*, Westport: Greenwood Press, 1998, p. 38.

小说中华裔母女之间的语言交流障碍、中美文化差异，以及母亲的创伤经历对家庭和孩子的影响多年来导致母女关系紧张，隔阂重重。母亲们笨拙地卷着舌头讲英语，学习过西方人的生活，而在美国出生长大的女儿们讲着一口标准的美式英语，大口大口喝着可口可乐。母亲们期待有一天自己用流畅的美式英语，把自己的故事讲给不懂中文的女儿们听，因为她们对母亲缺乏了解。吴夙愿去世后，女儿精美坦诚地告诉喜福会的三位阿姨自己根本不了解母亲，似乎说出了女儿们的共同心声。三位阿姨生气地责备她竟然不了解自己的母亲，她们强烈的反应使精美意识到：

> 她们的种种叮嘱，她们对我表示出的深深失望和责怪，其实不是针对我一个人，而是由我联想到她们自己的女儿们。她们的女儿，也是像我这样，对自己的母亲同样的了解不多，对她们这代所怀的美国梦，同样的淡漠浑然不觉。她们的女儿们对母亲之间用中国话交谈显得很不耐烦，还嗤笑她们这么长时间仍讲着一口结结巴巴、词不达意的中国腔英文……她们只能无奈地看着自己的女儿们长大成人，生儿育女，在异国他乡的美国落地生根，子孙满堂，然当初母亲们从中国带来的准则和期待，却日渐湮没流失……[1]

这是四对母女多年来的交流状态："多年来我们就是这样心照不宣地沟通着，但今晚琳达姨的这番话再次提醒我，我们母女俩其实从来没有真正互相了解过，我们只是以自己的理解来彼此揣摩对方的意思；而且往往来自母亲的讯息是以减法的形式入我耳，而来自我的讯息则是以加法的形式传入母亲耳中……"[2]女儿被动地、选择性地接受母亲的信息，而母亲则积极地、扩大地接受女儿的信息。映映与女儿之间"隔着一条河，我永远只能站在对岸看她，我不得不接受她的那套生活方式——美国生活方式"[3]。龚琳达认为，女儿"除了她的头发和皮肤是中国式的外，她的内部，全是美国制造的。这一切都是我的过失：长期以来，我一直希望能造就我的孩子能适应美国的环境却保留中国的气质，可我哪能料到，这两样东西根本是水火不相

---

1 谭恩美：《喜福会》，程乃珊等译，上海：上海译文出版社，2006年，第27页。

2 谭恩美：《喜福会》，程乃珊等译，上海：上海译文出版社，2006年，第23页。

3 谭恩美：《喜福会》，程乃珊等译，上海：上海译文出版社，2006年，第224页。

容，不可混合的"[1]。母女之间的语言障碍、文化冲突、代际隔阂最后通过她们各自诉说创伤经历的方式得以改善。

龚琳达第一次给薇弗莱讲述自己的家族史时，女儿并不能听懂内容。但是，由于母女之间的心理隔阂已经消除，这似乎是母女俩多年来第一次推心置腹的交流。这种心灵交流突破了母女的语言障碍，是心灵与心灵的对话。薇弗莱恍然大悟：

> 我一直在苦苦抗争的，究竟是什么？好久好久以前，在我还是一个孩子时，我就想躲到一道更安全的屏障后边，我要躲避的，就是妈的闲言碎语，妈对我的不足之处的寻觅和挑剔……曾几何时，那个我所躲避的，时时搅得我心烦意乱的女人，现在成了个坏脾气的老太婆了。多年来，只是以她的绒线披肩为盾，编结针为剑，貌似张牙舞爪地，却在耐心等着自己的女儿，将她请进她的生活中，一直等成一个脾气暴躁的老太太。[2]

薇弗莱终于给了母亲期待已久的机会去聆听她的故事，见证母亲的创伤。母亲同意了女儿和里奇的婚事。他们打算去中国度蜜月，邀请母亲一起回国看看。龚琳达与女儿的母女关系从多年来的紧张对峙最终变得和谐融洽。

露丝从小到大对母亲许安梅一直盲目信任，即使她不明白母亲的话，对母亲也深信不疑。母亲曾告诫她："女孩子就像一棵树，你必须挺起身子，听站在你边上的妈的话，唯有这样，你才能长得挺拔强壮。假如你俯身去听别人的话，那你就会变得佝偻软弱，一阵风就把你吹倒了。"[3]露丝在母亲的影响下渐渐失去了自我意识，变成一个缺乏主见，容易受人摆布的弱者。当丈夫特德向她提出离婚时，她茫然不知所措。她总是决定不了该如何处理与丈夫的关系，认为自己的不同选择会导致完全不同的结果。她多次向心理医生寻求帮助，向朋友们反复诉说婚姻的伤痛，然而缺乏独立果断精神的露丝一直陷于选择矛盾中。她在家中清点物品时发现了特德提醒她在离婚协议

1　谭恩美：《喜福会》，程乃珊等译，上海：上海译文出版社，2006年，第227页。

2　谭恩美：《喜福会》，程乃珊等译，上海：上海译文出版社，2006年，第168页。

3　谭恩美：《喜福会》，程乃珊等译，上海：上海译文出版社，2006年，第174页。

书签字的潦草便条和一张支票。"这张便条就夹在我们的离婚书上，与一张票面为一万元的支票夹在一起，就是用我送他的钢笔签的名。我心中涌起的不是感谢，而是痛苦。我又被刺痛了。……过去的回忆，令我有如万箭穿心。"[1]露丝眷念着与特德一起生活了15年的房子。曾经美好的花园现在变成了荒地。花园败落荒芜的景象使她想起了曾经读过的一句话："当一个丈夫不再注意修整家中的花园时，说明他正在想把这个家连根拔掉。"[2]一万元支票让露丝怀疑这是特德为哄骗她签署离婚协议而设下的骗局，同时她又臆想这张支票代表特德对她的关怀与爱，使她对这段婚姻难以割舍。急于与妻子解除婚姻关系的特德请求律师催促，这让优柔寡断的露丝更加心烦意乱，无法决定。她在床上整整躺了三天，15年来与特德生活的点点滴滴涌现在她的脑海中，使她难以做出明确决定。在关键时刻，母亲许安梅给予女儿做出决定的勇气和力量。她让女儿大胆向丈夫说出自己的心里话，这让软弱顺从的露丝终于在傲慢冷漠的丈夫面前赢得尊严。"那晚，我梦见自己在花园中游荡着，薄纱一样的淡雾，波浪似的在花园上方飘拂着，摇荡着，给树丛添上一种奇幻的迷茫之感，朦胧中，看见妈在小心地俯身照料着一棵棵花卉。那样的细心，犹如在照看着一个个婴儿。看见我，她对我挥挥手：'看，我早上刚刚把它们种下，为了我，也为了你！'"[3]母亲用自己平凡朴实的爱赋予女儿寻找自我声音，摆脱婚姻危机的动力。女儿终于可以在母亲面前敞开心扉说出自己的想法，而不再生活在母亲的影子里。

映映在中国的创伤往事不堪回首："这些年来，我一直将真正的自己严严实实地罩住，竭力将自己蜷缩成一个小小的黑影，所以，谁也抓不住我。我悄然无声地度日，以至女儿对我也竟是视而不见。她见到的是自己的购物单，支票的超兑，桌上没有放稳妥的烟灰缸。"[4]她把真实的自我包裹得严严实实是为了不让她在美国的家人看见她深藏的伤口。虽然映映和女儿生活在同一屋檐下，她们却如同失散多年的母女，互相不了解。当映映目睹女儿处于岌岌可危的婚姻状态时，女儿对丈夫忍气吞声、谦让包容的处事原则令她"实在弄不明白，哪个是中国式的，哪个是美国式的。反正我只能两者舍其一，取其一，多年来，我一直在两者中徘徊，考虑取舍。……所以现在

1　谭恩美：《喜福会》，程乃珊等译，上海：上海译文出版社，2006年，第174页。

2　谭恩美：《喜福会》，程乃珊等译，上海：上海译文出版社，2006年，第176页。

3　谭恩美：《喜福会》，程乃珊等译，上海：上海译文出版社，2006年，第179页。

4　谭恩美：《喜福会》，程乃珊等译，上海：上海译文出版社，2006年，第55页。

我常常百思不得其解：我到底失却了什么？我又得到了什么？"[1]。女儿如同当年的母亲，在婚姻中受伤，苦苦挣扎："我的自我失落，似已有好久好久了。这些年来，我一直用泪水洗面，也渐渐洗去了我的痛苦，犹如雨水洗刷石头。于是，一切都淡化了，消隐了。"[2]映映希望女儿丽娜不要隐忍内心的伤痛，应该有正视婚姻危机、解决婚姻矛盾的勇气。在女儿家生活的日子，她推动丽娜积极面对婚姻危机，解决婚姻矛盾，在婚姻中重新找回自己失去的声音。

在吴精美30岁生日时，母亲吴凤愿将她小时候弹过的钢琴送给她。母亲把它作为生日礼物送给女儿，希望得到女儿的谅解。精美内心多年的负疚感也终于释然。影响母女关系的钢琴风波总算平息。母亲去世后不久，精美请了一名调音师到父母公寓调校钢琴——

> 那音色比我记忆中的，还要圆润清丽，这实在是一架上乘的钢琴。琴凳里，我的练习记录本和手写的音阶还在。一本封皮已脱落的旧琴谱，被小心地用黄缎带扎捆着。我将琴谱翻到舒曼的那曲《请愿的小孩》，就是那次联谊会上让我丢丑的。它似比我记忆中更有难度。我摸索着琴键弹了几小节，很惊讶自己竟这么快就记起了乐谱，应付自如。似是第一次，我刚刚发现这首曲子的右边，是一曲《臻美》，它的旋律更活泼轻快，但风格与《请愿的小孩》很相近，这首曲子里，美好的意境得到更广阔无垠地展现，充满慰藉与信心，流畅谐美。……[3]

美好的钢琴旋律代表母女关系的最终和解。然而，令人遗憾的是母亲再也无法听到女儿流畅自如的弹奏。父亲后来给精美讲述了母亲当年在中国的创伤经历。母亲在战争逃难途中，因体力不支，敌人追赶，被迫把襁褓中的双胞胎女儿遗留在途中。精美仿佛置身于硝烟弥漫的桂林战火中，在路边看见两个大声啼哭的婴儿，焦急地寻找妈妈。多年来，母亲一直竭力打听这两个女儿的下落。不幸的是，凤愿生前没有实现她刻骨铭心的寻女心愿。听完母亲的创伤往事，精美内心复杂难受，"睁眼躺着，想着妈妈的故事，

1　谭恩美：《喜福会》，程乃珊等译，上海：上海译文出版社，2006年，第238页。
2　谭恩美：《喜福会》，程乃珊等译，上海：上海译文出版社，2006年，第55页。
3　谭恩美：《喜福会》，程乃珊等译，上海：上海译文出版社，2006年，第126页。

一夜未眠。我其实十分不了解妈妈，可现在刚刚了解她，却又永远失却她了"[1]。这是人生无法挽回的遗憾。精美现在明白了母亲当年对她培育的良苦用心，原来母亲在她身上寄托了对三个女儿的所有希望。

喜福会的阿姨们为了让精美完成母亲凤愿的心愿，编造了善意谎言，让精美心安理得收下这张回国与两位姐姐团聚的支票。她们"好心地编造的那个有关用赢钱聚餐的谎言又令我觉得窘迫不已。我哭了，却一边呜咽一边笑。我已感受到母亲那深埋多年的遗憾和隐痛，我不明白她如何能将其默默背在心头却还要做出没事人的样子"[2]。作家谭恩美回中国探亲时曾指出："当你回到你祖先曾经生活的国家时，这不仅仅是出生地的问题，这本质上是精神的所在地。"[3]在《喜福会》中，精美的母亲曾经告诉她："唯有你出生在中国，否则，你无法感到和想到自己是中国人。""总有一天你会体会到，这种感觉融化在你的血液中，等着沸腾的时刻。"[4]精美带着母亲的凤愿和父亲一起回到中国与同母异父的双胞胎姐姐在上海相聚。"她们对我，总有一种无法描绘的亲切和骨肉之情。我终于看到属于我的那一部分中国血液了。呵，这就是我的家，那融化在我血液中的基因，中国的基因，经过这么多年，终于开始沸腾昂起。"[5]三姐妹在中国团聚实现了母亲吴凤愿一生的心愿。

谭恩美在《喜福会》中将东西方文化结合起来，生动刻画了四对华裔母女在中国和美国经历的成长创伤、婚姻创伤和战争创伤，以及她们通过回忆、诉说创伤往事的叙事疗法正视过去、改变现状、建构未来的心路历程。虽然她们有不同程度、不同形式的创伤经历，在诉说创伤的过程中她们的伤疤渐渐愈合。她们对彼此和自我有了更多了解，修复了紧张的母女关系。她们不仅重塑了自我身份，还找到了生活的希望。正如谭恩美所说："所谓信仰，是一种紧紧主宰着你的幻想。我发现，芸芸众生，总是持有希望。只要有了希望，人什么都可以接受，无论是好的还是坏的。"[6]

1　谭恩美：《喜福会》，程乃珊等译，上海：上海译文出版社，2006年，第254页。

2　谭恩美：《喜福会》，程乃珊等译，上海：上海译文出版社，2006年，第26页。

3　Ellen Kanner: "From Amy Tan, a Superb Novel of Two Sisters, Two Worlds, and a Few Ghosts", *Bookpage* (December, 1995), p. 3.

4　谭恩美：《喜福会》，程乃珊等译，上海：上海译文出版社，2006年，第239页。

5　谭恩美：《喜福会》，程乃珊等译，上海：上海译文出版社，2006年，第103-104页。

6　谭恩美：《喜福会》，程乃珊等译，上海：上海译文出版社，2006年，第157页。

第四章　从"灶神之妻"到"莫愁夫人"的嬗变
——《灶神之妻》中的创伤叙事研究

　　继《喜福会》之后，谭恩美在1991年推出了她的第二部长篇小说《灶神之妻》（The Kitchen God's Wife, 1991）。小说很快荣登《纽约时报》畅销书榜，被翻译成20种不同语言，并且还成为加拿大、英国、澳大利亚、丹麦、挪威和德国等国家地区的畅销书。美国作家皮柯·耶尔（Pico Iyer）称这部小说是"谭恩美的第二次胜利"[1]，"它甚至超过了生机勃勃、感人肺腑的《喜福会》"[2]。评论家潘尼·柏瑞克（Penny Perrick）认为："谭氏讲故事的方式将神话的丰富单纯与细腻抒情的文体完美融合。"[3]《每日邮报》（Daily Mail）指出："谭恩美用充满激情和幽默的书写，让东方和西方相互更易理解。"[4]《纽约时报》（New York Times）对小说做出了高度评价："这个故事把我们带回20世纪20年代的上海，经过第二次世界大战，直至1949年雯妮到达美国。这是关于纯真、缺失、悲剧、生存的故事，更是关于希望、爱和友谊地久天长的故事。"[5]与聚焦四对华裔母女关系的《喜福会》不同，谭恩美在《灶神之妻》中集中刻画了一对华裔母女，"这一次我想写得更深刻，更广泛，审视我自己生活中最棘手的话题"[6]。她采用倒叙、讲故事的叙事手法，重点描写母亲在旧中国的不幸遭遇。生动曲折的故事情节、幽默诙谐的语言、细腻的情感交织、充满神秘色彩的神话鬼魂故事使小说极具魅力。

　　目前，国内外学界关于《灶神之妻》的研究已取得显著成绩，但研究对象集中，研究方法相对单一，对人物刻画和叙事技巧的研究也有待进一步挖掘。笔者从创伤叙事理论切入，从创伤记忆、叙事疗法、创伤修复三个层面分析主要女性人物的创伤经历以及她们修复创伤、重塑自我身份的过程。女主角雯妮在中国成长的童年创伤，婚后遭受丈夫文福性虐待和家庭暴力的身心摧残，失去三个孩子的痛苦无助，抗日战争中死里逃生的恐惧，移民美国

1　Pico Iyer: "The Second Triumph of Amy Tan", *Newsweek*, Vol. 3 (1991).

2　Rhoda Koenig: "Nanking Pluck", *New York*, Vol. 17 (1991).

3　Penny Perrick: "Daughters of America. Review of Amy Tan's *The Kitchen God's Wife*", *Sunday Times Book Review*, Vol. 14 (1991).

4　Amy Tan: "Preface", *The Kitchen God's Wife*, London: Fourth Estate, 1991.

5　Amy Tan: "Back Cover", *The Kitchen God's Wife*, London: Fourth Estate, 1991.

6　Amy Tan: "Excerpt: *The Kitchen God's Wife*", *McCall's* (July, 1991), p. 114.

后与女儿的文化冲突、感情疏离构成了小说的主要情节。作家用了近五分之四的笔墨让雯妮用第一人称详细回忆她在中国的创伤经历。她通过讲故事、分享创伤记忆的方式释放了深藏内心多年的伤痛和秘密，消弭了与女儿之间的误解和矛盾，修复了各自的心理创伤。小说中常被中外学者忽视的女性人物胡兰（海伦舅妈）、杜阿姨（杜姨婆）、花生等也有不同程度的身心创伤。她们与雯妮一样在男权至上的传统社会处于从属地位。为了改变命运，她们相互帮助，建立了深厚友谊。《灶神之妻》是作家根据自己母亲"切身体验所带来的巨大的心理刺激和精神创伤后"[1]创作的一部创伤文学作品，涉及儿童创伤、女性创伤和战争创伤。本章运用创伤叙事理论分析这部小说的创伤记忆、叙事疗法和创伤修复，阐释创伤叙事对塑造人物形象、突出多重主题的丰富意义。

谭恩美借用了中国神话中的灶神故事给小说取名"灶神之妻"。相传灶神原是一个姓张的富农，他有一位非常勤劳的太太高氏为他料理家务，家境殷实。后来贪心不足的他看上漂亮风流的女人，沉溺女色，把妻子高氏赶出家门。不久，他的家产挥霍一空，情人离他而去。张沦为乞丐，流落街头。饥寒交迫的他被人拯救。当他发现救他的人竟然是妻子高氏时，羞愧难当的他误进灶台，被火烧死。他的灵魂来到天上，玉皇大帝体谅他认错的勇气，封他为灶神，掌管人间男女的命运。不难发现，这个神话传说是封建社会父权思想的产物。在男尊女卑的时代，男人是主宰女人命运的主人，女人必须服从让步。男人胡作非为可以得到谅解，而妻子对丈夫的过错必须沉默、忍让。这则神话故事为作家塑造饱受丈夫凌辱的妻子提供了基本的叙事框架。在某种程度上可以说，《灶神之妻》是从当代女性主义视角重新讲述灶神故事。[2]女主角雯妮生于20世纪初中国上海的豪门。年轻漂亮的母亲曾是父亲的二姨太，在家里没有地位。为了摆脱封建婚姻的束缚，母亲在雯妮6岁时离家出走。冷漠的父亲很快把她寄养到崇明岛叔叔家，从不探望。雯妮在无人关怀的12年寄居生活中，深受嫁鸡随鸡、嫁狗随狗的封建传统观念影响。她在18岁时认识了文福。内心渴望得到关爱的她很快答应了文福的求婚。婚后受尽丈夫的性虐待和家庭暴力，雯妮忍气吞声，不敢反抗。在抗日战争中，她跟随丈夫和其他飞行员及家属到杭州、扬州、南京、武汉、贵阳、昆明等地逃难。三个孩子因战争和丈夫的暴力而夭折。雯妮在婚姻的痛苦深渊中逐渐获得自我意识，开始挣扎、抗争。1941年在美国军方举行的圣诞节舞

1　Encarta Encyclopedia Deluxe, USA, Microsoft, 2004.

2　E. D. Huntley: *Amy Tan: A Critical Companion*, Westport: Greenwood Press, 1998, p. 85.

会上她认识了美籍华人吉米·路易，两人互生好感。1945年抗日战争结束后，为了解除与文福的痛苦婚姻，追求美好幸福的生活，雯妮历经种种磨难，抗争命运。她最终与文福离婚，到美国与吉米团聚。雯妮不再是中国神话故事中那位默默隐忍丈夫过错、被人忘记的灶神之妻，而是勇敢打破封建婚姻枷锁，努力捍卫尊严和自由的坚强女性。

第一节　创伤记忆——个体与历史的伤痛

《灶神之妻》是创伤幸存者记忆的产物。主人公雯妮初到美国时，她以为自己可以忘记在中国发生的所有悲剧，以为可以把过去的错误、悔恨和痛苦全部隐藏起来，以为往事之门已经永远封闭。然而，记忆不断唤醒幸存者过去的伤痛经历，激发他们对往事的阐释和重构，故而又加剧了他们的心理创伤。记忆毫不留情地、赤裸裸地露出了它狰狞的面目。时过境迁，人们通常会将痛苦的经历埋藏在记忆深处，但这并不表明这份记忆已经消失，过去已被清理，苦难已然逝去。[1]深埋雯妮内心深处的创伤往事和不为人知的秘密是她长期感到心口痛的根源。在美国生活近四十年，尽管雯妮一直小心翼翼回避过去的创伤经历，但她依然清晰地记得细节，因为这是她刻骨铭心的伤痛。创伤者只有外化创伤事件，重新确立对记忆的自我控制能力，同时理性审视、反思和理解事物的原来面目，才可将创伤记忆转化为叙事记忆，恢复语言的逻辑性和整体性，清晰表述创伤记忆。[2]雯妮从小说主体部分的第三章到第二十四章以第一人称叙事视角回忆自己的创伤往事，将创伤记忆转化为叙事记忆。她再现了自己缺乏关爱的童年创伤，遭受丈夫身心折磨的婚姻创伤以及抗日战争中死里逃生的战争创伤。雯妮回忆创伤经历的过程实际上也是她追寻受伤原因的过程。

一、童年创伤

"创伤如果是伤的话，也是看不见的伤，是没有伤的伤痛。"[3]雯妮在6岁时先后被母亲和父亲抛弃的不幸遭遇给她带来看不见的伤痛。弗洛伊德

1　丁玫：《艾·巴·辛格小说中的创伤研究》，上海外国语大学博士学位论文，2012年，第61页。

2　丁玫：《艾·巴·辛格小说中的创伤研究》，上海外国语大学博士学位论文，2012年，第72页。

3　Will Self: *The Contemporary British Novel*, London: Continuum International Publishing Group, 2007, p. 201.

指出："童年时期的创伤更加严重，因为它们产生在心智发育不完整的时期，更易导致创伤。"[1]孩子在童年时最需要、最渴望父母的关爱和呵护。成长阶段缺失亲情是造成孩子童年创伤的主要因素，孩子会缺乏安全感和归属感。这种童年创伤往往直接或间接地影响人的一生。因为"创伤是一种破坏性经历，这个经历与自我发生了分离，造成了生存困境；它造成的影响是延后的，很难控制其影响，或许永远不能完全控制"[2]。雯妮的童年创伤与母亲离家出走以及父亲和叔叔等家人的冷漠无视密切相关。她的童年第一阶段是和母亲住在上海父亲的豪宅里，他们共同生活了6年。气质出众的母亲是那个年代少有的接受过良好教育、思想开明的女性。向往自由婚姻的她难以摆脱封建社会父母包办婚姻的束缚，被迫嫁给她父亲的朋友江少炎作二姨太。她的美丽、才华引起江家其他女人的嫉妒，在大家庭里受尽欺辱。母亲用浓浓的爱呵护着雯妮，非常宠爱她。虽然缺乏父亲的关心，小小的雯妮却也享受和母亲相处的快乐生活。母亲教她玩西洋跳棋，给她吃最喜欢的英国饼干，带她出门逛街开眼界。在她6岁那年，母亲与父亲在一次激烈争吵后愤然离开江家，去向不明。年幼的雯妮只能用哭泣和沉默来表达失去母亲的伤痛："我整整三天没有离开过房间，我坐在那儿，等我母亲。没有人告诉我我得等在那儿，但也没有人来把我带走。"[3]这是她人生经历的第一次创伤。离家出走的母亲很快成为亲戚朋友嘲讽的对象，他们"就像掘开她的坟墓，然后把她往里推，再在她的坟头扔更多的烂泥"[4]。这些流言蜚语让雯妮很受伤。小小年纪的她心中始终被两个问题困扰着：母亲为什么弃她而去？母亲究竟去了哪里？她力图寻找各种理由，也许是因为性格倔强的母亲再也无法忍受其他姨太太的嘲讽折腾，也许是母亲和她婚前自由恋爱的大学生私奔了，也许母亲剪掉大家妒忌她的乌黑亮发出家当修女了，也许她变成了革命女性，也许她死了……但她无法寻找到真正的答案。

母亲剪下头发留给雯妮作纪念，希望女儿永远不要忘了她。她的离去让雯妮从此失去了母爱，长期生活在对母亲的回忆中。多年来，雯妮竭力回忆

1　Sigmund Freud: "Introductory Lectures on Psycho-analysis", *The Standard Edition of* The Complete Psychological Works of Sigmund Freud, Vol. 16. New York: W. W. Norton & Company, 1990, p. 361.

2　Dominick LaCapra: *Writing History*, *Writing Trauma*, Baltimore: The Johns Hopkins University Press, 2001, p. 41.

3　谭恩美：《灶神之妻》，张德明、张德强译，杭州：浙江文艺出版社，1999年，第90页。

4　谭恩美：《灶神之妻》，张德明、张德强译，杭州：浙江文艺出版社，1999年，第91页。

母亲的脸庞，回忆母亲说过的话和她们一起做过的事。由于创伤记忆是动态多变的，雯妮难以建构母亲的完整意象，母亲在她的每次回忆中都在变化。"最伤心的是你失去了你所爱的人——因为这个人始终在变。过后你就搞不清了，我失去的是同一个人吗？说不定你失去的更多，说不定失去的更少，成千上万不同的事全搅在一起，有些是记忆中的，有些是凭空想象出来的，你不知道哪是哪，哪些是真的，哪些是假的。"[1]这种闪回是创伤常见的症候，主要表现为"睡梦或白日梦反复再现创伤场面，创伤事件多次重复侵入记忆或某种景象多次重复在眼前浮现碎片式记忆、反复出现意象、思想、梦、错觉、幻觉、混淆彼物和此物、无中生有、有中生无"[2]。创伤的闪回使雯妮受到难以控制的幻觉困扰。创伤记忆与各种幻觉相互交织加强了她对母亲的深深思念："在我心中有个小房间，这个房间里有个小姑娘，还只有6岁。她总是在等着，一种刻骨铭心的希望，超越理性的希望，我相信，门随时都会飞开，她母亲一定会进来。小姑娘心中的痛苦顿时就会消失得无影无踪。"[3]她后来知道母亲永远不会回来了，失去母爱的雯妮只能在回忆母亲的创伤碎片中暗自哭泣。

母亲逃离江家后父亲迁怒于年幼的雯妮，很快就把她送到崇明岛乡下他的亲弟弟家，开启了雯妮童年第二阶段缺乏关爱、没有归属感的寄居生活。在叔叔家生活的12年里，冷漠自大的父亲从没有来这里看望她。在这个不属于自己的家里，叔叔婶婶们非常宠爱堂妹花生，对"外来者"雯妮漠不关心。他们只在想骂她的时候才会注意她。缺失亲情关怀的雯妮每天去叔叔废弃的暖房里给一束干花浇水，希望它能长成仙女陪她玩耍，减少她内心的孤独失落。"他们一点也不在乎我。他们忘了，我没有母亲，一个能告诉我真正的感觉、真正的需要，能指引我满足期望的人。在这个家庭中，我学会了什么也不指望，却又满怀渴望。"[4]雯妮在失望与渴望交织的孤单生活中渐渐长大。缺失关爱的她第一次见到文福时，就被他大胆直接、幽默有趣的性格吸引了。天真单纯的雯妮盲目接受了文福的提亲。"一个孤独的姑娘，一个没有希望，却有那么多需要的姑娘。突然有人来敲我的门——他有魅力，

---

1 谭恩美：《灶神之妻》，张德明、张德强译，杭州：浙江文艺出版社，1999年，第80页。

2 李桂荣：《创伤叙事》，北京：知识产权出版社，2010年，第29页。

3 谭恩美：《灶神之妻》，张德明、张德强译，杭州：浙江文艺出版社，1999年，第101页。

4 谭恩美：《灶神之妻》，张德明、张德强译，杭州：浙江文艺出版社，1999年，第104页。

是梦想一种更好的生活的理由。""我还能怎么样呢？我让他进来了。"[1]
在成长过程中亲情匮乏的雯妮似乎找到了一种可以改变人生未来的希望。童
年的创伤经历往往会"导致人们在成年时期性格上具有的相似的固结和畸
变"[2]。童年缺失家庭温暖的雯妮很快与文福结婚是因为她幼稚地认为这是
她改变人生的一个新机会，可以结束寄人篱下的孤独生活。由于无法得到家
人的正确引导，雯妮带着对新生活的憧憬一步一步走进痛苦的深渊。童年创
伤经历的影响诱发了她苦不堪言的婚姻悲剧。

二、婚姻创伤

美国精神病研究协会在1994年颁发的《精神分裂症的诊断和统计手册》
（第四版）中，将"创伤后应激障碍"界定为"在受到一种极端的创伤性刺
激后连续出现的具有典型性特征的症状"[3]。这种创伤性的刺激既可以是一
种由个人体验或者见证的"事件，涉及死亡、死亡的威胁或者严重的伤害，
或者是身体完整性的威胁"，也可以是对"一种危及家庭成员的事件真相的
了解"。受害者对创伤事件的回应常常表现为"害怕"（fear）、"无助"
（helplessness）或"恐惧"（horror）。[4]在美国生活多年的雯妮十分害怕过
去的生活把她抓住。这种害怕就是创伤后应激障碍的一种典型症状。前夫文
福对她的性虐待和家庭暴力给她带来一生难以摆脱的害怕和伤痛。她常常在
梦里哭出声来："他找到我了，他把我抓住了！"[5]雯妮总是梦见事情发生
时的场景。这种创伤场景使患者一次又一次从恐惧中醒来。创伤经历反复出
现在患者的梦中说明创伤经历影响巨大；正如人们所说，患者被定格在其创
伤上。[6]法国哲学家西蒙娜·德·波伏娃所说，女人不是天生的，而是被后

---

1 谭恩美：《灶神之妻》，张德明、张德强译，杭州：浙江文艺出版社，1999年，
第122页。

2 傅婵妮：《文化创伤的言说与愈合》，载《安徽文学》，2009年第7期，第159
页。

3 American Psychiatric Association: *Diagnostic and Statistical Manual of Mental
Disorders [DSM-IV]*, Washington, D.C.: American Psychiatric Association, 1994, p.
428.

4 American Psychiatric Association: *Diagnostic and Statistical Manual of Mental
Disorders [DSM-IV]*, Washington, D.C.: American Psychiatric Association, 1994, p.
424.

5 谭恩美：《灶神之妻》，张德明、张德强译，杭州：浙江文艺出版社，1999年，
第392页。

6 Sigmund Freud: *Beyond the Pleasure Principle, Group Psychology and Other Works*,
London: The Hogarth Press, 1955, pp. 12-13.

天塑造成的。生活在男权至上的传统社会里，19岁的雯妮开始了伺候、服从丈夫文福的婚姻生活。由于受到婆婆封建思想的洗脑，她把畏惧丈夫视为爱丈夫、尊敬丈夫的一种方式。缺乏婚前教育的雯妮相信"为丈夫受的痛才是真正的爱，这种爱是在夫妻之间慢慢培养起来的"，"一个女人总是不得不受苦，受累，哭泣，然后才能体会到什么是爱"。[1]在这种愚昧思想的误导下，雯妮从一位天真善良、憧憬未来的女孩变成了对丈夫逆来顺受、忍气吞声、尊严丧尽的女人。婚后她才看清文福阴险丑恶的本来面目。他是雯妮父亲家业的觊觎者和破坏者，一个残暴变态的丈夫，一个对孩子冷漠无情的父亲。在这8年婚姻里，雯妮是丈夫发泄性欲的工具，生儿育女的机器，帮他收拾各种残局的"灶神之妻"。

雯妮婚前曾是文福和堂妹花生恋爱的见证者，帮助他们传递情书。当狡诈贪心的文福得知雯妮父亲的家业比花生父亲的家业大很多时，他很快变心，通过媒人向沉默寡言的雯妮提亲，因为当时结婚就像买房地产一样是一种人生投资买卖。厚颜无耻的文福通过与雯妮结婚获得岳父丰厚的嫁妆，后来作为文家出口生意的一部分，基本都被卖到海外。唯一没被文福家人偷走的嫁妆是雯妮偷偷藏起来的十双银筷。"每当时运不利，我就取出一双筷子，把它们紧紧地握在手中。我能感到银筷躺在我掌中的分量，它是坚固的、牢不可破的，就像我的希望一样。我摇晃着银筷上的链子，它意味着成双成对的东西永远不会分离，也永远不会丢失……我一直在等待，等待着总有一天我能把那些银筷子公开拿出来，不再成为一个秘密。我一直梦想着庆祝那总有一天会到来的幸福。"[2]唯一剩下的嫁妆银筷成为她创伤婚姻的见证，为懦弱胆怯的她带来力量和希望。抗日战争结束后，雯妮父亲家业衰败，文福借此机会威胁江家人。他肆意变卖家产，侵吞财物，把雯妮父亲家里变成了交易所，卖掉了值钱的家具、地毯、古玩、钟表，毁掉了家族尊严。雯妮和她的娘家人无能为力，只能眼睁睁地看着这个横行霸道的无耻之徒任意处置属于自己家族的东西。

婚前缺乏性知识的雯妮对男女性爱充满惧怕。婚后丈夫丝毫不顾及她的感受，每天晚上在肉体和精神上折磨她。文福逼着她说出有关女性身体部位的肮脏字眼，把全身赤裸的她像拎一袋米似的拖到门口，让路过那里的人都可以看到。他命令雯妮跪地求饶，说出恳求和他发生性关系的言语。然后，

1　谭恩美：《灶神之妻》，张德明、张德强译，杭州：浙江文艺出版社，1999年，第160页。

2　谭恩美：《灶神之妻》，张德明、张德强译，杭州：浙江文艺出版社，1999年，第143页。

他假装拒绝，使雯妮不得不一次又一次恳求。"我的牙齿格格发抖，直到我真的求他让我离开这冰冷的地面。有时候，他让我赤裸着身子站在房间里，在夜半的寒气中瑟瑟发抖。"[1]文福通过对妻子的性虐待来施展他在父权制婚姻中的淫威和对妻子的绝对控制。雯妮感到自己"从肉体到头脑都受到了伤害。但我没有生气，我不知道我应该生气。一个女人连生气的权利都没有。但是我很不高兴，我知道我丈夫对我还是不满意，我不得不忍受更多的痛苦来向他证明，我是一个好妻子"[2]。雯妮虽然身心受到丈夫侮辱和伤害，但妻子从属于丈夫的封建传统观念让她不得不忍受这一切。在她怀孕期间，丈夫也强制和她发生性关系，根本不顾及妻子和胎儿的健康。面对这样一个以自我为中心、极具大男子主义思想的丈夫，雯妮只能忍气吞声充当他的性奴，满足他提出的各种变态要求，尽到妻子的责任。即使文福在外面寻花问柳，与不同女人鬼混，把女人带回家寻欢作乐，雯妮在这样毫无生存尊严的封建婚姻里，也只能装聋作哑、忍辱负重，尽量讨好丈夫。她就像中国神话故事中灶神之妻一样被丈夫深深伤害，却还心甘情愿照顾他。女性沉默的痛苦加重了她们难以承受的压抑。[3]雯妮在严重失衡的两性关系中不仅承受着肉体和精神的折磨，而且承受着无法言说的压抑之苦。

精神病理学家罗伯特·杰·利夫顿（Robert Jay Lifton）在描述创伤后的自我心理状态时说："……极端的创伤会产生第二自我……在极端状态下，就像在极端的创伤中，人的自我意识被彻底改变了。"[4]这是在承受巨大创伤导致的痛苦影响下，以最为原始的方式被带入创伤的自我，而不是一个崭新的自我，自我以双重形式表现在受创者身上。因为与先前的自我处在不同的意识层面，"第二自我"也就是创伤自我，往往以变形的"他者"的身份出现。[5]雯妮在丈夫性虐待的折磨下，逐渐产生了软弱自我的"第二自我"——坚强自我。文福对孩子生死的冷漠无情加剧了她的伤痛，唤醒了潜伏在她内心深处的自我意识和反抗精神，走上像她母亲那样积极抗争命运的

1　谭恩美：《灶神之妻》，张德明、张德强译，杭州：浙江文艺出版社，1999年，第162页。

2　谭恩美：《灶神之妻》，张德明、张德强译，杭州：浙江文艺出版社，1999年，第162页。

3　Mary Ellen Snodgrass: *Amy Tan: A Literary Companion*, Jefferson: McFarland & Company, Inc., Publishers, 2004, p. 161.

4　R. J. Lifton: *The Protean Self: Human Resilience in an Age of Fragmentation*, New York: Basic, 1993, p. 137.

5　丁玫：《艾·巴·辛格小说中的创伤研究》，上海外国语大学博士学位论文，2012年，第68页。

道路。第一个孩子出生就夭折了。重男轻女的文福心中没有丝毫难过，因为这是个女孩不是男孩。雯妮给这个从来没哭过的孩子取名"莫愁"，这个孩子刚出生就夭折，免受了人间痛苦。她很快赶走了悲伤的念头，告诉自己要坚强起来。第二个孩子"怡苦"出生两天后，文福才到医院看望母女。因医院拒绝了他强行订餐的无理要求，他用极端暴力的方式在医院厨房里乱砍乱斩，发泄不满，让身体虚弱的妻子替他赔礼道歉，收拾残局。在那个从来不会责备男人的传统社会里，雯妮痛哭为什么他不会受到指责，后悔当初嫁给了这样的恶棍。被丈夫强奸怀孕的14岁保姆堕胎身亡事件激怒了结婚以来一直忍气吞声的雯妮。这是她第一次对丈夫发火，做贼心虚的文福盯着妻子，没有料到她开始对抗他，没有躲避他的眼睛。"我也盯住他，我心里产生了一种新的感情，就像手中握有一种秘密武器。"[1]正如福柯所言，"用不着武器，用不着肉体的暴力和物质上的禁止，只需要一个凝视，一个监督的凝视，每个人就会在这一凝视的重压之下变得卑微，就会使他成为自身的监视者"[2]。雯妮以前在丈夫的凝视重压下变得卑微沉默，这次她正视了丈夫凶恶的目光。文福扬起拳头想打她的脸，勇敢的雯妮没有躲避。他只能把怨气发泄在几个月大的女儿身上，狠狠地打她耳光。"她的嘴巴张着，但没有发出声音来，她喘不过气来了。多痛苦啊！我现在仿佛还能看到她脸上的表情，那一记耳光比打在我脸上还要痛。"[3]可怜的女儿从此因害怕凶恶的父亲患上了严重的精神病。她从不看别人的脸，用头撞墙大笑。唯一能说的话就是模仿父亲对她的吼声："怡苦，小傻瓜，滚开！"[4]文福对女儿的暴力言行给幼小的她带来严重的心理创伤，导致她出现精神分裂的创伤症状。当17个月大的女儿身患重病时，文福忙着打牌延误了抢救她的时间。孩子临死前用清澈的目光看着雯妮，平静地离开了人世。怡苦不幸成为父亲家庭暴力的牺牲品。这次雯妮没有流泪，她觉得孩子获得了自由和解脱。

第三个孩子"淡若"的出生给她带来一丝希望，让雯妮内心产生强烈的使命感："我心中涌上了一种感情，要保护一个如此信赖你的人，找回一

1　谭恩美：《灶神之妻》，张德明、张德强译，杭州：浙江文艺出版社，1999年，第256页。

2　Caroline Ramazanoglu: *Up against Foucault*, New York: Routledge, 1993, p. 191.

3　谭恩美：《灶神之妻》，张德明、张德强译，杭州：浙江文艺出版社，1999年，第257页。

4　谭恩美：《灶神之妻》，张德明、张德强译，杭州：浙江文艺出版社，1999年，第258页。

点你自己的天真。"[1]她意识到"听天由命只能意味着退让和逃避,对女人来说,除了谋求自身解放,别无他途"[2]。雯妮开始寻找各种离开丈夫的机会,希望自己和孩子早日逃脱他的魔掌。她同意文福让情人敏住进家里,因为她想借此机会向丈夫提出离婚。雯妮主动写下与文福的离婚协议书,希望尽快结束这段噩梦般的婚姻。在那个男人可以娶妻纳妾,女人不能提出离婚的封建年代,雯妮提出离婚的协议书成为她改写命运、捍卫权利的宣言。文福当场撕毁了离婚协议,扔进湖里。"他这样做是要我明白,究竟谁是老板。因为他在毁了我的机会后,伸出手指头指着我,用嘶哑的声音说,'什么时候我想休掉你,我会跟你讲的。用不着你来告诉我该怎么做。'"[3]文福一直用父权制社会男性的绝对权威随心所欲支配、控制妻子,然而日益坚强的雯妮再也不会被他的淫威吓倒。母亲的坚强独立精神成为雯妮抗争命运的精神武器。她打破当时的传统伦理道德束缚,不再做丈夫的生育机器。她自行多次流产堕胎,不愿让这些无辜的生命在缺失父爱的家庭里成长。

1941年在美国军队庆祝圣诞节的一次舞会上,雯妮认识了美国士兵吉米·路易。他们一起聊天跳舞惹怒了心胸狭隘的文福。回家后他大发雷霆,不仅谩骂羞辱雯妮,还用手枪指着她逼她写离婚书。"他把我当什么人了?他以为我怕了。我没有。他以为他在强迫我离婚。不必强迫。相反,我觉得简直是天大的好事。我很快就写了。我的血在加速流动,我的思想流得更快。我感到马上就自由了,我很快写下我们两人的名字。我写好日期,然后签上自己的名字。我留了三个空白地方,让他和另外两位证人签字。我把这张纸看了两遍,然后递给他。我尽量保持愤怒的口气,把快乐藏在心底。"[4]然而,雯妮并非如此简单就能实现离婚愿望。文福用仇恨的目光看着她,把签了字的离婚书扔在地上。那天晚上,文福用枪顶着雯妮的头强奸了她。第二天,雯妮愤然捡起那张对她来说十分宝贵的离婚书,带着年幼的儿子淡若,在邻居胡兰和杜阿姨的帮助下离家出走,找到湖边一间没人住的房子。"这是一间破草房,就像我的处境一样糟糕。但我没有一句怨言,能

---

1 谭恩美:《灶神之妻》,张德明、张德强译,杭州:浙江文艺出版社,1999年,第263页。

2 西蒙娜·德·波伏娃:《第二性》,陶铁柱译,北京:中国古籍出版社,1998年,第570页。

3 谭恩美:《灶神之妻》,张德明、张德强译,杭州:浙江文艺出版社,1999年,第274-275页。

4 谭恩美:《灶神之妻》,张德明、张德强译,杭州:浙江文艺出版社,1999年,第304页。

住在这种地方我已经够满足了。"[1]不幸的是，文福像一头怒吼的公牛找回了母子俩，继续对雯妮进行为所欲为的性暴力："他把我翻过去，掰开我的胳膊和大腿，好像我是一张折叠椅似的。他满足了以后，就爬起来，回到自己房间去。我们两人之间一句话也不讲。"[2]每次他发泄完兽欲，雯妮就用湿毛巾一遍又一遍用力地擦着丈夫碰过她的地方。她想把丈夫在她身上留下的污迹和侮辱一起擦掉。战争后期的雯妮过着毫无希望的生活，但她并没有绝望："我不再反抗我的婚姻，但我也不顺从。这就是我的生活，一切总是徘徊着。"[3]丈夫长期对雯妮身体的蹂躏和精神折磨使她在极端的婚姻创伤中带着软弱和坚强的双重自我维持着生活。

抗日战争结束后，雯妮一家三口从昆明回到上海父亲家。她决定为自己和孩子的未来打破封建婚姻的沉重枷锁。堂妹花生与同性恋丈夫离婚的好消息极大地鼓舞了雯妮。她带着孩子逃出家门。在外躲避期间，雯妮开始办理离婚手续。她花钱聘请律师帮她登报解除与文福的婚姻，让这个好面子的男人颜面扫地。随后文福通过各种卑鄙无耻的手段把雯妮告上法庭。为了解除这段痛不欲生的婚约，她在法庭上发出了自己有力的声音："'我宁可睡监狱里的水泥地，'我听见自己大声说了出来，'也不愿意回到那个男人的屋子去！'屋子里爆发出一阵惊讶的骚动和笑声。"[4]雯妮在法庭上维护了自己的尊严，赢得了他人的尊重。这是她人生中的一个重大转折，是她不再屈服于文福威胁、压制的正式宣告。在这个"女性只能处于被压抑、被审查、被支配、被观看"[5]的时代，雯妮勇于突破封建父权思想，从丈夫附属的客体变成捍卫自我权利的主体。雯妮受到文福诬陷指控"偷"了她丈夫的儿子和财产被关进监狱。她抗衡不幸婚姻、渴望改变命运的不屈精神使她赢得了狱中朋友的赞许和尊敬。正直仗义的杜阿姨在雯妮身陷囹圄期间不顾个人危险，假托名义威胁狱吏，帮助她重获自由。外表温柔贤惠、内心坚韧倔强的雯妮感悟到人生的新方向、自己的身份价值和生存意义。在几位追求自由婚

1　谭恩美：《灶神之妻》，张德明、张德强译，杭州：浙江文艺出版社，1999年，第307页。

2　谭恩美：《灶神之妻》，张德明、张德强译，杭州：浙江文艺出版社，1999年，第327页。

3　谭恩美：《灶神之妻》，张德明、张德强译，杭州：浙江文艺出版社，1999年，第310页。

4　谭恩美：《灶神之妻》，张德明、张德强译，杭州：浙江文艺出版社，1999年，第372页。

5　孙绍先："女权主义"，载赵一凡等编《西方文论关键词》，北京：外语教学与研究出版社，2006年，第372页。

姻的女性朋友帮助下，她终于在大庭广众前逼着文福在离婚书上签了字。为了报复雯妮，丧心病狂的文福在她离开上海去美国的前一天强奸了她。雯妮在美国生下文福的女儿珍珠，与吉米组建新家庭。多年来，雯妮埋藏了过去在中国的创伤经历和珍珠的身世。直到四十多年后，她收到中国朋友的来信，得知文福的死讯。雯妮顿时感到脖子上还有他的气息。这是前夫文福给她留下的心理创伤。不幸婚姻的闪回使她想到过去遭受"暴力侵犯、被监禁、被折磨、持久被虐待的经历"[1]。雯妮再也不用担心、害怕会被文福抓住，她的噩梦随着他的死亡一起终结。

三、战争创伤

战争给人类带来身体和心理的创伤是无法挽回的。《灶神之妻》中主人公雯妮的婚姻创伤与中国抗日战争的创伤场景构成情节的两条主线，相互交织。谭恩美通过描绘日军在中国的反复轰炸和难民逃亡两个景象鞭挞了日本侵华战争给中国人民带来的巨大灾难。小说没有正面描写日本侵略军制造的南京大屠杀，而是通过雯妮回忆一名飞行员甘因抗击日本战斗机受伤惨死，日本飞机对南京和昆明的反复轰炸，她与胡兰一行人从南京、武昌、长沙、贵阳、昆明一路死里逃生的亲身经历，再现残酷战争给人们带来的难以抚平的创伤。如果说丈夫文福对雯妮的身心折磨让长期逆来顺受的她逐渐觉醒，学会努力逃出丈夫代表的封建父权制思想牢笼，那么日本侵华战争的血腥残酷让逃难中的雯妮变得更加坚强，认识到生存的意义和生命的价值。

在扬州等待文福结束战斗任务回家休整时，她认识了一位喜欢开玩笑的年轻飞行员甘。他喜欢和雯妮晚上散步聊天，减轻她内心的孤独，两人渐生好感。在他去世前几天，从来没有爱过男人，也从来没有得到男人关爱的雯妮感觉自己爱上了甘。"一个流露出恐惧，另一个慢慢上前去安慰他，消除这种痛苦。然后流露出来的东西越来越多，一切隐秘的感情——伤心、羞愧、孤独，所有以往的痛苦，全都倾泻出来，直到你心中被摆脱一切的欢乐所淹没，直到你来不及阻止你敞开内心所获得的欢乐。但我控制住了自己，我没有敞开自己的内心。"[2]雯妮作为已婚传统女性只有把这种美好情愫暗藏起来。第二天，甘的飞机在南京城外被日军击落，伤势严重。他的英勇抗敌与贪生怕死的文福每次执行任务就开飞机兜圈子，然后跑到一边躲起来

1　施琪嘉：《创伤心理学》，北京：中国医药科技出版社，2006年，第10页。
2　谭恩美：《灶神之妻》，张德明、张德强译，杭州：浙江文艺出版社，1999年，第196-197页。

形成鲜明对比。甘痛苦地折腾了整整两天两夜后离开了人世。这是战争带来的直接创伤。甘的去世让雯妮十分悲伤，"但我一点都不能流露出来。我的心受到了伤害，就像当年失去母亲时那样。只不过我不是为我曾经有过的爱而痛苦，我后悔我从来没把它抓住。所以，正在甘死后，我才确认了他的爱情。他的鬼魂成了我的情人"[1]。战争不仅夺走了甘的宝贵生命，还带走了雯妮人生第一段短暂爱情。她无法诉说这种伤痛，只能深埋心中。

谭恩美采用全知视角，通过雯妮回忆自己的亲身经历再现南京大轰炸给人们造成的极度恐慌和当时人们逃难的混乱场景。那天，身怀六甲的雯妮与好友胡兰在南京市中心刚买了热乎乎的栗子，突然街上传来一声惊叫：

> "日本飞机！灾难来了！"接着我们就听到了飞机声，远远听去就像打雷一样。
>
> 所有的人，所有的摊贩，全都开始互相推搡着，奔跑起来。栗子篮倾倒了，母鸡呱呱呱地叫着，在笼子里扑腾。胡兰抓住我的手，我们也开始奔跑起来，好像我们能跑得过飞机似的。飞机声越来越响，直到我们的后背，就像大象吼叫一样。我们知道子弹和炸弹就要投下来了。周围的人一下子全趴下来了，就像田野里的小麦一下子被风吹倒那样，我也趴下来了，是胡兰把我推到的，但因为我肚子那么大，只能侧身躺着。"这下我们死定了！"胡兰哭了。
>
> 我把脸紧贴地面，双手抱着头。人们在尖叫，我们也听不清，因为头顶的飞机声实在太响了。胡兰的手拉住我的肩膀，我能感到她的手在发抖，要不，就是我的身体使她发抖。
>
> 过了一会，飞机声好像远去了。我感到我的心怦怦直跳，于是知道自己还活着。[2]

日军对南京的轰炸让"整条大街全被恐慌的声音淹没了……那天，当这种恐慌症传染开来时，每一个人都好像换了个人，只有当你逃难时，你才会发现你心中早就有这么一个人存在着"[3]。四处一片混乱场景，人们争执打

1　谭恩美：《灶神之妻》，张德明、张德强译，杭州：浙江文艺出版社，1999年，第198页。

2　谭恩美：《灶神之妻》，张德明、张德强译，杭州：浙江文艺出版社，1999年，第207—208页。

3　谭恩美：《灶神之妻》，张德明、张德强译，杭州：浙江文艺出版社，1999年，第209页。

架，孩子和大人走散后哇哇大哭。女人的惨哭、拥挤的人流让雯妮晕头转向，心中感到孤独与恐慌。战争给幸存者带来难以言说的恐慌、无助。这种心理创伤是"一种自己感觉毫无力量的痛苦。在创伤中，受害者受到强大力量的冲击，处于无助状态"[1]。在拥挤的逃难人群中，不知所措的雯妮无意识地喊出了"妈妈"。此时，她唯一可以求助的人是曾经给她带来安全感的母亲。雯妮肚子里的孩子后来因逃难途中颠簸一出生就夭折了。她很快赶走了悲伤情绪，并告诉自己："战火中人民正在死去，人民死于各种各样的原因，有些根本就没有原因。所以，至少你可以安慰自己，这孩子刚出生就死去，免受了人间的痛苦。"[2]无辜的孩子成为日本侵略战争的牺牲品。

谭恩美细致刻画了日军在昆明的反复轰炸。当雯妮与胡兰等人逃难到昆明时，她们以为这里是安全的内地。很快日本飞机开始对昆明进行狂轰滥炸，给当地民众带来极大的伤亡：

> 突然，机关枪射出的子弹打在我的面前一幢白色的建筑物上——墙壁上顿时出现了一排弹孔，就像一下子拉掉线头露出针脚一样。针脚下的墙壁碎片飞溅，接着上半堵墙壁也倒了，就像一大堆面粉从口袋里倒出来一样。一刹那——就那么快——我脑袋里的聪明念头一下子全冒出来了。我尖叫起来，灰尘马上呛了喉咙，刺痛了眼睛。
>
> 我感到一阵窒息，不断地咳嗽。我揉揉眼睛，想再看看。警报还在响。飞机在头顶盘旋，到处是机枪声、炸弹爆炸声……
>
> 我还没来得及对自己说"炸弹"，就趴倒了。大地抖动起来，耳中一片轰鸣，四面八方都有玻璃打碎的声音。
>
> 我神志清醒过来后，发现自己脸朝地面趴着。我不知道是自己趴下的，还是被气浪推倒的，是过了一秒钟，还是一整天。我抬起头来，世界变了，天上落下沙子来，我以为自己在做梦，因为人们走路都很慢，好像还在梦中一样。或许我们已经死了，正等着发配到阴间去。[3]

1　Judith Herman: *Trauma and Recovery: From Domestic Ability to Political Terror*, London: Pandora, 2001, p. 33.
2　谭恩美：《灶神之妻》，张德明、张德强译，杭州：浙江文艺出版社，1999年，第237页。
3　谭恩美：《灶神之妻》，张德明、张德强译，杭州：浙江文艺出版社，1999年，第291页。

在这场轰炸中死里逃生的雯妮许下诺言以后要善待朋友胡兰，善待长辈杜阿姨，好好保护儿子淡若，却收回了做文福好妻子的承诺。她意识到自己在战争轰炸中幸存下来的宝贵生命不能再这样被恶棍丈夫糟蹋了，她在战争苦难中看到了生存的意义。

谭恩美描写日本侵华战争爆发时一大群人被"饥饿、疾病、损失、茫然、恐惧困住，这个集体创伤中文就是逃难（*taonan*）"[1]。"'refugee'是指你逃难后还活着。要是你还活着，你就再也不想提起是什么使你逃难的。……这是一种追赶你的恐惧，一种病，就像发高烧那样。所以你脑子里只有一个念头，'快逃！快逃！'——无论白天还是黑夜，没别的念头了。你头上的头发都竖起来了，就像有人把刀架在你脖子上了，你连那个要杀你的人的喘气声都听到了。你只要听到一声叫喊，看到有人把眼睛瞪大了，就足够了，高热就变成了寒战，流遍你的全身，从背脊一直流到脚底，你就不由自主地跑起来，跌倒，再跑，再跌倒。"[2]作家借雯妮之口对"逃难"一词做出的解释把日本侵华战争给中国普通民众造成的身体和精神摧残刻画得入木三分。这既是作者美籍华裔特殊身份的话语，又表现出女性特有的深深的民族情感。[3]她借助一位饱受战争和男性双重迫害之苦的女性倾诉出来，更能唤起读者强烈的共鸣和反思。

作家在小说中并没有塑造一位抗日战争英雄来凸显中华民族英勇抗敌的斗志，而是通过战争幸存者雯妮回忆他们一行人从南京坐船到武昌、从武昌坐汽车到长沙、从长沙途经贵阳到昆明的逃难经历来再现战争创伤。在逃难途中，文福开枪打猪和猪主人的冷血残暴与当地居民的友好淳朴形成鲜明对比。雯妮与胡兰成了生死之交。在贵州"二十四弯"山区，大家齐心协力，相互帮助。汽车在迂回曲折的山路上缓慢爬行，终于从风云中钻出头来，渡过难关。逃难途中的山路险情让雯妮学会珍惜生活。

1937年南京大屠杀是侵华日军对中国普通民众一系列残酷行为中规模最大、死伤人数最多、手段最残忍的一次毁灭性大屠杀。雯妮回忆了逃难途中遇到的普通士兵口中描述的南京大屠杀的血腥残忍："他们强奸妇女，连老

1　Mary Ellen Snodgrass: *Amy Tan: A Literary Companion*, Jefferson: McFarland & Company, Inc., Publishers, 2004, p. 168.

2　谭恩美：《灶神之妻》，张德明、张德强译，杭州：浙江文艺出版社，1999年，第201页。

3　林晓雯：《论谭恩美的中国情结——从〈灶神之妻〉对中日战争的审视说起》，载《当代文坛》，2007年第6期，第174–176页。

太婆、小姑娘也不放过，一个又一个地轮过来，玩够了，就用刺刀剖开她们的肚皮。他们为了抢戒指把她们的手指头也割下来。他们开枪扫射小孩，让中国人断子绝孙。他们强奸了一万人，砍掉了两三万人的脑袋，数字不再是数字，人不再是人。"[1]雯妮开始以为这是谣传，没料到实际情况更恐怖："谁一下子数得清那么多人？那些被活埋的，被烧死的，被抛在江里淹死的人，难道他们数过吗？那些活着的时候就没被人放在眼里的穷人又怎么算？"[2]事实上，30万以上中国军民在南京大屠杀中遇难。[3]这场残忍的大屠杀让雯妮很长一段时间噩梦缠身。"创伤幸存者虽然得以幸存，但是在日后的生活中仍然为这种创伤所困。"[4]听闻南京大屠杀后，雯妮再也不吃鳗鱼了。它们挣扎着要游出餐盘的痛苦记忆永远留在了她心里。战争创伤成为幸存者内心深处最痛苦的记忆。

雯妮在昆明待了整整7年。为了在抗日战争中保护孩子和自己，她默认了丈夫勾搭情人的丑事。"一切都无所谓。战争期间，许多人都这样，满怀恐惧，不问原因，绝望地活着。"[5]残酷的战争使她开始转变对生活的态度，她要用中国军民对抗日本侵略军的精神抗争自己的命运。雯妮连续吃了两周丈夫命令她必须吃的同一种菜。她用强大的胃和不屈的精神战胜了丈夫的坏脾气。1945年中国抗日战争的胜利使雯妮和她身边的幸存者们喜极而泣。当雯妮和大家一起离开昆明时，大家对战争中生活了7年的地方依依不舍，然而她没有丝毫留恋，就像"刚从一场乱七八糟的梦中醒来一般。就好像我从前从来没有见过昆明似的。因为我看到的不是平常的天，平常的云……我第一次看到了这一切，我并不快乐，反而觉得痛苦，因为我意识到我从来没有感受这种美景"[6]。雯妮只希望忘掉在这里发生的一切不幸，尽快改变命运。战争的创伤和婚姻的不幸使软弱而坚强的她成为创伤幸存者，柔韧与坚强成为她存活下来的武器。在离开昆明去武昌的路上，处处是战争破坏的痕迹。雯妮看到——

---

1 谭恩美：《灶神之妻》，张德明、张德强译，杭州：浙江文艺出版社，1999年，第228页。
2 谭恩美：《灶神之妻》，张德明、张德强译，杭州：浙江文艺出版社，1999年，第229页。
3 http://politics.people.com.cn/n1/2021/1213/c1001-32306702.html
4 李明娇：《对〈战争垃圾〉中战争创伤的解读》，载《长沙大学学报》，2013年第3期，第103页。
5 谭恩美：《灶神之妻》，张德明、张德强译，杭州：浙江文艺出版社，1999年，第267页。
6 谭恩美：《灶神之妻》，张德明、张德强译，杭州：浙江文艺出版社，1999年，第314页。

几乎每一个村子，看上去都只剩下一排排的泥巴垒起来的平房，要么是中间塌掉了，要么是屋顶被掀掉了，要么是一边的墙壁倒掉了。有些房子已经算是修过了，这儿那儿的墙洞，用破桌子或床上的草褥或破汽车门挡住了。一次我看见一个绿色的山谷，高高的茅草丛中散落着几处黑洞洞的屋子。远远望去就像几个被人随便扔掉的破煤球。我一直认不出这是一个村子，直到我们差不多要走过这地方的时候，才辨认出那些黑洞洞的东西原来是小屋，好多年前就被烧掉了，没有一个幸存者留下来修复它们。[1]

人们在战争中失去家园，失去亲人，失去最基本的生存条件，到处是饥饿的面孔和憔悴、痛苦的神情。残酷的战争给人们带来毁灭性的打击，幸存者食不果腹，缺衣少穿，伴随着各种病痛和难以愈合的心理创伤。战争留给人们的创伤是一场挥之不去的噩梦。雯妮作为战争幸存者希望和平能够改变她的命运。

战争结束后雯妮带着孩子回到上海探望父亲，她完全没想到战争让父亲和家人受尽磨难。以前热闹漂亮的江家豪宅变得破败安静。曾经威严自大的父亲在日本人的威胁下为了保命，抛弃名声，成了一名汉奸。家人对他的背叛行为感到愤怒羞愧。雯妮从心里原谅了父亲，因为她自己也经历了战争的苦难："当你相信你真的别无选择时，会感到同样的悲哀，因为如果我责备我父亲，那么也就不得不责备我母亲，她也干了同样的事，离弃了我，去寻找她自己的生活，然后，我也得责备我自己，为了同样的目的而做出的所有的选择。"[2]人们在生活中做出不同选择，有时的确迫于无奈，伤害了最亲近的人。雯妮的母亲当年也许是为了个人幸福，抛弃了孩子。雯妮的父亲当时为了面子，把她送往亲戚家寄养。雯妮现在也需要做出重大抉择。她看到战后上海街上有各种各样的女乞丐。她们挂着写有自己遭遇的牌子无声地诉说着各自的创伤，有的是因为被丈夫赶出家门，有的是家人在战乱中全死了，有的是因为丈夫吸鸦片把家产和孩子一起卖了。她们的种种不幸让雯妮意识到自己宁愿像她们那样当乞丐流落街头，也要坚决离婚。这些乞丐的创伤经历更加坚定了雯妮与丈夫离婚的决心。在偷偷离开江家前，她得到了父

---

1 谭恩美：《灶神之妻》，张德明、张德强译，杭州：浙江文艺出版社，1999年，第314页。

2 谭恩美：《灶神之妻》，张德明、张德强译，杭州：浙江文艺出版社，1999年，第323-324页。

亲保存的最后三根小金条，第一次感受到迟来的父爱。个体与历史的伤痛在这部小说中错综交织、相互影响。

第二节　创伤叙事——母女双重叙事嵌入

创伤叙事是对创伤的叙述，即"对创伤事件、创伤影响、创伤症状、创伤感受、创伤发生机制等的叙述"[1]。文学性创伤叙事作品的主要叙事客体是创伤，作品情节安排和人物塑造的主要依据和载体是创伤属性和创伤症状；作品触动读者心智的主要是创伤事件对人的心理系统和精神系统的冲击和毁坏，即创伤事件对人造成的创伤。因此，在文学性创伤叙事作品中，创伤既是叙事主题，又是叙事手段。[2]谭恩美小说中的创伤叙事是一门艺术，是一种以创伤为主题进行的叙事，包含以个人生活经历为源泉的创伤叙事，以历史题材为源泉的创伤叙事，以神话鬼魂想象的创伤叙事等。《灶神之妻》是当代美国华裔文学性创伤叙事作品的典范。小说前两章（"神仙店"和"杜姨婆的葬礼"）是雯妮的女儿珍珠以第一人称视角讲述，内容围绕母亲与海伦舅妈在美国旧金山唐人街合开的花店和杜姨婆的葬礼展开，并引出了珍珠与母亲的疏离关系、母亲与海伦舅妈的特别关系、父亲吉米葬礼之日的母女冲突。这为小说主体部分雯妮用第一人称视角以回忆录的形式讲述创伤往事埋下伏笔。创伤回忆建构了一种创伤叙事，再现了人生中的创伤经历，使创伤事件外在化。言说创伤使创伤记忆得以分享并传承，是创伤受害者治疗创伤，最终真正走出创伤阴影的必然选择。虽然创伤粉碎了雯妮完整的自我，但她把创伤记忆转化成个人叙事，通过语言交流的有效方式把不可言说的内在创伤表达出来，减轻了创伤痛苦。在聆听母亲叙述创伤往事的过程中，珍珠对母亲，对海伦舅妈，对美国父亲吉米和中国父亲文福有了更多的了解。她在内心深处体谅了曾经饱经磨难在命运面前坚强不屈的母亲，感受到母亲对她含蓄而深沉的爱，最终母女紧张关系得以修复。

虽然小说中只有3章用珍珠的第一人称叙事，这与整部小说其余23章由创伤受害者母亲雯妮诉说相比，笔墨相当有限，但这并不等于说珍珠的声音微不足道。母女双重叙事嵌入是这部小说创伤叙事策略的重要特征。珍珠是《灶神之妻》中把主要人物雯妮、文福、吉米和海伦舅妈联系起来的关键人物。她是一名在美国土生土长的治疗语言障碍的医生，患上了多发性硬化

1　李桂荣：《创伤叙事》，北京：知识产权出版社，2010年，第44页。
2　李桂荣：《创伤叙事》，北京：知识产权出版社，2010年，第263页。

症，身体虚弱，情绪敏感。她想把自己的病情真相告诉母亲雯妮，但每每想开口都被母亲巧妙避开，珍珠只好隐瞒了7年。由于中美文化的差异，珍珠和丈夫菲力对娘家的事情感到十分厌倦，甚至想和她们撇清一切关系。在珍珠眼里，母亲悲观、固执，相信封建迷信，更爱弟弟塞缪尔。母女之间多年来存在情感交流障碍。小说中珍珠开门见山指出每次母亲和她说话一开头总像是在和她吵架。紧张的母女关系使珍珠和母亲在一起时"总觉得自己不得不用全部的时间来避开脚下的地雷"[1]。母女之间"有着巨大的鸿沟，使我们无法分担生活中的许多最重大的事情"[2]。在珍珠离开母亲家开车回自己家的路上，她"望着窗外急驰而过的风景：水库，起伏不平的小山坡，还有我路过上百次的同样的房子，从来不知道里面住的是什么人。一程又一程，一切都是那么熟悉，又是那么陌生，就是这距离横亘在我和我母亲之间，把我们分隔开了"[3]。横亘在母女之间的距离不仅有中美文化的差异，母女感情的疏离，还有母亲深藏内心的创伤往事。珍珠因和母亲不能敞开心扉，不能走进对方的内心世界感到难过无助。

在参加杜姨婆的葬礼并向其遗体鞠躬时，珍珠突然想到了去世的父亲吉米，她情绪严重失控："我喉头发出一阵哽咽，把周围的人都吓了一跳，连我自己也大吃一惊。我慌忙想控制住，但一切都崩溃了，我的心破碎了，悲愤之情倾泻而出，我无法阻止它。我母亲的眼睛也湿润了，她透过眼泪朝我微笑。她知道这种悲伤不是为杜姨婆，而是为我父亲而发的。因为为了这声哭泣，她等了很久很久，从我父亲的葬礼那天算起，足足等了二十五年。"[4]杜姨婆的葬礼现场成为闪回珍珠25年前父亲葬礼之日的创伤场景。父亲患病去世时，珍珠才14岁，正处于愤世嫉俗的叛逆期。按照中式传统文化，女儿必须在父亲的棺材前看望他的遗体，伤心流泪，表示对父亲的尊敬和哀悼。然而，在美国长大的珍珠拒绝走到父亲棺材旁看他："我不想悼念躺在棺材里的这个人，这个病人已经瘦得不像样子，他呻吟着，衰弱无力，直到临终一直在用可怕的目光搜索我的母亲。他与我的父亲一点也不像：我的父亲是那么富有魅力，那么强壮、仁慈，总是慷慨大度，笑声不断，无论

1　谭恩美：《灶神之妻》，张德明、张德强译，杭州：浙江文艺出版社，1999年，第6页。
2　谭恩美：《灶神之妻》，张德明、张德强译，杭州：浙江文艺出版社，1999年，第25页。
3　谭恩美：《灶神之妻》，张德明、张德强译，杭州：浙江文艺出版社，1999年，第50页。
4　谭恩美：《灶神之妻》，张德明、张德强译，杭州：浙江文艺出版社，1999年，第37页。

出了什么问题他都能很好地解决。在我父亲眼中，我是完美无缺的，是他的'珍珠'，而我和我母亲总是口角不断。"[1]父亲去世给珍珠带来巨大伤痛，因为父亲生前总是表扬她的优点，而母亲总是批评、否定她。她想在心中留下父亲最美好的形象，而不是棺材里面那个面无血色、表情痛苦的死者。对女儿缺乏了解的雯妮认为珍珠没有看望父亲遗体，没有为父亲去世伤心流泪犯了中国传统文化中的不孝、不敬之罪。她狠狠打了女儿几个耳光。珍珠怒气冲天跑上大街错过了父亲的葬礼。从此以后，母女关系一直紧张。珍珠心中并没有记住父亲美好的形象，反而总是想起他去世前受尽病痛折磨的虚弱和恐惧。雯妮因女儿的话"躺在这儿的这个男人不是我的父亲"[2]而刺痛内心深藏的伤口。珍珠一时的气话居然说出了事实，吉米确实不是她的亲生父亲，这是雯妮一辈子的伤痛。母女俩给对方都带来了无法言说的创伤。多年来当雯妮提及丈夫吉米的悲剧时总是避开葬礼上与珍珠的冲突。回避创伤经历并不代表忘却了这段记忆。雯妮参加完杜姨婆葬礼回家打扫珍珠房间时发现了写有"我的秘密宝库"的盒子。她犹豫片刻撬开了她送给珍珠的10岁生日礼物。雯妮发现盒子里有一张纪念吉米的卡片，上面不仅写着字，还盖着悼念吉米的黑纱。她顿时百感交集，终于明白女儿内心一直深爱着父亲。在吉米葬礼那天，珍珠因愤怒和绝望没有看他的遗像并不是不爱他，而是因为她想记住父亲在世时的音容笑貌。雯妮现在明白，女儿当时没有哭在脸上而是哭在了心里，这是情感表达的不同方式。吉米葬礼之日母女间的冲突不仅与中美文化差异有关，还与珍珠的身世以及雯妮与吉米的深厚感情有关。

　　作家以创伤作为叙事主题和叙事手法使小说情节环环相扣，主要人物之间的复杂关系逐渐浮出水面。《奥兰多卫报》曾对谭恩美的写作功力做出了高度评价："谭不仅生动描绘了一个女人令人惊异的一生，而且还描绘了造成这样一生的压迫人的社会，她对这个社会的刻画笔法细腻，令人印象深刻……小说叙事是那样有感染力，那样真实，读者不得不完完全全地相信雯妮，从某种意义上来说她的故事是注定要对人倾诉的。"[3]通过雯妮叙述创伤往事，珍珠了解了母亲心中的伤痛和自己的身世。"创伤携带着一种使它

1　谭恩美：《灶神之妻》，张德明、张德强译，杭州：浙江文艺出版社，1999年，第37页。

2　谭恩美：《灶神之妻》，张德明、张德强译，杭州：浙江文艺出版社，1999年，第37页。

3　Amy Tan: *The Kitchen God's Wife*, New York: Ballantine Books, 1991, book review pages.

抵抗叙事结构和线性时间的精确力量。由于在发生的瞬间没有被充分领会，创伤不受个体的控制，不能被随心所欲地重述，而是作为一种盘旋和萦绕不去的影响发挥作用。这种影响不仅持续地、侵入似地重返，而且只有在延迟和重复中才能被第一次经历。"[1]从小说第三章开始，珍珠作为一名安静的、没有自己声音的听者和读者聆听雯妮讲述自己的创伤往事，让珍珠——故事最直接的受述者——逐渐了解了母亲在童年时被父母抛弃、婚后受尽丈夫文福性虐待的折磨、抗日战争中死里逃生的危险、失去三个孩子的痛苦无奈、为了与第一任丈夫离婚而身陷囹圄、为了与第二任丈夫吉米在美国团聚而等待5年的心酸经历。创伤受害者一边叙述往事，一边摆脱过去创伤经历给自己带来的心理负担。因为创伤叙事对创伤受害者来说是一种抚慰，一种疗伤过程。受害者逐步了解自己所经受的创伤，了解自己身体变化的原因，重新整合，把自己的创伤故事叙述给他人，创伤自我才能真正从创伤后的影响和内心冲突中复原。[2]

在雯妮叙述创伤故事的过程中，作家独具匠心，使雯妮本人的创伤经历和她与女儿珍珠之间关系的双重叙事相互交织，把过去的经历和现实生活联系起来，形成一种互动关系。初到美国时，受尽苦难的雯妮告诉自己：

> 我可以用一种新的方式来思考。现在我可以忘掉我的悲剧，把我的所有秘密抛到一扇永远不会开启的门背后，永远不会被美国人看到，我以为我的过去已经永远封闭了。我想，在这里没有人能找到我，我可以把我的错误、我的悔恨、我所有的痛苦隐藏起来，我可以改变我的命运。
>
> 我以为这下子我真的能忘记一切了，没有人能够出来唤起我的回忆。[3]

后来，她发现虽然把这些创伤记忆深深隐藏起来，自己却一直背负着沉重的心理包袱，无法诉说，时时感到心口痛。小心翼翼隐瞒40年的秘密随着前夫文福在中国去世成为刺激雯妮创伤记忆的扳机点："当某个时刻的惊吓

1　安妮·怀特海德：《创伤小说》，李敏译，开封：河南大学出版社，2011年，第5页。

2　丁玫：《艾·巴·辛格小说中的创伤研究》，上海外国语大学博士学位论文，2012年，第68页。

3　谭恩美：《灶神之妻》，张德明、张德强译，杭州：浙江文艺出版社，1999年，第62页。

体验触发内在的反应时，这个存在早年经历的内在反应会让人类产生类似的反应。"[1]雯妮决定面对过去，向女儿讲述自己的创伤往事，不仅仅是告诉她发生过什么，而是让她明白为什么会发生这些事情，为什么别无选择。雯妮希望女儿走进自己的内心世界，让她知道母亲作为一个传统的中国女性是如何在父权制社会里摆脱男性权威的压迫，勇敢抗争命运，追求幸福的。

雯妮告诉珍珠自己从小在缺乏亲情的孤单无助中长大。由于没有母亲的陪伴和指导，雯妮对爱情、婚姻和性知识缺乏了解，导致她的人生悲剧一个接一个地发生。她错把高兴当作爱情草率地答应了文福的提亲。嫁给文福后，她错把对丈夫的爱理解为毫无原则地包容、伺候丈夫，甚至忍受丈夫的性虐待和家庭暴力。因为婚前缺乏性常识，雯妮婚后对男女性爱感到害怕和恐惧。她希望通过自己第一段婚姻的惨痛教训来告诫女儿要树立正确的爱情观、婚姻观，要懂得爱护自己的身体。珍珠第一次把喜欢的男孩带回家吃饭时，雯妮细心观察到这个男孩以自我为中心，对女儿并不关心。他"首先考虑的是他自己，其次才是你，说不定后来你的位置就被挪到第三、第四去了，到头来你什么也没有了……你要是老对他说对不起，到头来你就会对不起你自己"[2]。这个男孩让雯妮想到了前夫文福："这个男人会消磨我的天真无知。正是因为这个男人的缘故，我不得不老是警告我女儿，要当心，要当心。"[3]果不其然，善良的珍珠后来为这个男孩心都碎了，再也不提他的名字。珍珠当初不能理解为什么母亲总把事情往坏处想，现在才明白这是母亲的前车之鉴。雯妮当年因为没有得到母亲的指点选错了第一段婚姻，现在她要用自己的教训和对女儿的爱默默保护珍珠。

通过讲述与文福的创伤婚姻，雯妮告诉女儿自己并不是她认为的那种消极悲观的人，即使在最绝望的时候她也没有放弃希望。年轻时雯妮乐观地相信世上有好事。在与文福举行婚礼的前几周，她"头脑里一片空白，想到的全是好事。我肯定我的生活已经改变了，每一刻会变得更好，我的幸福永无止境"[4]。即使堂妹花生在她结婚前几天告诉她文福家通过走私文物做缺德生意，天真的雯妮也不愿相信事实。她满怀着对新生活的憧憬与文福如期结婚。她想抓住希望，哪怕是一点希望。然而，这段婚姻并没有像雯妮期待的

1　施琪嘉：《创伤心理学》，北京：人民卫生出版社，2013年，第83页。

2　谭恩美：《灶神之妻》，张德明、张德强译，杭州：浙江文艺出版社，1999年，第102页。

3　谭恩美：《灶神之妻》，张德明、张德强译，杭州：浙江文艺出版社，1999年，第103页。

4　谭恩美：《灶神之妻》，张德明、张德强译，杭州：浙江文艺出版社，1999年，第142页。

那样给她带来改变命运的机遇，反而成为折磨她肉体和精神的沉重枷锁。与文福8年的共同生活与中国抗日战争给她带来刻骨铭心的婚姻创伤和战争创伤，使她变成了默默希望日本人杀死她丈夫的妻子，对自己孩子的死无动于衷的母亲，想尽一切办法挣脱第一段婚姻的束缚、对第二任丈夫心存感激却不会完全快乐的创伤受害者。在双重创伤的刺激下，雯妮做出了比离家出走更艰难的决定——与文福签字离婚。她不希望像母亲那样为了获得婚姻自由悄悄离开，她希望自己能正大光明地解除婚约，获得失去已久的女性尊严和权利。她要向文福证明自己的抗争和骄傲。即使她为了离婚而身陷囹圄，出狱后她仍为得到这份离婚协议而不懈努力。雯妮身上这种顽固劲儿在很大程度上受到她母亲的影响。她的母亲是那种不会服从别人命令，只服从自己内心的人。虽然母亲没有陪伴雯妮成长，但她坚强不屈的精神一直伴随着女儿，使雯妮在人生的种种磨难中学会像母亲那样坚韧不屈。在珍珠听母亲雯妮讲述创伤往事以前，她觉得母亲对待人生消极悲观，所以一直害怕母亲知道自己患了多发性硬化症，害怕母亲为自己担惊受怕。在了解了母亲过去的不幸遭遇后，珍珠决定告诉母亲自己的病情，因为她知道母亲内心非常坚强。

雯妮终于告诉了女儿她的身世真相，她的生父不是母亲第二任丈夫吉米而是第一任丈夫文福。这么多年来，珍珠总认为母亲更爱弟弟塞缪尔，自己感到失落。其实，雯妮一直想告诉女儿："我最爱的是你，胜过爱塞缪尔，胜过爱所有比你早出生的孩子。我要告诉你，我爱你的方式是你所看不到的。也许你不相信，可我从内心深处知道，这是真的，因为你伤透了我的心，说不定我也伤透了你的心。"[1]雯妮最爱珍珠是因为珍珠看上去像她在战争中失去的三个孩子莫愁、怡苦和淡若。珍珠是他们的合体，所以雯妮对她的感情非常复杂。她爱珍珠是因为珍珠身上可以看到失去的三个孩子的影子。她把对他们缺失的爱与愧疚全部寄托在这个女儿身上。珍珠身上有文福的影子，因为她是文福离婚后强奸她的结果。女儿遗传了父亲暴躁的坏脾气。有一次雯妮反对珍珠去海滩玩，女儿"像个野人"，"跺跺脚，冲我大叫大吼，'海滩！海滩！'我问自己，这脾气是从哪儿来的？然后我就想，哎呀！文福"。"我不能骂你，我骂他。你的所有缺点我全算在那个坏男人身上。所以我没有教训你，我让你去了海滩。"[2]听完雯妮的创伤故事，珍

1　谭恩美：《灶神之妻》，张德明、张德强译，杭州：浙江文艺出版社，1999年，第77页。

2　谭恩美：《灶神之妻》，张德明、张德强译，杭州：浙江文艺出版社，1999年，第396页。

珠对母亲在中国的悲苦经历充满同情。她得知自己身世后忍不住流下眼泪："这个可怕的男人，这个她恨之入骨的男人，文福，竟然是我的生身父亲。他的血正在我血管里流淌着。我想到这里，打了个寒战。"[1]现在珍珠终于明白多年前在父亲吉米葬礼上她一怒之下说出吉米不是她父亲的气话为什么会如此激怒母亲，那是因为她突然揭开了沉浸在丧夫之痛中的母亲深藏内心的巨大伤口。吉米一直把珍珠视为己出，关爱备至。母亲隐瞒她的身世其实是对她的一种保护。珍珠是幸运的，幸福的。

雯妮通过回忆创伤往事，向女儿解码了她和胡兰，也就是珍珠在美国的海伦舅妈的特别关系。其实他们两家人并没有任何血缘关系。只是因为她们两人在中国抗日战争中结下了生死友谊，有一种比亲姐妹还亲的关系。"我们被一笔共同的债务所牵连，被共同的命运联系在一起。我为她保守秘密，她为我保守秘密，我们有一种用这个国家的语言说不清道不明的忠诚。"[2]虽然雯妮与胡兰性格格格不入，时常为小事争执闹矛盾，但她们在战争特殊时期患难与共，相互帮助，建立了深厚感人的情谊。1937年她们在杭州相识。当时胡兰的丈夫龙家国是副机长，文福的上司。她给雯妮留下的第一印象并不好。她身材肥胖，穿衣难看，说话慢嗓音又响，行为举止粗鲁。雯妮当时很纳闷，受过教育、长相帅气的家国为什么会娶这样一个老婆，并且还对她宽厚包容。胡兰说话口无遮拦，毫无城府。随军家属喜欢取笑傻乎乎的胡兰，因为"她能把一颗想象的种子培育成一片希望的田野"[3]。后来，两人成为相互倾诉秘密的好朋友。胡兰告诉雯妮家国娶她是为了减轻自己的恐惧感，害怕死去姐姐的诅咒。雯妮告诉胡兰文福性欲太强，即使她怀孕期间，每晚都和她同房。她们为对方保守着秘密。在南京大轰炸后，整个城区混乱拥挤。有孕在身的雯妮在惊慌的人流中孤立无助。在这关键时刻，不顾个人安危的胡兰抢了一辆三轮车骑过来救她，雯妮高兴地哭着向胡兰扑过去，脱离危险。作为当时男权社会的两位普通已婚女性，胡兰和雯妮的婚姻各有各的不幸，胡兰的婚姻没有性，而雯妮的婚姻则没有爱。战争结束后，为了帮助雯妮摆脱与文福的不幸婚姻，胡兰和杜阿姨积极出谋划策，拯救了在封建婚姻中苦苦挣扎的她。雯妮为了表示感激，到了美国后帮助胡兰家人

1　谭恩美：《灶神之妻》，张德明、张德强译，杭州：浙江文艺出版社，1999年，第393页。

2　谭恩美：《灶神之妻》，张德明、张德强译，杭州：浙江文艺出版社，1999年，第63页。

3　谭恩美：《灶神之妻》，张德明、张德强译，杭州：浙江文艺出版社，1999年，第168页。

和杜阿姨移民美国，以亲人相称。珍珠现在明白了为什么母亲一定要她带着家人参加海伦舅妈宝贝儿子的订婚晚会，一定要参加杜姨婆的具有中国传统特色的葬礼；为什么珍珠感到被娘家的事情摆布得毫无选择，失去了自己的生活空间；为什么海伦舅妈和母亲性格不合，常常抱怨指责对方，她们还会长期合伙开花店。母亲的创伤往事揭开了珍珠以前心中的谜团。"创伤故事是对一种迟来体验的叙事。它远远不是对现实的逃离——对死亡或相关力量的逃离，而是创伤对生活的无尽影响的证明。"[1]海伦舅妈、杜姨婆都是雯妮创伤经历的见证者，也是帮助她逃离创伤婚姻的恩人。在雯妮眼里，海伦是她的亲姐妹，杜姨婆是她的母亲，因为她们在她最困难的时候伸出援助之手，改变了她的命运。知恩图报的雯妮这么多年来不计较海伦舅妈的粗俗、自私，为没有亲缘关系的杜姨婆养老送终，心中永远铭记着她们的帮助。

在创伤叙事中，"创伤"既指实实在在的事物，即创伤事件给人造成的打破了其心理系统和精神系统正常秩序的实质性的影响，又指包含多种元素的创伤系统，包括创伤事件、创伤反映、创伤症状、创伤结果等。[2]雯妮的第二任丈夫吉米用他温暖、宽容的爱感动了饱经生活磨难的雯妮，给她带来充满希望和幸福的新生活。雯妮与吉米第一次相识于1941年中国昆明的一个美国军方举办的圣诞聚会上。吉米对雯妮一见钟情，但他得知雯妮是文福的妻子后，把对雯妮的好感埋在心里。1945年抗日战争结束后不久，他们在上海不期而遇。缘分让两人走到一起，"我们没说话。他拉住我的手，紧紧地握着不放。我们两个站在路上，我们的眼睛被欢乐的眼泪打湿了。不需开口，我们就知道我们的感觉是一样的"[3]。雯妮后来与文福离婚几经周折，吉米在美国耐心等待她的到来。当雯妮到美国与他团聚时，他们各自都有了变化，但是他们的爱情没有变，永远不会分开。吉米给雯妮带来一种缺失已久的安全感，使这个从6岁母亲离开她时就没有安全感的创伤受害者感受到温暖、踏实和幸福。吉米让雯妮明白婚姻中的性关系不是丈夫强奸妻子给她带来痛苦，而是两性相悦的美好体验。"他（吉米）不停地亲吻我的前额，不停地抚摸我的后背，直到我忘了所有的恐惧，直到我重新在梦中漂浮起来。突然，我意识到他在做什么了，只不过跟以前不一样，而是一种完全不

1　Cathy Caruth: *Unclaimed Experience: Trauma, Narrative and History*, Baltimore: The Johns Hopkins University Press, 1996, p. 7.

2　李桂荣：《创伤叙事》，北京：知识产权出版社，2010年，第263页。

3　谭恩美：《灶神之妻》，张德明、张德强译，杭州：浙江文艺出版社，1999年，第342页。

同的感觉。我睁开眼睛。我高兴地哭了，望着他的脸。"[1]当雯妮给女儿讲述与吉米的美好回忆时，她感慨万千："有些事当初叫我那么高兴，现在又叫我那么伤心。也许最美好的回忆就是这样的。"[2]尽管吉米离开这个家庭有二十多年了，他给创伤幸存者雯妮带来的安慰和温暖一直陪伴着她。

讲述创伤故事是"见证创伤，彻底破解创伤意义，彻底释放患者的情感"[3]。雯妮通过向女儿珍珠讲述创伤往事、再现创伤场景，让女儿见证母亲过去的创伤经历，了解母亲缺乏父母关爱的童年创伤，受尽第一任丈夫文福性虐待和家庭暴力的婚姻创伤，让她失去三个孩子的战争创伤。雯妮彻底破解创伤意义的过程是她彻底释放伤痛情感的过程。女儿珍珠对曾经有疏离感的母亲有了深入了解，知道了母亲过去经历的种种创伤，明白了自己的身世，更感受到了母亲对她含蓄的爱。

第三节　创伤修复——消弭母女隔阂

谭恩美巧妙设计了《灶神之妻》的叙事时序，开篇部分雯妮和珍珠这对母女现有的矛盾隔阂引起读者兴趣，主体部分由主人公雯妮向女儿讲述自己过去的创伤经历获得女儿的理解、同情，使自己从一名沉默多年的创伤受害者变成了找回自己声音的创伤治愈者。尾声部分母女敞开心扉进行交流，多年来紧张敏感的母女关系转化为和谐、温暖的亲情。贝塞尔·范德考克（Bessel A. Van Der Kolk）和奥诺·范德哈特（Onno Van Der Hart）在关于创伤与叙述之间关系的研究中发现："在完全复原情况下，受创者不会再遭受以闪回、行为重又发生等等形式的创伤性记忆的再次出现。相反，创伤故事能够被讲述，受创者能够追忆所发生的事情；他给予'创伤'在他曾经的生活中、他的自传里一定的位置，由此形成受创者完整性格的一个组成部分。"[4]雯妮通过回忆创伤往事、讲述创伤故事说出了深埋内心多年的伤痛，使创伤得以修复。她敞开心扉向珍珠揭开她的身世之谜，消弭了母女之间的隔阂。

1　谭恩美：《灶神之妻》，张德明、张德强译，杭州：浙江文艺出版社，1999年，第363页。
2　谭恩美：《灶神之妻》，张德明、张德强译，杭州：浙江文艺出版社，1999年，第342页。
3　李桂荣：《创伤叙事》，北京：知识产权出版社，2010年，第37页。
4　Bessel A. Van Der Kolk, Onno Van Der Hart: "The Intrusive Past: The Flexibility of Memory and the Engraving of Trauma", Cathy Caruth, ed., *Trauma: Explorations in Memory*, Baltimore and London: The Johns Hopkins University Press, 1995, p. 176.

　　珍珠完全没有料到母亲得知她隐瞒7年的病情后会如此激动，"她的嗓门越来越高。我看见她双臂激烈地挥动着，好像在对付一个敌人，一个她看不见，但一定要找到的敌人"[1]。这个敌人在雯妮眼里就是破坏女儿身体健康的坏人，她要用尽全力保护女儿，帮助女儿战胜这个坏人。雯妮对医生给出的对女儿病情"无能为力"的诊断非常生气，她开始为女儿寻找各种治疗方案。"我不想让她停下来。我奇怪地产生了一种解脱的感觉，也许不能说是解脱，因为痛苦还在那儿。她把我的厚厚的保护层，我的愤怒、我的最深的恐惧、我的绝望全撕开了，她把这一切放到自己心中了，所以结果我发现只留下一样东西，希望。"[2]性格坚强的雯妮给对自己身体状况感到绝望的女儿带来希望和力量。正如谭恩美所言："改变命运的因素是希望。希望始终存在，它会让所有的事情变得可行。"[3]雯妮决定尽快回到中国为女儿寻找中药治病。海伦舅妈建议珍珠陪母亲一起完成这段温馨的旅行。现在珍珠明白了海伦舅妈和母亲之间这么多的秘密和谎言其实"本身就是忠诚的方式，这种忠诚是无法用语言表达出来的"[4]。母亲为了给女儿治病回中国需要海伦舅妈陪同，但又不能告诉女儿回国的真相，于是海伦舅妈编造了自己患脑瘤需要回国寻找中药的谎言。这些善意的谎言无不渗透着母亲对女儿的疼爱，以及海伦舅妈与母亲的深厚情谊。母亲苦尽甘来的人生让珍珠体会到"世上所有的美好东西都是可能的"，"只要那么一点点，就足以使你回忆起来——所有你以为已经忘了但其实永远也忘不了的东西，所有你还没有失落的希望"[5]。谭恩美在小说中成功演绎了"希望和期待、希望和失望、迷失和希望、命运和希望、死亡和希望、幸运和希望"[6]的主题。

　　在小说结尾部分，母亲雯妮将杜姨婆留给珍珠的"最好的东西"——灶神——从被供奉的神龛中取出，把新买的无名女神放进神龛。中国神话故事中灶神的男性权威地位被无名女神取代、颠覆。雯妮告诉珍珠："当你害怕的时候，你可以跟她说，她会听的。她会用她的眼泪把一切都洗掉的，她会

1　谭恩美：《灶神之妻》，张德明、张德强译，杭州：浙江文艺出版社，1999年，第397页。

2　谭恩美：《灶神之妻》，张德明、张德强译，杭州：浙江文艺出版社，1999年，第398页。

3　谭恩美：《我的缪斯》，卢劲杉译，上海：上海远东出版社，2007年，第2-3页。

4　谭恩美：《灶神之妻》，张德明、张德强译，杭州：浙江文艺出版社，1999年，第406页。

5　谭恩美：《灶神之妻》，张德明、张德强译，杭州：浙江文艺出版社，1999年，第407页。

6　谭恩美：《我的缪斯》，卢劲杉译，上海：上海远东出版社，2007年，第75页。

用她的柳枝把一切不好的东西都赶跑的。瞧她的名字：莫愁夫人，幸福战胜苦难，世界永无悔恨。"[1]雯妮希望这位女神能够像母亲保护女儿那样保护珍珠和所有女性，帮助她们战胜困难，帮助她们忘记忧愁，抚平创伤，因为爱是治疗创伤的最佳良方。正如作家谭恩美在《我的缪斯》中回忆自己的母亲那样："从我童年时候开始，在我们母女之间形成的那道防线也正在我的意识里渐渐倾毁。曾经的创伤在愈合，心境也越来越明朗。我怎么那么愚蠢，这么多年竟没有了解到这一点。我要做的其实很简单，就是感激自己有这样的好母亲。"[2]珍珠发自内心地感激母亲。小说主人公雯妮最终完成了从"灶神之妻"到"莫愁夫人"的身份嬗变。

1 谭恩美：《灶神之妻》，张德明、张德强译，杭州：浙江文艺出版社，1999年，第412页。
2 谭恩美：《我的缪斯》，卢劲杉译，上海：上海远东出版社，2007年，第63—64页。

第五章　寻找声音的过程
——《接骨师之女》中的创伤叙事研究

　　《接骨师之女》（*The Bonesetter's Daughter*, 2001）是谭恩美创作的第四部长篇小说。作家以自己的家族故事为原型，描写了外婆宝姨、母亲茹灵、女儿露丝三代女性在中国和美国的爱恨情仇与身心创伤。外婆的姓氏与旧照片、母亲的回忆手稿、女儿的成长日记唤起小说人物对往事的不断挖掘和再现，逐渐解码家族三代女性在20世纪经历的辛酸、痛苦与困惑。评论家基米·爱德华兹（Jami Edwards）认为这本小说是谭恩美目前最好的作品，"对母女之间痛苦而复杂的情感和男女亲密微妙关系的描写和深刻洞见甚至超过了《喜福会》"[1]。

　　小说共分为五个部分，由引子"真"，主体第一部、第二部（"心""变""鬼""命运""道""骨""香"）、第三部和尾声组成。其中，引子和主体第二部由母亲茹灵用第一人称"我"讲述往事，其余三个部分由作家用第三人称描写外婆宝姨、母亲茹灵和女儿露丝的故事。前者以母亲的个体记忆为主，后者由三代女性的个体记忆与中国社会历史相关的集体记忆交织而成，两者相互融合构成小说的框架。《接骨师之女》再现了家族三代女性在中国和美国的生存困境和创伤往事。外婆宝姨生活在20世纪初中国北京附近的乡村。独立的她为了追求自由平等的婚姻不幸成为封建父权社会的牺牲品，生下女儿茹灵并以哑巴保姆的身份陪伴其成长。为了阻止少不更事的女儿嫁给杀父仇人的儿子，宝姨自杀身亡才使双方取消订婚。茹灵知道自己与宝姨的真实关系后痛不欲生，后悔莫及。不久她被送进育婴堂孤儿院，经历了昙花一现的爱情和婚姻。在抗日战争中茹灵死里逃生，带着种种伤痛从北京转移到香港，后来克服重重困难移民美国，结婚生子，定居加州。茹灵的女儿露丝是土生土长的美籍华裔，由于受到母亲多年抑郁、偏激情绪的影响以及美国主流社会对少数族裔的排斥，她在求学、成长、工作和爱情中渐渐失去自我，易于妥协，在夹缝中生存。三代女性的创伤经历织成了这部小说的主线。谭恩美采用创伤叙事策略让创伤受害者回忆、记录、讲述过去的伤痛，通过代际传递的方式呈现个人故事、家族故事和中美文化差异，让读者看到三位女性在经历失语到言说自我中建构身份的过程。

　　虽然国内外学界现有研究取得了斐然成绩，但也存在一些不足，比如研

1　Jami Edwards: http://www.bookreporter.com/reviews/0804114986.asp.

究对象、研究方法相对单一，对人物和主题的研究有待进一步挖掘。从当代创伤叙事理论及批评方法切入，从创伤记忆、叙事疗法、创伤修复多个层面分析小说人物的创伤以及她们修复创伤、重塑自我的过程，有助于深入阐释《接骨师之女》的文学价值和社会意义，以期对国内现有相关研究提供新的解读思路。以外婆宝姨为灵魂人物的祖孙三代的创伤记忆在不同地域、不同时空穿梭交织，展现了自然生态的破坏、个体创伤、代际冲突、战争灾难和社会他者身份的焦虑。三代家族女性通过书法、回忆录、沙盘、日记、代笔写作的书写方式和讲故事的口述传统向家族成员记录、再现过去伤痛经历的过程实际上是她们从失语到言说的疗伤过程和重塑身份的重要过程。随着叙事的深入，失声的宝姨用书信和生命拯救了女儿的人生命运，茹灵和露丝分别通过创伤书写使她们各自的伤口愈合，代际冲突得以缓解，亲情得以修复。这种叙事疗法把小说中人物的伤痛、罪恶、忏悔、宽恕有效地关联起来，使她们在自我修复中重建身份，追求新的生命价值。本章从创伤记忆、叙事疗法、创伤修复三个层面阐释《接骨师之女》中创伤叙事对人物重塑身份的重要意义。

第一节　创伤记忆——失语的他者

《接骨师之女》是一部关于自然生态创伤、家庭创伤、战争创伤和社会身份焦虑的创伤小说。[1]作品中的女主角长期忍受身心折磨，面临生存困境。作家打破线性叙事传统，通过再现各种创伤场景，唤起外婆宝姨、母亲茹灵和女儿露丝三代人回忆过去的创伤经历，追溯宝姨姓氏身份、茹灵性格抑郁偏执和露丝待人待事易于妥协的根源。西格蒙德·弗洛伊德曾指出："受害者以自身独特的方式重复着创伤性事件的刺激。特定的诱因（也称'扳机点'），如视觉现象、声音或情境可以唤起受害者对受害经历的回忆，引发闪回现象。其中，创伤性事件不断重现，使受害者感到，仿佛创伤性事件就发生在刚才。"[2]小说中自然环境的破坏、家庭创伤、战争灾难和

1　巴雷物（Michelle Balaev）把"创伤小说"（trauma novel）定义为："表现个体或集体层面上巨大的失落或极度恐惧的虚构作品。创伤小说的一个显著特征是自我的变形，通常由外界的恐怖经历引起，它明晰了和记忆达成妥协的过程，并形成了关于自我和世界的新观念。"参见Balaev Michelle: "Trends in Literary Theory", *Mosaic* Vol. 41, No. 2 (2008).

2　西格蒙德·弗洛伊德：《精神分析引论》，高觉敷译，北京：商务印书馆，1984年，第36页。

社会身份焦虑见证了女主角的身份与命运变化，刺激她们回忆过去的伤痛场景。这些场景成为贯穿小说创伤记忆的重要线索，有助于读者了解创伤受害者的经历，让他们在现时重新体验过去的一系列创伤事件，在经历的种种伤痛中重新认识自我，寻找失去的声音。

一、自然生态创伤

自然环境是人类记忆的重要组成部分，帮助人们回忆往事、寻找自我身份。卡鲁斯在《创伤：记忆探索》（*Trauma: Exploration in Memory*, 1995）中指出，创伤事件对受害者的影响不是暂时的，而是长久的，因为受害者经历创伤事件时的反应往往会延宕。[1]《接骨师之女》中贪婪无知的村民破坏了中国北方周口店和卢沟桥附近"仙心村"的自然环境，失衡的生态给子孙后代带来恶劣后果。恶化的生态环境为外婆宝姨的悲惨人生以及刘氏家族的没落埋下伏笔。宝姨家是远近闻名的接骨大夫世家，并且对龙骨颇有研究，他们发现了埋藏极品龙骨的"猴嘴洞"。她结婚前与医术高明的父亲住在周口店。那里贫穷的男女老少只要有机会就去龙骨山挖掘龙骨卖钱。几百年来，贪心的人们从底部挖掘，底下挖空了，山石悬在上面，随时可能砸下来，不少人因此丧命。为了得到宝姨家收藏的极品龙骨，无恶不作的棺材铺张老板在宝姨结婚送亲路上杀害了她的父亲和丈夫刘沪森，宝姨余生的悲剧开始了。1929年国内外科学家纷纷到周口店龙骨山考古挖掘，找到了"北京人"的头盖骨。随后，村民们在一块龙骨可以换一百万两黄金的利欲驱使下，疯狂挖掘龙骨山，对当地的自然环境造成毁灭性破坏。"没用多久，我们村就变得乱糟糟的，像是盗墓的人挖过的乱坟场子。"[2]村民的盲目挖掘使村子杂乱无序，生态失衡。

人类因无止境的贪欲向自然过度索取，致使自然环境伤痕累累。"为了满足无穷的贪欲和物质需要，人类打破了生态平衡还不够，还在人类内部剥夺许多人的基本生存权利和生存资源。"[3]宝姨亡夫刘氏家族是在仙心村住了六百多年的制墨世家。这里曾是一块圣地。传说有个出巡的皇帝亲手在山谷种下一棵感恩母亲的松树。这棵树已有上千年的历史。后来周边村落的人们纷纷赶到仙心村朝拜祈福。他们从最初抚摸树干、轻拍树叶发展到剥树

1　Caty Caruth: *Trauma: Exploration in Memory*, Baltimore: The Johns Hopkins University Press, 1995.

2　谭恩美：《接骨师之女》，张坤译，上海：上海译文出版社，2010年，第171页。

3　王诺：《欧美生态文学》，北京：北京大学出版社，2003年，第52页。

皮，折树枝。最后由于朝拜的人太多，这棵神树被害死了。人们对神树的破坏行为使仙心村逐渐衰落，由圣地变成了被人遗忘的荒村。"村子坐落在两山之间的峡谷中……沟壑的形状恰如人的心脏，谷中三条溪流就是静脉和动脉，这三条水流本来是山谷的水源，可是后来也干涸了，传说中的神泉也枯了。河道上只剩下龟裂的泥土，散发出阵阵恶臭。"[1]一旦人与自然的和谐关系遭到破坏，人的生存环境就会变得艰难。刘家胡同头上是一块台地，曾经有一位贪婪无知的大将军以为山里面都是玉石，命令人们不断挖掘几十年，挖空了半截山。到刘家院子后面，"台地就变成了悬崖……刘家先前房子后面有二十亩地，可是几百年来，一下大雨崖壁就坍塌，山水轰鸣，水土流失越来越严重，崖沟一年比一年宽，一年比一年更深了。每过十来年，那二十亩地就变小一点，直到最后，崖壁直逼到了我们家屋后面……我们管那条崖沟叫'穷途末路'"[2]。沟里苍蝇成群，恶臭刺鼻。多年干旱后的一场大暴雨把沙土冲到山沟里。刘家房子的那块地一点一点坍塌下去。1972年刘家房子全部陷下去被土埋了。这个曾经在当地颇有名气的制墨世家不复存在。小说中自然环境的创伤是人性自私贪婪的恶果，无法弥补。

满目疮痍的仙心村是宝姨婚后在婆家守寡生活的地方，见证了宝姨自焚毁容的创伤，以及她与女儿茹灵的无声交流、为了保护女儿自杀惨死的一系列悲剧。这个创伤场所成为宝姨与茹灵生死两个世界的分界线。埋葬宝姨的"穷途末路"成为引发创伤性事件的"扳机点"，在这里宝姨与茹灵母女之间爱恨冲突的场景不断闪回，唤起茹灵的痛苦回忆。宝姨父亲的亡魂忠告女儿"把骨头还回去"，"除非把骨头物归原主，不然他决不会放过我们的"，"我们家将来的子孙后代也脱不了咒怨"。[3]作家谭恩美借鬼魂之口向严重破坏自然环境的人们发出警示。小说中自然生态创伤揭示了周口店和仙心村村民的愚昧贪婪，为故事情节的发展做了铺垫，给宝姨和茹灵的人生带来灾难性影响。她们采用书写或口述方式回忆、记录了自然环境的创伤，让在美国出生、成长的露丝也间接见证了祖辈家乡自然生态的破坏以及自然创伤对人们生活的严重影响。

二、家庭创伤

1　谭恩美：《接骨师之女》，张坤译，上海：上海译文出版社，2010年，第149-150页。

2　谭恩美：《接骨师之女》，张坤译，上海：上海译文出版社，2010年，第153-154页。

3　谭恩美：《接骨师之女》，张坤译，上海：上海译文出版社，2010年，第170页。

《接骨师之女》探索了人们普遍关心的问题：普通人努力建立独特的身份、寻求自己的根源和家庭关系、不同辈人的冲突和纽带、母女关系的影响等。[1]作家在小说中通过家庭创伤把受害者的个体遭遇和创伤的代际传递结合起来，再现宝姨、茹灵和露丝三代人在家庭创伤中的身体记忆与痛苦。关于宝姨姓氏和身份的家族隐秘创伤在后代的心理空间中再现、重演，导致创伤间接承受者的后代自我心理的分裂，使其自我分裂成两个截然不同的部分——生活在熟悉、真实世界中的自我和生活在完全隔离、隐秘、陌生世界中陌生的自我。创伤寄生在下一代的心理空间中，导致自我身份的紊乱或丧失。[2]家庭创伤给个体和后代带来直接、深刻的记忆，因为家庭记忆"不断的补充和组装，乃是将一个故事（或历史）生动化的过程。家庭乃至其他回忆集体的记忆，不是建筑在有限的、固定的回忆节目清单上，而是在对话回忆的框架之内，在不断的续写过程中得到组装和补充的"[3]。家庭的创伤记忆给宝姨、茹灵和露丝带来记忆生产的力量，让她们在时空穿梭中再现创伤往事。

小说灵魂人物宝姨是一位在父权制社会中反对封建传统、追求自由平等的女性。她来自周口店远近闻名的接骨大夫世家。父亲非常宠爱她，任由她像男孩一样为所欲为。她会读书写字，从小跟着父亲在书房和药铺里学习。她不仅写得一手好书法，而且熟悉药材，能够处理病人伤口，学了接骨大夫的一些技能。思想开明的父亲打破封建传统，没有让她像当时传统女性那样裹小脚。性格叛逆的宝姨讽刺女性裹起来的小脚"像扭曲的麻花似的。要是上面长满了老茧，又很脏的话，那可就难看了，像烂姜一样，气味就像杀了三天的臭猪头"[4]。摆脱了父权制束缚的宝姨与当时中国的传统女性形成鲜明对比。

然而，宝姨无拘无束的少女生活随着棺材铺张老板和制墨世家后代刘沪森在她虚岁19岁那年的同日出现而终结。这两个人彻底改变了她的命运，给她带来无尽的痛苦。具有新思想的宝姨果断拒绝居心叵测的张老板娶她当二房姨太太的提亲："你要我给你做妾，娶回去伺候你老婆。我可不要做这

1　E. D. Huntley: *Amy Tan: A Critical Companion*, Westport: Greenwood Press, 1998, pp. 33-34.

2　陶家俊：《创伤》，载《外国文学》，2011年第4期，第120页。

3　哈拉尔德·韦尔策：《社会记忆：历史、回忆、传承》，季斌、王立君、白锡堃译，北京：北京大学出版社，2007年，第119页。

4　谭恩美：《接骨师之女》，张坤译，上海：上海译文出版社，2010年，第160页。

种封建婚姻的奴隶。"[1]宝姨与刘沪森一见钟情，她毫不犹豫答应了他的提亲。这让飞扬跋扈的张老板受了奇耻大辱，威胁恐吓她要不了多久会让她过得生不如死。勇敢无畏的宝姨并没有把张老板的威胁及时告诉父亲和未婚夫，心里只是隐约感到担心。在婚前一个月，宝姨和未婚夫偷食禁果，这让她生平第一次感到害怕，"害怕自己承受不了这种未知的欢娱"，"她隐约有不祥的预感，却说不清道不明"，"只看到一片迷茫"。[2]这为她后来的人生悲剧埋下了伏笔。宝姨与刘沪森结婚之日是她人生中最痛苦的一天。在婚礼送亲路上，险恶狠毒的张老板乔装成蒙面大盗，不仅夺走了父亲和丈夫的性命，还洗劫了宝姨的龙骨嫁妆，让她悲痛欲绝。"接连三天，宝姨一直都不合眼地对着父亲和小叔的尸体，愧疚不已。她对着遗体说话，不顾禁忌抚摸死者的嘴唇，家里的女人们都怕冤死的鬼魂会附她的身。"[3]不久，张老板假惺惺送来棺材表示安慰，宝姨当众指出他是杀人凶手，然而由于刘家当时没人在送亲现场，他们并不相信她的话。"宝姨仍然伤心欲绝，家里的女人只得将她用布条从胳膊到腿捆扎起来，让她躺在小叔的炕上，她还兀自挣扎，像是被困在茧里的蝴蝶。"[4]她从此失去最爱的两位亲人，失去话语权，失去身心自由，遭遇人生第一次重大创伤。

身体是创伤记忆的重要载体。性格刚烈的宝姨不愿继续留在世上承受丧父丧夫的伤痛，偷偷吞下烧烫的墨浆想通过自杀获得身心解脱。"大家看到宝姨在地板上翻滚，满嘴都是血和墨浆，喉咙里发出嘶嘶的声音，'就好像有好多鳗鱼在嘴里游泳'。"[5]这是她经历的第二次身心创伤。由于刘沪森的亡魂托梦叫家人救宝姨，她被救活了。但是宝姨以前"超凡脱俗，一双吊梢杏仁大眼，目光深邃，眼神仿佛无所畏惧，而饱满的双唇显得非常性感"的脸上被这次灾难"扭曲成了一副永远惊愕恐惧的表情"[6]。"（她的）半边嘴巴正常完好，另外半边却仿佛熔化成一片，紧闭着。她右边脸颊里面硬邦邦的有如皮革，左边却湿润柔软。部分牙龈也烧坏了，牙齿都掉了。她的

1 谭恩美：《接骨师之女》，张坤译，上海：上海译文出版社，2010年，第164页。

2 谭恩美：《接骨师之女》，张坤译，上海：上海译文出版社，2010年，第165页。

3 谭恩美：《接骨师之女》，张坤译，上海：上海译文出版社，2010年，第166页。

4 谭恩美：《接骨师之女》，张坤译，上海：上海译文出版社，2010年，第166页。

5 谭恩美：《接骨师之女》，张坤译，上海：上海译文出版社，2010年，第167页。

6 谭恩美：《接骨师之女》，张坤译，上海：上海译文出版社，2010年，第90页。

舌头好像一段烧焦的树根。她无法品尝生活的滋味：酸甜苦辣。"[1]宝姨的伤口过了几个月才慢慢结疤，除了要饭的瞎子，人人都怕见到她。严重的烧伤使她变成哑巴，再也不能开口说话。宝姨后来生下与刘沪森的爱情结晶茹灵，女儿成为她活下来的唯一理由。刘氏家族由于不愿让外人知道宝姨未婚先孕的耻辱，让她隐姓埋名，把茹灵过继给伯母做女儿。寄居刘家的宝姨成为亲生女儿茹灵的哑巴保姆，茹灵一直不知道自己与宝姨的真实关系。

　　宝姨伤痕累累的内心世界随着茹灵渐渐长大慢慢平静下来。她除了悉心照顾女儿的起居饮食，还用只有茹灵才明白的手语给她讲故事，教她写书法。"她不能说话，只能发出喘息和呼气的声音，犹如寒风的啸声。她通过做鬼脸，呜呜的声音，以及眉飞色舞的神情向我讲述。我随身携带着一块石板，她用石板把这世上的一切都写给我看。她还用乌黑的手给我画画。手语，表情语言，笔谈，这些就是伴随我成长的语言，无声却有力。"[2]宝姨给予女儿无微不至的关爱让她一刻也不愿离开宝姨。她们相互依靠，感情深厚，茹灵是哑巴宝姨的传声筒，宝姨通过书法教茹灵做人之道。在茹灵14岁那年，棺材铺张老板因把一些人骨送给在周口店龙骨山挖掘龙骨的科学家而成为远近闻名的大人物。宝姨听到这个消息时"捶胸顿足，拼命挥手，比画着说，这姓张的不是东西，就是他杀了我父亲，害死沪森，她拼命发出一种很怪的声音，仿佛恨不得把喉咙掏出来"[3]。然而，不知事实真相的茹灵并没有把宝姨的手语翻译给大家。宝姨成为失语的他者，哽咽的声音令人揪心。她内心深藏的创伤多年后被撕裂。宝姨现在无法像正常人那样用语言言说事实，唯一能够理解自己手语的茹灵却受到家人影响对张老板非常热情，加重了宝姨的伤痛，她只能一人敲着铁桶诅咒杀害她父亲和丈夫的仇人，发泄心中的愤怒。阵阵铁桶声就是失语的宝姨对仇人的强烈谴责与控诉。

　　老奸巨猾的张老板得知茹灵知道北京人骨片的下落，精心策划她与自己儿子联姻。为了去北京相亲，执迷不悟的茹灵不听宝姨忠告，两人发生激烈冲突。茹灵对悉心照顾她的宝姨大声吼叫。失语无助的宝姨眼睁睁看着不明真相的女儿即将失去自己的庇护落入虎穴，却无法阻拦。在女儿去北京的前一个晚上，宝姨哭了整整一夜，心中的痛苦无法诉说。当茹灵从北京相亲回来告诉宝姨自己要嫁到张老板家时，宝姨"发出一种溺水的人那种绝望的声

1　谭恩美：《接骨师之女》，张坤译，上海：上海译文出版社，2010年，第2页。
2　谭恩美：《接骨师之女》，张坤译，上海：上海译文出版社，2010年，第2页。
3　谭恩美：《接骨师之女》，张坤译，上海：上海译文出版社，2010年，第173页。

音"[1]。可惜这种绝望的求救声无人明白。她双膝跪地，使劲拍打自己的胸脯，无法诉说内心的伤痛。女儿将与杀父杀夫仇人之子结婚的事实给宝姨带来致命打击，成为她人生遭受的第三次创伤。在离开人世前一周，宝姨不停书写，把她的人生故事和茹灵的身世写成一卷手稿交给茹灵阅读。然而，一意孤行的茹灵并没有及时阅读宝姨的手稿，未能及时了解宝姨是自己亲生母亲的事实。心急如焚的宝姨在"天黑的时候，她用清晰的语言告诉我，我却从未觉察。她的话语有如流星，稍纵即逝"[2]。这导致后来茹灵遗憾终生的过错。她的固执任性把母亲一步步逼向死亡。宝姨自杀前曾心灰意冷地问茹灵是否对她有感情，女儿一意孤行要挣脱她的保护，嫁进张家。绝望的宝姨无法言说心中的苦楚，随后自杀身亡。两人之间的冲突达到最高点。茹灵后来看了宝姨留下的手稿才明白自己与宝姨的母女关系，才明白母亲的爱恨情仇。悲痛欲绝的她独自一人去"穷途末路"寻找母亲的尸体，"我到底也没找到她。到我重新爬上去的时候，一部分的我自己已永远遗失在了'穷途末路'"[3]。宝姨的惨死换来女儿与张家取消订婚的结果，拯救了女儿的命运。茹灵成为无依无靠的孤儿，很快被刘家送进孤儿院育婴堂。她随身带上了宝姨留下的甲骨片和她毁容前的照片，"她的脸，她的希望，她的知识，她的悲哀，这一切的一切，如今都是属于我的"[4]。甲骨片和照片是宝姨和茹灵创伤经历的见证，成为创伤记忆的"扳机点"，不断闪回过去的创伤场景。

母亲的惨死让茹灵深感悲痛："整整五天，我一动不动，吃不下，哭不出，孤单单一个人躺在炕上，感到自己只有出的气。我觉得自己已经一无所有，可是身体却仍然在呼吸。有些时候，我无法相信发生的事情。我拒绝相信。我使劲地想，想让宝姨出现，想听到她的脚步声，看到她的脸了，可那是在梦中，她还在生我的气。她对我说那毒咒如今缠上了我，我将永世不得安生，注定一辈子不开心。"[5]这是茹灵人生经历的第一次创伤，家里除了

1　谭恩美：《接骨师之女》，张坤译，上海：上海译文出版社，2010年，第195页。

2　谭恩美：《接骨师之女》，张坤译，上海：上海译文出版社，2010年，第168页。

3　谭恩美：《接骨师之女》，张坤译，上海：上海译文出版社，2010年，第202页。

4　谭恩美：《接骨师之女》，张坤译，上海：上海译文出版社，2010年，第222页。

5　谭恩美：《接骨师之女》，张坤译，上海：上海译文出版社，2010年，第202页。

堂妹高灵没有人同情她。这种"来自身体的或情感的麻木的无助感，是造成创伤经验最基本的因素"[1]。刘家不惜重金请来捉鬼法师把宝姨的灵魂关进酸臭坛子，茹灵在现场哭得厉害，却无法为母亲说话，觉得自己背叛了她。这些创伤场景深深植入茹灵脑海中，自杀和鬼魂成为她以后成年生活中常常挂在嘴边的话题。

　　茹灵不愿在仙心村继续过这种空洞麻痹的生活。"（她）留意到猪圈的臭气，被挖龙骨致富的梦想驱使人们挖得坑坑洼洼的地面，墙上的破洞，井边的污泥，还有尘灰暴土的路面……经过的妇女，不论老幼，都一脸的茫然，空洞的目光映射出她们空洞的内心。每个人的生活都跟别人一模一样。"[2]宝姨死后不久，茹灵带着无尽的痛苦离开了伤痕累累的仙心村，"她的话仍然在我耳边响起，不论是快乐还是悲伤，一到重要的时刻，我就会想起她的话"[3]。过去的创伤经历使茹灵在育婴堂变得勇敢坚强。她渐渐远离各种烦恼，开始了新生活，成为一名"新命运女孩"。茹灵因宝姨曾教她识字写字，成为孤儿院的正式老师。她与在这里考古的地质学家潘开京志同道合。他们一起讨论书法艺术，讨论人生，"爱情就是这样开始的，一起转折，一起画点，随着呼吸也逐渐一致起来，手中的笔也同起同落"[4]。茹灵尝试接受没有毒咒、没有厄运的新思想。她与潘开京美好短暂的婚姻在日本侵华战争中被摧毁。丈夫在战争中牺牲给茹灵带来人生的第二次创伤。沉默成为她最大的悲哀，一种最深的伤痛。[5]

　　在香港滞留的两年里，性格坚韧的茹灵克服种种困难。她意识到香港是一个可以摆脱困境、改变命运的地方。糟糕的生存环境似乎使她忙于生计而暂时忘记了过去的创伤经历。由于货币严重贬值，她无法买到回北京的火车票，只好拿着宝姨留给她的刻字甲骨去古董店打探价格，没料到这块祖传甲骨价值颇高。甲骨是茹灵家族传承的纽带；她不愿卖掉母亲留下的遗物，因为"这东西曾经属于我母亲，我外祖父。它是连接我跟亲人祖先的纽带。我

1　Bessel Van Der Kolk, Onno Van Der Hart: "The Intrusive Past: The Flexibility of Memory and the Engraving of Trauma", *American Imago*, Vol. 48, No. 4 (1991).

2　谭恩美：《接骨师之女》，张坤译，上海：上海译文出版社，2010年，第194页。

3　谭恩美：《接骨师之女》，张坤译，上海：上海译文出版社，2010年，第243页。

4　谭恩美：《接骨师之女》，张坤译，上海：上海译文出版社，2010年，第226－227页。

5　齐格蒙·鲍曼：《现代性与大屠杀》，杨瑜东译，南京：译林出版社，2002年，第1页。

怎么能把它交给陌生人，就此抛弃我的故土、葬着我仙人的墓地？我越想，就越有力量"[1]。于是，茹灵开始做各种零工维持生活，辛苦攒钱。她后来给英国太太当佣人，学习英语。两年后，茹灵终于收到高灵从美国寄来的签证材料。为了买到去美国的船票，摆脱高灵丈夫的威胁恐吓，她不得不忍痛割爱卖掉宝姨祖传的甲骨换来新生活。茹灵在中国经历了母亲自杀惨死、丈夫被日军残杀和自己在战乱中死里逃生的一系列苦难后，带着多重创伤来到"这块没有鬼魂也没有毒咒的大陆"[2]，身心十分疲惫。

茹灵在美国的新环境、新家庭中无法走出宝姨自杀惨死这段创伤往事给她带来的阴霾，她长期生活在愧疚中。由于语言障碍和文化差异，茹灵对发生在中国的家庭创伤经历缄默不提，她常常把自杀、鬼魂、诅咒等忌讳词语挂在嘴边，这让在美国长大的女儿困惑不解。茹灵的美籍华裔丈夫在女儿小时候因车祸丧生，留下孤儿寡母，使她不得不面对人生的第三次创伤。茹灵无法找人倾诉痛苦："从来就没人肯听听我的心！你不听，高灵也不听。你知道我心里面多么痛。"[3]种种伤痛使茹灵长期受到孤独、忧郁的精神折磨。她常常对着与宝姨灵魂进行交流的沙盘忏悔，希望得到宝姨的原谅，告诉她："您临终前我说的那些话都是些胡言乱语，您千万别往心里去呀。您死了以后，我想去找回您的遗体。"[4]创伤记忆在茹灵脑海中不断闪回，让她觉得创伤往事穿越时空，就像发生在昨天一样，让她感到窒息、压抑，却无力摆脱。茹灵深陷家庭创伤记忆的深渊，在无法言说的伤痛中苦苦挣扎。

茹灵在美国家庭生活中的郁郁寡欢导致她与女儿露丝的关系紧张。"母亲永远都不开心，看什么都不顺眼。从小露丝就沉浸在母亲这种无以名状的绝望情绪中。"[5]母亲要死要活的威胁就像是随时可能爆发的地震。露丝对母亲的死亡威胁早已司空见惯。她们常常因琐事争执，母女冷战。这种冷战往往持续几天甚至几周，直到露丝撑不下去主动跟母亲道歉求和。在女儿的成长过程中，茹灵因无法解决母女矛盾，两次自杀未遂。她的自杀给女儿露丝带来刻骨铭心的成长创伤。谭恩美在《我的缪斯》中解释说："我生活中有许多因素可能对我造成心理创伤。比如我的母亲经常处于气愤或绝望的状态，我还是个孩子时，就无数次看见她想要自杀。我没有很好地做出调

1　谭恩美：《接骨师之女》，张坤译，上海：上海译文出版社，2010年，第268页。

2　谭恩美：《接骨师之女》，张坤译，上海：上海译文出版社，2010年，第276页。

3　谭恩美：《接骨师之女》，张坤译，上海：上海译文出版社，2010年，第95页。

4　谭恩美：《接骨师之女》，张坤译，上海：上海译文出版社，2010年，第76页。

5　谭恩美：《接骨师之女》，张坤译，上海：上海译文出版社，2010年，第15页。

整，我的成长始终伴随着满心的焦虑。"[1]作家在露丝身上投射了自己成长的影子。茹灵第一次自杀是因露丝的日记引起。她认为女儿不应该有秘密隐瞒她，出于对女儿的关心，她习惯性偷看女儿写的日记，这让母女矛盾不断激化："她们就像被困在沙尘暴中的两个人，顶着巨大的痛苦，不停地指责对方是造成灾害的罪魁祸首。"[2]正值青春叛逆期的露丝觉得母亲根本不爱她，根本不理解她，只会挑剔她，让她感到更难受。她继续在日记中写下恶毒语言刺激母亲："你动不动就喊着要自杀，那为什么从来就只说不做呢？我倒希望你快点动手。死掉算了，快去吧，去吧，去吧，自己了断吧！宝姨让你去死，我也一样！"[3]她一边写下这些恶毒话语一边哭，心中压抑的愤怒、恐惧突然获得一种莫名的解脱。茹灵受到女儿的言语刺激后竟然真的跳窗自杀导致身体受伤。在家养伤的茹灵"毫无怒容，却显出一副悲伤与挫败的神情，整个人仿佛少了点什么。可是到底是什么呢？爱？还是忧虑"？[4]茹灵的悲伤与挫败感和当年自己给宝姨带来的挫败感一样无法言说。茹灵第二次自杀发生在女儿十几岁时两人的一次争吵中，吵到一半，她就跳进海里。露丝大声尖叫、苦苦哀求才把母亲拉回岸边。茹灵受母亲宝姨自杀的影响，女儿露丝也一直生活在对死亡的恐惧中，使她形成了易于妥协让步的性格。宝姨自杀身亡的创伤往事通过茹灵传递给了露丝。家庭创伤的代际传递使露丝和母亲茹灵一样内心缺乏安全感，敏感、紧张。

谭恩美小说中主人公的心理空间和情感空间是"界线"：女儿深陷中国血统和美国环境的矛盾中，在移民家庭地理位置不固定的情况下，母亲一代身上的中国传统文化根深蒂固，而女儿这一代是这种传统文化的局外人或另类。她们从出生地、所受教育和个人喜好都是典型的美国的，然而，她们却因为他者身份被边缘化。[5]茹灵与露丝之间的母女冲突和相互伤害与她们成长生活的背景以及两人代表的中美文化有关：茹灵在中国出生、长大，而露丝在美国出生、长大，母亲以中国传统伦理道德作为为人处世的原则，女

1　谭恩美：《我的缪斯》，卢劲杉译，上海：上海远东出版社，2007年，第259页。

2　谭恩美：《接骨师之女》，张坤译，上海：上海译文出版社，2010年，第138页。

3　谭恩美：《接骨师之女》，张坤译，上海：上海译文出版社，2010年，第139页。

4　谭恩美：《接骨师之女》，张坤译，上海：上海译文出版社，2010年，第141页。

5　E. D. Huntley: *Amy Tan: A Critical Companion*, Westport: Greenwood Press, 1998, pp. 70-71.

儿则以美国当代社会的伦理作为为人处世的准则。她们在生活习惯、生活态度、家庭观念、恋爱原则、婚姻观念等方面存在很大差别。[1]

谭恩美本人曾因家庭原因在高中毕业前先后换了11所学校，她不得不适应不断失去朋友、孤单等着新朋友出现的生活方式。[2]在《接骨师之女》中，茹灵长期遭受抑郁症的折磨，为了改变生活环境，她带着家人频繁搬家。女儿露丝因家庭变故和自己的美籍华裔身份常常感到内心孤单。然而，茹灵对女儿孤单、恐惧、焦虑和缺乏安全感的内心世界了解甚少。6岁时她喜欢和一个叫特丽莎的女孩一起玩。爱笑的特丽莎在衣服口袋里总装着自己拾到的各种宝贝吸引着露丝。但是茹灵觉得这个孩子不爱卫生，不让女儿和她在学校唯一的朋友交往。为了故意在同学面前气母亲，露丝在玩滑梯时用只有最勇敢的男孩才敢采用的危险姿势溜滑梯，结果自己身体严重受伤，嘴皮破了，胳膊骨折了："她静静地倒在地上，觉得整个世界都在燃烧，满眼尽是红色的闪电。"[3]露丝人生的第一次身体创伤换来了学校师生的钦佩之情，她从一个不受欢迎的局外人变成班上最受欢迎的女孩："她从来没有像现在这么骄傲，这么快乐。她真希望自己老早以前就把手臂摔断了。"[4]露丝内心如此渴望从边缘走向集体中心，她宁愿付出身体伤痛的代价换来老师和同学的重视。在家里养伤期间，露丝沉默无语。高灵姨妈以为她是身体疼得说不出话，母亲则认为女儿是受到了惊吓。事实上，茹灵对露丝的精心呵护让受伤的女儿重温了只有小时候才感受到的温暖母爱。露丝觉得自己仿佛又变成了妈妈的心肝宝贝，非常珍惜这种不受责骂的短暂时光。于是，她故意保持沉默："她想开口，小声地说话，小到谁也听不到她。可若是她一开口，眼前这些好事可能立刻就全不见了。大家都会觉得她没事了，一切回到原样。妈妈又要开始骂她不小心，不听话。"[5]谭恩美精心设计了露丝受伤失声的情节，一方面是为了暂时缓解母女冲突，另一方面是为了给小说中的人物提供沉默反思的空间，让读者去揣摩失声者复杂的内心世界。露丝经历这次创伤后赢得了同学的称赞和母亲的关爱。然而遗憾的是，母亲并没有找到女儿故意摔断手臂、故意保持沉默的根源，她无法理解女儿成长过程中的孤单。

1　邹建军：《"和"的正向与反向——谭恩美长篇小说中的伦理思想研究》，武汉：华中师范大学出版社，2008年，第124页。

2　谭恩美：《我的缪斯》，卢劲杉译，上海：上海远东出版社，2007年，第13页。

3　谭恩美：《接骨师之女》，张坤译，上海：上海译文出版社，2010年，第68—69页。

4　谭恩美：《接骨师之女》，张坤译，上海：上海译文出版社，2010年，第71页。

5　谭恩美：《接骨师之女》，张坤译，上海：上海译文出版社，2010年，第71页。

在露丝11岁那年她们从奥克兰搬到伯克莱。为了让女儿进入好中学读书，茹灵在学校附近租了一间狭小的平房。情窦初开的露丝暗恋上年轻英俊的房东兰斯。她因缺乏性知识以为自己身上沾了兰斯的尿渍就会怀孕，让女主人误认为丈夫强奸了露丝，导致两人离婚。龌龊的男主人把露丝引进家里，捏她的乳头，拉掉她的内裤来报复她对自己的"诬陷"。露丝大声尖叫才摆脱男主人的魔掌。内心恐慌的她不敢把这段身心创伤经历告诉母亲，因为她知道如果把真相告诉母亲，母亲可能会气疯。于是她们母女搬到旧金山的天涯海角（Land's End）。露丝只能把这段创伤经历深埋心中，自己默默承受。她独自来到这片海滩，在海浪的咆哮声中放声大哭，终于不用担惊受怕了。她觉得这片沙滩"好像一块巨大的写字板、一块干净的石板，仿佛邀请自己填满任何的愿望，一切皆有可能实现。在她生命的那一刻，她的心中充满了强烈的希望和决心"[1]。大海以宽广的胸怀包容了她遇到的种种烦恼和迷茫，赐予她走出创伤阴影的力量和希望。

伴随着创伤记忆成长，露丝抽烟的叛逆行为让传统的母亲很不满。茹灵不许她抽烟、偷看她日记等干预行为让她无法容忍。露丝指责母亲侵犯了美国人的隐私权，告诉她自己有权追求自己的幸福，她活着不是为了满足母亲的各种要求。这种有声的抗议气得茹灵上气不接下气。露丝继续在日记中写道："我恨她！再找不到像她这么糟的母亲了。她不爱我，不听我说话，根本不理解我。"[2]她对母亲的态度如同当年茹灵对宝姨的态度一样，她们都伤害着疼爱自己的母亲，致使母亲伤心自杀。日记风波不仅反映了茹灵与露丝之间紧张敏感的母女关系，而且折射出中美文化差异。来自中国的妈妈出于对女儿的关爱，想通过女儿的私密日记了解其内心世界，然而这种中国式的关心在美国女儿眼里就是侵犯了隐私权甚至人权。中美文化的差异加剧了母女之间的矛盾。

露丝从小到大常常感受到母亲难以名状的忧郁和绝望："妈妈用她的沉默、排斥和漠视，时时折磨着露丝。露丝总是强压着心中痛苦，表示自己很坚强，一直到事情过去，除非，跟往常一样，中途露丝受不了了，先低头认错，哭着请求母亲原谅。"[3]为了解除茹灵的死亡威胁、缓解母女矛盾，露

1　谭恩美：《接骨师之女》，张坤译，上海：上海译文出版社，2010年，第131页。

2　谭恩美：《接骨师之女》，张坤译，上海：上海译文出版社，2010年，第138页。

3　谭恩美：《接骨师之女》，张坤译，上海：上海译文出版社，2010年，第139页。

丝多年来不得不压抑自己的情感，主动让步，主动向母亲道歉求和。茹灵的沉默和抑郁性格让露丝一直觉得母亲不爱她，内心缺乏安全感，总觉得自己不属于任何人。这种家庭创伤使她失去自我，常常对母亲、两任男友、男友家人以及工作伙伴委曲求全，妥协让步。前任男友与她同居4年后分手。露丝与现任男友亚特已同居8年。他们在一起生活这么多年，露丝主动付费成了习以为常的事。她在经济开销和琐碎家务中一直默默地付出，还要照顾亚特与前妻的两个女儿。露丝"简直觉得自己像困在起跑线上的赛马"[1]。她喜欢吃带壳的大虾，然而亚特一点也不喜欢，她宁愿牺牲自己的口味，满足男友和孩子们的饮食喜好。同居两年后，亚特曾主动提出转让部分房产给她，让她觉得有安全感。他的这份慷慨的口头承诺到后来都没有兑现。由于母亲茹灵常常把死亡挂在嘴边，露丝不知不觉受到影响，亚特的两个女儿讨厌她动不动就提到死亡的话题。在工作中，她是一名代人写作的作家。处处退让的她即使遇到狂妄自大的客户，也照单全收。露丝与母亲、男友、男友女儿之间紧张敏感的家庭关系迫使她采用每年为期一周的"沉默冥修"方式暂时逃避现实矛盾。露丝选择在每年她和亚特的同居纪念日开始失声一周，是为了静下心来反思自己在家庭、工作和生活中遇到的问题。然而，这种"沉默冥修"并没有达到预期目的。她与家人的紧张关系并没有得到实质上的改善。她最后还是妥协让步，年复一年地重复着相同的生活。

三、战争创伤

谭恩美在《接骨师之女》中把个人创伤与历史创伤结合了起来。小说没有正面描写中国抗日战争的残酷战场，而是通过茹灵回忆在育婴堂的经历，把个人命运与卢沟桥事变、抗日战争、茹灵第一任丈夫潘开京的牺牲以及"北京人"头骨失踪的社会背景关联起来。孤儿院于修女把日本人攻占了卢沟桥的新闻广播转告给大家。日本军队朝天放枪，以一个日本人失踪为由向中国宣战。不久，茹灵的堂妹高灵冒着生命危险逃到育婴堂投靠茹灵。她回忆了自己的逃亡过程："有士兵戳我们，叫我们一直往前走，一直把我们赶到一片地里。我心里想这次肯定要被他们打死了，就在那时，我们听到'砰砰'的枪声，士兵们都跑掉了，把我们扔在当地，有一会，大家都吓坏了，没人敢动。后来我想，我干吗等着他们回来杀我？与其坐以待毙不如逃跑，叫他们追上也罢了。于是我撒腿就跑，其他人也都四散逃窜。我走了足足得

1　谭恩美：《接骨师之女》，张坤译，上海：上海译文出版社，2010年，第16页。

有十二个钟头。"[1]谭恩美通过高灵回忆自己死里逃生的经历，让读者强烈感受到战争中日本侵略军给中国人民带来的巨大灾难和身心创伤。

"回忆脱离不了客观给定的社会历史框架，正是这种框架，才使我们的全部感知和回忆具有了某种形式。"[2]日军的血腥残忍与茹灵夫妇的深厚感情形成鲜明对比，"构成了惊心动魄的场景"[3]。身为地质学家的潘开京与茹灵一样热爱书法，鼓励她勇敢面对命运，不要相信鬼魂诅咒。当他们在育婴堂举行婚礼时，茹灵感觉到"婚礼宴席喜悦中透着冷清，仿佛是庆祝一场悲惨的胜仗"[4]。侵华日军在中国烧杀抢掠，无恶不作，逐渐逼近山上的育婴堂。潘开京为了保护村子，和其他两名同事一起加入共产党对抗敌人。两个月后，潘开京被日军逮捕。他誓死不说共产党部队的去向，倒在了日军的刺刀下。茹灵当时并没有在丈夫英勇就义的现场。"可是唯一的能把这场面从我的脑海中抹去的方法，就是躲藏到我的回忆中去。回忆中一切都很安全，他跟我在一起，他吻着我，一边对我说：'死生契阔，与子相悦。执子之手，与子偕老。'"[5]残酷的战争不仅摧毁了茹灵的幸福婚姻，也给她带来无尽的遗憾。

丈夫牺牲后不久，茹灵得知侵华日军在中国劫走了41个"北京人"的骨头，她"觉得自己的骨头仿佛都被掏空了。开京所有的心血，他最后一次到考古坑，牺牲了生命——这一切，都变得毫无意义。我想象着那些细小的头骨片跟鱼儿一起漂在海水里，慢慢沉到海底，鳗鱼从上面游过，沙子渐渐将它们埋在下面……我觉得那些骨头就像是开京的骨头"[6]。战争带来的伤痛反而使茹灵变得更加坚强，她必须坚守自己的职责，保护育婴堂孩子的安全。日本军队很快进入育婴堂，开枪打国旗，又开枪打鸡："被打中的鸡先是飞跳起来，叫一阵子，然后才倒在地上。最后日本兵带着死鸡离开了。厨子和他老婆站了起来，剩下的几只鸡小声咕咕叫着，憋了半天的女孩子们终

1　谭恩美：《接骨师之女》，张坤译，上海：上海译文出版社，2010年，第235页。
2　哈拉尔德·韦尔策：《社会记忆：历史、回忆、传承》，季斌、王立君、白锡堃译，北京：北京大学出版社，2007年，第3页。
3　邹建军：《"和"的正向与反向：谭恩美长篇小说中的伦理思想研究》，武汉：华中师范大学出版社，2008年，第234页。
4　谭恩美：《接骨师之女》，张坤译，上海：上海译文出版社，2010年，第240页。
5　谭恩美：《接骨师之女》，张坤译，上海：上海译文出版社，2010年，第249页。
6　谭恩美：《接骨师之女》，张坤译，上海：上海译文出版社，2010年，第252页。

于放声大哭起来。"[1]小说没有直接描写硝烟弥漫的血腥战场。作家通过日本军人对当地居民和育婴堂烧杀抢夺的破坏性行为把战争创伤和个人创伤结合起来，再现了茹灵等人在战争中敌人刀枪下经历的逃生恐惧和痛苦。育婴堂师生与日军斗智斗勇，3个月后她们乔装打扮，相互帮助，冒着生命危险分批逃到北京。

"记忆不仅充满了个体对自己经历过的事情的回忆，而且也包括他人对他们自己经历过的事情的回忆。"[2]小说中战争苦难不仅是小说人物生活的背景，也是给她们带来身心痛苦和创伤的重要因素，揭示了人性的善恶美丑。美国格鲁托芙小姐作为育婴堂的负责人在战争中勇敢保护师生。为了帮助孤儿院师生顺利逃难，她在被日军带到战俘营之前把育婴堂的钱财全都藏在不同地方以备师生急用。她从日军战俘营释放出来时，患上疟疾，瘦得不成人形。战争使这位博爱无私的美国女性饱受身心折磨，不久便离开了人世。

四、社会身份焦虑

"'身份焦虑'就是指身份的矛盾和不确定性，即主体与他所归属的社会文化传统失去了联系，失去了社会文化的方向定位，从而产生观念、心理和行为的冲突及焦虑体验。"[3]作家在小说中关注女性人物的社会身份焦虑。姓氏是家庭成员的联系纽带，传承家族文化，体现社会身份。一旦个体遗忘或失去家族姓氏，他将难以找到归属感。谭恩美指出："了解一个名字背后的意义更重要，姓名是你人生的第一份礼物。它是你在这个世界的地标，是背后代表的意义。"[4]宝姨的真实姓名既是她家族身份的代表，也是她在社会上存在的地标。然而，茹灵竟然忘了母亲宝姨的真实姓名："有一个姓氏我却记不起来了。它藏在我记忆里最深的一层，我怎么也找不到。我曾成百上千次地记起，那个早上，宝姨把那个字写给我看。"[5]对宝姨姓氏的模糊记忆使茹灵变得更加自责：

1 谭恩美：《接骨师之女》，张坤译，上海：上海译文出版社，2010年，第252页。

2 爱德华·希尔斯：《论传统》，载哈拉尔德·韦尔策编《社会记忆：历史回忆传承》，季斌、王立君、白锡堃译，北京：北京大学出版社，2007年，第12页。

3 吕红：《海外移民文学视点：文化属性与文化身份》，载《福建论坛（人文社会科学版）》，2006年第12期，第100页。

4 Jami Edwards: "Amy Tan", http://www.bookreporter.com/authors/au-tan-amy.asp.

5 谭恩美：《接骨师之女》，张坤译，上海：上海译文出版社，2010年，第1页。

我念完了百家姓，却没有一个能勾起我的回忆。那个姓氏很不寻常吗？难道是因为我把这个秘密隐藏得太久，竟不知不觉中将它失落了？也许，所有那些我心爱的东西，也都是这么丢失的……我毕生的珍藏全都付诸流水，最糟糕的是，宝姨的姓氏也不见了。

宝姨，我们到底姓什么？我一直想找回那个姓氏。快来帮帮我吧。[1]

茹灵渴望找回母亲的姓氏，因为那是母亲社会身份的代表。"宝姨"是母亲在刘家丧失家庭身份和社会身份后的称呼。为了照顾女儿茹灵，哑巴宝姨在以刘家为代表的父权制社会里隐姓埋名，丧失话语权。她积极参与刘家妇孺在墨坊的制墨工作，负责在墨块上刻字画画。她的书法漂亮大气。刘家京城墨店门口的对联就是出自宝姨之手。但在当时封建礼教的禁锢下，女性的社会地位被剥夺。她们只能在墨坊里辛苦制墨，男性才能在京城的店铺体面地经商。宝姨对刘家制墨的突出贡献并不能改变她的无名身份。她只是家里没有地位的佣人。宝姨在父权制社会中逐渐丧失了亲生女儿茹灵对她的信任和喜爱。茹灵小时候喜欢她，把她视为亲生母亲，一刻也不愿离开她。然而，随着茹灵渐渐长大，宝姨在她心中的地位越来越低。失声、无名和丧失做母亲的权利是宝姨在封建社会身份焦虑的显性体现。

茹灵作为到美国定居的第一代华裔，在中美两种社会文化价值中挣扎、抗争。她的英语水平有限，时常因与他人语言交流不畅卷入争斗。"她在中国大陆和香港学了一口洋泾浜英语。移民到美国已经五十年之久，她的英语无论是发音还是词汇量都毫无长进。"[2]由于语言问题，露丝从小就充当母亲的传声筒，帮助母亲与医生、银行甚至牧师写信沟通。这让茹灵感到尴尬无奈。露丝读小学一年级时，茹灵在学校当助教。她当众大喊女儿不要滑滑梯，她蹩脚的英语引起露丝同学大笑。露丝觉得自己很没面子，告诉同学茹灵不是她妈妈。她故意用危险动作滑滑梯发泄自己的不满情绪，导致手臂骨折。茹灵曾凭借一手漂亮的书法在美国华人社区赢得尊敬。她为奥克兰和旧金山一带的华人超市、珠宝店写价格标签、饭店开张的喜联、各种婚庆对联和丧事挽联来贴补家用。"许多年来，人们总是对露丝说，茹灵的书法够得上大师的水平，是第一流的。就是这门差事给她赢得了相当可靠的声

1　谭恩美：《接骨师之女》，张坤译，上海：上海译文出版社，2010年，第4-5页。

2　谭恩美：《接骨师之女》，张坤译，上海：上海译文出版社，2010年，第45页。

誉。"[1]然而，她的中国传统价值观与美国主流社会格格不入，长期生活在社会身份焦虑中。"焦虑是人类遗留下来的最为痛苦的情绪，我们的大部分焦虑通常是在当我们所坚持的对自我的存在非常重要的某种价值观受到威胁时而产生的。"[2]坚持中国传统文化价值的她与在美国土生土长的女儿常常因文化冲突产生矛盾。在女儿眼里，母亲个性压抑，言行怪异。晚年患上阿尔茨海默病的茹灵加剧了她的社会他者身份焦虑。

宝姨在中国因为喉咙烧伤变成哑巴无法说话，茹灵在美国因为英语水平受限难以与人正常交流，露丝则主动选择缄默和隐忍的方式来掩盖她的美籍华裔社会身份焦虑。她拥有美国正统教育的背景，说一口流利的英语，有自己的美国朋友和同事，然而，她难以融入美国主流文化中。"露丝深知被当作局外人那种尴尬感受，她从小就经常遭人排挤。打小搬过八次家的经历使她非常清楚地体会到那种格格不入的感受。"[3]如何处理自我与他者、边缘与中心的关系，在两种文化的夹缝中找到自己的位置是以露丝为代表的华裔面临的社会问题。从事代笔写作（ghost writer）15年来，露丝已与他人合作出版35本书。代笔写书的工作不是像人们想象的那么简单，需要巧妙地把别人散落的思维转化成清新流畅的语言文字。然而，她的名字"总是用小字体印在主要作者后面，有时甚至根本不出现她的名字"[4]。她对别人不尊重她的工作感到生气，她希望别人能肯定她的工作价值。在书籍出版后的庆功宴上，露丝无法融入主流圈子，像局外人一样"只能静静地坐在后面，看着客户享受大家的赞扬"[5]。她渴望摆脱美籍华裔他者身份的焦虑，得到社会认可。这不仅是对她工作的认可，也是对她以华裔身份融入主流社会的认可。

在露丝主持的中国传统节日中秋家宴上，露丝男友亚特的前妻主动要求带新家庭成员参加，这让她感到很不自在，"像是在提醒她，过去并非完美，未来也还不能确定"[6]。亚特与前妻的暧昧关系让露丝深感不安。家宴上，亚特和前妻一起坐在另一块没有华人的区域。亚特的父母非常喜欢他的前妻，并把家传的银器、瓷器统统都给了她。他们对露丝从没有表示过热情，希望她只是儿子生命中的匆匆过客，他们从来不知道该怎么介绍她。华人移民家庭的血统与文化使露丝难以融入主流社会的话语中，她强烈感受到

---

1 谭恩美：《接骨师之女》，张坤译，上海：上海译文出版社，2010年，第51页。
2 罗洛·梅：《人的自我追求》，郭本禹、方红译，北京：中国人民大学出版社，2008年，第25页。
3 谭恩美：《接骨师之女》，张坤译，上海：上海译文出版社，2010年，第58页。
4 谭恩美：《接骨师之女》，张坤译，上海：上海译文出版社，2010年，第38页。
5 谭恩美：《接骨师之女》，张坤译，上海：上海译文出版社，2010年，第39页。
6 谭恩美：《接骨师之女》，张坤译，上海：上海译文出版社，2010年，第82页。

作为少数族裔他者身份的尴尬与失落。亚特和她同居8年却不结婚。他以自我为中心、缺乏责任感的处世态度让露丝缺少安全感和社会身份的认可。每年在她与亚特的同居纪念日她都会进行为期一周的沉默冥修来缓解社会身份焦虑。"缄默似乎源于一种冲突，一方面他们想说出自己的创伤，但是另一方面，他们却深知如果说了，后果将是灾难性的。因此你唯一能做的就是下定决心让自己从生理和身体上不能诉说。"[1]

第二节　创伤叙事——书写人生

谭恩美指出："写作对我而言是一种表现信仰的行为，是一种我将发现我所寻求真理的希望。"[2]"我写作是因为我喜欢讲故事，如果不写出来，我会疯掉的。……我之所以写秘密、谎言和矛盾是因为里面包含很多真理。"[3]阿卡莎·赫尔（Akasha Hull）指出《接骨师之女》主要是关于书写和书写行为所激发的东西。更具体一点讲，小说是关于女性如何通过语言积极表达自我。[4]创伤受害者宝姨、茹灵和露丝通过书法、回忆录、沙盘、日记、代笔写作的书写方式将过去人生的伤疤逐渐揭开，有意识地还原、解构过去。她们通过从失语到言说的叙事疗法修复创伤、重塑身份。

"创伤叙事可以理解为个人和历史记忆的文化建构。"[5]小说中汉字书法不仅是中国文化传统的象征，也是宝姨和茹灵内心创伤的无声诉说。中国书法让人修身养性，因为写字的时候必须收拢心思。宝姨教茹灵写"仙心村"的"心"字时，作了一番很独特的解释：

> 看着，小狗儿，她一边写"心"字，一边向我示意，看到这一弯了吗？这是心脏的底部，血液聚集在这里，然后流到全身各处。这三个点代表了两条静脉和一条大动脉，血液就是通过它们流进流出。我一边学着写，她一边问道：是哪位先人的心脏赋予了这个字的形状？这个字是怎么来的？小狗儿？这会不会是一个女人的心

1　Pat Barker: *Regeneration Trilogy*, London: Penguin Books Ltd., 2006, p. 87.

2　Amy Tan: *The Opposite of Fate*, London: Harper Collins Publishers, 2003, p. 323.

3　Amy Tan: *The Opposite of Fate*, London: Harper Collins Publishers, 2003, p.322.

4　Akasha Hull: "Uncommon Language", *The Women's Review of Books*, Vol. 18, No. 9 (Jun., 2001), p. 13.

5　Laurence J. Kirmayer: "Landscapes of Memory: Trauma, Narrative, and Dissociation", Paul Antze and Michael Lambek, eds., *Tense Past: Cultural Essays in Trauma and Memory*, New York: Routledge, 1996, p. 175.

呢？她的心里是不是满是悲伤？[1]

宝姨的内心充满了不能言说的悲伤，她只能通过中国书法的无声叙事来诉说自己丧父丧夫、毁容失声的身心创伤。她通过教茹灵认字写字来教她人生哲理：

> 世间万物皆有个来由目的，墨也一样：一下子就能从瓶子里倒出来用的，并非真正好墨。下笔创作前不经过辛苦研磨，毫不费力就得到作品，那你一定成不了真正的艺术大家……你想也不用想，落笔就写，写出来的尽是脑海里面最表层的东西。最表层可没什么好东西，就像池塘水面上漂浮的，就只有枯枝败叶，孑孓虫豸。可是倘或你提笔之前，先在砚台上磨墨，这个准备步骤会帮你荡涤心志。你一边磨，一边扪心自问：我志在何处？胸中有什么样的情怀？[2]

宝姨坚韧的性格在潜移默化中影响着茹灵。她在刘家隐姓埋名，忍辱负重，用无声而有力的"语言"——中国汉字书法为刘家的制墨业做出突出贡献。宝姨的书法才华不仅解构了当时社会男尊女卑的封建思想，还积极有效地修复她心中无法言说的创伤。

书法曾经帮助伤痕累累、孤立无助的茹灵在育婴堂获得教书机会，并认识热爱书法艺术的地质学家潘开京。他为茹灵生动解释了艺术的"技艺之美""气势之美""神韵""道"四种境界。惺惺相惜的他们在抗日战争中喜结连理。丈夫英勇牺牲后，茹灵在他生前挖出的龙骨上用粗针刻下他曾经说的"死生契阔，与子相悦。执子之手，与子偕老"来纪念他们逝去的爱情。"我要记住这些话。就这样，我像品尝美味一样，一点点咽下我的悲伤。"[3]这种特殊的创伤书写方式帮助她缓解内心伤痛。茹灵移民美国后，书法不仅帮她赚钱贴补家用、赢得华人社区的尊敬，而且帮助她调节心情，修复心理创伤。她坚持写书法还因汉字的独特魅力："每个汉字都包含一种

1 谭恩美：《接骨师之女》，张坤译，上海：上海译文出版社，2010年，第149页。
2 谭恩美：《接骨师之女》，张坤译，上海：上海译文出版社，2010年，第186-187页。
3 谭恩美：《接骨师之女》，张坤译，上海：上海译文出版社，2010年，第250页。

思想，一种感觉，各种意义和历史，这些都融合在这一个字里。"[1]书法使她暂时忘记过去的创伤经历和现实生活中的抑郁。在写书法的时候，平时歇斯底里的茹灵内心变得平静。可以说，书法是宝姨和茹灵释放内心孤独、修复内心创伤的一种积极有效的叙事方式，是她们与外部建立联系的重要渠道。

叙事疗法能够让创伤者以诉说的方式把创伤记忆转化成叙事记忆。在叙事过程中，创伤者的内心伤痛得以宣泄，并慢慢接受过去发生的事情。福柯指出："语言是权力的代名词，写作是失语者获得权力的一种方式。"[2]回忆录成为哑巴宝姨和患上阿尔茨海默病的茹灵获得话语权利的疗伤方式。生活在男尊女卑的封建传统社会里，宝姨无法言说自己内心的伤痛。为了保护女儿茹灵，阻止她嫁给杀父仇人之子，宝姨只能通过书写回忆手稿的方式讲述创伤往事。"宝姨只要不在墨坊干活，就一直在写字，写了一页又一页。她总是坐在桌旁，在砚台上磨墨，一边沉思。她到底在想些什么，我却无从猜想。然后她把笔蘸上墨，开始书写，写一会儿停一下，再蘸。她下笔行云流水，既没有涂黑划掉什么，也不曾翻回头修改从前的字句。"[3]当她把厚厚一卷回忆录交给茹灵时，希望女儿通过她的创伤书写了解身世，避免悲剧发生。人们常常会把痛苦经历藏在记忆深处，但这并不表明他们已经忘记过去、走出阴霾。他们只要受到类似的环境刺激，就会本能地联想到自己曾经遭受的创伤。宝姨的创伤回忆录是她获得话语权的唯一方式，是她拯救女儿人生的唯一希望。"讲述创伤是创伤记忆重复的一部分，但如果听众没有反应，讲述者会觉得孤独，再次经历创伤。"[4]遗憾的是，执迷不悟的茹灵并没有及时阅读宝姨的回忆录以了解被埋藏多年的事实真相，没有倾听、分享她的创伤记忆。再次经历创伤的宝姨最后只有用自杀这一方式帮助女儿解除婚约。对茹灵来说，母亲留下的回忆录是凝聚着她创伤血泪的生命之书。

多里·劳布认为："每一个幸存者，都有需要讲述的冲动，以便明白这个故事，保护自己不再受来自过去的幽灵的困扰。每个人必须知道自己的深

1　谭恩美：《接骨师之女》，张坤译，上海：上海译文出版社，2010年，第53页。
2　Michael Foucault: *The History of Sexuality and Introduction*, New York: Vintage Books, 1988, p. 69.
3　谭恩美：《接骨师之女》，张坤译，上海：上海译文出版社，2010年，第198页。
4　Dori Laub: "Bearing Witness or the Vicissitudes of Listening", Shoshana Felman et al. eds., *Testimony: Crises of Witnessing in Literature, Psychoanalysis, and History*, New York and London: Routledge, Chapman and Hall, Inc., 1992, p. 67.

埋（创伤）的真相，以便能继续生活。"[1]诉说记忆深处的创伤是创伤受害者与外部世界建立联系的重要基础，也是她们修复创伤的必要过程。她们通过创伤诉说敞开了封闭压抑的自我世界，重新建立与外部世界的对话。《接骨师之女》的第二部是茹灵回忆自己在中国内地的创伤经历，作者以"心""变""鬼""命运""道""骨""香"这几个具有特殊内涵的汉字作为每一章的标题，让读者直接感受到中国汉字的文化传统以及小说中宝姨家族书法文化的传承。小说的核心故事来自外婆宝姨，讲故事的声音主要是茹灵。茹灵通过看宝姨留下的回忆录知晓了隐瞒多年的身世之谜和家族仇恨。然而"秘密不单是指那些不能说出口的事。秘密可能会伤人，可能带着毒咒，可能会害你一辈子，永远也无法弥补……"[2]。宝姨的悲惨遭遇和茹灵的身世秘密使她背上沉重的精神负担，难以摆脱鬼魂、诅咒和噩梦的影响，留下无法弥补的伤痛。即使她在美国生活多年，也一直生活在宝姨自杀的阴影中，因为宝姨曾经是最爱她的人，她的自私无知导致母亲惨死。这种愧疚自责的痛苦随着宝姨名字被遗忘而加重。为了找回母亲的名字，整理自己散乱的记忆，内心苦闷的茹灵在五六年前记忆力开始下降时撰写了回忆录讲述母亲和自己的故事。每一段往事书写都激活了茹灵的创伤记忆，帮助她重新认识母亲的创伤经历，同时建构自我身份。

记忆在小说中具有复杂的动态性特征。这种动态性呈现出"封闭与传播、身体的有限性与精神的无限性、受限的主体与情感、回忆及其伴随的痛苦的主体开放性之间的张力"[3]。茹灵在阿尔茨海默病加重之前完成了回忆录，这让女儿露丝意识到"母亲通往过去的闸门还没有关闭，只是有少许的岔道和混乱。有时候，茹灵记忆中的时光会跟后来的一些事情混在一起，但那时候的回忆仍然像一个巨大的水库，她可以从中找寻到许多东西，与人分享。细节上有些混乱并无大碍，那段历史，即便是经过了记忆的改变，仍然有着丰富的含义"[4]。因为书写创伤是"一种能指活动，它意味着要复活创伤'经验'，探寻创伤机制，而且在某种程度上说，要分析并'喊出'过

1　Dori Laub: "Truth and Testimony: The Process and the Struggle", Cathy Caruth ed., *Trauma: Explorations in Memory*, Baltimore and London: The Johns Hopkins University Press, 1995, p. 63.

2　谭恩美：《接骨师之女》，张坤译，上海：上海译文出版社，2010年，第13页。

3　Evelyn B. Tribble: " 'The Dark Backward and Abysm of Time': The Tempest and Memory", *College Literature*, Vol. 33, No. 1 (2006), pp. 151-168.

4　谭恩美：《接骨师之女》，张坤译，上海：上海译文出版社，2010年，第325页。

去"[1]。茹灵把写好的一沓中文回忆录交给露丝，告诉她是关于自己成长的故事和到美国后的经历。这份手稿是茹灵的心血之作，字迹一行行整齐清晰，没有涂改过的痕迹。茹灵通过书写个人手稿回忆创伤，讲述创伤故事，让女儿对她和宝姨有更多的了解。随着茹灵病症的加重，与男友同居的露丝决定住回母亲家里，照顾她，听她讲以前的故事，"陪她回顾生命中经历的种种曲折，听妈妈解释一个汉字的多重含义，传译母亲的心声，尽量了解母亲的思绪。她会过得充实而忙碌，而且，终有一天，她与母亲可以不必紧张地扳着手指计数了"[2]。母女间多年的紧张关系逐渐修复。

创伤人物常常困于"完成认识创伤的愿望和对这个过程的不自信或恐惧之中"。因此，创伤叙事往往暴露出重新讲述和重新经历创伤事件的痛苦和张力。[3]露丝与母亲茹灵多年来使用的简易沙盘是小说创伤叙事的重要表现形式。茹灵最初是为了让右手受伤的露丝拿筷子在装有湿沙的大茶盘练习写字，后来鼓励沉默的女儿用沙盘回答各种问题。"好像就因为露丝把答案写在沙子上，她的回答就一定准，她就无所不知了。"[4]茹灵觉得这个沙盘太神奇，固执己见的她开始就各种问题请教女儿。沙盘成为露丝表达话语的平台，母亲尽可能满足她在沙盘上写的要求和主张，比如搬家到"天涯海角"。沙盘是茹灵向宝姨请求原谅、诉说内心苦闷的重要途径："我等了这么多年，终于可以跟您对话了。您每天都能引导我，每天都能教导我日子该怎么过。"[5]沙盘是缓解母女矛盾的重要物品，体现了露丝对母亲的爱。从小到大，作为沙盘操作者的女儿绞尽脑汁猜测要说出什么字句才能安慰母亲，既要安抚她，又不能让母亲觉察是自己在搞鬼。露丝编出的善意谎言偶尔是为了自己方便，但是大部分时间她都尽力写出母亲想听到的答案。露丝的爸爸在她两岁时因车祸意外丧生，坚强的妈妈独自养育她。茹灵让女儿通过沙盘回答爸爸是否想她，女儿立刻写道"是的"来安慰妈妈。露丝通过沙盘告诉对宝姨愧疚不已的妈妈，宝姨原谅她了："她说一切都会好起来的。

---

1 Dominick LaCapra: *Writing History, Writing Trauma*, Baltimore: The Johns Hopkins University Press, 2001, p. 186.

2 谭恩美：《接骨师之女》，张坤译，上海：上海译文出版社，2010年，第146页。

3 Dori Laub, Nanette C. Auerhahn: "Knowing and Not Knowing Massive Psychic Trauma: Forms of Traumatic Memory", *International Journal of Psychoanalysis*, Vol. 74, No. 2 (1993), p. 288.

4 谭恩美：《接骨师之女》，张坤译，上海：上海译文出版社，2010年，第74页。

5 谭恩美：《接骨师之女》，张坤译，上海：上海译文出版社，2010年，第77页。

一切。明白了吗？我们不应该老担惊受怕的。"[1]这些话语给痛苦压抑的茹灵带来精神慰藉。对炒股一窍不通的露丝多次通过沙盘帮茹灵选名字短的股票让妈妈投资成功，赚了不少钱。露丝作为母亲创伤叙事的听者并非被动地聆听，而是与创伤讲述者母亲产生了互动关系。

受压抑的家庭氛围和学校边缘身份的影响，少女时代的露丝并不快乐。她心中充满青春期的激情、愤怒和突如其来的种种冲动。她希望自己做一个和妈妈完全不同的人，少抱怨。她在姨妈高灵送她的日记本里尽情发泄各种情绪。她认为："日记将证明自己曾经存在过，见证她的重要性，更重要的是，将来总有一天，某个地方有某个人能够理解她的心事，能够相信自己的痛苦并非毫无意义，这种想法给她带来了巨大的安慰。在日记里，她可以畅所欲言，真诚坦白。坦白当然得包括生活纪实。"[2]当露丝发现妈妈偷看她的日记后，她写日记不得不有所隐瞒，她开始用妈妈看不懂的黑话、西班牙语来捍卫自己的隐私和话语权。在导致母亲自杀未遂的日记风波发生后，露丝犹豫是否应该丢掉日记。她一边看日记一边哭泣，因为"日记里记载了她的心声，至少一部分是她的真实的心声。这些纸页间有她自己的生活，有些是她不愿意忘记的"[3]。但正是她在日记里写的恶毒话语差点犯下谋杀妈妈之罪。她在日记最后一页写道："对不起。有的时候我只是希望你也能对我说声抱歉。"[4]写出这些文字后，露丝心里自在多了，把日记本藏到一个妈妈永远都找不到的隐秘安全之地。书写日记成为露丝成长过程中重要的叙事疗伤方式。

对很多美籍华裔来说，美国生活是一系列的双重性：两种身份，两种语言，两种文化，两个名字。这代表了中国传统文化或他们父辈故乡的文化与现在他们生活的当代美国之间一种不安的立场。[5]在美国土生土长的露丝因华裔身份在工作中常常被排斥，生活在主流社会的边缘。她曾经梦想通过创作小说来改变自己的工作和生活状况。"在小说中重新塑造全新的生活，改头换面，变成一个完全不同的人。在虚构的世界里，她可以改变一切，她本人，她的母

1　谭恩美：《接骨师之女》，张坤译，上海：上海译文出版社，2010年，第78页。
2　谭恩美：《接骨师之女》，张坤译，上海：上海译文出版社，2010年，第136页。
3　谭恩美：《接骨师之女》，张坤译，上海：上海译文出版社，2010年，第144页。
4　谭恩美：《接骨师之女》，张坤译，上海：上海译文出版社，2010年，第144页。
5　E. D. Huntley: *Amy Tan: A Critical Companion*, Westport: Greenwood Press, 1998, p. 73.

亲，她的过去。但是改变一切的念头又让她感到害怕，就仿佛她这么想象一番，就等于是在谴责和否定现在的生活。随心所欲地写作是一种非常危险的痴心妄想。"[1]多年来露丝从事代笔写作的职业，觉得自己擅长转述别人的想法。由于从小她就习惯当母亲的传声筒，露丝喜欢这种转述他人观点的工作方式，认为美好的生活需要语言润饰。她在家写作，收入不菲，书籍得到出版商的赞赏，而且通过写"交流中的障碍，行为模式，情绪问题，身心和谐以及心灵感悟等等诸多内容"的书籍调节自己的情绪，缓和现实生活中与母亲、爱人和工作伙伴的矛盾。[2]表面上看，露丝性格软弱，处处让步。朋友劝告她："你太容易妥协了。别人一说，你就拼命做。你还有项天赋，即便是最笨的大笨蛋，你也能让他觉得自己做得顶顶棒。"[3]实际上，露丝有自己的心理底线，她不愿为无关紧要的小事与人争执。她不希望像母亲那样过着长期不开心、不满意的生活。她努力工作，希望通过自己的写作实力突破华裔作者的边缘身份，赢得社会认可。谭恩美在《接骨师之女》中通过宝姨、茹灵和露丝书写人生的方式再现个人创伤，书写是她们修复创伤的重要渠道。

第三节　创伤修复——寻找个体与历史的声音

谭恩美指出："我不认为我的作品主要是关于文化和移民经历的。那只是其中的一部分内容而已。我的作品关注的是家庭和母女关系。曾经有美国的母亲对我讲，她们对自己母亲的感觉和我小说中的女儿们如出一辙；而这些美国母亲都不是移民。"[4]《接骨师之女》中宝姨、茹灵和露丝通过创伤书写的方式再现创伤记忆、释放内心痛苦，在从无声到有声的讲述过程中修复创伤、寻找个体与历史的声音。创伤的治愈要有"强有力的联盟关系为受创者提供支持和保护性的社会语境。这种联盟关系及社会语境往往是由家人、爱人和朋友共同创造的"[5]。宝姨被隐藏多年的姓名终于找到了，记忆衰退的茹灵走出创伤往事的阴霾，接受生活中的美好，宽容接纳他人，露丝改善了与母亲、男友的家庭关系，强烈感受到他们的关爱。家族故事为露丝

1　谭恩美：《接骨师之女》，张坤译，上海：上海译文出版社，2010年，第28页。

2　谭恩美：《接骨师之女》，张坤译，上海：上海译文出版社，2010年，第44页。

3　谭恩美：《接骨师之女》，张坤译，上海：上海译文出版社，2010年，第44页。

4　E. D. Huntley: *Amy Tan: A Critical Companion*, Westport: Greenwood Press, 1998, p. 38.

5　Judith Herman: *Trauma and Recovery*, New York: Harper Collins / Basic Books, 1992, p. 9.

提供了丰富的创作材料和强大的力量，让多年来为别人代笔写作的她决定为自己写作，为家族写作。

宝姨的姓名不仅是她个人身份的体现，也是家族社会身份的体现。寻找宝姨的真实姓名其实非常困难，虽然"她生活过，可是没有留下名字，无法将名字与她的面容对应起来，不能归属于某个族性，她活在这世上的痕迹许多都消失了"[1]。患有阿尔茨海默病的茹灵在参观亚洲美术馆展览时，无意间说出"宝姨"的名字——谷鎏信。回忆录帮助茹灵在散乱的创伤记忆碎片中治愈创伤，找到宝姨名字，找回家族历史。姨妈高灵几经周折通过国内亲友终于证实了宝姨的姓名——谷鎏信。"鎏信"意为"真诚"，但因为与"流星"的读音接近，就被误认为是民间代表不好征兆的流星。"真诚"与前言"真"遥相呼应。"露丝以前总觉得中文音节有限，容易产生歧义，可是现在她觉得这种同音多义使得语言非常丰富。"[2]宝姨曾经生活过，她的家族姓氏也真正存在过，这对于茹灵和露丝来说，都证明了家族记忆的真实性。露丝激动得流下眼泪，因为外婆的名字找到了，母亲和自己的家族身份也明确了，宝姨的名字"就像流星划过地球的大气层，燃烧着，在露丝心上刻下不可磨灭的印记"[3]。宝姨"宁为玉碎不为瓦全"的人生证实了她名字的意义，影响着家族后代。

讲述创伤的过程是重构创伤事件，整合创伤记忆，把创伤经历变成个人阅历、变成对人生价值体验的素材，从而更好地管理人生的过程。[4]茹灵完成的回忆录帮助她疏导内心创伤，让她把背负多年的懊悔、内疚、恐惧的抑郁情绪在字里行间释放出来。创伤书写不仅帮助受害者回忆过去，讲述过去的故事，而且帮助他们治愈创伤，重构生活。茹灵因回忆录迎来了人生第三段恋情，让她在记忆长河中忘却那些创伤痛苦，抓住现实生活中的美好。几乎不识汉字的露丝通过亚特认识了来自中国的唐先生，帮助她翻译母亲5年前给她的中文回忆录。在两个月的翻译过程中，唐先生虽然从未见过茹灵，却爱上了她。唐先生爱茹灵的一切，包括她的过去、现在和未来。茹灵住进安养院，换了生活环境，享受着黄昏恋的温暖美好："周围种种不再总是提醒她想起过去不愉快的记忆。可她仍然会回忆过去，比如说，她把唐先生也

1　谭恩美：《接骨师之女》，张坤译，上海：上海译文出版社，2010年，第316页。

2　谭恩美：《接骨师之女》，张坤译，上海：上海译文出版社，2010年，第330页。

3　谭恩美：《接骨师之女》，张坤译，上海：上海译文出版社，2010年，第331页。

4　李桂荣：《创伤叙事》，北京：知识产权出版社，2010年，第34-35页。

变成了记忆中的故人。"[1]露丝发现妈妈仍然记得过去的事情，只是她记忆中的内容不再是过去那些悲伤的片段，而是自己曾经得到的很多的爱。82岁高龄的茹灵收获了甜蜜的爱情和女儿温馨的关爱。

露丝通过阅读母亲的回忆录，对茹灵的创伤经历有了深入了解。曾经她认为脾气古怪的母亲根本不爱她，现在她深深体会到这份浓浓的母爱一直伴随着她："也许别人爱的方式比妈妈好，但没有人爱她比妈妈深。"[2]茹灵给露丝取的中文名字"如意"一方面是为了纪念当年抗日战争中育婴堂患难与共的于修女，另一方面寄托了她希望女儿"事事顺心如意"的愿望。露丝小时候滑滑梯摔伤时以为母亲会大骂她一顿，却发现"妈妈的眼泪沿着脸颊潸然而下，像湿湿的亲吻一样落在自己脸上。妈妈并没有生气，她忧心忡忡，满怀爱意"[3]。露丝16岁生日那天，右手受伤的茹灵只能靠左手拎着好几个超市购物袋走回家，为女儿准备她最喜欢的食物。在中秋家宴上，她感受到茹灵"充满母爱的目光追随着她，向她露出宠爱的笑容。露丝心情很激动。在这个特殊的节日里看到妈妈，露丝欣喜之余不免心生伤感。为什么她们母女俩的关系不能一直像这样亲密呢？她们究竟还有多少日子可以像这样聚在一起过节呢？"[4]。露丝在家宴上做了简短发言，与大家分享了家庭的重要意义："我们共同的过去，家族的传统，所有这些将我们的人生紧紧联系在一起，不管什么也不能把我们分开。希望大家像糯米年糕和西洋布丁一样，甜甜蜜蜜地粘在一起。"[5]

茹灵患阿尔茨海默病后，关心露丝最喜欢的猫，关心她与亚特的感情，帮助她画儿童书的动物插图，母亲觉得只要能对女儿的事业有帮助就非常高兴。露丝看到母亲尽心尽力表现出对自己工作的帮助，感激之情油然而生。她曾经对母亲的选择性失忆感到难过不安。母亲竟然忘了自己最喜欢的猫福福已经死了，她打算向母亲隐瞒福福去世的事实。露丝完全没有想到母亲一直都非常关心她与男友亚特的关系。从他们开始同居起，茹灵就告诫女儿这样的同居关系存在隐患。在中秋家宴上，敏感的茹灵看出女儿因亚特与前妻的暧昧关系而难过，她立即安慰她让亚特付出点代价来证明他的爱。露丝为母亲如此关心自己而感动。茹灵这一辈子勤俭节约。她在美国买股票赚了

1　谭恩美：《接骨师之女》，张坤译，上海：上海译文出版社，2010年，第324页。
2　谭恩美：《接骨师之女》，张坤译，上海：上海译文出版社，2010年，第57页。
3　谭恩美：《接骨师之女》，张坤译，上海：上海译文出版社，2010年，第69页。
4　谭恩美：《接骨师之女》，张坤译，上海：上海译文出版社，2010年，第85页。
5　谭恩美：《接骨师之女》，张坤译，上海：上海译文出版社，2010年，第88页。

很多钱，完全可以买大房子、漂亮家具、大汽车、坐游轮旅行……然而深爱女儿的茹灵一直想把钱都留给女儿。露丝知道真相后，心里并没因母亲的富有感到惊喜，反而为母亲对自己无私的爱感到痛心。她帮茹灵收拾整理房间时，觉得好像是在清理母亲大脑中那些纠结不清的东西。然而，当她打算扔掉一些旧毛巾时，发现自己和母亲一样不舍，因为"它们充满了过去生活的痕迹，有自己的生命、历史、个性，与其他的记忆紧紧联系在一起"[1]。有一天，露丝接到母亲的电话，茹灵没有了以前家长制的权威，而是采用美国家庭的方式解决和女儿之间的问题："你小的时候妈妈好多事都对不住你，我好担心，怕我害你受了好大的委屈。可我记不起自己做了什么事……妈妈就是想对你说，希望你也能忘记那些委屈，就像妈妈，现在已经不记得了。希望你能原谅妈妈，妈妈很抱歉，曾经伤害过你。"[2]露丝挂断电话后，整整哭了一小时。她太高兴了，她和母亲终于原谅了对方，宽恕了自己。母亲给女儿留下的这些话"像清澈的蓝天一样开阔且永恒，足以抚平我昔日的创痛。在内心，我们都深深知道哪些应该记住，哪些最好遗忘"[3]。茹灵丧失的部分记忆对她和露丝来说都是一种解脱，化解了母女矛盾，更加亲密。

创伤受害者回忆过去的痛苦经历，采用创伤叙事的治疗方法讲述过去，接纳过去，将其创伤经历纳入自己的人生体验中，从而接纳自我，完成自我修复。创伤修复最后阶段的典型特征是"与自己和解，并找回自己。在安全环境中，获得集体的支持，在重述其创伤故事中获取新意义后，创伤者必须积极运用想象力再造一个理想的自我"[4]。快满46岁的露丝帮助别人代笔写出10个章节来描述怎样找到幸福，悲哀的是自己却从来不知道什么是幸福。她对自己缺乏了解："有时候我觉得自己只是一双眼睛，一双耳朵，只想弄清楚周围发生了什么，让自己有安全感。我就像有些孩子，生活在枪声四起的环境里，一心想着我不要痛苦，我不想死，我不想看到我身边的人死去，却没有余力看看自己的内心，找寻自己的位置，或者问问自己想要什

---

1 谭恩美：《接骨师之女》，张坤译，上海：上海译文出版社，2010年，第132页。

2 谭恩美：《接骨师之女》，张坤译，上海：上海译文出版社，2010年，第332-333页。

3 谭恩美：《我的缪斯》，卢劲杉译，上海：上海远东出版社，2007年，第323页。

4 Judith Herman: *Trauma and Recovery*, New York: Harper Collins / Basic Books, 1992, p. 52.

么。"[1]正如肯萨娅·诺达（Kesaya Noda）所说："即使我是成年人，我仍然能够看到我的脸部和过去的两面性。我能够从里向外看，看到自由，我从外向里看，由于受到过去童年旧声音的驱使，沉浸在生气和惧怕中。"[2]露丝认为外婆和母亲造就了她现在的生活。"她们就在她骨子里。正是因为她们，露丝才会不停地问，生活中的秩序和混乱都是怎么产生的？是命运或者运气的力量？是靠了自己的意志，还是别人行动的影响？是她们教会了露丝担忧。可她也渐渐明白，这些都是祖上传下来的警示，不是为了吓唬她，而是提醒她不要犯她们当年的错误，要追求更好的生活。她们为的是露丝能摆脱毒咒。"[3]正是因为重新认识了外祖母宝姨和母亲茹灵，露丝才走出内心多年的恐惧阴霾，找到自信与勇气去面对亲情、爱情和工作。

迈克尔·班贝克在《身份与叙述》中指出："反思过程发生在现在，但是却指向过去或虚构的时间与空间，使得过去的（或想象的）事件与讲述行为有关，进而指向有意义的关系和有价值的生活。"[4]反思过程既是认识自我的过程，也是修复自我的过程。露丝与亚特多年的同居生活潜藏危机，但她一直妥协让步，避免与以自我为中心的亚特发生争执。在他们分居的两个月里，两人都冷静下来反思自己的不足。露丝发现"自己已经习惯了，哪怕对方不提出要求，她也会主动妥协，迎合他的感受，这已经成了自己的情感模式。……现在两个人分开了，露丝觉得很轻松，没了束缚"[5]。亚特和他的女儿们开始意识到露丝在他们生活中的重要意义。他终于明白："爱情中有点约定是很重要的，首先，约定这是一种长期的关系，对方会照顾你，帮你处理各种问题，你母亲的问题，或者其他种种，都算在内。当初我说要没有条件，没有承诺的爱，你也默认了，当时我可能觉得那样相处很不错，爱得轻松，不用负责任。直到你搬出去了，我才认识到自己会失去些什么。"[6]一

---

1 谭恩美：《接骨师之女》，张坤译，上海：上海译文出版社，2010年，第322页。

2 Kesaya E. Noda: "Growing Up Asian in America", Asian Women United of California ed., *Making Waves: An Anthology of Writings By and About Asian American Women*, Boston: Beacon, 1989, p. 244.

3 谭恩美：《接骨师之女》，张坤译，上海：上海译文出版社，2010年，第333页。

4 Michael Bamberg: "Identity and Narration", Peter Hühn ed., *Handbook of Narratology*, New York: Walter deGruyter, 2009, p. 133.

5 谭恩美：《接骨师之女》，张坤译，上海：上海译文出版社，2010年，第284页。

6 谭恩美：《接骨师之女》，张坤译，上海：上海译文出版社，2010年，第291页。

向以自我为中心的亚特开始关心露丝，担心茹灵病情加重后露丝一人照顾她吃不消，主动查询各种阿尔茨海默病的资料，并且帮助茹灵找到了专业照顾老人的安养院。亚特积极努力地挽救两人的关系。他找到最可行的方式来向露丝表明，他是爱她的。这让露丝非常感动。她和亚特用善意的谎言把茹灵"骗"进了环境宜人、设施完善、服务周到的安养院——米拉马庄园。他主动提出自己先一人承担露丝母亲在安养院的前期费用。亚特从为露丝和茹灵的无私付出中获得无比快乐。他向露丝求婚，希望他们"有一种跨越时间的承诺，跨越过去，现在和未来……像婚姻"[1]。露丝的情感创伤得以修复，她感受到前所未有的幸福——拥有爱她的丈夫和两个非常依恋她的女儿。

在小说尾声，多年来习惯为他人写作的露丝终于找到为自己、为家族书写的理由。

> 露丝跟外婆肩并肩一起开始写，文思泉涌，她们合而为一，6岁，16岁，46岁，82岁。她们记下发生的一切，发生的原因，带来的影响。她们把过去那些本不该发生的故事写了出来。她们把本该发生的故事，有可能发生的故事都写了出来。她们写下的过去可以改变。毕竟，宝保姆说，过去无非是那些我们选择记住的事情。她们可以选择不再躲避，翻检过去的伤口，感受那时的痛苦，知道一切都会好起来的。她们知道幸福躲藏的地方，幸福并不藏身在某个山洞或是某个国度，而在于爱情，在爱里自由地付出和给予，爱情始终都在。[2]

这段话呼应了作家谭恩美在《我的缪斯》中对自己文学创作动力的阐释："外婆和我并肩走在一起，想象出不同的过去，塑造出不同的记忆。我们走到存放记忆的基地，一起开启墓穴，释放出埋藏已久的哀伤。我们哭泣，我们心痛，我们哀悼，然后我们看到了留存下来的希望，虽然它们已经破碎，但却还在那里。"[3]露丝和母亲现在被浓浓的家庭亲情滋养着，创伤完全愈合了。

在谭恩美创作《接骨师之女》期间，她的母亲离开了人世，"与母亲

---

1 谭恩美：《接骨师之女》，张坤译，上海：上海译文出版社，2010年，第329页。

2 谭恩美：《接骨师之女》，张坤译，上海：上海译文出版社，2010年，第333-334页。

3 谭恩美：《我的缪斯》，卢劲杉译，上海：上海远东出版社，2007年，第70页。

和解的愿望成了现实的、非艺术的冲动"[1]。作家改写母亲和外婆故事的同时，也是在梳理自己与母亲多年的情感，自己的创伤记忆在字里行间中再现、修复并治愈。正如她所言："生活中到处都会碰到各种挫折，应该记取的是挫折之外的种种，比如爱情、友谊，还有希望。"[2]无论是小说中的祖孙三代女性，还是谭恩美与她的母亲和外婆，她们在创伤的修复过程中都找寻到个体与历史的声音。

小　结

作家在小说《喜福会》《灶神之妻》《接骨师之女》中采用创伤叙事策略，通过刻画主要人物经历的成长创伤、婚姻创伤、战争创伤以及跨文化焦虑再现创伤往事，通过人物穿越时空的创伤回忆和诉说创伤的方式逐渐揭开昔日深掩的伤疤，在创伤往事与现实生活的不断协商过程中正视过去、面对现实，创伤逐渐愈合，家庭关系得以修复，曾经失语的女性找回了自己的声音。

《喜福会》中四对华裔母女在中国和美国各自经历的成长创伤、婚姻创伤和战争创伤成为她们人生的痛苦回忆。无论是许安梅在中国的童年生活，还是薇弗莱·龚、许露丝、吴精美在美国的童年生活都经历了不同程度的成长创伤。无论是龚琳达在中国为了摆脱童养媳身份与传统封建家庭的抗争，映映遭受第一任花心丈夫的抛弃，还是在美国露丝与特德、丽娜与哈罗德的婚姻危机，薇弗莱第一段婚姻的失败，这些女性都经历了撕裂的婚姻创伤。她们采用不同方式面对婚姻伤痛和创伤回忆。母亲的创伤经历无意识投射给女儿，影响着女儿的婚姻观以及母女关系。吴夙愿在日本侵略军攻打桂林时的逃难经历成为她一生最大的遗憾和伤痛。四对母女通过麻将聚会的重要空间采用创伤叙事的治疗方法讲述过去，接纳过去，将其创伤经历纳入自己的人生体验中，从而接纳自我，完成自我修复。在创伤修复最后阶段与自己和解，重塑自我身份。

《灶神之妻》是谭恩美以自己母亲的故事为蓝本创作的第二部小说。主

1　程爱民、邵怡、卢俊：《20世纪美国华裔小说研究》，南京：南京大学出版社，2010年，第163页。

2　谭恩美：《接骨师之女》，张坤译，上海：上海译文出版社，2010年，第32页。

人公雯妮回忆了自己童年缺失亲情关怀的孤单无助，第一段婚姻中遭受丈夫文福的性虐待和家庭暴力，中国抗日战争中死里逃生的逃难经历和失去三个孩子的痛苦无奈。雯妮通过向女儿珍珠讲述她在中国的创伤往事和在美国移民生活中与家人的关系把过去与现在联系起来。讲故事是复活过去并在过去与现在之间建立一座桥梁的方式，也是传递文化符码和仪式的方式。它是细心教育女儿的方式，也是他们最后把自己最重要的东西铭刻在下一代心上的方式。[1]谭恩美采用母女双重创伤叙事的写作技巧让小说中的创伤受害者雯妮用再现创伤、讲述创伤的方式释放了深藏内心多年的伤痛。她从父权制传统社会一名忍气吞声、遭受丈夫凌辱的"灶神之妻"变成一位勇于抗争不幸命运的坚强女性。她几经周折与第一任丈夫解除婚约，移民美国开始了新生活。雯妮与珍珠各自敞开心扉，吐露秘密，让疏离多年的母女关系得以改善。雯妮通过与女儿分享创伤经历缓解了内心伤痛，伤口逐渐愈合。珍珠感到母亲对她含蓄厚重的爱一直伴随着她，给予她战胜病魔的希望和力量。

《接骨师之女》以"接骨师之女"宝姨为灵魂人物，她的创伤经历通过家族成员书写创伤的方式传递，她的勇敢、坚毅和对女儿超越一切的爱代代相传。宝姨经历了丧夫丧父的家庭创伤、烧伤毁容的身体创伤和失语无名的心理创伤。为了拯救女儿茹灵，被逼无奈的她选择自杀来威胁仇人。她留下的回忆录不仅是她个人创伤经历的见证，也是寻觅家族姓氏的重要线索。茹灵在经历了丧母之痛、丧夫之痛、死里逃生的战争创伤后带着对母亲沉重的愧疚移民美国。长期生活在创伤回忆中，语言交流障碍又让她难以找人倾诉内心的伤痛和苦闷。丈夫的早逝、女儿的叛逆使茹灵一直处于精神崩溃的边缘。在阿尔茨海默病加重之前，记忆力逐渐衰退的茹灵开始书写回忆录，想让女儿了解自己和家族史。在创伤书写的过程中，常常抱怨生活的茹灵开始接受过去，接受自己和家人。她不仅收获了一段美好的黄昏恋，还主动向女儿道歉和解。在美国土生土长的露丝由于受到紧张家庭氛围和华裔身份的影响，在家庭生活和代笔写作的工作中处处妥协让步，失去了自我。母亲的创伤回忆录和阿尔茨海默病带来的种种问题让露丝了解外婆和母亲过去的创伤经历，理解了母亲对她浓浓的关爱。露丝勇敢面对自己在家庭和工作中的现实困境，积极修复与母亲、男友的关系，找到为自己写作、为家族写作的动力。祖孙三代女性通过书写创伤的方式找到了个体和历史的声音。

---

1 E. D. Huntley: *Amy Tan: A Critical Companion*, Westport: Greenwood Press, 1998, p. 15.

第三部分

文化视角:
谭恩美的符号与作为符号的谭恩美

如前文所论，谭恩美的作品中带有华裔美国人身份的深刻烙印，当其作品被译介进入中国时，译者又将自身的文化选择印刻其上。其作品所涉及的创伤主题则与20世纪西方与东方社会的普遍境遇相关。从符号学的角度来看，没有任何符号文本能够独立于大量的伴随文本而存在，在谭恩美创造文本时如此，在谭恩美的作品被阐释流通时更是如此。谭恩美在美国的流行，与她和她所处的文化环境有着密切的关系。一方面，谭恩美通过作品中的符号组合传达着她个体的意图，反映她所了解的中国和中国人，描写她切身经历的美国生活，表达她对美国当下文化的理解；另一方面，当她的作品进入流通时，无论谭恩美本人的意愿如何，她与她的作品一起又不可避免地被大众文化收编，成为塑造大众意识形态的符号系统的一部分，成为美国当下文化中的一个符号。

本书的这一部分将再次从文化研究的角度切入前文论及的《喜福会》《接骨师之女》《沉没之鱼》这三本小说，运用符号学与意识形态文化分析的相关理论与方法，具体地探讨跨文化语境下的谭恩美和谭恩美小说中的符号传播与意识形态问题，尝试回答如下问题：谭恩美小说的文化性与政治性之间是何种关系？她如何调用和组合不同类型的符号建立文本的文化与政治意义？这些意义支撑或是对抗了哪些主流意识形态？

第六章　中国血脉与美国梦
——《喜福会》的小说与电影文本比较

谭恩美在美国文学中的突出地位，如前文所论是由其处女作《喜福会》所奠定的，但是谭恩美在大众文化范围内成为一种关于中国的流行符号，则与这部小说在1993年被改编为电影并一举获得成功息息相关。美国的大众文化中以电视、电影等为代表的媒体形态毫无疑问占据主流地位，它们反映、引导和塑造着美国大众的审美品位和时代精神。小说登上畅销榜与电影卖座两相结合，说明《喜福会》受到美国主流文化的普遍认同。

事实上，文学性较强的严肃小说和由之改编的电影均大获成功的例子并不普遍。谭恩美在回忆录中坦言："我本是绝对不可能参与电影制作的人。""我不是电影迷，虽然也不敌视电影。"[1]谭恩美明确知道其中的风险，听说过很多小说被改编得面目全非违背作者本意的例子。尽管都是谭恩美参与制作的文化产品，小说的文本与电影的文本却绝对无法相互取代，但可以进行互文解读。戴锦华认为，在电视、数码网络的冲击下，电影在全球仍然扮演了一种相当特殊的功能角色：一种全球整体化文化的某种终端监视器，在某种意义上观察和思考电影也是观察和思考社会的一种方式。[2]对小说与电影文本的互文解读有利于我们更加接近谭恩美想传递的"本来的观点和意义"，也有助于我们看到产生和消费这个电影的社会的意识形态是如何通过各种符号间的协力与张力，在不同的文本形态间以不同的方式完成建构和传达，传递出超越作者本意的潜台词的。本章将主要就《喜福会》的小说与电影进行文本的符号体系构成的比较研究，分析其中主体、叙事、情节与人物塑造上的异同，探讨其中的意识形态运作的方式与效果。

第一节　文学文本与它的电影改编
——语象叙事与图像叙事的共通与差异

在创作《喜福会》之时，谭恩美基本以自己和自己家族的人物作为素材

1　Amy Tan: "The Mother Tongue", *The Opposite of Fate: A Book of Musings*, New York: G. P. Putnam's Sons, 2003, p. 176.

2　戴锦华：《历史的坍塌与想象未来——从电影看社会》，载《东方艺术》，2014年第2期，第17页。

的主要来源，倾注了大量的心血，投入了真情实感，而整个创作过程是相对私人的和独立的。如她自己所言："我决定我应该为我的小说假想一个读者。我所决定的那个读者就是我母亲，因为这就是关于母亲们的故事。……不管其他任何人对我的小说如何评价，在我看来，当我母亲读完小说后肯定地说：'很容易就读懂了'，我就知道我已经成功了。"[1] 小说后来的畅销对于谭恩美而言是一种幸运，但不是她创作的目的。因此，当有人希望改编她的小说制作电影时，谭恩美感到了一种不确定。让谭恩美最终愿意接受电影改编的原因就在于，她遇到了导演王颖。此次相遇"打消了她对改编最坏的预想，那就是将亚裔美国人扁平化成刻板的印象"[2]。此外她认识了一位优秀的剧作者，提出了可行的改编方案。谭恩美最后作为联合编剧参与了整个电影的制作过程，以确保"自始至终，电影版的《喜福会》能够与小说的本来观点和意义保持一致"[3]。这一看似简单的要求，对于跨媒介改编而言，却是极为困难的。

首先，从符号构成的技术层面而言，虽然都是通过符号的组合创造意义的实践，小说和电影可以调用的符号类型与得以建构的符号阐释模型却有明显的差异，因此它们所实现的意义传递与意识形态作用不尽相同。小说是以文字符号为主要意义载体的形态，而电影文本则主要采用视觉、听觉符号作为意义建构的载体。"一般而言，电影主要分为声音符号和图像符号。声音符号主要包括语言声音符号（包括自然语言声音、画外音）和非语言声音符号（包括背景音乐、自然模拟音）。而图像符号又可分为文字符号（包括屏幕文字、场景中的文字）和非文字图像符号（自然影像、图形）。"[4] 符号学家们认为，语言的符号体系（特别是文字）与其他符号体系有很大的差别，对符号修辞的分析研究也有难度。首先，语言具有其他符号体系不具有的清晰度；其次，非语言符号的讨论，也只能借助语言来写成；最后，符号表意由于没有语言中的系词做直接的关联，必须依靠解释才能落实。

其次，小说创作与电影的剧本改编是两种不同的文艺创作方式。关于电影对文学的改编，批评界大概有两种不同的态度，分别对应的是不同的理论

1 Amy Tan: "The Mother Tongue", *The Opposite of Fate: A Book of Musings*, New York: G. P. Putnam's Sons, 2003, p. 279.

2 Susan Muaddi Darraj: *Amy Tan (Asian Americans of Achievements)*, Chelsea House Publications, 2007, p. 81.

3 Susan Muaddi Darraj: *Amy Tan (Asian Americans of Achievements)*, Chelsea House Publications, 2007, p. 81.

4 周建华：《〈喜福会〉的电影符号系统及其意义的建构》，载《电影文学》，2009年第9期，第29页。

指向。一种是忠实论，即电影对文学的改编应该尽可能贴近原著，表达原著的精神。因此，对电影的评判，也就取决于它与原著的人物塑造、故事情节与主旨表达上的契合度。契合度越低，则越有可能被认为是误读或是篡改。忠实论基本是将对电影的讨论置于文学的语境中进行，其所依托的理论也将文学作为高于改编后的电影的一种样式，后者必须以前者为标准。而在这种理论下，电影也同样置于较低趣味的一方，对文学文本的价值是一种贬损。但是自20世纪60年代以来，由于导演开始对电影文本有更大的话语权，同时受到新浪潮的影响，电影对文学的改编也开始较为刻意地来表达导演的意图。也就是说，改编不再是一种被动的行为，而是一种主动的创造，可以称为"改写论"，这一理论逐渐成为评价电影改编的第二种标准。其中，加拿大后现代主义理论家琳达·哈琴（Linda Hutcheon）的改写（改编）理论最具代表性。哈琴的改写理论并不只针对电影对文学的改编，它针对的是广泛的文化实践："反讽、戏仿、改编等等都是后现代主义诗学中的关键语汇，它们是非主流向主流挑战、夺取话语权的重要工具。"[1]在《一种改写的理论》（*A Theory of Adaptation*）一书中，哈琴力图为改编正名，将其从关注的边缘转向中心，她对改编的定义也相当宽泛，将改编视为同时具有三个维度的概念：首先，它应被视为一种成品，是对某个具体文本或作品的显著和全方位的挪用；其次，它是一个创造的过程，它涉及对文本的诠释与再创造，从不同视角来看，既可能是一种完善也可能是一种破坏；最后，它是一个接受的过程、互文的形式，我们接受文本的过程也是通过我们对其他已经变形的不同的重复的类似作品的记忆去改写的过程。[2]

由于两种文艺创作方式最后得以实现的媒介有巨大区别，电影对文学文本的大幅改动几乎是必然的，姑且不论改编后的结果是忠实还是彻底改写，这种改编对于文化研究而言，无疑都极具价值。笔者认为，媒体的性质也需要纳入考虑范围，而媒体性质需要从两方面来定义：一是技术，二是体制。小说创作本身是作者可以独立完成并控制其质量的文化产品，而后者的质量除了编剧个人的创作，还必须依靠一个相当庞大的团队的协同合作才能最终成为可以流通的产品。谭恩美一直将自己的写作视为"严肃"的写作，也就是说，不以迎合市场而进行的写作，她认为小说实际上的畅销只是一个副产品。与此相对，处于美国社会文化体制下的电影导演则既有其自身美学和意义的考量，但鉴于文化产品的时效性，又必须服务于市场，直截了当地说，

1　田王晋健：《沉浸在另一个世界——琳达·哈琴改编理论研究》，载《当代文坛》，2015年第5期，第68页。
2　Linda Hutcheon: *A Theory of Adaptation*, New York and London: Routledge, 2006, p. 8.

就是要取得商业上的成功。因此，前者需要作者在创作时处于相对独立思考的状态，而后者则需要作者不停地与各方进行交涉，甚至联合各方进行创作。

作为独立创作者的谭恩美，可以更自由地运用语言文字符号传递意图，这一意图也是作者作为个体进行社会定位的方法。即便读者由于能力和身份的原因可能做出不同的解读，但是作者在创作时可以不必过多地受到这方面的干扰。而电影所依靠的符号系统是图像和口头语言，而非文字。更重要的是，电影是谭恩美参与但主要由集体创造的商品，受到表演者、时间和空间的限制，其社会性和非主体性更显著，因此其在符号的组合和选择原则上就更为谨慎，对效率要求更高。从一开始，电影剧本的创作者就要考虑受众的心理和市场的期待，而最终剧本的实现还得依靠导演、演员、摄像、音乐等各方的通力合作。因此，最终电影实现的意义很难完全与文字文本所传达的意义保持一致，电影包括的社会政治性因素更多，具有更明显的意识形态色彩。

不过，从另一方面来看，虽然语言的符号系统与其他符号体系有较大差别，但是从修辞学的角度看，又会发现其他渠道（图像、实物、声音等）和其他媒介（影视、表演、运动、比赛、广告、音乐、电子游戏）共有类似的"修辞格"，"因为符号比喻，都是'概念比喻'"[1]。两者对符号体系建构的共同点在于都要传递特定的意义，而这种意义在叙事中又得到完整的建构。因此，对小说和电影的跨媒介领域的对比研究，可首先集中于对小说叙事和电影叙事的比较，具体来说，也就是对叙事表达的意义和叙事的方式进行比较。

从学理渊源来看，电影叙事学和文学叙事学一样，是当代叙事学的重要分支。学界对电影叙事开始进行研究的时间，基本与当代文学叙事学建立的时间一致，都产生于20世纪60年代。电影对图像、声音等非语言符号的大量运用，吸引了符号学家的关注，为符号学理论的发展提供了大量素材。同时，电影文本也特别适合运用符号学理论进行分析，两者相得益彰。有学者认为，与文学叙事学一样受到结构主义符号学和结构主义诗学两大思潮影响的电影叙事学大致有四个理论指向：一是以麦茨为代表的以建构电影"句法学"为主要研究特征的"语言结构表意说"；二是以艾柯、沃伦为代表的主要着眼于电影影像符号学的"影像符号编码说"；三是被人们称为第二电影符号学的电影叙事理论，可称之为"本文修辞策说"；四是以米特里、波德

1　赵毅衡：《符号学原理与推演》，南京：南京大学出版社，2011年，第187页。

威尔为代表的带有综合色彩的"叙事美学与艺术说"。[1]

无论是何种理论指向，它们都认同电影叙事的复杂性主要在于可以表意的单元的多元性和由此产生的衍义，以及电影本身叙事的影像性和时间性。对"影像"的依赖毫无疑问是电影与文学最大的差异之处，但"影像"又恰恰是文学与电影能够进行跨领域改编与互文的最大共通之处。因此，区分"语像叙事"与"影像叙事"这一对似是而非的概念，就非常关键。语象叙事的英文术语是"ekphrasis"（或者"ecphrasis"），作为自古希腊以来就有的一个修辞术语，这个术语有着多种多样的定义，而作为美学、文学、艺术史、文艺理论等领域的共同术语，其最基本的一点是：它是关于语言文字与图像的关系的一个术语，具有跨学科的特征。该词的中译名也有多种，如"视觉书写""书画文""写画文""以文绘画""语词赋形""读画诗""艺格敷词""符象化""造型描述""图像叙事""语象叙事"。这些译名分别侧重于修辞学、文学、艺术史、图像学、符号学、叙事学等。程锡麟教授认为，为了将文学中的此种叙事手法与其他术语区别开来，还是将之译为"语像叙事"[2]最妥。根据《芝加哥大学媒介理论关键词词典》，现在多数学者接受赫弗兰（James Heffernan）提出的定义：语像叙事是"视觉再现的文字再现"（"the verbal representation of visual representation"）。"从文学和叙事学的角度看，语像叙事主要是指文学作品中对艺术作品（绘画、雕塑、摄影、广告等）、人物形象及行为、场景（自然景观和人造景观）等的视觉再现的文字再现。"[3]而电影叙事学极为关注影像如何组合成话语及其特定的言说机制。"所谓电影叙事学，概而言之，即研究电影本文是怎样讲述故事的，它调用了哪些元素与功能，设计了什么样的布局结构，采用了哪些策略与手法，企图和可能达到何种叙事目的。"[4]而由于电影的市场化特性，其本文的建构也就极为强调与观众的对话性，通过不同方式邀请观众参与文本的建构，从而建立起不同的叙事关系。影像的"叙事"也就具备进行意识形态分析的更大潜力。

虽然在文学文本基础上的电影文本是对文字文本的影像再现，但是在影

1　李显杰：《当代叙事学与电影叙事理论》，载《华中师范大学学报（人文社会科学版）》，1999年第6期，第18页。

2　程锡麟：《〈夜色温柔〉中的语像叙事》，载《外国文学》，2015年第5期，第38页。

3　程锡麟：《〈夜色温柔〉中的语像叙事》，载《外国文学》，2015年第5期，第39页。

4　李显杰：《当代叙事学与电影叙事理论》，载《华中师范大学学报（人文社会科学版）》，1999年第6期，第27页。

像成为承载叙事的常见载体的时代、图像时代已经成为现实的社会语境下，作家进行文本书写时除了受到文学叙事传统的影响，也同样会受到跨媒介的其他叙事方式的辐射，就是说文字文本在某种程度上也是一种先行的视觉文本的再现。

因此，将文学文本与根据它进行改编而成的电影文本进行跨媒介互文比较，可以从多个角度展开。一种角度是立足于文字文本，分析文字文本的语像叙事的元素和功能，探讨文字文本可以跨媒介进行影像叙事的可能性和难度；二是分析镜头语言是否表达以及如何表达文字语言，影像的叙事与文字的叙事间如何形成互文或者相异。这两种角度主要是从形式层面分析不同艺术方式在表达和再现上的共通与区别。第三种角度则重在对比电影文本与文字文本整体的叙事内容与叙事目的上的异同，即从意义内容的层面分析意识形态进行文化再生产的不同方式与效果。但各种角度又都涉及对两种文本当中象征的建构、人物的塑造、情节的设置、视角的选择等问题的分析比较。

就国内目前的谭恩美研究成果而言，对小说《喜福会》和电影《喜福会》单独展开的研究都比较丰富，但是对两者进行的比较研究则甚为缺乏。我们认为，鉴于电影《喜福会》在小说畅销后仅仅两年即上映，并得到很好反响，影响力巨大，那么它可以作为小说《喜福会》的同时文本进行互文解读。如果说一部畅销书的读者可达百万人，那么一部电影的观众可能要按千万计，其影响力不言而喻。电影的广泛影响力实际构成了对文学文本的阅读语境的改写，也就是说，在电影《喜福会》得到大力传播的语境下，小说《喜福会》的读者则很难将电影印象完全屏蔽，剔除在自己的阅读体验之外。观众/读者对电影《喜福会》的不同解读和认同极大地影响着对小说《喜福会》的理解和定位。这种同时文本对于我们分析不同的文化产品的意识形态性十分难得，下面我们将尝试从两个文本的叙事系统与人物塑造两方面入手进行剖析。

第二节　喜福会还是羽毛？
——叙事系统的架构与象征系统的建立

电影叙事的完成受时间的限制极大，要在两个多小时的时间内，完成四对母女超过八个小故事的叙事，故事时间跨度几十年，删减和重新整合小说的文本是不可避免的。电影对小说文本的改写方式非常灵活，从人物设置到场景或是情节，都会加以删减或重新整合，但是毫无疑问这也对小说文本本来叙事的整体性提出了挑战，特别是对其中故事情节架构的体系的冲击最大。电影对叙事结构进行的改动又进而影响电影文本对象征系统的建构。象征系统的架构成型后，它又反过来制约或是引导情节的发展与人物塑造上的取舍。本节将着重分析《喜福会》小说与电影文本的象征系统是如何通过叙事进行建构的，以及不同的叙事架构导致的象征系统建构上的区别。

无论是《喜福会》的小说还是电影，作为标题出现的"喜福会"都是非常重要的叙事元素：小说《喜福会》以参与"喜福会"的四位母亲的故事为主线，"喜福会"作为让整部小说中的多个人物产生关联的重要场景出现在全书的开篇；而电影也同样以"喜福会"的场景作为开头，并且让参加"喜福会"的各位母女以回忆闪现的方式讲述自己的故事，每一段回忆结束时电影叙事又回到喜福会的场景中。但是，"喜福会"在两个文本中所起到的作用却有相当大的区别。

虽然小说中"喜福会"仅仅占据开篇的第一章，却为整部小说奠定了叙事基调，可谓开篇明义。在小说第一章，故事中的"我"吴精美（June）[1]回顾了"喜福会"的由来："起名喜福会，还得追溯到我母亲的第一次婚姻。……多年来，她重复讲述着一个故事，只是，故事的结尾，一次比一次黯淡，犹如投在她生活中的一道阴影，越来越浓重，现今，这道阴影甚至已深入到我的生活中。"[2]接着，叙述者变为吴精美的母亲凤愿（Suyuan），凤愿详细叙述了自己因日军入侵而不得不颠沛流离一路逃难到桂林的悲惨遭遇，而兴办喜福会的念头是起于一个闷热的夜晚感觉了无生趣之时："我蓦地感到，我再也憋不下去了，我必得找点什么事来分散一下我的思绪，将自己从绝望的深陷中拔出来"[3]。"喜福会"因此不仅仅是一个故事发生的社交背景，而且是战乱中的母亲采取的抵制消沉的策略，表达的是她们对和平的渴望，因此也具有强烈的象征意义。母亲自知国难当头，这样每周一次嘻嘻哈哈的聚会，自然招来众人的指责，但是她更加清楚地知道这种聚会的意义：

其实，我们并不是麻木不仁，对苦难视而不见，我们一样也在

1　英文版小说中的名字是"June"，中文名为"Jing-mei Woo"，中文版小说译为"吴精美"，应该是按照小说中父亲所解释的意思，"不只是好，还是纯粹的好，好里加好"。而电影中，June在与姐姐团聚时自称"Zengmei"，恐系演员发音不标准所致，而电影字幕据此译为"曾梅"似不妥。笔者在这里为了方便分析，统一用"精美"一名。特此说明。
2　谭恩美：《喜福会》，程乃珊等译，上海：上海译文出版社，2006年，第7页。
3　谭恩美：《喜福会》，程乃珊等译，上海：上海译文出版社，2006年，第9页。

担惊受怕，战火给我们各自都留下不堪回首的一页。……我们都问过自己，与其悲悲切切地等死，不如快快乐乐地过一天算一天，这又有什么错呢？……我们以吃喝玩乐来自寻快乐，讲最美好的故事，大把大把地赌钱。就这样，我们每个星期都有一次期盼，期盼着一次欢悦，这种期盼心情就成为希望，成了我们唯一的快慰，这就是为什么我们将自己的聚会命名为"喜福会"。[1]

    谭恩美在小说中没有具体交代母亲如何在美国又重新召集起了"喜福会"，但是延伸对这个聚会的历史叙述可以理解美国版喜福会的意义。移民美国的母亲初来乍到，作为难民来到美国，母亲失去了文化的认同、语言表达的流畅，在完全陌生的语言与社会环境中，有同样的无助和担忧。当她在难民收容团体中认识了另外几家华人移民之后，便再次将"喜福会"作为第一代移民进行集体回忆和精神扶持的场所，也成了希望的象征。文中精美对母亲们打麻将时的闲聊评价如下：她们"讲述着她们自己的故事，回忆着逝去的美好时光，对将来、一切都往好的方面去想，似一群年轻充满希望的姑娘"[2]。喜福会在美国的逐渐发展也与母亲们生活境况的持续改善一致，它不再只局限于几个母亲的聚会，而是几个华裔移民大家庭的聚会，甚至还成立了喜福会基金会进行投资，用以维持喜福会的活动开销。母亲们的下一代都不善于也不热衷于打麻将。"喜福会"来自中国，但在各种层面上不可避免地"美国化"，这暗示着这一传统进行传承的困难和代际间不可避免的冲突。"她们只能无奈地看着自己的女儿们长大成人，生儿育女，在异国他乡的美国落地生根，子孙满堂。然而当初母亲们从中国带来的准则和期待，却日渐湮没流失……"[3]母亲们坚持让吴精美顶替她逝去母亲的位置和她们打麻将，则是有意将这种希望传承下去。谭恩美也用明确的象征，借精美之口结束了对"喜福会"这一章的讲述："而我，则坐在麻将桌上妈妈以前的座位上，那是在桌子东首，万物起源之处。"[4]

    因此，毫无疑问，"喜福会"处于整本小说叙事所构筑的象征系统的中心。虽然它仅仅在小说第一章有集中叙述，但是它为理解整本小说提供了线索，是所有接下来叙事要实现的意义。小说《喜福会》采用的是短篇小说集的形式，在"喜福会"提供的象征的支撑下，它们看似各自为政，实则逻辑

---

1 谭恩美：《喜福会》，程乃珊等译，上海：上海译文出版社，2006年，第11页。
2 谭恩美：《喜福会》，程乃珊等译，上海：上海译文出版社，2006年，第28页。
3 谭恩美：《喜福会》，程乃珊等译，上海：上海译文出版社，2006年，第27页。
4 谭恩美：《喜福会》，程乃珊等译，上海：上海译文出版社，2006年，第28页。

缜密，服务于同一个明确的主题。喜福会的母亲们都经历过生活的磨难，或是因时局，或是因遇人不淑，或是因传统的桎梏，但她们对未来的希望从来没有消失，在中国如此，在美国亦然。而喜福会的母女隔阂在于母亲们对自己在中国经历的回避造成的情感交流的疏远，女儿们不了解苦难的过去，也就不了解母亲的期待。因此只有当女儿们了解了母亲的过去，她们才能够真正知道母亲何以成为现在的样子，也才能传承母亲的希望。

作为《喜福会》的读者，如果在读完了第一章还打算继续读下去的话，他们就如同小说中的女儿们，对母亲们的过去开始抱有兴趣。而小说也正是如此进行了情节安排：四个部分，每个部分四个小故事，除去吴精美以第一人称叙述在小说每一个部分占用一个章节，其余每位母亲和女儿都各有两次以第一人称自述的机会。女儿的故事基本遵照童年/成年的顺序，而母亲的故事则基本以中国（与母亲）/美国（与女儿）的顺序，但在美国的部分又加入更多对中国的进一步回忆和反思。第一和第四部分是母亲们的故事，第二和第三部分则由女儿们讲故事。虽然人物较多，但是在中心意义的统领下叙事有条不紊：当母亲的过去在自述中被读者一步步了解时，母亲和女儿间的理解也在一步步达成。因此，整本小说众多的故事看似不再和喜福会直接相关，不以喜福会为叙事的主线，实际上却始终与"喜福会"保持意义上的紧密联系。小说中的喜福会，以一种代表着历史与当下的精神传承的象征，引导读者阐释整部小说的意义。

相比之下，电影中的"喜福会"出镜次数更多，成为贯穿整部电影的叙事主线：以欢送吴精美去中国看同母姐姐们的喜福会派对为背景，参加的母女们轮流回忆自己的故事；每一段回忆结束时，她们又回到喜福会的聚会场景中。小说读者阅读的时间和地点更为灵活。小说采用故事集的叙事架构，不太影响读者的阅读体验。但是电影欣赏是一个在相对固定空间内、需要在特定时间内完成的叙事活动，因此这一叙事架构的改变对于电影而言是恰当的。因此，电影虽然讲述了多个不同人物、不同时空发生的故事，但是又具有一条相对简单的主要的叙事脉络，便于观众在接收了大量的人物关系与故事情节等信息后将之串联为有意义的连贯的叙事，保持观影的兴趣。

这一改变似乎赋予了"喜福会"更明确的作用和更重要的位置。然而，如果我们仔细分析"喜福会"在叙事意义中的作用，就会发现其中重要的具有决定性的意义上的区别。首先，与小说不一样，电影没有对喜福会起名的缘由进行交代，因此，"喜福会"的历史渊源缺失了，在电影中不再被作为某种超越了时间的精神传递的象征，而仅是一场热闹的当下的派对、一个方便的场景的设置。它在叙事中的主要作用，不在于其历史象征意义，而在于提供了一个叙事的时间框架和标准：每一段回忆结束时，无论故事是否压抑或悲惨，人物和观众都得以返回这种安全的其乐融融的氛围当中。"喜福会"也就不是关于中国的历史，而是鲜活的美国的当下。在这一条主线下，除吴精美有两次对过去的闪回外，其他人物都只有一次回忆的机会，而回忆的顺序也被调整为母亲、女儿轮流回忆。母亲的回忆主要以中国故事为主，而女儿的回忆则包括自己从童年到成年，也包括小说中最后一部分母亲的回忆。简言之，吴精美是整个电影故事的叙述者，她的声音贯穿始终，而生于美国长于美国的女儿，其视角无疑是地道美国的视角，其故事也就是美国的故事。

当"喜福会"被剥离了一种源于中国的精神的历史继承的核心象征，而仅仅被作为没有历史性的当下场景使用时，谭恩美对"喜福会"所需要承担的"希望"的象征本意如何体现呢？电影因此调用了天鹅的"羽毛"取代"喜福会"作为"母亲对女儿的期待"这一主题的象征。电影调用了小说最开头的一段文字。小说中的这段文字没有确切的主人公，由第三人称"她"进行叙述，讲述了一个移民小故事。"她"从上海带了一只"天鹅"移民到美国，并且希望自己将来也有一个女儿可以成为"天鹅"："她将事事称心，应有尽有。她会体谅我这个做母亲的一番苦心，我要将她打磨成一只真正的天鹅。"[1]可是"天鹅"在移民局被扣留，仅仅留下一根羽毛，而她的热情也在美国的生活中逐渐被磨损掉。但是，"她一直想给女儿们讲讲关于这根羽毛的故事，所谓千里鸿毛一片心呀，她将它作为传世宝留给女儿"[2]。这一没有确切主人公的故事，在小说中作为一个引子，与第一章第一节的《喜福会》连贯阅读，就变成一个寓言故事。寓言中的这个"她"因此可以指向故事中任何一个中国母亲。

电影将"羽毛"反复使用在开头、中间和结尾处，成了替代"喜福会"的最大的象征。与小说不同，电影为"她"设置了明确的对象——吴精美的母亲凤愿。电影中吴精美为叙述者，将小说中的寓言故事徐徐念出，伴随着一个飘飞的羽毛，电影开始了。之后，吴精美反复忆起母亲给自己讲的羽毛故事，但是并不相信母亲的这个故事是事实，而仅仅把它作为一个童话，对其寓意也并不明了。尽管并不相信也不明了这个故事的寓意所在，吴精美在喜福会上哄一个小朋友睡觉时，又不自觉地讲起这个故事，并在小孩的追问中开始自觉阐释这一童话的寓意，以这种方式传承母亲文化上的角色。直到

1　谭恩美：《喜福会》，程乃珊等译，上海：上海译文出版社，2006年，第3页。
2　谭恩美：《喜福会》，程乃珊等译，上海：上海译文出版社，2006年，第4页。

电影接近终了时，吴精美的父亲在吴精美临行中国前，将其母亲的遗物交给她；她打开其中一个信封，里面竟然有一根羽毛：母亲的故事原来并不是寓言，而是自己的移民史。通过父亲接下来的叙述，我们知道，日本入侵中国时母亲带着一双尚在襁褓中的女儿从重庆逃难到桂林，途中罹患疟疾，在放弃了自己生的希望后，为了增加一对女儿被他人收养的概率，不让他人忌讳死人的不吉利，她狠心将之遗弃路边，在离开后晕倒却又意外获救，但是从此便与女儿们失去了联系。因此她一直自责，背负着沉重的良心债，也觉得自己不配将代表这"希望"的羽毛交给精美。电影中父亲说："她认为，她不够格交这给你。……因为她放弃了对那两个女儿的希望，在她自己已经不抱希望之时，她又如何教你去希望呢？"[1]

虽然同样以"希望"作为象征所指向的意义，羽毛与"喜福会"在象征的历史厚度与时间纬度上，却有相当大的区别。小说中喜福会所象征的希望，是一种具有历史延续性的乐观主义精神，打麻将和轮流做庄请客吃饭这些中国传统人际交往的行为是这种乐观主义精神的表现，它们在中国和在美国，对于增强华人团体的凝聚力发挥着同样的精神作用。小说中的母亲凤愿从来没有放弃过希望。在凤愿离开女儿们却侥幸被美国医疗队救下后，她在神志不清时说道："我想，我已一无所有了，除了这两样：衣服和希望。"[2]凤愿恢复健康后，没有放弃寻找孩子们的希望，从中国到美国，想尽各种办法。小说中，凤愿对精美的遗憾之处就在于，"你就是不肯试一下"[3]，是对女儿过早对自己的潜力失去信心感到失望。母亲们在中国的苦日子并没有消减她们对这个文化的认同以及对自己和生活的希望，母亲们的身上也传承着一种古老的不向任何困难屈服的精神。

电影所调用的羽毛这一象征，把"希望"的意义明确指向并局限在母亲对女儿未来美好生活的期许上，实际上这也是一种典型的移民对美国梦的期许。电影在讲述羽毛故事时明确讲道："她一出生就是在美国，她再不会被人轻视，因为我会让她讲一口纯正的美式英语。在那里，她将衣食无忧，不会吃一丁点儿苦。"而作为故事讲述者的精美一口纯正的美式英语也暗示着这一希望的实现。电影也集中刻画了母女间在对自身要求上的矛盾冲突，

1　摘自电影《喜福会》（*The Joy Luck Club*, 1993年），导演王颖（Wayne Wang），Hollywood Pictures出品。本章中电影对白等摘录均出自本片，并由笔者译为中文，以下不再标注。

2　谭恩美：《喜福会》，程乃珊等译，上海：上海译文出版社，2006年，第252页。

3　谭恩美：《喜福会》，程乃珊等译，上海：上海译文出版社，2006年，第125页。

精美和母亲以及薇弗莱和母亲间的冲突刻画尤为典型：母亲们把自己对成功的期望强加在女儿身上，而女儿们因为不能达到母亲的期望而痛苦并反抗。精美在成年后，由于事业不顺利，也没有结婚，母亲期待的压力使她难以承受。在一次家宴后她向母亲哭诉："我每次不能达到你所期望的样子时，都很受伤害。"女强人薇弗莱幼时不愿自己在象棋上的天赋成为母亲炫耀的资本，与母亲打起了冷战，而同样强硬的母亲琳达宣布从此不再在意女儿的成功。从此，薇弗莱就一直生活在渴望再次得到母亲认可的阴影当中。在母女和解的一幕中，薇弗莱终于向母亲坦白："你不知道，你对我的影响力，你的一句话，一个眼神，我又回到四岁，哭着入睡，因为我无论做什么，都得不到你的欢心。"而电影中每对母女的故事叙事，都以母亲认同女儿取得的成功，女儿们也理解和接受母亲对自己的期许为结局，这个结局标志着这一象征意义的实现。精美的母亲在听到精美的哭诉后，将自己贴身佩戴的玉珮相赠，并评价说"你有最好的良心"；薇弗莱的母亲在薇弗莱坦言后肯定她："谁能配得上我这样优秀的女儿……你现在让我很开心。"

我们可以看到，在两个不同象征的引导和支撑下，小说和电影在关键情节的处理上各有侧重。再以两个文本的结尾为例。虽然都以精美回到上海与姐姐们团聚为结尾，但小说与电影在结尾上的差别分别应和了两个主要象征的区别。小说的最后一章以"共同的母亲：吴精美的故事"为题，分为五个小部分，直到最后一部分才写到姐妹团聚，而前面的四个部分都在为这一团聚做铺垫。第一部分一开篇，谭恩美写道："我们的火车开始从香港进入深圳，霎时，我一阵激动，只觉得额头上汗涔涔的，我的血管突突地跳着，从骨髓深处，我觉得一阵深切的疼痛。我想，妈讲得对，我觉得唯有这时，自己完全变成一个中国人了。"[1]精美由此回忆到自己年轻时对自己身上的"中国人"标签的矛盾心态，她为母亲认为她不是地道的中国人感到愤怒，却又羞于看到母亲在日常生活中显露出典型的中国人的行为。与电影不同，精美不是一个人回中国，而是与父亲一道回去探亲。在与精美的中国姐姐们见面前，精美首先与父亲一家的中国亲戚们见面，第二部分详细描写了这次相聚。精美对中国人和中国的很多固有的看法受到了现实的冲击。比如，美国人总觉得中国女人显年轻，但是上了年纪的中国姑婆并不都比实际年龄年轻，而是显得更为苍老；广州的市中心高层建筑林立，与美国一般城市相似；亲戚们炫耀"我们的钱越挣越多，并不是只有你们美国人才会赚钱

1　谭恩美：《喜福会》，程乃珊等译，上海：上海译文出版社，2006年，第239页。

的"，下榻宾馆的设施陈设和供应的零食饮料与美国无异等，都让精美忍不住感叹："这是共产党中国吗？"[1]但是，精美与父亲老家亲人在语言上的障碍，以及共同经历的严重缺乏，让她与他们没有什么共同语言，因此相聚也同样有不适应和尴尬，这让精美和读者都不免对接下来的姐妹相会的结局感到担忧。然而，第五部分的姐妹团聚时，当精美终于看到姐姐们脸庞的一刹那，她的忐忑不安立即烟消云散，她没有感觉到那种与父亲家人团聚所感觉到的疏离陌生。精美在心中感叹：

> 我再一次细细端详着她们，她们脸上，我没找到母亲常有的那种表情，但她们对我，总有一种无法描绘的亲切和骨肉之情。我终于看到属于我的那一部分中国血液了。呵，这就是我的家，那融化在我血液中的基因，中国的基因，经过这么多年，终于开始沸腾昂起。[2]

此处，谭恩美巧妙地利用了中国传统的"血浓于水"的血缘认同，亲情表达得清楚直白。因此，以"喜福会"为主要象征，小说中母亲们对女儿们的希望不仅在于女儿们要了解母亲对她们有所期待的合理性，还在于女儿们要理解母亲的故事，理解中国人的思维与认同。"做女儿的竟然不了解自己母亲"[3]才是小说中母亲们最大的失望。而要真正的了解母亲，她们必须了解中国，回到中国，亲身感受中国，"总有一天你会体会到……这种感觉融化在你的血液里，等着沸腾的时刻"[4]。因此，小说在结尾处成功建立了如下的象征等式：母亲的希望＝对母亲历史的理解＝对中国血脉的认同。

相比之下，电影的结尾则将这一等式完全打破，将其改写成：母亲的希望＝对母亲期待的理解＝女儿们实现美国梦。电影中，在喜福会的欢送派对结束后，精美将独自前往中国。在临行前父亲才向她解释了母亲当年遗弃一对女儿的缘由，并转交给她母亲最重要的遗物：象征希望的羽毛。之后，电影的镜头便转至精美在轮船上等待靠岸，最后与姐姐们相聚的场景。整个情节叙事的表意清晰连贯，直奔主题。吴精美见到姐姐们的场景，与小说一致，

1　谭恩美：《喜福会》，程乃珊等译，上海：上海译文出版社，2006年，第247页。
2　谭恩美：《喜福会》，程乃珊等译，上海：上海译文出版社，2006年，第255页。
3　谭恩美：《喜福会》，程乃珊等译，上海：上海译文出版社，2006年，第27页。
4　谭恩美：《喜福会》，程乃珊等译，上海：上海译文出版社，2006年，第239页。

她看到了与母亲极为相似的姐姐们的面庞。电影通过将母亲的形象与两个姐姐的形象重叠的蒙太奇手法进行了表现，而电影中精美的旁白也补充道："我看到了妈妈。"在告诉姐姐们母亲逝世的消息后，精美说道："我代表了妈妈，我带了她的希望。"接着，在三姐妹相拥而泣的画面下，精美的旁白进一步解释了这一希望的具体所指："我找到了自己最好的一面，不辜负她长久以来对我们的期望。"这里吴精美所指的"自己最好的一面"耐人寻味：她究竟所指为何？电影没有如小说一样直截了当地指出会面所具有的象征意义，而是用了一种抽象的说法。但是，如果我们联想到影片开头伴随羽毛飘落时吴精美的画外音，就不难理解：电影中母亲们的希望被定位为对女儿的期待，希望她们在美国社会扎根，发挥自己最大的潜力，过上能够过上的最好的日子。而这一期待的合理性基于电影中母亲们在中国的苦日子，更基于在母亲们回顾中国故事时反复出现的"个人价值被低估"这一主题。电影以一种线性发展的逻辑讲述故事，一套二元对立的符号系统也就随之建立起来：母亲/女儿→中国/美国→苦难的过去/美好的未来。每一对二元对立中的后项都是对前项的否认和发展，电影也就完成了它要言说的故事。

我们还可以从电影结尾处姐妹会面的地点看出电影文本对这套符号系统的刻意构建：电影将小说中的会面地点从机场改为码头。从历史角度来看，在母亲离开中国的时代，中国还没有现代商业机场，大多数移民都只能选择走海路。但是，当精美回到中国时，已经是20世纪80年代，时过境迁，上海作为大城市已经有了与美国大同小异的机场这一交通枢纽，精美与姐姐们的会面无疑应该在机场。而小说中最后一章谭恩美对吴精美在广州火车站以及在市区穿行的经历进行了详细的描写，吴精美在恍惚中甚至觉得自己回到了洛杉矶。虽然其中也不乏对老旧厂房、缺乏秩序和安全意识的交通、拥挤的人群等的描写，然而这一描写也与她整个章节所描写的回到当下的中国这一背景契合，真实可信。但对于电影文本而言，机场和城市的现代性却会影响电影所建立的二元对立的符号系统，破坏中国作为与美国进行对比的符号的象征功能。如果我们再纵观整部影片，也没有一次让具有现代特征的当下中国出场。因此，现代的中国和对中国血统的认同是被排除在电影所建立的这一系统之外的不能调用的符号，不管这些符号本身是正面的还是负面的。而相比之下，码头作为一种场景，符合电影整个叙事中对存在于历史中的中国的叙述，也便于最终将观众的注意力引导停驻在精美所讲述的美国故事之上，体会电影的中心意义。

笔者认为，如果比较《喜福会》的小说文本与电影文本，我们反而可以较清楚并更客观地评价谭恩美的小说创作的意图。如果我们简单比较一下

《喜福会》小说的封面与电影的海报，就可以看出两者所动用的象征上鲜明的区别。

小说的封面以传统的中国文化的图腾为主，色调偏暗，给人神秘而复杂的印象。无疑，对于美国读者来说，这强调了一种异国情调，也是提醒读者这是一个关于另一个社会与文化的叙事，读者需要抱有对他文化的好奇心去阅读它，发现它。但是，电影的海报却截然不同，它选用了旧金山的金门大桥为背景，同时将故事中的女儿们举杯欢庆的场面映衬其上，基调积极乐观，简单明了地表明这是一个美国的故事，并且暗示将有一个好莱坞式的"圆满结局"。

比较小说与电影在建构象征系统时所选择的符号与方式的不同，我们可以看到《喜福会》的小说文本显然对中国的呈现更为丰富饱满。她虽然讲述了中国社会20世纪三四十年代的混乱、灾荒与人们的苦痛，但也同样深刻地指出了中国文化的独特魅力和中国人的向心力。小说中的母亲们尽管在中国有过诸多艰难甚至痛苦的经历，但是在移民美国后仍难忘故土乡情，并深深认同自己的中国血脉，她们担忧女儿们对这种血脉亲情的陌生和质疑。小说文本是谭恩美更为个人化的对身份问题的思考，中国血统是她与生俱来、无法摆脱的，无论自己是否承认，这一身份在塑造和影响着自己，因此，小说对中国血脉之于华裔美国人的意义进行了探讨。相比之下，电影《喜福会》的目标观众则显然是主流的美国观众，他们中有的也许看过小说文本，但可以肯定的是大多数并没有。电影的媒体特质需要在有限的时间叙事里，尽量快地在尽量多的观众中产生共鸣，叙事的效率至关重要。因此其中如果涉及对他文化的叙事，也必须是一个从美国视角所讲述的故事，便于让观众产生关联。因此，从这一角度来看，《喜福会》电影文本强化小说文本中已经存在的超越民族种族的母女之情，并更加明确地突出移民怀揣的美国梦，是较恰当的叙事选择，而中国则更适宜作为这些故事发生的背景，一个充满异国情调、略带陌生感，从而具有戏剧性吸引力的舞台。

尽管谭恩美希望电影版的《喜福会》能够与小说的本来观点和意义保持一致，并且尽可能多地保留人物和情节，但是在叙事架构不得不改变的条件下，电影版选择"羽毛"而非"喜福会"作为象征的中心，已经悄然让电影版的《喜福会》重构了一个更符合美国主流观众欣赏趣味、更容易让他们产生共鸣的故事。

第三节　丑陋的中国男人？懦弱的中国女人？
——小说与电影中的人物形象比较

　　除去上一节论及的《喜福会》小说与电影在象征系统构建上的重要区别，两个文本在人物选择与刻画上也存在相当大的差异。在小说建立的象征体系中，人物形象实际上也毫无疑问具有相当重要的地位，而对人物外貌与行为的刻画，很大程度上也决定了小说的成败。人物形象对于电影的成败更是至关重要，电影制作方对人物故事的取舍和人物形象的塑造，一方面反映了他们对文学文本的理解，另一方面也反映了他们对大众接受的预期。作为以视觉符号为主要载体的电影，它对观众的影响就在于人物是否能够引起观众的身份认同和情感共鸣。电影与小说还存在另一个重要区别，即观众对电影演员本身的认同时常左右他们对整个叙事的理解，也就是说，由谁来扮演人物也是片方极为关键的选择。因此，无论是文学研究还是影视研究，对人物的考察都是必不可少的环节，对于我们正在进行的跨媒介文本比较研究而言，更是如此。而也正是在这一方面，谭恩美和《喜福会》受到了较多质疑。

　　不少批评家对于谭恩美小说对中国整体面貌刻画中所呈现的"东方主义"倾向的质疑，很大程度上就在于对小说所塑造的中国男性的形象存疑。萨义德（Edward Said）在《东方主义》（Orientalism，1978）中指出东方这一概念不是一种历史存在，而是西方人的一种文化构想和话语实践，强权政治下对他者的叙事必然导致误现或者再现不足。东方主义中的东方是欧美根据普遍性原则，把东方形象刻板化的结果，从历史文学到宗教哲学，其影响在白人的主流文化中根深蒂固。作为一种文化霸权，它的影响并不通过暴力而是通过积极的赞同来实现的，它"有可能剥夺一个具有独立思考能力的思想家自由看待事物的可能性"[1]。刻板印象又译为"定型"（stereotype），是美国政治评论家李普曼（Walter Lippmann）1922年在《公众舆论》（Public Opinion）一书中首次提出的术语，即"对某一社会群体的预先设定性的判断和由此而形成的观念和意见"[2]。这是人们为了节省时间所简化的认知方法，将具有相同特征的一群人或任何民族、种族塑造成一定的形象。但它一旦形成就很难在短时间内被改变，并且很可能影响周围的人对同一事

1　张跣："东方主义"，载汪民安主编《文化研究关键词》，南京：凤凰出版传媒集团/江苏人民出版社，2007年，第52页。

2　William Lippmann: *Public Opinion*, New York: Harcourt, Brace, 1922, p. 23.

物的看法。

小说《喜福会》塑造了众多的人物形象，评论界一般认为其中主要的女性角色的形象性格各异，虽然每个人物着墨分量不同，但是总的来说都刻画得相当饱满鲜明且正面。但是与之相对，《喜福会》对男性，特别是中国男性形象的刻画，就引起了相当大的争议。

美籍华裔作家赵健秀（Frank Chin）对华裔女作家汤亭亭（Maxine Hong Kingston）等为代表的女性作家的作品做了相当猛烈的抨击，出现了一种华美文学内部"关公战木兰"式的论争。[1]华裔男性作家认为，华裔女性作家作品中的男性形象是典型的为迎合白人至上主义的种族丑化，因此甚至认为后者是"伪"华裔作家。不少中国学者也同意："在以汤亭亭的《女勇士》为代表的华裔女性主义文本中基本上没有反抗种族歧视的内容，而且对性别歧视的批判局限于中国社会和中国文化对女性的压迫，对美国主流社会中的性别歧视却语焉不详。这样的女性主义虽然出自第三世界的少数族裔之手，但采用的却是第一世界的主流女性主义立场，与东方主义形成了共谋，实际上是一种女性主义东方主义。"[2]

学者们认为，以谭恩美为代表的女性华裔作家"对中国传统文化中的性别歧视的批判脱离了华裔美国人的历史经验和现实，对来自主流社会的性别歧视和种族压迫含糊其辞，只对另一个时空环境中的文化传统大加挞伐"[3]。换言之，谭恩美等人的东方主义倾向，主要就在于谭恩美们只刻画了丑陋的中国男人，却没有刻画出同样丑陋的白人男性。

然而，如我们前文所论，谭恩美对人物塑造上的身份危机和身份认同问题上的种种表态，其实已经表明了她主观上希望对抗意识形态固化，并且试图挑战僵化的东方特征，但她的作品客观上显然并不受美国同族裔男性的认同。因此，这中间的差距值得深究，在对谭恩美作品是否具有东方主义倾向的问题上，我们还应当对其人物刻画进行更细致的符号学分析。在与小说进行对照的同时文本上，我们也将对电影的男性人物塑造进行同样的细致分析。

从符号学文化研究的角度来看，对一个文本的人物塑造的评价首先基于

1　张龙海：《关公战木兰——透视美国华裔作家赵建秀和汤亭亭之间的文化论战》，载《外国文学研究》，2004年第5期。
2　赵文书：《华美文学与女性主义东方主义》，载《当代外国文学》，2003年第3期，第50页。
3　赵文书：《华美文学与女性主义东方主义》，载《当代外国文学》，2003年第3期，第53页。

分析每个人物的符号组成，对文本中涉及的男性形象进行定量统计，再加以定性分析，最后再来考察这些人物组成的符号系统是否具有意识形态上的偏向。下面，我们把小说中的男性角色分为华人男性与白人男性两个大类，再统计其中华人男性和白人男性各自的出场频率、客观外貌描写与行为刻画。必须指出，我们所统计的小说中出场的男性人物，仅包括有对白和有较大篇幅集中描写以及对整个情节发展有紧密关联的人物。

表6.1　小说《喜福会》主要男性人物统计表

角色		特征			
	外貌、性格、身份	行为、故事	出场地点	小说中出现章节	形象定性
吴精美父亲（凤愿第二任丈夫）	72岁的老人	深爱妻子，包容、同情她的过去；陪女儿回中国与同母异父的姐姐们相见；顺道回广州探亲，与亲人激动相聚	美国中国	《喜福会：吴精美的故事》《共同的母亲：吴精美的故事》	正面
龚琳达前夫（天余）	未成年，矮个头，神情霸道，家境富裕	与琳达自小认识，一直显得胆小而骄横；婚后生活中孩子气般地刁难琳达，性方面无能，属于被溺爱的大男孩	中国	《红烛泪：龚琳达的故事》	负面
龚琳达女儿薇弗莱的前夫陈马文	毕业于罗厄尔成绩排名一直是班里前三，考上斯坦福大学得到奖学金，打得一手好网球，有突出的小牛腱一样的肌肉；爱逗人笑，笑声极有魅力，很性感	个性迷人，与薇弗莱热恋时显得完美，但婚后仍然热衷于社交，出手阔绰却忽视妻子，爱拈花惹草，最后薇弗莱在怀孕时主动提出离婚	美国	《离婚之痛：许露丝的故事》	正、负面皆有
吴精美儿时的钢琴老师钟老头	古怪的老头，头顶秃得光光的，戴着啤酒瓶底一样厚的眼镜，整日昏昏欲睡的样子，身上有怪味，耳聋	弹琴技艺很好，教学认真，但由于耳聋和眼花，无法有效监督精美练习	美国	《哎哟妈妈：吴精美的故事》	正、负面皆有
许安梅母亲的第二任丈夫吴青	年纪很大、个头不高的大块头，肥胖，走路气喘吁吁，前额油光光，鼻翼边一颗大痣；有钱的地毯商人，暴发户	好色，共娶了五房姨太太；当年和二姨太合谋强占了许安梅当年守寡的母亲，纳为四姨太；炫富，生活用度都追求最富贵、最洋气的物品；迷信，受二姨太自杀频频威胁而任其为所欲为；最后由于许安梅母亲选在大年前自杀，由于怕其鬼魂报复，而允诺将其视为正房并善待其子女	中国	《姨太太的悲剧：许安梅的故事》	负面
映映的前夫（小说中无名）	年纪较映映大许多，有一颗金牙，大而分得很开的一对眼睛，细长的手指，丰满的耳垂和宽阔的额头；行为大胆，语言放肆张扬；与映映家有亲戚关系	娶了富有又年轻的映映，花言巧语骗得了映映的真心，却继续拈花惹草冷落映映，最后私奔，不见踪影	中国	《男人靠不住：映映·圣克莱尔的故事》	负面
龚琳达的丈夫龚丁	广东人，肤色偏黑，害羞，实在；移民	勤劳腼腆，故事集中在年轻时，他与琳达在美国的移民语言班认识后两情相悦，通过幸运纸条定下终身	美国	《在美国和中国间摇摆：龚琳达的故事》	正面

主要华人男性

225

续表6.1

角色		特征		出场地点	小说中出现章节	形象定性
		外貌、性格、身份	行为、故事			
主要白人男性	丽娜父亲克利福德·圣克莱尔	大个子，白头发，仪表端庄，干净整洁，带体味；服装厂销售经理	在中国追求丽娜母亲四年，将丽娜母亲带离中国移民美国，同情她的过去，包容母亲的古怪，但后来被母亲的阴郁所折磨濒临崩溃	中国美国	《凌迟之痛：丽娜·圣克莱尔的故事》《男人靠不住：映映·圣克莱尔的故事》	正面
	露丝的前夫特德	脸庞瘦削、轮廓分明；身材顾长壮实；鲁莽、执着、自信又固执；医生	不顾家人反对与露丝结婚；婚后负责任，自信，但在一次医疗事故后性格大变，不再愿意做决断，不断挑起与露丝的事端，婚后15年提出离婚，并与其他女子有染；在离婚的财产分割上与露丝争执不下	美国	《信仰和命运：许露丝的故事》《离婚之痛：许露丝的故事》	正、负面皆有
	丽娜的前夫哈罗德	外表迷人但不算美男子，皮肤细腻白皙，身材修长结实；之前是餐厅设计师后来成立公司做了合股老板	婚前主动追求丽娜；但是在丽娜帮助下成立公司后，却没有给丽娜按劳付酬，把她的工作视为理所应当，且把大部分家务劳动都交给丽娜；特别在家庭生活的财务支出上，他要求一切平摊，却并不真正关心丽娜的需求，而在房屋装修等大事上则更是独断专行	美国	《饭票丈夫：丽娜·圣克莱尔的故事》	正、负面都有，负面更多
	薇弗莱的第二任丈夫里奇·谢尔顿	较薇弗莱年轻几岁，卷曲的红头发，鼻子两边布满橘红色的斑点，个头偏矮，结实敦厚，彬彬有礼却不起眼；税务经纪人	非常爱慕薇弗莱，对她坦诚真挚，在生活中对薇弗莱体贴细致，视若珍宝；在第一次见薇弗莱母亲时由于不了解中国人的礼仪，闹出笑话，显得傻里傻气，自己却浑然不觉；对薇弗莱母亲对他的揶揄也不以为意，最后关系融洽	美国	《美国女婿见中国丈母娘：薇弗莱·龚的故事》	正面

从以上我们对谭恩美笔下的主要男性人物的形象塑造的统计来看，小说里华人男性和白人男性无论从外貌还是性情都得到了较均衡的刻画，正负皆有，华人男性固然有相当多的负面刻画，但是白人男性也并不尽然得到美化。从这一人物系统的设置上来看，我们并没有看出明显的种族主义倾向。但是，正、负面皆有的华人男性和白人男性，无论在中国还是在美国，他们的故事中都有一个鲜明的共同点，那就是男性形象产生变化的根源都在于女

性人物在婚前和婚后对男性与自身关系的认识上。换句话说，女性们越是独立，经历生活的磨炼越多，才越清楚地看到自身的价值是如何被男性乃至自己所低估的，也就对男性提出越来越高的要求。因此，谭恩美小说中的女性主义倾向是非常明显的，而这种女性主义并不符合前文所提及的批评中所尖锐指出的东方主义倾向的特点。

除去这些有对白和正面刻画的人物，小说也侧面刻画了一些男性角色，虽然只有寥寥数笔，但是同样能产生一些语像的联想。有的是侧面描写，比如丽娜小时候死于麻疹的邻居白人男孩；有的是通过对照片或画像的描写，比如安梅早逝的父亲是个大个头但带着郁郁寡欢的表情，还有琳达前夫家的祖上太爷是一个脸颊长有黑痣的蓄着长胡子的男人。也有不少无名男人形象，其中既有正面的形象，比如在映映小时候跟随家人乘船看灯时意外落水搭救她的船工，善待被遗弃的双胞胎的穆斯林等；也有负面的形象，比如长相帅气却不愿为女仆怀孕负责的男当差等。总的来说，谭恩美小说中的男性人物构成的整体系统是女性的参照坐标，而并非故意对比华人男性与白人男性。

在我们下面的统计中，电影中出现的男性人物同样也不包括无台词的群众角色以及与女性人物和主要情节无直接联系与推动的角色。在表6.2中，我们把电影中的华人和白人男性形象进行了同样的统计，具体如下：

表6.2 电影《喜福会》主要男性角色统计表

角色		特征			
	外貌、性格、身份	行为、故事	出场地点	形象定性	是否与小说中描述相符
吴精美父亲（凤愿第二任丈夫）	善良敦厚的老人	深爱妻子，包容同情她的过去；在女儿回国前，给女儿讲述了母亲在中国遗弃一对双胞胎的过往	美国	正面	故事有区别，形象符合
吴精美的钢琴老师	戴一副眼镜、蓄着山羊胡须、长相滑稽的老人，耳聋但自信	教授精美钢琴，但由于耳聋并不真正知道精美的水平，却在关键时刻为精美解围	美国	正、负面皆有	形象和故事与小说相符，电影中作为活跃气氛的配角多次出现
龚琳达前夫（天余）	未成年，矮个头，神情霸道，家境富裕	婚礼当晚才与琳达第一次见面，婚后生活中孩子气般刁难琳达，性方面无能，属于被溺爱的大男孩	中国	负面	故事略有改动，形象与小说相符
龚琳达女儿薇弗莱的前夫陈马文	无	无	无	无	薇弗莱仅仅口头提及曾嫁了一个中国人以取悦母亲，并有了女儿，但本人未出场
许安梅母亲的第二任丈夫吴青	个头不高的壮实中年男人，不苟言笑；暴发户	好色，共娶了五房姨太太；当年和二姨太合谋强占了许安梅当年守寡的母亲，纳为四姨太；纵容二姨太为所欲为；迷信，最后由于许安梅母亲选在大年前自杀，怕其鬼魂报复，而允诺将其视为正房并善待其子女	中国	负面	外貌中没有了大腹便便、气喘吁吁的特点，但更有城府；故事与小说形象相符
映映的前夫（小说中无名）	英俊性感，神情飞扬，挑逗	娶了富有又年轻的映映，却继续拈花惹草，将情妇带至家中且对映映恶语相向施加冷暴力，导致映映精神抑郁，在给尚在襁褓的儿子洗澡时神情恍惚，婴儿溺亡	中国	负面	外貌结合了小说中薇弗莱前夫陈马文的特点，故事上强化了其花花公子和虐待狂的特征，更为负面
龚琳达的丈夫龚丁	不苟言笑的中年人	仅仅出场一次，有一句帮琳达教育女儿的台词	美国	中性	外貌和故事与小说不符
丽娜的第二任丈夫	英俊，风趣，善良	仅在喜福会聚会上出场一次，有两句台词，对丽娜包容温柔，对丽娜母亲映映也包容理解	美国	正面	外貌有混血儿的特点，此人物小说中未曾提及

注：角色列左侧纵向标注"主要华人男性"

续表6.2

角色	特征				
	外貌、性格、身份	行为、故事	出场地点	形象定性	是否与小说中描述相符
丽娜父亲克利福德·圣克莱尔	无	无	无	无	电影中未出场
主要白人男性 露丝的丈夫特德	阳光英俊；出身名门，是出版界大亨的继承人；就读于名校	在大学期间倾慕露丝，不顾家人反对与露丝结婚，看中她的独立思想；婚后一方面他对露丝仍然尊重，试图沟通并让露丝有主见，但由于露丝越来越没有自己的生活和追求，一切以特德为中心，露丝的魅力削减，两人感情变淡，特德提出离婚；在露丝知道了外祖母和母亲的故事后，向特德大胆表达了自己的主张和对自身价值的高度认可后，两人言归于好	美国	正面	外貌形象与故事都有很大差别，基本没有负面的刻画；人物更有魅力
丽娜的前夫哈罗德	瘦削，秃头，精明；老板；不再是白人，而是华人	婚姻中特别在家庭生活的财务支出上，他要求一切平摊，却并不真正关心丽娜的需求，而在房屋装修等大事上则更是独断决定；与丽娜缺乏感情交流	美国	负面	外貌和故事上都发生了较大改变
薇弗莱的第二任丈夫里奇·谢尔顿	个头高大，壮实，幽默风趣，单纯，带孩子气；职业不明，但从举止穿着上体现出他有相当的经济基础	非常爱慕薇弗莱，对她坦诚真挚，在生活中表现出对薇弗莱的体贴细致，视若珍宝；主要故事发生在他第一次拜见薇弗莱家人时由于不了解中国人的礼仪闹出种种笑话，显得傻里傻气，但自己浑然不觉；对薇弗莱母亲对他的揶揄也不以为意，最后与薇弗莱全家都关系融洽	美国	正面	外貌比小说中更有魅力，故事与小说基本相符

我们将小说与电影的人物形象统计表进行比较可知，电影对小说华人和白人男性人物都做了较大的改动。其中，对华人男性人物的改动主要如下：（1）删减了吴精美父亲和薇弗莱父亲这两位小说中主要是正面形象的华人男性在叙事上的比重，他们在中国的部分被完全删除；（2）将小说中的陈

马文和映映前夫两个负面形象整合为一体，成为映映前夫的形象，这一形象在外貌上更具有男性魅力和视觉效果，但是其言行也更为恶劣，造成的后果也比小说更严重；（3）小说中以白人形象出现的负面描述较多的丽娜前夫，在电影中以华人形象出现；（4）增加了小说中没有的丽娜第二任丈夫的角色，形象正面，但出场时间短暂。与之相对，白人男性的故事和形象改动主要如下：（1）丽娜父亲在中国的经历被完全删除；（2）露丝丈夫特德的形象更为正面，从外貌到身份都有很大改动，凸显其魅力，最后露丝与丈夫没有离婚而是在积极沟通交流后言归于好，行为也更为正面；（3）薇弗莱的第二任丈夫里奇的外貌也得到改善，没有表现出小说中对其外貌的不利刻画，也就是说没有显得他与薇弗莱在外貌上的不配，而故事情节则基本保留下来，并在情节选择上凸显了其可爱、率真的一面。

电影对小说男性人物的系统进行了较大改动，而随之改变的是人物的相关故事，而最终打破了华人男性与白人男性在形象定位上的平衡。如本章第一节所论，电影的图像叙事可以将小说文本的语象叙事进行呈现，但这种呈现却具有唯一性。也就是说，小说的语象叙事可以进行多维度的解释，而电影的图像叙事的所指则更为明确。电影的图像叙事对人物的塑造就不仅仅在于唤起观众的想象，而是将语言形象肉身化，从而更深刻地将某些特征与人物进行必然的联系。因此，电影对观众的影响除了叙事所传递的意义，更多的还是在于视觉效果带来的情感冲击。

客观来看，影片中的华人男性角色的形象的确乏善可陈：要么是面目可憎的，如饰演吴青的演员满脸油光、身材矮小，与饰演被他侮辱的许安梅母亲的演员的白皙高挑形成了鲜明对比；或者即便其外貌性感有魅力，但神情举止却戾气毕现，如电影着重刻画的映映前夫（由美国人熟悉的扮演过末代皇帝溥仪的著名演员尊龙饰演）；要么就彻底缺乏魅力，或是年老体弱（精美父亲、钢琴老师）、瘦削阴沉（丽娜前夫），或是尚未成年（琳达前夫）；而唯一外貌和行为都正面的形象，丽娜的第二任丈夫，却没有在影片中得到机会充分展现，更缺乏相应的故事支持。因此，在观看《喜福会》的电影后，观众很难被其中任何华人男性角色的人格魅力所打动或吸引，也就很难对这一群体产生较强的认同。反之，电影所选择的白人男性的肉身代表则满身都是标志男性魅力的符号：面貌英俊、身材健硕、神情开朗且举止文雅，更重要的是他们的行为和思维方式代表了西方的现代的开放、民主和平等这些价值取向。比如，特德当面斥责其母亲对露丝说出具有种族歧视性语言，而里奇则表现出对中国文化风俗的尊重，对薇弗莱温柔有加。

如果我们再次分析前文提及的《喜福会》的电影海报，就可以清楚地看到它选择呈现出的角色形象的群体：美丽热情的华人女性与帅气开朗的白人男性举杯共庆，画面和谐，而华人男性则处于这一画面的边缘地位。总的来说，我们可以肯定地说，电影中的华人男性和白人男性形象的正负对比鲜明：华人男性总体而言是负面的，特别是华人年轻男性，有魅力的青年男性形象没有得到任何表现；但是白人男性形象则得到了美化，负面因素几乎删除，正面因素都得到加强。

正如小说与电影在象征系统构建上着重点存在差异，小说与电影在人物塑造上的不同再次对小说与电影在意识形态上的差异进行了印证。谭恩美的小说对男性的刻画兼顾了正面与负面，并常常让两者共存于同一个人物形象当中，因此基本是真实可信的，其男性人物的系统从种族角度看也相对均衡；而电影则脱离了这一系统，将对男性的正、负面刻画与种族呈现进行了巧妙关联。在语言叙事的明面上电影具有反种族歧视的因素，通过人物直接的对话表达出来，但是在图像叙事的暗面上电影则带有一定的种族偏见。

《喜福会》小说和电影在人物形象塑造上的差异也同样存在于女性角色身上。如果我们仔细审视小说《喜福会》的女性角色也会看到，作为主要人物的四对母女总体属于正面形象，是叙事语调同情和支持的对象，除此之外，她们身上也各自有其弱点与负面因素。但其负面因素并没有特别呈现出典型的如赵健秀等所指责的"地位极其低下，三寸金莲，弱不禁风"的形象，而是天生个性与环境结合的产物。仅以母亲们的形象为例。首先，四个母亲在中国时的家境都相对不错，没有因为是女儿而受到家人的轻视怠慢，虽然性格各异，但都并不典型地显示出懦弱、胆怯。其次，她们在面对困境时，都最终以自己的方式反抗了命运的安排，进一步体现出性格的坚强。比如，前文中所提及的精美母亲组织的喜福会。又如，龚琳达在婆家虽然受到压制，但并没有一直忍气吞声，而是想出种种办法为自己谋划出路，并在施展巧计离开第一任丈夫家后，又努力移民到美国，为此她也做了精心的准备："甚至在我还没去美国之前，在北京，我就特地花钱请了个在美国长大的中国小姐，让她教我如何适应美国的生活方式。"[1]映映遭到丈夫的冷落和遗弃，虽然精神打击过大，但经过了10年的痛苦调整后，最终还是重新振作，决定回到社会，做了职业妇女。因为她富有人家出身又经历了之前的挫折，所以在面对来自美国的爱慕者的猛烈追求时，不会轻易被物质和对方的身份所收买打动，而是始终保持着自己的判断："女儿丽娜一直以为，是她

---

[1] 谭恩美：《喜福会》，程乃珊等译，上海：上海译文出版社，2006年，第230页。

爸爸，把我从那贫困的生活中解救出来。她既对又错。丽娜不知道，她父亲，像狗等在肉店前一样，足足耐心地等了我四年。"[1]在她终于得到背叛自己的丈夫的死讯之后，才决定接受求婚。映映认为自己的内心是犹如老虎般有力的灵魂："现在，我在女儿丽娜眼中，完全是一个小老太婆了，那只是因为，她用肉体的眼睛来看我。如果她学会用心灵的眼睛来看我的话，她将会看见一个雌老虎般的女人，那她就得小心点了。"[2]最后，谭恩美借人物之口，不时对华裔女性和中国社会的刻板印象进行直接反击。比如，在《红烛泪：龚琳达的故事》中，龚琳达说："中国人称女儿是赔钱货，其实也未必一概如此，那得取决于是怎样的女儿。像我这样的女孩子，却是个名副其实的'千金'，犹如一块诱人的喷香的可口的甜点心那样招人馋呢。"[3]在《姨太太的悲剧：许安梅的故事》中，许安梅在回忆了母亲和自己的往事后，对自己的女儿叮嘱道："做人，要振作。……那就是从前的中国。她们没有选择，不能反抗，也无处逃避，一切都认为是命定的，不过现在她们不一样了，这是最近的中国杂志上说的，她们翻身了。那种靠人们眼泪来喂饱的家伙，再也不敢坐享其成。中国的人民起来赶走他们。"[4]

相比于对小说中的男性人物大刀阔斧的改动，电影虽然保留了小说中母亲们故事中的大体框架，并大体保留了她们的性格特征，但是由于删减了对母亲们身世背景的大量说明，特别是将她们如何来到美国以及如何适应美国生活这一段经历完全删除，对母亲们的整体形象产生了相当大的影响。比如，电影保留了龚琳达天生要强的性格，但是完全改变了她的娘家身份：琳达从小说中养尊处优的小姐成了家境贫寒的童养媳；婚前双方多次见面已经有所了解，改为在等待新郎掀开盖头前，她还内心忐忑，因为"从来没有见过一次的男人将要决定我一生是幸福还是悲惨"。与这种故事改动相呼应的是图像的叙事，它非常有效地将琳达娘家低下的地位进行了塑造：琳达母亲（由著名演员奚美娟饰演）在黄家人面前缩手缩脚，低眉顺眼，衣着寒酸，她爱着女儿但是无法表达，只能将碗里不多的菜分给琳达；在必须将女儿送走时，虽然不舍，但是压抑住悲伤，不敢回头。同样，在映映的故事里，电影将映映老公拈花惹草的情节从小说里描写的背着映映进行，改为在映映面

1　谭恩美：《喜福会》，程乃珊等译，上海：上海译文出版社，2006年，第248页。

2　谭恩美：《喜福会》，程乃珊等译，上海：上海译文出版社，2006年，第221页。

3　谭恩美：《喜福会》，程乃珊等译，上海：上海译文出版社，2006年，第38页。

4　谭恩美：《喜福会》，程乃珊等译，上海：上海译文出版社，2006年，第214页。

前明目张胆地挑衅；小说里的映映是在丈夫已经背叛遗弃她后才开始衣衫不整蓬头垢面的，但在电影中却是在这之前就已经如此。因此，在图像叙事时，双方就形成了更为鲜明的对比。其中，映映老公带情妇回家的一个片段在图像叙事上尤为戏剧化，充满象征意义，这是映映故事的高潮，最后成为导致电影中映映有意无意溺死儿子的悲惨结局的导火线。电影中，当映映丈夫带着情妇回家时，映映气急摔破一个盘子并举着碎片冲向丈夫以求同归于尽，却在最后关头由于丈夫的一声大吼和怒目相向而功亏一篑。画面定格在这样一个状态：一边是衣冠楚楚高举着儿子但神情毫无爱意、眉宇间飞扬跋扈、盛气凌人的丈夫，一边是匍匐在脚下披头散发、面目憔悴、哭泣无助的映映。这一状态明确地表达了两者权力与地位的高下之分。类似的画面后来还出现在露丝嫁给了美国人特德后的一次生意晚宴上，露丝在特德泼洒了红酒后，马上跪下来擦拭地板，她抬头仰视了一下正在与生意伙伴高谈阔论的丈夫，丈夫低下头匆匆扫了她一眼，神情冷淡不置可否。同样的画面构图，都旨在呈现同样的婚姻里的权力高低：高高在上的丈夫与温顺懦弱的妻子。但是两个画面的区别是，前一个场景的镜头是从丈夫的角度俯视妻子，映映显得无助可怜，观众完全同情弱小的妻子，憎恶恶霸丈夫；而后一个镜头从妻子的角度仰视丈夫，丈夫高大但不邪恶，因此观众会替妻子感到不安，感到两人的不匹配，但并不同情她。

　　我们可以看到，小说对中国女性形象的刻画与对男性的刻画是一致的，较为均衡，较客观地反映了不同女性不同的生活境况与个性，共同点是她们都经受住了生活的考验，克服自身的弱点，努力成长。而电影对中国女性的刻画虽然比对中国男性的刻画较均衡全面，但仍然自觉强化了小说中谭恩美对中国女性的负面特质的评述。小说中，许安梅这样评论中国女性："我可太知道了，因为我是以中国生活方式长大的：我被培养成清心寡欲，吞下别人栽下的和自己种下的苦果，正所谓，打落了牙齿，连血带牙往肚里咽。虽然我对女儿，我完全采用了另一种相反的方式教育她，但可能因为她是我生的，而且，她又恰巧是个女孩子，因此，她身上，还是显示出那种东方女性的优柔寡断。"[1]然而龚琳达在评价中国女性时，虽然表达了类似的判断，但用词却是肯定正面的："可我却教不会她有关中国的气质：如何服从父母，听妈妈的话，凡事不露声色，不要锋芒毕露……容易的东西都不值得去

1　谭恩美：《喜福会》，程乃珊等译，上海：上海译文出版社，2006年，第195页。

追求，要认清自己的真正价值而令自己精益求精……"[1]电影保留了许安梅的评论，删掉了龚琳达的评论。因此，电影中最后要塑造的中国女性符合理想形象，她们学会了反抗发声，保留了自己天性中坚强的一面，正视自己的价值，"找到了最好的自己"，因此在新世界中取得了一席之地，也赢得了白人男性的爱慕。

在本章中我们通过对谭恩美《喜福会》两种不同媒介文本的比较研究，对谭恩美小说本身的文化性和政治性进行了考察。作为一个高产的当代作家，谭恩美对中国和美国，对中国文化和美国文化的思考仍然处于变动和发展之中。接下来的两章，我们将对谭恩美进入21世纪后的两部重要作品进行分析，深入探讨她对历史与现实、文化与政治间关系的思考，进一步考察谭恩美小说所反映的符号系统与意识形态的关系。

1　谭恩美：《喜福会》，程乃珊等译，上海：上海译文出版社，2006年，第227页。

第七章　文化的自觉与政治无意识
——《接骨师之女》中的中国近代史与中国移民

　　谭恩美的《接骨师之女》出版于2001年，与她的前两部小说相似，故事背景设置为20世纪上半叶的中国与当下的美国。这样设置历史背景，造成了一个客观的对比，即似乎不可避免地将美国的先进与文明和中国的落后与蒙昧进行并置。小说这一历史社会背景设置也的确引起了不少中国学者的质疑，认为它巩固了美国是美好的现实而中国则是痛苦的过去这样的刻板印象。有学者尖锐地指出：

　　　　谭恩美仍然在她的作品中一如既往地重复着东西对比的老调，拿过去的中国和现在的美国作地狱/天堂式的对比，其新作《接骨师的女儿》再次把故事背景放在二十世纪上半叶的中国和二十世纪末的美国，凸现二者之间的差异，再次登上了畅销排行榜。从主流社会对华美文学接受的历史上看，符合东方主义期待的作品似乎都能畅销，如谭恩美的小说和汤亭亭的《女勇士》；而与种族压迫抗争的作品就不那么受欢迎了，如赵健秀的作品和汤亭亭的《中国佬》与《孙行者》。[1]

　　毫无疑问，谭恩美的小说是以中国和中国人为主题，中国主要是作为一种历史的存在和文化的根源被呈现，而作为主角的中国人最后要么成了移民，要么是移民的后代。作为美国第二代移民的谭恩美，如她自己所言，她了解中国的方式主要是通过亲人的口述、文献查阅以及田野调查，因此其笔下的中国故事是一种事实与想象的结合；但是，对于中国移民在美国的生活，谭恩美则是亲身经历者，移民叙事是一种记录、回忆与反思。作为历史背景和文化根源出现的中国，主要的时间段处于20世纪上半叶，而美国部分则主要集中于第二次世界大战之后。如前所论，谭恩美劝诫读者，不要期望通过她笔下的中国和中国人形象来了解完整的现实的中国，但另一方面她又承认，小说的创作就是一项"让人信以为真"（make-believe）的活动。从文化批评的角度来看，谭恩美看似自相矛盾的态度，恰恰证实了詹姆逊

1　赵文书：《华美文学与女性主义东方主义》，载《当代外国文学》，2003年第3期，第53-55页。

（Fredric Jamerson）在《政治无意识》（*The Political Unconscious: Narrative as a Socially Symbolic Act*）一书中提出的观点，那就是存在于所有文学叙事中的一种政治无意识的客观存在。

第一节　被叙述的历史与叙述历史的主体
——叙事文本的符码调和机制

作为马克思主义知识分子，詹姆逊的文学理论建立在辩证历史唯物主义的基础上。詹姆逊用"政治无意识"概念来支撑他对文学进行政治性阐释的合理性的论述，在他看来，对文学文本进行政治阐释具有绝对的优越性。他指出，所有的文学叙事都是一种社会的象征行为，文本会以辩证的方式把文本与语境统一起来。阐释所要做的就是再现文本产生的历史，理解其多样性。詹姆逊提出，丰富的语义层次一定发生在三个同心框架之内，这一框架拓宽了文本的社会基础的含义：

> 首先是历史政治观，即狭义的定期发生的时间和颇似年代顺序的系列事件；然后是社会观，在现在已经不太具有历时性和时间限制的意义上指的是社会阶级之间的构成性张力和斗争；最后，是历史观，即现在被认为是最宽泛意义上的一系列生产方式，以及各种不同的人类社会构造的接续和命运，从为我们储存的史前生活到不管多么遥远的未来历史。[1]

叙事活动记录基础和上层建筑的关系，而不是简单反映两者的关系，或是由后两者所决定的，它是在意识形态或象征领域内解决基本矛盾的一种综合行为。新出现的叙事方式"必须把异质的叙事范式重新统一或协调起来，尽管这些范式有其自己独特的、矛盾的意识形态意义"[2]。詹姆逊认为："真正有意义的不是谴责中心主体及其意识形态，而是研究它的历史形成、它的确立或作为一种幻景的实际构成，而这种幻景显然也是某种方式的客观

1　弗雷德里克·詹姆逊：《政治无意识》，王逢振、陈永国译，北京：中国社会科学出版社，1999年，第65页。
2　弗雷德里克·詹姆逊：《政治无意识》，王逢振、陈永国译，北京：中国社会科学学出版社，1999年，第135页。

现实。"[1]

詹姆逊构想了一种普遍综合的调和机制理论，即主体把叙事用作一种多向调和的符码，调和就是给予意义的过程，是一个普遍的符码转换的活动。学者们认为这体现了詹姆逊理论的独创性。[2]具体就小说而言，詹姆逊回顾小说在19世纪的兴起，认为这不是一种突然出现的形式，而是小说把日常生活的常规性和它的行为者作为素材，把"讲述"转变为"展现"，小说因而"以依靠某种意料不到的'真实'的新颖性疏离陈腐，突出常规本身"[3]。"小说"应该被视为"是个过程而非形式"，"这是一种直觉"，"是一系列特殊而又确实非常漫无止境的动作和程序编制"，而不是某种完成的东西。詹姆逊认为，对小说可以用一种双重的方式进行评价，一方面考察它改变读者的主观态度，同时还应注意读者的态度会产生一种新的客观性。

以对巴尔扎克小说的分析为例，詹姆逊指出，小说对社会历史的再现，实际是对历史的多样性进行理解的过程。巴尔扎克小说人物的典型化现象，本质上是一种寓言现象，而整个叙事运动就是获得寓言意义或达到寓言层次的过程。因此巴尔扎克小说中的人物形成了一种人物"系统"，而读者要理解这种寓意，解释叙事，就必须动用关于社会状况和政治的某些基本范畴，"我们的阅读'设定'就指向那种可以以寓言方式从叙事中产生出来的社会和历史解释"[4]。这样，寓言的阅读就变成了主导性的阅读，对人物和情节的刻画也就变成了一种修辞方式。

叙事活动中的政治无意识指的就是文本作者对自身主体的欲望与自己所处的社会历史环境进行调和的意识，是叙事生产的"野性的思维"。它面对历史，通过逻辑的排列组合找到一种解决办法，用文本呈现一种有条件的历史。而我们通过对这些象征的重构，则可以一窥那个组织文本—作者—语境的网络系统，因为"任何一种个体生产方式都投射和暗示着这个生产方式的整个序列"，"这些宏大的叙事本身已经刻在文本和我们关于文本的思考之中了"，"它们反映了我们关于历史和现实的集体思考和集体幻想的基本范

1　弗雷德里克·詹姆逊：《政治无意识》，王逢振、陈永国译，北京：中国社会科学出版社，1999年，第144页。

2　王逢振：《前言》，载弗雷德里克·詹姆逊编《政治无意识》，王逢振、陈永国译，北京：中国社会科学出版社，1999年，第6页。

3　弗雷德里克·詹姆逊：《政治无意识》，王逢振、陈永国译，北京：中国社会科学出版社，1999年，第142页。

4　弗雷德里克·詹姆逊：《政治无意识》，王逢振、陈永国译，北京：中国社会科学出版社，1999年，第155页。

畴"[1]。

"政治无意识"这一概念对于我们阅读带有强烈历史色彩和传记性质的小说文本格外有用，而詹姆逊的阐释方法也具有很强的操作性。"政治无意识"引导我们既关注作者投射到主人公身上的欲望和幻想，同时也关注人物产生的更深层的因素，詹姆逊所勾勒的叙事过程图示非常明确地将叙事文本产生的动态过程进行了展现。图示如下[2]：

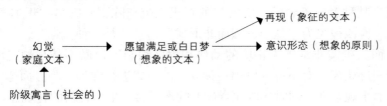

因此，作家们自身受到社会塑形的家庭文本的深刻影响，往往一方面希望在象征文本内实现符合自己意识形态想象原则的叙事文本，另一方面，为了"信以为真"，他们又极力抑制自己的幻想一步到位，而为自己幻想的实现设置种种符合"历史"的障碍和困难，以增强幻想实现的强度。文本的意义往往在两者间往返，而很有可能"历史"本身转而让欲望的实现必然失败，作者最后完成的象征文本就并不单单是其个人欲望的体现。如詹姆逊所言，"'真实'是对抗欲望的东西，是欲望的主体了解希望破灭所依赖的基石，也是它最后可以衡量一切拒绝满足它的事物所依赖的基石。然而也可以说，这种真实——这种不在场的原因，基本才可以揭示出来，而其愿望满足的机制则是审视这种对抗的表面所用的工具"[3]。

詹姆逊对小说的历史和社会形成的分析，实际上与米哈依尔·巴赫金（Mikhail Bakhtin）的小说体裁理论有异曲同工之处，而叙事作为一种意识形态的符码调和行为，也与巴赫金的复调（polyphony）和对话（dialogism）理论具有可比性。两位学者都重在指出作为一种体裁的小说在形式上的未完成性和动态开放的结构，以及小说内部的多重意识形态的构

---

1 弗雷德里克·詹姆逊：《政治无意识》，王逢振、陈永国译，北京：中国社会科学出版社，1999年，第24页。
2 弗雷德里克·詹姆逊：《政治无意识》，王逢振、陈永国译，北京：中国社会科学出版社，1999年，第176页。
3 弗雷德里克·詹姆逊：《政治无意识》，王逢振、陈永国译，北京：中国社会科学出版社，1999年，第176页。

成；两位学者的分析也都与他们的马克思主义阐释方法紧密相关。[1]巴赫金认为小说这一体裁恰好能"更深刻、更中肯、最锐敏、最迅速地反映现实本身的形成发展"[2]，而小说的创作实践和与创作有关的理论，体现了小说是一种有意识的批评和自我批评的体裁，而这种体裁的任务就是要把居统治地位的文学性和诗意从根本上加以更新。[3]在巴赫金看来，小说人物的形象上应存在不统一的矛盾性，要么是主人公其人与他的命运或景况不相吻合，要么是其内在和外在产生严重分歧，总之作为社会历史中的人不可能彻底体现自身。

"政治无意识"的概念和阐释方法不仅可以帮助我们理解作为作者的谭恩美对自身作品和创作意图的看似矛盾的态度，也可以帮助我们更清楚地理解谭恩美作品本身结构上的多语性、人物系统上的对话性及其意识形态上的整体性。

第二节　文化差异的自觉
——确定/模糊，数字/文字，书写/书法

比较《接骨师之女》与《喜福会》可以发现，作家对人物家族背景的设计在前者中更鲜明地突出了传统的中国文化元素。小说中母亲茹灵的父家是制墨世家，而母家则来自接骨世家，这两项传统的技艺即两项与中国书写文化紧密相关的元素：书法与甲骨。因此，研究者很自然地聚焦于谭恩美文本中对中国文化的展示与评价：她展示了什么？她的展示是如实反映了中国文化，还是扭曲地呈现了虚假的中国文化？她的展示对西方读者了解中国起到了什么作用？

如我们前文所论，有学者认为《接骨师之女》过分展现了中国文化中封建迷信的一面，片面强化了传统男权对女性的残酷压迫，塑造的是神秘落后的文化形象，对其有东方主义的质疑[4]，但是大部分学者对小说中东方文化

1　可参见王宁《巴赫金之于文化研究的意义》、凌建侯《巴赫金哲学思想与文本分析法》以及吕琪《哲学视野下的文学体裁理论——浅析巴赫金〈史诗与小说〉中的文化发展观》的相关论述。

2　巴赫金：《小说理论》，白春人、晓河译，石家庄：河北教育出版社，1998年，第509页。

3　巴赫金：《小说理论》，白春人、晓河译，石家庄：河北教育出版社，1998年，第512页。

4　赵文书：《华美文学与女性主义东方主义》，载《当代外国文学》，2003年第3期。

的呈现持积极的看法。有学者认为谭恩美在书中大量展示东方文化的魅力，其中甲骨文和书法是传统文化传承的象征，还展现了沙盘写字、算命、鬼魂托梦等民俗文化，这体现出浓浓的文化寻根情结，谭恩美拥有一个文化依母脐带[1]；也有学者认为小说"浓厚的东方文化氛围与强烈的东方文化神韵集中地体现在小说中存在的一系列东方神秘意象"中，而这些意象基本符合事实，不是歪曲中国文化的东方主义，而是"体现小说独到的艺术构思与独立的艺术品质的追求"[2]。

我们认为，谭恩美最具影响力并为她赢得声望的小说都以中国为背景，以中国人为主角，因此也必然反映了她所理解和观察到的足以代表中国的文化元素，其文本中体现出高度的中国文化自觉性。因此，从詹姆逊"政治无意识"的理论来看：她为什么去呈现？选择呈现的文化元素的标准是什么？她如何完成了呈现？她是否实现了她的目标？

谭恩美在谈及自己的创作力源头的演讲中，她多次提到存在于自身创作过程中的"模糊"定律：从创作初期意义的模糊性、创作细节的模糊性，到最终道德上的模糊性。谭恩美认为，文学创作中的模糊性并不可怕，模糊的价值就在于它引起追问，从而不把自身局限在确定的范畴，因此才具有创造力，她将之比喻为文学创作上的"量子力学"（quantum mechanics）。她一直追问的问题是：事情为什么会发生？事情是如何发生的？作为作者和叙述者的我是如何让事情发生的？"这是许多科学家也一直追问的问题。这是一种宇宙观，而我作为我自己宇宙的创造者，也为之创造了一套宇宙观。"[3]

从詹姆逊的理论来看，谭恩美是一个相当清醒的作者，在同一个演讲中，她清醒地认识到身份危机、幼年创伤决定了她写作的最初动机，而她创作时的模糊定律的目的也并不模糊，而是服务于一个相当确定的内在目标。生活在当下的美国人谭恩美，书写中国文化的最终目的，是寻找她在美国文化中得到自身定位与认同的方式。也就是说，她的文本是为了回答她所提出的问题，而这些问题本身之所以被提出，恰恰在于作者本人的社会历史性：历史的寻根在于更好地扎根于她生活的现实。

与谭恩美其他作品一样，在《接骨师之女》中谭恩美对中美文化的区别和融合进行了着力体现，用詹姆逊的话说，这是在作家自身的家庭背景与社

---

1 张冬梅：《〈接骨师之女〉的寻根情结》，载《当代文学》，2009年第11期。
2 邹建军：《谭恩美小说中的神秘东方——以〈接骨师之女〉为个案》，载《外国文学研究》，2006年第6期，第102页。
3 Amy Tan: "Amy Tan's TED Talk in 2008: Where Does Creativity Hide?", http://www.ted.com/talks/amy_tan_on_creativity/transcript?language=e, 2016-05-25.

会经历基础上形成的一种愿望的投射。作为第二代移民的谭恩美生活在美国这样一个以白人为主导的多元文化社会语境下，她切身感受到文化的冲突，而要扎根在美国文化的现实中，她也格外渴望文化的和解。因此，她文本中的文化自觉性实际上也是双重的，既是对中国文化的书写，也是对美国文化的书写。

这种文化的双重自觉性体现在她所设定的双重叙述者和多重叙述声音，在小说结构上已经体现出一种多语性。这种多语性突显了多元文化语境下的叙事具有的独特张力。整本小说除去引子"真"（truth）和"尾声"外，分三个部分：第一和第三部分由女儿露丝以第三人称讲述发生在美国的故事，时间跨度从露丝小时候到现在；第二部分由母亲茹灵以第一人称讲述中国故事，时间跨度从母亲茹灵小时候到她在抗日战争结束后离开中国为止。第一和第三部分的各节以阿拉伯数字标注排序，第一部分有洋洋洒洒7小节，第三部仅有3小节。而第二部分分为6小节，别出心裁以主题标注，即"心"（heart）、"变"（change）、"鬼"（ghost）、"命运"（destiny）、"道"（effortless）、"骨"（character）和"香"（fragrance）。在第三部分，我们得知引子"真"也是第二部分母亲的回忆录的一节，而"尾声"以露丝开始为自己的家族故事写作结尾，将整本小说又完结为露丝的回忆录。小说出版时大概也由于标注体系上的不统一，而省去了目录部分。

小说结构的精巧复杂被《纽约时报》的书评人非常形象地比喻成精雕细刻的层层相套的象牙球。[1]不少学者认为其叙事结构体现了中国传统章回体小说的特点，也有学者认为其中带有西方故事环结构的融合，还有学者认为其小说结构是后现代的碎片化的叙事方式。[2]而我们从符号学的角度来看，则可以进一步阐明，谭恩美实际上利用分节进行第一层次上的叙事，这部小说的分节方式体现了一种对文化差异的强烈自觉性。

符号学分节（articulation）概念源自索绪尔语言学的分节理论，即语言都具有最基本的双重分节：语音单元和意义单元，但哥本哈根学派的叶尔姆斯列夫（Louis Hjelmslev）认为双重分节应该是在"表达"与"内容"这两个层面之间，"这样一来，双重分节就可以扩大到所有的符号系统"[3]。巴尔特、艾柯、赵毅衡等学者都认为分节问题是符号学至关重要的问题，符号学所研究的课题都是世界对历史和社会进行不同切分的结果，虽然他们并不

1　张坤：《译后记》，载谭恩美《接骨师之女》，上海：上海译文出版社，2010年，第338页。

2　参见熊洁、盛周丽、张淑梅等人的论文。

3　赵毅衡：《符号学原理与推演》，南京：南京大学出版社，2011年，第94页。

都认为分节是符号表意义的普遍条件。分节是一种人为的区分,当我们改动一种切分方法时,虽然切分表达的全域未变,所指却会发生变化。赵毅衡教授非常形象地将所指比喻成"内容星云",即内容可能有一定展开方向,然而"是不同的能指区分,才把所指隔成一个个意义单元,能指如何分节,意义就如何显现"[1]。简言之,不同的文化就是不同的符号切分的方式所造成的,但已经形成的文化又会引导新的切分方式按其规律继续衍生、再生产。

谭恩美将小说主体分为三个部分,第一和第三部分是以第三人称讲述露丝与母亲的美国故事,第二部分是母亲茹灵用第一人称讲述中国故事,这是进行第一层次的分节。这一分节很自然地将中国的故事作为个人的回忆与历史穿插于对当下美国故事的客观叙事当中。第一部分的叙事集中讲述露丝在当下美国社会中在工作、爱情以及在母女关系上遇到的种种挑战,而最后一种关系中由于母亲的阿尔茨海默病症状突显,对过去和现在的模糊,让露丝困惑无助,也同时让露丝的工作和爱情受到更严峻的考验。母亲失忆,其错觉与过去的历史紧密相连,因此露丝在现实生活中遭受的困难似乎并不能在现实中得到解决,而必须在历史中去寻求答案,因此第二部分母亲茹灵的中国故事便有了价值。第二部分讲述完毕后,在第三部分,露丝了解了母亲的过往经历,也就更理解母亲对自己的种种言行,而对历史的了解又让她更希望弄清楚真相,并进一步学会调整与改变,为未来的生活摸索新的可能。

小说的标题是"接骨师之女",但是整部小说实际重点讲述的是露丝和母亲茹灵的故事。但这一标题却并不突兀,因为茹灵和露丝的生活一直没有摆脱外婆的"鬼魂",她们最后因终于为"鬼魂"正名而释然。用第一人称来讲述过去的故事,用第三人称来讲述现实,这一叙事人称的设定方式让第一和第三部分的美国故事具有确定性和客观性,而第二部分的中国故事则具有主观性和模糊性。谭恩美在最后一部分"尾声"中明确指出了这种分节的意义:"她们把过去那些本不该发生的故事写了出来。她们把本该发生的故事,有可能发生的故事都写了出来。她们写下的过去可以改变。毕竟,宝保姆说,过去无非是那些我们选择记住的事情。她们可以选择不再躲避,翻检过去的伤口,感受那时的痛苦,知道一切都会好起来的。"[2]因此,这一层次的分节已经明白地将《接骨师之女》讲述中国历史与文化的意义牢牢地与实现更好的美国生活相联系,而这一分节也无疑更能唤起非华裔读者的更大共鸣。作为移民国家,美国很多读者都有移民背景,对故土和家族历史的了

---

1 赵毅衡:《符号学原理与推演》,南京:南京大学出版社,2011年,第95页。
2 谭恩美:《接骨师之女》,张坤译,上海:上海译文出版社,2010年。

解究竟是一种不能说的秘密和禁忌，还是一把开启更踏实幸福的美国生活的密钥？《接骨师之女》从分节上已经给出了很好的答案。

但是，在这一分节的基础上，谭恩美还分别用数字对美国故事和用文字对中国故事进行排序，而文字标题更新颖，用了中英文，这是用进一步的分节来引导读者阐释具体故事。有学者从文本策略的角度认为："中文标题更显示了族裔叙述在英文语言符号背后的合法性，中国本土性的文化图景和叙述方式有效地介入到英文文本中，从而以东西两种文化之间的'相互演出'解构了中心与边缘、真实与虚构、东方与西方、自我与他者的二元对立结构，进而颠覆文化民族主义者对种族、血缘、语言'纯正'的盲目坚持，孕育出新的文化感性。"[1]但是，我们必须注意到，实际上对大多数美国读者而言，中文符号更类似图腾，它创造出一种异质的陌生感，增加了文本的艺术性，但其意义还是要由英文标题来负责传递。因此，用数字为美国故事，而不是用英文为美国故事排序，就不仅仅在于突显中文和英文的区别，更重要的是取决于数字和文字两种不同的符号体系本身所带的意义。有学者认为谭恩美小说中的数字也具有中国文化的内涵，文本频繁调用了9、7和12等在中国语言和文化中具有象征意义的数字。比如，12是一个生肖轮回的数字，而9象征圆满，既是结局又是开始等，这是"创造性地将数字能指与语言相结合，利用数字的文化象征强化语言表达的张力，以表现真实的文化心理感"[2]。这种分析具有一定意义，但是，数字系统更普遍地用来强调理性的逻辑关系，用数字排序体现出的是各小节所叙述事件在时间轴上的连续性、客观性和无限性；而文字系统则与感性具象思维相关，用文字作为主题排序，体现出每一小节所叙述事件本身的独立性，与其他小节的关联更多的是意义上的，而不完全由时间先后所决定。第二部分的故事实际上仍然大致是按照时间线索来安排的，但是用文字来命名，每一个章节显然能直截了当地突显作者的意图。这也暗示读者，这一部分的叙事是经过了作者/叙事者（母亲茹灵）的加工提炼的回忆，对其个人而言已经有了"焦点"，有了意义，而并非单纯的流水账式的对历史的客观记录。

当《接骨师之女》在2008年被改编为百老汇歌剧时，纽约著名乐评人肯·斯密斯（Ken Smith，中文名为司马勤）就将其有关本书的评论专著命名为"Fate! Luck! Change!"（《命！运！变！》），但也有学者将之译为

1　王斐：《东方魅力与文本策略——论〈接骨师之女〉中的中国意象书写》，载《集美大学学报（哲学社会科学版）》，2011年第1期，第70页。
2　蔡青、刘洋：《破译数字的密码——解读〈接骨师之女〉》，载《齐齐哈尔大学学报（哲学社会科学版）》，2008年第9期，第12页。

《命！运！缘！》，认为这三个词语所涉及的主题渗透于每一个人的生活，而这本小说和由它改编的歌剧是对这三个主题的有力注脚。[1]斯密斯从《接骨师之女》中提炼出的这三个主题，正可以呼应第二部分的小标题。换句话说，斯密斯从《接骨师之女》中接收到的意义符号都集中在三个词语当中，而在第二部分的标题中有两个直接与这三个词语相关："Change"和"Destiny"。谭恩美用了"destiny"，而不是"fate"。在中国文化中，"命"和"运"常常是合二为一的，贯穿一个人的一生，而结局至关重要："命"是出生时决定的，最直接的包括生辰八字、家庭出身以及出生地，而"运"则在成长过程中渐渐展现，并不那么确定，具有无穷变数。谭恩美用英文"Change"强调的就是命运中的变数，这个变数既有客观性，如历史局势的变化，任何个人无法完全把握，但是又具有主观性，即可以由个人的行动所引发。

因此，谭恩美笔下茹灵所讲述的中国故事便没有采用一种流水账似的日记形式，而是一种对人生意义的探索与反思，这呼应的是谭恩美创作上的"模糊理论"："很多东西都是未知的，你除了知道它们缺席了之外常常一无所知。但是当你在种种细节间架构起某种联系后，你又希望在故事中最后它们可以整合在一起形成合力。你寻找到的就是重要的意义。我在我的作品中寻找的就是这个，一种对我个人而言的意义。"[2]那么，对于茹灵/谭恩美而言，自己的中国故事的意义焦点就体现在标题当中。谭恩美在第二部分的标题命名上体现了高度的中国文化自觉，是对中国文化中种种不可言传只可意会的信仰和概念的折中处理，但这也同样反映出谭恩美所具有的对美国文化的自觉，即她巧妙地为美国读者设置了易于被他们理解的意义线索，引导他们阐释文本。

谭恩美在分节上便体现了对文化差异的自觉性，她在小说中更是不惜笔墨多次正面描写中美文化的差异。很多学者都论及小说中文化冲突与和解的主题，讨论重点大多集中在第一和第三部分的美国故事中：母亲茹灵尽管在美国生活的时间已经远远超过她在中国度过的时间，但是她在社会生活层面不能找到完全的归属感，从语言到生活习惯到思维方式都异于白人主导的社会；而生于美国的女儿露丝由于不理解母亲，对自己的身份产生困惑，自小便与母亲冲突不断，而另一方面，她又在社会生活中感受到来自白人的不一

1　刘雪枫：《华人撑起的歌剧大戏——观旧金山歌剧院〈接骨师之女〉有感》，载《歌剧》，2008年第11期，第38页。

2　Amy Tan: "Amy Tan's TED Talk in 2008: Where Does Creativity Hide?", http://www.ted.com/talks/amy_tan_on_creativity/transcript?language=e, 2016-05-25.

样的对待。有学者认为这部小说应归于"流散"（diaspora）文学的传统，即流散者们通过书写创作来表达自己身处异国的心灵体验，它产生于"流散"这一历史社会文化现象，其主题也主要围绕流散族群在居住地的生存境遇，在异国文化与传统文化之间的困惑与迷惘，被排挤在主流文化之外的生活经历以及内心情感等而展开。《接骨师之女》正是"反映了这个中国移民家庭在流散状态下所面临的尴尬境地。茹灵和露丝漂泊在异国，作为流散者，她们难以被美国主流文化所接受，不得不经受着两种文化价值观的冲撞"[1]。在《从"文化融合"到"多元文化"的转向——从跨文化视角解读〈接骨师之女〉》一文中，庄恩平等在细致梳理了小说所描写的母女俩在美国生活中发生冲突的细节后认为："母女间起初的矛盾和冲突主要是由文化差异和误解引起的。母女两人以自我文化为标准判断对方的行为举止，解读到的只是对方文化中的陋习和怪异。这些都是因为缺乏了解对方文化的内涵和价值观，更重要的是不能以一种平等开放的眼光看待异质文化所引起的。"[2]但庄恩平同时认为文化融合是指移民可以部分吸收移入国的文化，或是主流文化吸收移民的文化，进而产生一种新的文化。茹灵没有吸收西方文化，露丝并没有真正吸收中国文化，双方都是试着适应和理解他文化。因此，说《接骨师之女》描绘了文化融合的图景的话有些牵强，说这本小说具有多元文化主义的视角更恰当[3]。学者们的分析无疑是中肯的。

表面看，谭恩美对文化冲突和交流的主要描写部分落脚在美国故事当中，而这也是其文本的现实目的。但是我们认为，谭恩美从设计人物的家族背景开始，就已将这一主题贯穿了整个文本。换句话说，中西文化的冲突不仅仅发生在茹灵移民美国之后，实际上早就在中国故事部分上演。我们认为，小说已经不止于呈现中西文化冲突的表象，也不仅仅将冲突的根源归结为一种交流的障碍，而是涉及文化冲突和交流更深层的政治文化性。谭恩美借茹灵父亲"制墨世家"的兴衰和甲骨的发掘与丢失将这一中西文化冲突的政治性进行了侧面表现，是一个关于近代中国经历的从封建社会向半殖民地半封建社会过渡的历史进程的叙事，并且表达了谭恩美对在这一过程中传统

---

1 李琼：《走向文化复调与融合——从流散文学视角解读〈接骨师之女〉》，载《长沙大学学报》，2013年第3期，第101–102页。
2 庄恩平、郭晓光：《从"文化融合"到"多元文化"的转向——从跨文化视角解读〈接骨师之女〉》，载《暨南学报（哲学社会科学版）》，2007年第4期，第96页。
3 庄恩平、郭晓光：《从"文化融合"到"多元文化"的转向——从跨文化视角解读〈接骨师之女〉》，载《暨南学报（哲学社会科学版）》，2007年第4期，第97页。

中国文化遭受破坏的遗憾与无奈。

刘家由于制墨而兴盛，在京城繁华地段开店，谭恩美借茹灵之口细致描写了过去墨店的气派："店里的地板是深黑色的原木，清洁光亮，虽说现在是夏天灰最大的时节，地上却连个脚印都没有。两边靠墙一溜摆放着木头和玻璃的展示柜。玻璃都闪闪发光，一块破的也没有。"[1]而茹灵当时对自己和家族的定位也与之匹配，"再怎么说我们也是制墨艺人世家出身，地位不凡呢"[2]。但随着政治局势的变化，茹灵"发现好多人不再用砚台磨墨了。如今是战争时期，谁还有这份闲心笃笃定定安坐下来磨墨，慢慢考虑自己要写些什么？"[3]张家在接管墨店后，在利益驱使下破坏了刘家制墨的传统工艺，降低了原料质量，造出来的墨块容易散开，墨店生意渐渐冷淡。最后，茹灵她们只能将劣质墨块碾碎掺上水，变为便宜墨汁装瓶销售。而制墨技艺的失传与变味，与研墨所支撑的文化的溃败相一致，而这种溃败在小说里受到的更多的是政治的影响。谭恩美刻画潘老师纠结如何书写墨汁的宣传语这一片段，以小见大：

> 为了证明墨汁好用，他要写字示范，可又要当心不能写成抗日文字、封建标语、基督教或共产主义宣传词。要避开这些个可不容易……写什么都危险，日月星辰，东风西风，样样言外有意，越是担惊受怕，可怕的东西就越多。数字，色彩，动物，都仿佛有坏的寓意，弦外有音。[4]

中文的博大精深在多种意识形态冲突的局势下反而成了一种负担，任何有意义衍生能力的词语都可以成为某种对政治倾向的明喻、暗喻、转喻或提喻，最后只有抛弃了所有文化蕴含的商业语言"方便墨汁，物美价廉，使用方便"成了安全的选择。在这样的政治环境中，中国传统文化传承似乎已经到了崩溃的边缘。

而小说中的"龙骨"在这一巨大的历史进程中也成了牺牲品。宝姨祖辈

1　谭恩美：《接骨师之女》，张坤译，上海：上海译文出版社，2010年，第186页。

2　谭恩美：《接骨师之女》，张坤译，上海：上海译文出版社，2010年，第193页。

3　谭恩美：《接骨师之女》，张坤译，上海：上海译文出版社，2010年，第256页。

4　谭恩美：《接骨师之女》，张坤译，上海：上海译文出版社，2010年，第256-257页。

对"龙骨"存有敬畏，认为上面附着先辈的灵魂，而近代考古学的发展则还原了"龙骨"的真实身份乃是"北京人"头盖骨和甲骨，但最终"龙骨"在战乱中神秘丢失，成了历史之谜。茹灵痛惜道：

> 开京所有的心血，他最后一次到考古坑，牺牲了生命——这一切，都变得毫无意义。我想象着那些细小的头骨片跟鱼儿一起漂到海水里，慢慢沉到海底，鳗鱼从上面游过，沙子渐渐将它们埋在下面。我又看到骨头被当作垃圾扔下火车。军用卡车的车轮碾过，把骨头轧成比戈壁滩上的碎石大不了多少的碎片。[1]

有学者分析认为，这表达了"她对爱人的深情与中华民族历史的命运交织在一起"[2]。有学者则认为这体现了文本的历史性，因为这段描写与历史上关于"北京人"头盖骨的记载重合：大约从北宋时代起，北京周口店一带就有出产"龙骨"的传说，当地人把"龙骨"当作天赐的良药。后来在20世纪初不少古生物学家和考古学家来到周口店地区发掘和考察后分析证实，"龙骨"其实是人类祖先"北京人"的化石，并持续进行发掘。但在1941年，由于战争形势严峻，"北京人"头盖骨被移交给即将撤离的美国海军陆战队，同年12月5日，该部队所乘火车驶往秦皇岛，但由于随后"珍珠港事件"爆发，日本军队俘虏了北京、天津等处的美国兵，"北京人"头盖骨从此下落不明。因此"小说对龙骨的详细记载实际上是为了更好地摹写出历史事件对人们产生的直接的冲击，龙骨的坎坷经历正是中华民族的写照，散落四方的结果也与中华儿女（华裔族群）流散于异国他乡，希冀叶落归根而未果的哀愁相呼应"[3]。

我们认为，借龙骨丢失这一事件谭思美表达的实际上是一种支撑中华传统文明的核心意义的失落，因为"龙"与"骨"是极具文化象征性的词语。甲骨和墨都是中国不同时期书写文化的载体。如果甲骨是中华文明的启蒙时期的标志的话，墨和与之息息相关的中文书法则代表着古代中华文明的鼎盛与繁荣。墨承载着书法，而书法承载着中国文化对理想的人和文明的定义。宝姨、潘老师和开京在小说中都是传统道德、良心和智慧的化身，他们也

1　谭恩美：《接骨师之女》，张坤译，上海：上海译文出版社，2010年，第252页。
2　夏楠：《〈接骨师之女〉中的历史语境解读》，载《小说纵横》，第87页。
3　谢嘉：《历史与文本的互读——从新历史主义角度解读〈接骨师之女〉》，载《重庆第二师范学院学报》，2016年第4期，第117页。

都曾用墨与书法比喻人生与人品。宝姨希望用墨与书法教会茹灵看人识物，"她对我说，世间万物皆有个来由目的，墨也一样：一下子就能从瓶子里倒出来用的，并非真正好墨。下笔创作前不经过辛苦研磨，毫不费力就得到作品，那你一定成不了真正的艺术大家……你想也不用想，落笔就写，写出来的尽是脑海里面最表层的东西"。而研墨则可以让人去扪心自问："我志在何处？胸中有什么样的情怀？"[1]潘老师教导学生："当你在石头上磨墨的时候，你就改变了墨的天性，从坚硬不变的一块化成流动的墨汁，可以呈现不同的形态。可你一旦将墨落到纸上，墨又凝结起来，你再也无法让它换回原型。"[2]他也因为茹灵的一手好字而对她另眼相看，赞扬她"要是早生几年，托生个男孩，肯定能成个名师大儒"，并痛惜文化的衰败，"朝廷如何腐败，连科举制度都败坏了"[3]。开京通过评论传统的水墨画竹子，谈论了"美的四种境界"，由低到高分别是：技艺之美、气势之美、神韵之美，以及最高境界"道"：

> 第四种境界比神韵还要了不起，世间众生都不由自主地寻求这种美，但只有当你无心寻找的时候，才能感觉到它的存在。这种美只有你不费心机、不存奢望、不知结果如何的时候，才会出现。它美得单纯，就像天真的孩童那样单纯。[4]

这样看来，在《接骨师之女》中，以"骨"（character）作为一章的标题就极具深意。英文"character"和中文的"骨"这一对在两种语言中都形成双关语的词语，不是一种文笔上的点缀，而是具有关键的解释性作用，再次反映出谭恩美对文化差异的高度敏感。中文的"字"对应的英文是"character"，但这一英文单词又有"性格""信用"之义。中文的"骨"对应的英文单词应是"bone"，但是这一英文单词没有"字"的衍生意义。中文发源于"甲骨"，因此在文化渊源上，"骨"便与"字"相关；又因为中国文化认为"字如其人"，书法与性格是正相关，加上"骨"在中文中又

---

1 谭恩美：《接骨师之女》，张坤译，上海：上海译文出版社，2010年，第186页。

2 谭恩美：《接骨师之女》，张坤译，上海：上海译文出版社，2010年，第242页。

3 谭恩美：《接骨师之女》，张坤译，上海：上海译文出版社，2010年，第218页。

4 谭恩美：《接骨师之女》，张坤译，上海：上海译文出版社，2010年，第228页。

可以衍生成"骨气""铮铮铁骨"这样的与性格相关的文化解释，因此，中国文化中的"骨"也就可以译为英文的"character"。这一对从字面上来看似乎并不准确的词语翻译，由于两种文化的互补性，反而在意义上最贴切。

选择"龙骨"和"北京人"头盖骨的发现作为故事的背景，还体现出谭恩美非常善于调用西方社会关于中国文化的印象来建构叙事。这一考古发现并不完全由中国人完成，而是与西方用现代科学的方式重新检视古代文明的方法息息相关。"北京人"头盖骨的发现始于瑞典考古学家安特生（Johan Gunnar Andersson）和奥地利古生物学家师丹斯基（Otto Zdansky）在20世纪初在周口店附近的考古发现。加拿大考古学家、医学家步达生（Black Davidson）在他们的基础上又进行了进一步发掘和研究，并在1926年摘写出了《亚洲的第三纪人类——周口店的发现》一文，震惊学界。1929年，经过步达生的努力，在洛克菲勒基金会资助下，中国第一个从事新生代地质、石生物学特别是古人类学研究的专门机构——中国地质调查所新生代研究室诞生。[1]也就是在同年12月，"北京人"完整头盖骨出土，震惊世界，而伴随它出土的，还有人类用火的遗址，这就将人类迈向文明的历史一下往前移了100万年。"北京人"的出土证实中国是人类文明的一个古发源地，因此"北京人"的发现是超越民族的，对全人类而言是意义非凡的考古事件，但它的整个发现过程又打上了非常明显而典型的西方文明全球化扩散的历史烙印。当甲骨被出土，被科学考察，对甲骨的科学化认识也就消解了长久以来围绕甲骨的渊源所形成的文化信仰的光晕，神秘感的失落也是文化意义的消失。

对于美国读者而言，西方参与发掘"北京人"头盖骨的事实是小说的"前文本"，也就是《接骨师之女》生成前的文本语境。他们在阅读小说之前，可能已有关于"北京人"头盖骨的印象，或是可以查阅到相关的资料。谭恩美恰恰避开了对这段历史的叙述，而是强调了"龙骨"对于生活于斯的以宝姨为代表的中国人而言的传统意义：甲骨具有占卜、救命和毒咒的神秘力量，因此，中国人既使用它，又敬畏它。这既让西方读者感到陌生新奇，又可以与他们已有的认识构成互文，因此极具文化吸引力。

但是，谭恩美没有避开对这一进程中西方国家对中国文化，特别是基督教对中国传统民间信仰的侵蚀的叙事，并且进行了较多直接的刻画。在《命运》这一章里，谭恩美集中通过茹灵之口讲述了修女所建的基督教育婴堂对

---

1 《抗战时期遗失的"北京人"头骨》，载《北京文博》，北京市文物局，http://www.bjww.gov.cn/2015/11-19/1447915491625.html, 2015-11-19.

中国孤儿们进行宗教洗脑教育的过程。修女们救助孤儿们的行为无疑是善良的，但她们也带有她们的宗教使命。谭恩美笔下这个育婴堂恰恰建在一个过去的佛教寺庙里，修女们将佛教神像都覆盖起来。育婴堂的孩子们被告知："'老师说这是封建迷信，对我们没有好影响。我们不该信这些老神仙，只能信基督教的神。'"[1]而最滑稽却极具象征意义的一幕则发生在修女们决定将中国神仙雕像粉刷改成基督徒，原因在于生活拮据，没有多余的布来覆盖神像了。"那些从小在育婴堂长大的孩子都觉得这样肯定很好玩，可是有些长大些才进来的孩子很害怕这样一来会冒犯神灵，激怒它们，带来祸患，因此不肯做。硬把她们拖到神像面前的时候，她们都吓坏了，尖声大叫，口吐白沫，像鬼上身一样。"[2]孩子们身体上的强烈抗拒反映的是心理和观念上同样痛苦的转变，是一种被迫拔掉信仰根基的痛苦。一种激烈的文化冲突被谭恩美生动地刻画出来。

但是，借茹灵之口，谭恩美又表达了她所理解的中国文化的包容性，一种理想化的文化："中国是个礼仪之邦，对生活的态度也很实际。中国的神仙一定能理解，他们现如今是住在一个美国人当家的西式家庭里。……中国人不像洋人那样，一定要把自己的观念强加于人。"[3]因此，茹灵可以坦然接受这一任务，而在完成这一任务后，她也从育婴堂的孤儿变成正式的老师，完成了成人礼。

谭恩美从叙事结构与文化元素呈现上所体现出的双重文化的自觉性贯穿了整部小说。她对西方和中国文化都表现了同样的批评与欣赏兼具的态度。从茹灵幸存者的结局来看，她在上面神像事件中所阐释的中国文化的包容性，也正是谭恩美的一种政治无意识的映射，她委婉地批评了西方文化由于自身经济、军事实力而表现出的文化和意识形态上的优越性和侵略性，但她又借茹灵之口，默认了这一既成事实，并试图找到合理性。

---

1 谭恩美：《接骨师之女》，张坤译，上海：上海译文出版社，2010年，第214页。

2 谭恩美：《接骨师之女》，张坤译，上海：上海译文出版社，2010年，第225页。

3 谭恩美：《接骨师之女》，张坤译，上海：上海译文出版社，2010年，第225页。

第三节　政治无意识
——被强化与被调和的历史

谭恩美在阐述自己的创作方式时指出，她在创作一个故事时会先大概设想一些特定细节、时间段和地方，但在这种模糊性引发了初步的创作之后，她还需要在历史中去找到可以与她的设想相吻合的真实具体的历史时期与地域。她的创作之所以一开始不去过分限定这些细节，是因为更多的灵感会在查找具体的史实资料时因机缘巧合而生出。[1]因此，谭恩美作品中的"历史感""代际感"往往与"神秘感"交织在一起，成为她作品中非常鲜明的特点。

虽然谭恩美的小说叙事通常在不同的历史时期穿梭，但中国近代史与美国华人移民史仍是她作品中最重要的时域资源。《接骨师之女》在这一点上极具代表性，因为它完整讲述了从外婆到孙女这三代人，从中国的乡村到城市，从北向南，从中国到美国，从青年到暮年的命运变迁。那么依照詹姆逊的理论，我们要分析作品所具有和呈现出的作者的政治无意识，就需要去分析作者所具有的社会观和历史观是如何通过故事历史政治背景的设置以及人物在这一背景下思想与行为方式的刻画来体现的，当然还包括人物最终的结局。

《接骨师之女》中涉及中国历史的部分，由外婆宝姨和母亲茹灵的经历作为主线，对于美国华人移民历史的反映则主要以自二十多岁移民到美国的母亲茹灵与在美国土生土长的女儿露丝的生活经历为依托。《接骨师之女》通过各种具有鲜明文化社会特点的情节，集中塑造了三个人物的性格和形象。但是其中对史实的调用方式却存在较大区别。换句话说，历史背景和事实在小说中中国和美国故事的叙事中的作用和地位区别明显，而这也影响了人物的塑造方式。

在中国故事的叙事部分，我们可以观察到谭恩美调用了宏大的历史叙事来映衬小人物在历史洪流中既身不由己、随波逐流，又不甘于命运的摆布、努力挣脱的状态。宝姨和茹灵都是小人物，她们似乎遭了毒咒而命运多舛。宝姨敢爱敢恨，不顾社会禁忌偷尝禁果，未婚先孕，但父亲和未婚夫在迎亲途中为奸人所害，她以死明志吞下滚烫的墨汁，却未能如愿，毁容且失声，但为了女儿茹灵她又忍辱负重以保姆身份活了下来，最后却为了阻止女儿

1　Amy Tan: "Amy Tan's TED Talk in 2008: Where Does Creativity Hide?", http://www.ted.com/talks/amy_tan_on_creativity/transcript?language=e, 2016-05-25.

嫁给奸人之子而引刀自刎，愿以鬼魂之名来保护女儿，尸骨被弃于深渊，不可谓不惨烈。同样，茹灵从未有过父爱，又不知生母身份，最后由于年少任性导致生母自杀，被迫住进收留孤儿的育婴堂；在育婴堂她遇到知己结为连理，但婚后不久爱人就被日军所害，从此生死两茫茫。两个人物的性格刚烈不屈，宝姨如此，茹灵亦然，在痛失至爱而育婴堂老少又面临日军包围生死难料时，她表现出惊人的勇气和智慧，带领育婴堂的孩子们突破包围圈，在艰难时世中积极求生。

谭恩美倾其笔墨塑造这两个人物，而两件在历史上真实发生过的重大事件对于人物塑造起到了关键作用："北京人"头盖骨的考古发现和抗日战争的爆发。

宝姨出生在接骨世家，她因为接骨而遇见恋人，也因为接骨而被奸人所垂涎，她家族的秘方正是"龙骨"，而"龙骨"实际上就是甲骨，又和后来历史上考古发现的"北京人"头盖骨相关；茹灵的爱人是地质考古学家，正是在发掘甲骨的过程中与茹灵相识相恋，也因此惨遭日军杀害，最后茹灵靠着变卖母亲留给她的"龙骨"而得以移民美国。因此，在中国故事中，个人与历史事件存在着剪不断的关联，小人物无法在时代的洪流中独善其身，他们的经历折射出大时代的变迁。

在《接骨师之女》中的历史事件还不仅仅是影响人物命运的重要背景，而是被作者直接调用来塑造人物形象。以茹灵的爱人开京为例。开京是一个有些跛脚的文弱的科学家，他有着专注于考古的热情并刚刚和茹灵成婚，但在抗日战争局势的逼迫下，他被拉入了抗战的洪流。开京考古的小村庄被日军包围局势危急，共产党部队来招兵，但是开京并不情愿，带队士兵如是劝道："你们从前的工作是为了保存过去……你们一定也可以为了开创未来而工作。再说了，若是日本人摧毁了中国，你又能挽救得了什么呢？"[1]仍然是在不情愿的情况下，开京跟着部队离开了。开京并不是一种典型的革命者或民族英雄形象，他的犹豫和不情愿真实恰当地表现了他当时的思想状态和认识，具有人的自由意志和弱点，易于和生活在当下和平环境中的美国读者产生共鸣。三个月后部队被日军打散了，开京逃了回来。谭恩美没有正面描写战斗的残酷，但是通过对开京形象的侧面描写让读者真切感受到："他的脸瘦了，也黑了；头发和皮肤散发出烟火气。他的眼睛也不一样。……他已

1　谭恩美：《接骨师之女》，张坤译，上海：上海译文出版社，2010年，第246页。

经失去了部分的生气和活力。"[1]开京知道日军的搜索部队很快就会找来，前途危险。但是，与此相对的是，开京仍然安慰茹灵，让她坚强，相信未来。他说"没有什么毒咒"，表现了对妻子深沉的理解和眷恋。最后，为了保护育婴堂其他人不被连累，开京和其他一起逃回来的战士挺身而出被捕，日本人严酷审讯想让他们说出共产党的部队到底去了什么地方，开京和村民在日本人的淫威下岿然不动，"他们一个一个地摇头，一个接一个地倒了下去"[2]。这一场面是茹灵听高灵转述的，其残酷让茹灵不敢想象，只能躲藏到自己的回忆里，回忆两人的美好时光。这一段叙事在人物的思想和行为之间构成了强烈的对比，富有戏剧性的张力：一边是对美好和平的时光、单纯的相濡以沫的渴望，一边是历史的巨变，民族处于危急关头下的复杂艰难的生死抉择。而仅仅在三个月的时间内，开京从一个与世无争、希望独善其身的科学家转变成了一个不得不奔赴战场，最终在民族大义前舍生忘死的战士。我们并不能说谭恩美笔下的开京在思想觉悟上发生了多大的变化，而应该说谭恩美重在表现开京深藏在骨子里的民族感和责任感没有在敌人的残暴、恶劣的环境中泯灭，反而被激发了出来，而他正是千万个这样的中国人中的一员。谭恩美对这一人物的塑造可谓非常正面真实，这些具有人性温度的细节格外动人，开京的英雄形象也就更让人信服。

对于中国读者而言，《接骨师之女》中关于这一段历史的描写是非常容易理解的。然而，当我们把小说放回它出版的历史社会语境中就会发现，这是谭恩美勇敢直面历史的举动。如果说《喜福会》触及抗战的历史，是点到为止的话，那么在《接骨师之女》中这一历史事件得到了直接描述，而日本侵略者残暴的行径也得到充分刻画：

> 日本人知道山里藏着共产党，很生气，想通过屠杀附近村里的人把共产党引出来。于修女告诉我和高灵，说日本兵对许多纯洁的少女犯下了无法言语的罪行，有的孩子才只有十一二岁。……我们想象得出那种种惨状，即便于修女没有明说，我们也都明白发生了什么事。[3]

1　谭恩美：《接骨师之女》，张坤译，上海：上海译文出版社，2010年，第248页。

2　谭恩美：《接骨师之女》，张坤译，上海：上海译文出版社，2010年，第249页。

3　谭恩美：《接骨师之女》，张坤译，上海：上海译文出版社，2010年，第253—254页。

在这一段当中，谭恩美看似冷静客观的语调下藏着犀利的批判和价值判断，那就是揭示了日本侵略者残暴泯灭人性的本质和共产党抗日护民的担当，否则，日军便不会企图通过屠杀村民来引出共产党。

与谭恩美对抗战和日本侵略的正面描写相一致的是当时美籍华人开始勇于在主流社会发声的趋势，他们对20世纪上半叶的中国历史重新进行书写和清算。正是在1997年，同样作为第二代华裔移民的历史学家张纯如（Iris Chang）写出了震惊世界的《南京大屠杀：被遗忘的二战浩劫》（*The Rape of Nanjing: The Forgotten Holocaust of World War II*），其资料之翔实、描写之真实，让美国主流社会开始重新认识日本在当时所犯下的罪行。但是她所承受的压力也是空前的，因为，正如此书的副标题所示，这是一段被西方主流社会所"遗忘的二战浩劫"，这段历史对于美国乃至西方主流世界而言是一段被淡化的历史片段。这种"遗忘"的原因不是由于西方社会的健忘，而是一种选择性的遗忘，最根本的原因还是在于西方对羸弱的近代中国长期的轻视和对共产党统治的新中国的敌意。因此，在这样的语境下去"唤起"记忆就成了相当艰巨的任务。张纯如的责任感让她顶住压力去完成这个任务，但也是这种责任感让她最终不堪重负。作为小说家的谭恩美身处同样的社会历史语境中，而她写作的题材又如此紧密地与20世纪上半叶的中国历史相关，那么如果她要直面历史，她也就同样不得不承受类似的压力，即如何在承担身为华裔的历史责任和身为美国人的现实政治倾向间取得平衡。事实上，从谭恩美的自传可见，谭恩美也同样经历了一段相当长时期的身体与精神的低谷，甚至濒临患上抑郁症的边缘。

与历史学家必须面对冰冷残酷、无法更改的历史事实不同，小说家的创作具有更大的主观性。如我们第二部分所论，叙事可以成为一种治愈的过程，也是一种对历史的重构与想象。从美国20世纪80年代开始，以斯蒂芬·格林布拉特（Stephen Greenblatt）、海登·怀特（Hayden White）等学者为代表的新历史主义在文学批评理论界占据越来越主要的位置。有学者认为谭恩美对历史的调用和叙事非常符合新历史主义的主张，因为"新历史主义将一些逸闻趣事和普通人作为重点分析对象，通过挖掘他们经历的不为人知的小历史以刺穿传统历史的宏大叙事的堂皇假面，实现其反历史真实性的表述"[1]，而"无论是茹灵记录的手稿，还是对于龙骨情节的叙述，都可以

1　谢嘉：《历史与文本的互读——从新历史主义角度解读〈接骨师之女〉》，载《重庆第二师范学院学报》，2016年第4期，第116页。

看作是作者依托了历史的客观存在性来对小说进行的建构，将新历史主义学者所倡导的用小写、复数（即主观、细碎）的历史来替换大写、单数（正统书写）的历史，突出了历史的文本性特征"[1]。《接骨师之女》被公认为是谭恩美几部小说中自传色彩最浓的一部，"以女性的自传体叙述为主，把华美文学强调个人色彩和真实感受的传统发扬光大"[2]，通过回忆认识自我、重构历史，而"族裔作家正是通过回忆重述过去、重构历史的努力，将个体的、差异的记忆转换成公共记忆，从而质疑主流历史话语的暴力行径"[3]。小说中，谭恩美也借露丝之口道出了作者在面对自传性的文本时，必须在虚构性与历史性间进行平衡和选择："在虚构的世界里，她可以改变一切，她本人，她的母亲，她的过去。但是改变一切的念头又让她感到害怕，就仿佛她这么想象一番，就等于是在谴责和否定自己现在的生活。随心所欲地写作是一种非常危险的痴心妄想。"[4]毫无疑问，谭恩美在小说创作中既对历史存有敬畏之心，又试图在个人化的历史中探讨不同的发展可能，实现理想的图景。

我们可以看到，这本小说里谭恩美对日军侵略的批判是直接的，毫不掩饰，而在涉及共产党的描述中，谭恩美虽然有所保留，语调谨慎，但总体而言，她没有把中国共产党妖魔化，而是尽量保持客观。这在她后面交代杀害茹灵父亲和外公并霸占刘家墨店的张老板的下场，以及育婴堂的于修女和潘老师的结局时表现得尤为突出：共产党在20世纪50年代打倒地主时，公开宣判张老板有罪并执行枪决，"露丝总的来说是反对死刑的，可是一想到，这个人给自己的外婆和母亲造成了多么巨大的痛苦，他的死才叫罪有应得，她脑子里浮现出公开枪决张老板的场面，暗自觉得很痛快"[5]；于修女当了共产党的高级领导，虽然在后来受了一段不公正的待遇，"可是出来以后，她还是很高兴做个共产党人"[6]；而潘老师则代表儿子接受了共产党追认的革命烈士的表彰。在战乱与政治动荡中，主人公茹灵最终也凭借自己坚强的意

1　谢嘉：《历史与文本的互读——从新历史主义角度解读〈接骨师之女〉》，载《重庆第二师范学院学报》，2016年第4期，第117页。

2　蒋欣欣：《〈所罗门之歌〉与〈接骨师之女〉的记忆书写比较》，载《社会科学研究》，2013年第6期，第202页。

3　蒋欣欣：《〈所罗门之歌〉与〈接骨师之女〉的记忆书写比较》，载《社会科学研究》，2013年第6期，第203页。

4　谭恩美：《接骨师之女》，张坤译，上海：上海译文出版社，2010年，第28页。

5　谭恩美：《接骨师之女》，张坤译，上海：上海译文出版社，2010年，第312页。

6　谭恩美：《接骨师之女》，张坤译，上海：上海译文出版社，2010年，第313页。

志和勇气，加上聪明灵活的头脑，不仅保护自己，幸存下来，也保全了自己的妹妹，为她开启了新生活。茹灵、开京、于修女与潘老师在谭恩美的笔下都是平凡的小人物，但生死攸关时，又都表现出不惜牺牲自我保护他人的英雄气概，最终活着和逝去的英雄都得到了正名，有了合理的归宿，而恶人得到了应有的惩罚。这正是谭恩美希望在文本中实现的淡化意识形态区隔，强化道德同一性的政治上的理想图景。《接骨师之女》以此将历史事件通过个人化的自传形式进行了重构。

但是，如果我们比较谭恩美在美国故事部分调用历史事实的方式，则会发现宏观层面的美国历史，特别是与政治强相关的任何历史事件，都隐匿不见，没有出现在正面的描述当中。实际上，从叙事覆盖的时间轴而言，茹灵移民美国的半个世纪，并不是波澜不惊的时代，而有着相当丰富的历史资源可以调用。谭恩美的确生动地刻画了茹灵和露丝在美国社会生活的日常中感受到的文化差异、冲突，以及由此带来的生活上和精神上的压力。但是她将这些压力的源头指向了中国历史对移民个体的困扰，并将之私人化为个体的体验，几乎没有对产生这种压力的最直接的美国现实和历史语境进行深究。小说中，谭恩美多次描述了母亲茹灵与其妹妹高灵对美国社会的不同适应情况，更印证了这一点。高灵似乎因为没有茹灵身世上的困扰，所以活得潇洒，游刃有余。"移民到美国已经五十年之久，她（茹灵）的英语无论是发音还是词汇量都毫无长进。相反她的亲妹妹高灵姨妈，跟她差不多同时来到美国，英语却说得极好。"[1]母亲茹灵总是不开心，哪里也不去旅游，不舍得花钱，生活乏味，而高灵姨妈则生活丰富多彩，性格开朗，精力充沛，完全有着美国中产阶级的生活方式。比如自己生日聚会时，"高灵姨妈脖子上挂了条假花环，身穿大花图案的姆姆裙，跟聚会的夏威夷主题相配"，"高灵姨妈非要用夏威夷式的称呼，管后院叫'拉奈'"[2]。可以说，谭恩美在中国故事部分所体现出的宏大的历史视野和企图重构理想化历史的野心，在美国故事部分被弱化成一种保留家族记忆、实现个体美好生活的私人愿景。

在《美国种族简史》中，托马斯·索威尔（Thomas Sowell）认为"美国幅员辽阔，种族杂糅，国民中没有哪一部分人能有效地处于主宰地位。在这样一个国家里，多元化并非人们一开始就抱有的理想，而是互不相容所

1　谭恩美：《接骨师之女》，张坤译，上海：上海译文出版社，2010年，第45页。
2　谭恩美：《接骨师之女》，张坤译，上海：上海译文出版社，2010年，第307页。

造成的惨重代价迫使他们彼此相安共处的结果"[1]。而对于20世纪移民美国的华裔而言，两件历史事件对他们的个体命运起到了关键性的作用：一是1882年首先在美国加州通过并延续至1943年才废除的一系列《排华法案》（"Oriental Exclusion Act"）；二是1954年至1968年的美国民权运动（Civil Rights Movement）。这两个事件特别是其背后的种族歧视逻辑却未在谭恩美的移民历史记忆中得到足够的显形。谭恩美在《接骨师之女》中虽然对作为第一代和第二代移民的母亲和女儿的心理活动进行了细腻的描写，却对这部分历史与社会背景避而不谈。这与她在第二部分的个人故事中建构出宏大历史格局的叙事策略间形成了巨大的对比。

第一个事件的隐形，诚然可以被故事中人物所处的时代所解释，也就是茹灵等人的移民发生在1945年之后，而1943年《排华法案》由于美中结盟抗日的政治环境被废止。但是，历时70余年针对特定族裔的种族歧视法案的余威何以能在文本中毫不留痕？这里我们有必要简要回顾一下《排华法案》的前因后果，这能让我们更清楚地看到这一历史事件缺席小说文本的不合理之处。

19世纪上半叶，美国移民政策非常宽松，正值美国开疆扩土和铁路等基础设施大修建的时期，需要大量劳动力。与此同时，在第一次鸦片战争之后，清政府逐渐打开国门。欧美列强与清政府签订了一系列不平等条约，希望通过开放贸易口岸、获得贸易特权、开展传教活动等方式扩大和巩固它们的在华利益。这段历史不再赘述。但是作为后起的西方国家，美国没有在前期用战争等方式得到足够的实质利益，转而通过与清政府频繁外交来施加对华影响，提议在京开设领馆等。在多次拒绝后，1861年，清政府同意西方在北京开设使馆。次年，美国第一任驻华公使安森·伯林格姆（Anson Burlingam，中文名蒲安臣）赴任，伯林格姆的"合作政策"与其他欧洲列强用武力威胁并在条约中要求割让土地等主张相比温和很多，与清政府建立了非常良好的关系，甚至绝无仅有地被任命为中国使节，代表中国与美国及其他西方国家进行条约谈判。1868年清政府与美国签订了《伯林格姆条约》（"The Burlingam Treaty"），承认两个国家间可以进行自由移民，同时清政府放宽对美国商人以及传教士的活动限制并增加保护，两国互相承诺给予"最惠国待遇"并保证对方公民在本国有永久居留权等。在两国良好的外交关系下，大量华工被输出，在19世纪60年代，有超过10万华工来到美国西

1　托马斯·索威尔：《美国种族简史》，沈宗美译，北京：中信出版社，2011年，第11页。

部。然而，好景不长，随着美国拓荒进程放缓和美国内战后经济萧条等因素，19世纪70年代，反华潮开始暗流涌动，在加州数地爆发了针对华人的骚乱。很多学者认为华人成了经济萧条情况下的替罪羊，劳工组织与资本家间的矛盾被转嫁到华工身上。加州是淘金和西部铁路的终点，是一个种族杂糅程度较高的区域，种族的多元也带来了种族的矛盾，华人相对封闭的生活圈、与白人迥异的外貌及风俗，再加上他们不想卷入劳资冲突的隐忍性格，让他们成了最易被攻击的靶子。另外，一些机会主义者政客煽风点火，最后导致了《排华法案》首先在加州得到通过。

而在美国历史上，与《排华法案》同年通过的还有美国历史上第一个对移民进行的法律限制（"First Federal Immigration Law"）。"这一法律最重要的方面是政府第一次开始拒绝某些不受欢迎的阶层，比如精神病患者、罪犯、智障和有可能成为社会负担的人群入境。"[1]但是，华人显然不应被归为其中任何一类。因此，美国已故总统约翰·F. 肯尼迪（John F. Kennedy）在《移民国度》（*A Nation of Immigrants*, 1964）一书中坦言道："唯一一次对自由非歧视的基本移民政策的偏离就是《排华法案》。""尽管他们过去因为修建铁路和开荒中的表现被美国所欢迎，但却逐渐被认定损害了'美国式'劳动力的标准。""针对华人群体的有组织的暴力运动成形了，这种歇斯底里由于过于暴力而造成了难以扭转的政治压力。"[2]虽然有清醒者看到这一法案的不同寻常的偏激，但是《排华法案》终获通过，并在10年期满后又两次续期，最终在1902年被永久化。而肯尼迪一再强调，"虽然这些插曲让人觉得羞耻，但也是总体政策的唯一一个例外"[3]。这一切实际上总的来说还是与中国当时低微的国际地位相关。《纽约时报》（*New York Times*）在1880年的一篇社评中傲慢又直白地指出："中国如何能够让我们遵守协定呢？如果不行，我们又为何要遵守？我们可以违背它，因为中国根本不可能有坚船利炮来侵入我们的海湾，打击我们的城镇。"[4]

《排华法案》对于美国历史而言是一个小插曲，对于生活在美国的华裔而言却是挥之不去的噩梦。《排华法案》除去限制中国人入境和定居美国

1　John F. Kennedy: *A Nation of Immigrants*, New York and Evanston: Harper & Row, Publishers, 1964, p. 72.

2　John F. Kennedy: *A Nation of Immigrants*, New York and Evanston: Harper & Row, Publishers, 1964, p. 92.

3　John F. Kennedy: *A Nation of Immigrants*, New York and Evanston: Harper & Row, Publishers, 1964, p. 93.

4　Philip Foner, Daniel Rosenberg: *Racism, Dissent, and Asian Americans from 1850 to the Present*, Connecticut: Greenwood Press, 1993, p. 107.

之外，还决定遣返并不给予已经在美国工作、生活多年的华人同等的国民待遇。因此，当时的美国华裔面临两种选择，一是被遣返，二是隐姓埋名成为非法移民。事实上，美国的遣返制度正是始于《排华法案》。遣返的过程漫长而痛苦，不少人死于途中或在遣返中心被长期羁押，因此位于旧金山的遣返中心"天使岛"（Angel Island）也是一座华裔的血泪岛。隐姓埋名甚至改名换姓，改变民族则意味着与中国亲人失去联系，难以过上正常人的生活，难以享受基本的权利，"唐人街"成了名副其实的光棍城。[1]

在2012年6月，美国众议院通过了一项对《排华法案》进行道歉的决议，而这份决议的提出者是其中唯一的一位美籍华人女议员赵美心（Judy May Chu）。她表示："今天是创造历史的一天，国会两院官方正式地承认了当年针对中国移民的这些法律其丑陋及非美国的本性。"[2]美国华人全国委员会（the National Council of Chinese Americans）主席薛海培（Haipei Shue）称"这是伟大的一天"，美国华裔"溃烂了超过100年的历史伤口将得以愈合"[3]。《排华法案》大多数的亲历者已经逝去，但是其子孙仍然认为直到这一天他们才终于敢开口讲述自己的故事，"为自己家族最悲惨的一页画上句号"。多年来遣返的恐惧如影随形，因此"讲述家族历史就是一种禁忌"，"中国家庭都不愿谈及历史，一是怕孩子们说漏嘴，二是不能面对这种悲哀"[4]，而这就造成了家庭成员间，特别是父母与子女间的隔阂。因此，我们可以说很多美国移民家庭的第一代与第二代之间的代际问题，不仅仅是第一代移民的中国记忆所造成的，在很大程度上，是美国社会"排华"的生存压力所致。但是，以母女间情感与交流为主线，涉及华裔在美国社会适应与生活之艰难的《接骨师之女》，却没能以任何方式调用这一历史事件，不能不说是一种"健忘"，而这种健忘也同样是选择性的。小说中茹灵和高灵得以在美国定居，是得到了先于她们在美国扎根多年的杨家的帮助："两姐妹分别来到美国，嫁给了兄弟两个，婆家是开杂货店的。茹灵的

1　Sucheng Chan: *Chinese American Transnationalism: The Flow of People, Resources and Ideas between China and America during Exclusion Era*, Philadelphia: Temple University Press, 2006.

2　"US Apologizes for Chinese Exclusion Act", Xinhua News, 2012-06-19. http://www.chinadaily.com.cn/world/2012/06/19/content_15512469.htm

3　"US Apologizes for Chinese Exclusion Act", Xinhua News, 2012-06-19. http://www.chinadaily.com.cn/world/2012/06/19/content_15512469.htm

4　Corrina Liu Shuang, "U.S. Apology for Chinese Exclusion Act Comes Up Short", 2012-01-12. http://www.neontommy.com/news/2012/01/us-apology-chinese-exclusion-act-comes-short

丈夫艾德温·杨当时在读医学院……而高灵的丈夫艾德蒙是小弟，在学牙医。"[1] 在中国故事部分，这一事实再次被落实："他们家姓杨，他们父亲说，像你这样的情况，只要有他这样的人肯出资赞助，你可以作为著名访问学者到美国。……他们家人肯这么做实在是难得，因为我跟他们现在还没有关系。……但是他们已经填完了申请，准备好了文件。"[2] 除此之外，谭恩美没有再正面提及杨家人何以在美国扎根发展的任何过去，因此，从小说中，我们得到的印象便仅仅是美国20世纪40年代的华裔生活富足，受到良好教育。但是，在这寥寥几句的叙述中，如果对历史有所了解的人，却又可以读出话外之音。高灵所感叹的"他们家人肯这么做实在是难得，因为我跟他们现在还没有关系"与《排华法案》时期华人男性高比例的单身状态吻合，杨家父母的热心并非完全不要求回报，而是有着非常明确的意图，为自己的两个儿子寻找对象。可以说，谭恩美采用了回避的文本策略，不愿正面触及这一段历史。

虽然《排华法案》在1943年被废止，但是"排华"作为一种社会实践和根基深厚的意识形态概念远未消失。直到1965年《移民国籍法案》（"Immigration and Nationalization Act of 1965"）出台，才取消了基于民族和种族基础上的移民配额。之前，华裔的年配额为百余人，大大低于实际的移民需求。至此，华裔移民开启了第二次移民美国的浪潮。这一重要的历史事件谭恩美在小说中确有提及。在第一部分第三章中，露丝带母亲茹灵去看病，她发现除了一个谢顶的白种男子，其他病人都是亚洲人，医生护士看上去也像是中国人，这引起了露丝的感叹：

> 露丝想到，六十年代的时候，大家都反对为不同种族设立各种服务设施，认为那是一种种族隔离的做法。但是现在大家却要求设立这样的服务设施，认为这是尊重不同民族文化的表现。况且旧金山的人口大约有三分之一是亚洲人，因此专门针对中国客户的医疗设施也不失为一种市场策略。[3]

然而露丝的这一观察就意识形态来看，态度非常摇摆：究竟她是在讽刺当下人们要求对不同民族文化的人进行区隔服务呢，还是在讽刺20世纪60

1　谭恩美：《接骨师之女》，张坤译，上海：上海译文出版社，2010年，第54页。
2　谭恩美：《接骨师之女》，张坤译，上海：上海译文出版社，2010年，第275页。
3　谭恩美：《接骨师之女》，张坤译，上海：上海译文出版社，2010年，第58页。

年代的人要求取消种族隔离？在这一观察之后，露丝又为唯一的白人病人感到尴尬："那个谢顶男人在四处张望，仿佛想夺路而逃，离开这个陌生的环境。""露丝深知被当成局外人那种尴尬感受，她从小就经常遭人排挤。"[1]虽然谭恩美在这里提及了60年代民权运动并表现出她在这一问题上的反思，但是这一历史事件在整个文本对人物的塑造和情节的推动中，并不是关键。

不过，如果我们从政治无意识的角度来细读谭恩美这一小段的描述，还可以看出谭恩美通过对这一历史事件的调用所透露的价值判断。这里，露丝流露出对谢顶男子尴尬感觉的理解，从明面看是文化同理心的作用，但是，这种理解在逻辑上是否合理呢？相比之下，谢顶男子并没有受到排挤，他仅仅是注意到自己与其他病患的种族区别，感到不自在和难堪，而露丝幼时的尴尬却是实实在在被当作局外人受到排挤后所产生的。可以说，前者的尴尬是一种自发的种族主义的区隔感，后者的尴尬则是一种遭受不公正待遇后的羞耻感。但是，露丝却自动同情白人男子，这里唯一的暗示只能是：这名白人男子担心并且有可能遭到排挤，而这正是对不同的民族和文化进行区别服务的后果。在文中，谭恩美描写了露丝对文化区隔的观察和否定态度，这在"中秋晚宴"一节尤为突出：华裔和白人客人自动地选择同族裔的人一起就餐，"那边很快就变成了'非华人区'"，而白人客人确实对真正的中餐抱着怀疑的态度，"他们定是觉得一盘比一盘更怪异"。而露丝感觉其伴侣亚特的白人父母仍然没有真正接受自己，"卡门夫妇希望她只是亚特生命中的匆匆过客"[2]。如果我们不说谭恩美对"民权运动"遗产持完全否定的态度的话，那么至少反映了谭恩美对民权运动之后的多元文化主义下的社会的反思：凸显文化差异有制造文化区隔的危险，这在政治上同样有风险。那么，从这一角度来看，我们就更容易理解谭恩美对《排华法案》采取的回避策略和对民权运动的语焉不详。谭恩美在美国故事中专注于刻画日常生活，茹灵在工作、婚恋关系以及母女沟通上面对的困难和压力，无疑更易于和美国读者产生共鸣，而非生成区隔感，但是这也就减少了文本在社会历史批判上的力度和深度。

如果说《接骨师之女》未能对美国社会进行更宏大和更深入的历史性分析的话，那么我们下一章讨论的小说《沉没之鱼》（*Saving Fish from*

1　谭恩美：《接骨师之女》，张坤译，上海：上海译文出版社，2010年，第58页。
2　谭恩美：《接骨师之女》，张坤译，上海：上海译文出版社，2010年，第82-87页。

Drowning[1]）则在这方面有了很大突破，从人物塑造、叙事结构再到主题，谭恩美建构了一个异于她之前小说的符号象征体系。她不再着眼于通过一个族群的家族历史作为对立面来建构美国的现实，她将批判的主体直接设置为美国当下的社会文化。

1　谭恩美的这部小说在2006年出版了中文版。但是，如本书第一部分所述，蔡骏的译本在内容和结构上都做了较大改写。鉴于本部分的讨论重在考察谭恩美对美国文化和政治意识形态的思考，因此接下来的讨论将基于英文版本，小说名也采用直译"拯救溺水鱼"。特此说明。

第八章　真正的美国故事
——《拯救溺水鱼》中的美国与全球化问题

作为一个活跃多产的作家，谭恩美的特别之处在于，她始终对跨界合作抱有积极的态度，并陆续将其他小说或作品进行跨界改编。如《中国暹罗猫》（*Sagwa, the Chinese Siamese Cat*）系列童话被改编为动画片，将《接骨师之女》改编为歌剧在旧金山剧场上演等。但在2006年的作品《拯救溺水鱼》（*Saving Fish from Drowning*）中，她开始明显流露出她对美国文化中大众媒体功能的反思，小说从笔调和情节安排中都透露出明显的讽刺色彩。而这种反思针对的不仅是大众传媒现象，因为小说不再以美国华裔和近代中国为叙事的主题，而是把美国人作为一个整体概念来使用，这种反思显然将当下的美国主流文化和价值观推到了作者讽刺叙事的中心。

当我们把这种反思置于小说文本的整个流行文化语境中进行共时审视时，会感受到一种更深刻的来自现实的反讽。谭恩美不再讲述发生在过去的中国故事，也不再着力刻画第一代华裔移民，而是讲述了一行12人（其中一个是鬼魂）在东南亚旅游的经历。他们大多数是"喜爱艺术、富有、聪明、被惯坏了"[1]的白人，因此，谭恩美在这本小说中无须再大量使用洋泾浜英语，而用标准流畅的纯正美语写就。但是没有变化的是其一贯的黑色幽默的语调。故事仍然包括谭恩美擅长的各种主题元素：富有神秘感的东方、幽灵与文化的冲突，只不过冲突的舞台转移到东南亚的雨林部落，同时感受冲突的主角不再是移民到美国的华裔，而是裹挟着强势文化与资本优越感的美国游客。这种反讽的风格与主流文化的结合构成了《拯救溺水鱼》对美国当下文化乃至全球化等宏大主题相当犀利的批判。而这种对美国主流文化的批判性恰恰不是美国主流读者所熟悉与接受的谭恩美的"风格"。《拯救溺水鱼》虽然在出版第一周也成为畅销榜的十甲之一，但是相比于她的其他小说，算最不畅销的小说。与此同时，在美国评论界，它也成了谭恩美最受争议的小说。曾经非常推崇谭恩美的著名书评人安德鲁·所罗门（Andrew Solomn）认为《拯救溺水鱼》乏味沉闷，人物形象刻板，他提议"谭恩美非常善于写关于古老土地的古老故事，我们期待将来她回到她的这个领

1　Amy Tan: *Saving Fish from Drowning*, New York: G. P. Putnam's Sons, 2005, p. 41. 本章引自该书的引语均为笔者自译，以下不再说明。

域”[1]，明确暗示了谭恩美不能写好当下美国的故事和真正的非华人的美国人。

《拯救溺水鱼》在文本中对美国文化在全球的位置进行了大量反讽，这与它在现实中所遭遇的冷遇，也可以说构成了另一层面的反讽。本章将从对《拯救溺水鱼》中的人物设置、情节冲突和主题表现多个方面的分析入手，解读小说对当下美国文化与全球化的反讽书写的内涵与意义。

第一节　叙事反讽与符号学大局面反讽

"反讽"是小说常见的修辞方式，韦恩·布斯（Wayne Booth）在《小说修辞学》里将之视为小说叙事的重要方面。[2] "反讽往往具有滑稽、荒唐、调侃、戏谑等喜剧性美学表征"，但是"实质上，反讽具有严肃的批判性精神内核，喜剧的外观下潜藏着对生存境遇和人生价值的深层探求"。[3] 谭恩美小说生动有趣的语言是她一贯的特色，而这种幽默在她之前的小说中一般被认为属于修辞层面，有时是让较为沉重的叙事主题得到片刻的纾解，有时是为了突出人物的机智。《拯救溺水鱼》延续了这种特色，有学者指出"小说从人物形象到主题思想都具有强烈的反讽意味，层层递进而又互相交织的反讽使文本超越了小说表层而获得多重繁丰意蕴"[4]，主要分析了其中"甜妈"的形象和"拯救"的主题，而小说的中文译者蔡骏认为《拯救溺水鱼》将这种特色"发挥到了极致，可称是谭式风格的黑色幽默"[5]。他也同样指出，种种幽默的笑料似乎已经上升到了哲学的高度。蔡骏的分析是正确的，实际上，我们可以说，《拯救溺水鱼》中的"黑色幽默"已经不单单是一种语言修辞上的特色，而是整本小说的叙事基调，其对反讽的利用是系统性的：微观来说体现在人物塑造（身份、语言、行为）和情节发展中，而宏观而言，体现在其主题中。

从叙事学的角度来看，"叙述反讽是一种基本的反讽性话语表达方式，

1　Andrew Solomn: "Review of *Saving Fish from Drowning* by Amy Tan", http://andrewsolomon.com/articles/bus-of-fools/, 2016-01-29.

2　韦恩·布斯：《小说修辞学》，付礼军译，南宁：广西人民出版社，1987年。

3　黄擎：《论当代小说的情景反讽与意象反讽》，载《东南大学学报（哲学社会科学版）》，2003年第5期，第114页。

4　常转娃：《论谭恩美小说〈沉没之鱼〉中的反讽艺术》，载《长春工业大学学报（社会科学版）》，2013年第5期，第107页。

5　蔡骏：《序言》，载谭恩美《沉没之鱼》，北京：北京出版社，2006年，第5页。

旨在通过或彰显或潜隐对立的两项……产生出一种独特的反讽效果，并从中深刻揭示出与所陈述的字面义相反的真实意旨"[1]，基本可以分为戏谑反讽、语调反讽、话语反讽和视点反讽这四个方面。而在符号学理论看来，"反讽（irony）是一种超越修辞格的修辞方式"，因为其他修辞格都是比喻的变体，是让符号表意的双方靠近，但是反讽"是取双方相反，两个完全不相容的意义被放在一个表达方式中"；也因为此，反讽给表达和解释提供了更大的张力，常见于哲学与艺术当中，"反讽在当代已经成为扩展为人性与社会的根本存在方式，成为文化符号学的本质特征"[2]。赵毅衡教授对反讽做出的文化性的阐释对于我们理解文学文本的历史性和社会性也极为有用。具体说来，赵教授认为作为一种语言修辞的反讽，机制复杂，也是大部分研究者关注的重点，但反讽的本质是符号性的，所以对反讽的研究还应该进入符号阶段，最后作为一种文化局面加以讨论。

反讽最宽的定义由新批评派提出，认为文学艺术的语言永远是反讽的，任何非直接表达都可以是反讽，也是艺术语言区别于科学语言的最根本特点。反讽和悖论（paradox）在修辞上易被混淆，前者是"口是心非"，后者是"似是而非"，而许多思想家也认为两者没必要细分，因为两者在符号表意机制上很相近，无论是悖论的表现面双义矛盾，还是反讽的表面义与意指义矛盾，都利用了自相矛盾的方法对读者进行旁敲侧击的表意。[3]那么要理解反讽/悖论，就需要解释者要么通过情景语境，要么通过伴随文本语境，对意义进行矫正。符号文本越复杂，则越有可能看到反讽的各种变体，赵毅衡教授将之定义为大局面文本的大局面反讽："大局面反讽往往不再有幽默嘲弄意味，相反很多具有悲剧色彩，因为反讽也超出日常的表意，而是对人生、历史的理解。"[4]大局面反讽可以再分为三种变体：情景反讽（situational irony）、历史反讽（historical irony）和戏剧反讽（dramatic irony）。情景反讽是意图与结果之间出现反差；历史反讽是大规模的情景反讽，只有在历史层面才可以理解；戏剧反讽是台上人物与观者间的理解张力，张力大小和作用方式靠文本给予观众的知情权大小和时机而决定。

很多哲学家都高度重视反讽，反讽被认为是人性的体现，甚至被认为是

---

1 黄擎：《论当代小说的叙述反讽》，载《浙江大学学报（人文社会科学版）》，2002年第1期，第76页。

2 赵毅衡：《符号学原理与推演》，南京：南京大学出版社，2011年，第209页。

3 赵毅衡：《符号学原理与推演》，南京：南京大学出版社，2011年，第211-212页。

4 赵毅衡：《符号学原理与推演》，南京：南京大学出版社，2011年，第215页。

世界的本质和运行的规律。而从符号学的角度看，反讽是思想复杂性的标志，是成熟的符号活动的普遍形式。因此，符号修辞呈现出一种四体演进的过程：隐喻→提喻→转喻→反讽。弗莱（Northrop Frye）对西方叙述艺术发展的四个阶段的区分也基本符合这四种修辞的演进过程：罗曼史是隐喻性的，悲剧是转喻性的，喜剧是提喻性的，而第四阶段就是反讽，主人公比读者的能力和智力都低劣，让读者有轻蔑的感觉。[1]甚至有学者将世界观的进化也进行了四体演进的分类：无政府主义是隐喻式世界观，保守主义是转喻式世界观，激进主义是提喻式世界观，最后自由主义是反讽式世界观。也有历史学家认为，四体修辞格不一定是历史性的，而是可以从中看出历史的每一种叙述方式所对应的不同的意识形态。[2]

反讽的破坏力让很多学者感到担忧，绝对的反讽会让文化表意无法进行下去，后现代社会的反讽之后是什么？对文化的过分解构是否会导致文化的自毁？赵毅衡教授则乐观地认为："一旦某种文本方式（例如中国章回小说、中国旧体诗）走到头，这种表意方式就只能走到头"；"重新开头的，是另一种表意方式，文化必须靠一种新的表意方式重新开始，重新构成一个从隐喻到反讽的漫长演变"；"一旦进入反讽时代，就应当庆贺进入了一种比较理想的文化状态，并尽可能延长这个阶段"；而我们当代社会正在进入一个反讽社会，反讽文化大行其道，"要取得社会共识，只有把所谓'公共领域'变成一个反讽表达的场所。矛盾表意不可能消灭，也不能调和，只能用相互矫正的解读来取得妥协"。[3]

在此基础上，我们是否也可以假设对于某一个小说作家而言，其写作和思考进入成熟阶段的标志也体现在其文本对反讽利用的高度和深度上，因为这体现了他们的社会和历史敏感性与观照度？小说的反讽当然首先是语言叙事层面的，但是有些语言层面的反讽还可以扩展到更大的符号意义范围以发生作用，并最终指向文化层面。谭恩美的小说确实能提供相当有力的证据。换句话说，它已经上升到文化反讽的层面，我们从中可以辨认出情景反讽、历史反讽和戏剧反讽等多重变体。

1　赵毅衡：《符号学原理与推演》，南京：南京大学出版社，2011年，第219页。
2　赵毅衡：《符号学原理与推演》，南京：南京大学出版社，2011年，第219页。
3　赵毅衡：《符号学原理与推演》，南京：南京大学出版社，2011年，第221-222页。

第二节　真实与虚构
——自相矛盾的人物与情景反讽

　　小说刻画了美国中上层阶级的一个群体，人物来自各行各业，有不同的人生经历。但每个人物一开始在身份背景上就具有反讽的符号特征，即各有自相矛盾之处，为情景反讽埋下了伏笔。

　　陈璧璧（Bibi Chen）这一人物作为小说的叙事者，首先是一个矛盾的介乎于可信与虚构之间的存在，一个介于可靠与不可靠之间的叙述者。小说中，谭恩美首先以"致读者"开头，描述了一段她在一个雨天偶然进入"美国心灵研究学会"，碰巧翻阅了"自动写作"（automatic writing）的档案，发现了一个她认识的华裔名人"陈璧璧"鬼魂的档案的经历。这个鬼魂是借由一个名为科伦·伦德佳（Karen Lundegaard）的灵媒（medium）讲述她的故事。因此，谭恩美说她亲自拜访了灵媒，询问核实了细节，认为可信，"在这样一座以充满了有个性的各色人等著称的城市里，陈璧璧算一个真正的人物，一个真正的旧金山人"（第viii页），因此实在不能埋没她鬼魂的讲述。她声称只如实讲述陈璧璧那11位旅游时失踪的朋友的故事，而这些朋友读者们应该也有所耳闻。但是，话锋一转，谭恩美又说，她答应不使用这些人的真名，而且又承认中间也存在事实的出入，人的回忆本来就不那么可靠，"很多人回忆本身就带有润色、夸张和偏见"（第xiv页）；加上她不可能去核实缅甸军政府的细节，因此"只能把'璧璧的报告'计入关于虚构人物的虚构故事之列"，"这就可能模糊了戏剧化的虚构与可怕的真实间的界限"（第xv页）。但是，最终谭恩美还是转回到故事的真实性上来，指出璧璧的真实性读者们可以自行查阅资料来比对。谭恩美的这封"致读者"信的多次意指的转换，体现了典型的"口是心非"的反讽特点。陈璧璧的故事究竟是真实的还是虚构的，不可捉摸。她一边声称绝对真实，一边又反复推责认为无法保证是否真实；一边陈列各种细节以图说服读者这是真实的，一边又自我推翻，认为即便是真实的回忆，也可能有所篡改。读者究竟应该认可还是忽略"陈璧璧"作为叙事者的可靠性和真实性呢？谭恩美不置可否。

　　然而，"致读者"占据小说开篇，在叙事架构上至关重要，既然作为小说主叙事之外的异叙事存在，就有它存在的理由。谭恩美的这一设置旨在反映作者本身对真实与虚构间界限的不确定，但它实现的功能则是对小说虚构性的反讽，也是对所谓真实历史叙事的反讽：一个由最不靠谱的叙事者讲述的故事却有可能是最接近真实的叙事。那么读者最需要确认的事实便是：是否认可谭恩美作为一个小说家去涉及这一话题的合法性？有学者认为这一

"灵异叙事"使故事情节在"谁在诉说""向谁诉说""谁在倾听"等问题中发展推进，"使作品叙事虚实交杂，呈现出复杂的多重、多角度和多元观点，将叙事者和隐含听众之间由文化裂缝所产生的错位和冲突推到前台"[1]，"尽管谭恩美这部小说大量涉及'政治'和现代传媒，她却巧妙地在小说伊始亮出'幽灵写作'的防身面具，在虚虚实实之间，借'别人'的话语进行大胆坦诚地揭示"，最终"作家要探究的是：我们究竟从何处得到真理？生活中是否有很多真实的假象和假象的真实？"[2]。因此，将陈璧璧设计为叙事者，看似作者在叙事者的可靠性上"口是心非"或者说"似是而非"，但实际上意图明确，直达主题，讽刺和质疑了现实中许多显然的"真相"的虚假性。在读者与作者就小说虚构性中的真实性达成共识后，谭恩美就可以合法地将"陈璧璧"挪为己用，在小说中表达自身对政治与文化的反思，谋求读者的共识。

在"致读者"之后的故事中，陈璧璧不仅仅是一个旁观者，因为小说正文以"陈璧璧"鬼魂的自述自己死亡这一事实开头，但由于陈璧璧的鬼魂记不起她是怎么死的，因此陈璧璧之死营造了整本小说的悬念，而最终也成为最大的讽刺。陈璧璧之死既合理化了之后12人亚洲行的遭遇（没有了陈璧璧这位贯通中西文化的中间人，他们的无知和莽撞不可避免地会带来麻烦），又为整个叙事增添了一层神秘面纱。在这样的情节安排下，读者难以避免地将陈璧璧的死因作为一个重要的需要解决的问题，这也是读者解读叙事的一个动力，并不由自主地将怀疑审视的目光投向陈璧璧这些朋友身上。

因此，小说甫始，便没有一个人物可以逃脱读者对他们道德上的审视，而谭恩美对每个人物的介绍也切合这样挑剔的视角。没有一个人物是绝对的毫无矛盾的存在，没有一个人物在道德上高于其他人，而这种人物系统设置不同于谭恩美之前的小说。鉴于谭恩美被公认为女性主义作家，其作品对女性的刻画饱满，即便在复杂的人性挣扎下，女主人公的形象也往往是积极正面的。下面我们就主要分析文中的几位主要的女性人物，以作比较。

除去陈璧璧外，小说中的东南亚之行一行有12人，其中女性为6位：华裔女子马琳娜·朱（Marlena Chu）和她的12岁的女儿艾斯米（Esmé）、白人生物学家洛葛仙妮（Roxanne）和她年轻漂亮的妹妹海蒂（Heidi）、基金会主席的中年女儿温迪（Wendy）以及璧璧的好友薇拉（Vera）。这几位女

1　张琼：《谁在诉说，谁在倾听——谭恩美〈拯救溺水鱼〉的叙事意义》，载《当代外国文学》，2008年第2期，第150页。
2　张琼：《谁在诉说，谁在倾听——谭恩美〈拯救溺水鱼〉的叙事意义》，载《当代外国文学》，2008年第2期，第151页。

性（除去艾斯米外），表面上看来都是处于社会中上层的独立的职业女性，外表光鲜，然后谭恩美却没有对她们进行单一的正面刻画。借陈璧璧之口，谭恩美在每个人物一出场时，都进行了相当犀利的讽刺，而在接下来的故事中，人物言行也存在大量的反讽特征。

以温迪为例。这一人物的身份和背景以及她到缅甸旅行的政治目的，都存有大量自相矛盾之处。温迪的母亲是陈璧璧在基金会共事的朋友，她也因此得以参加这次团队出游。谭恩美突出地对比了她和她母亲：她母亲玛丽（Marry）是个寡妇，喜欢社交，多次结婚又丧夫后非常富有，成立了慈善基金会。虽然玛丽在社交圈口碑有些不佳，但在璧璧眼里此人非常擅于组织各种社交聚会，并亲力亲为，保证聚会达到为慈善募集资金的目的，做了不少实事；相比之下，温迪自己不太参加基金会的实际工作，却在母亲的关照下，一直吃空饷。虽然母亲对她非常溺爱，让她从小衣食无忧，但是她却在青少年叛逆期决定不学母亲，并且看不上母亲的作为，在道德上总是谴责母亲；同时，她满脑子热情的政治理想，是典型的西方民主自由价值观的捍卫者，却并没有真正了解过其他社会，其思想和行为之间也矛盾重重。当母亲把去缅甸旅游作为送她的礼物时，她一开始嗤之以鼻，因为她先入为主，认定这是一个独裁的国家。但是，在她与一个过往甚密的无政府组织的领导人长谈后，决定还是前往，因为该人劝她利用这个机会做当地人权状况的情报收集工作。但此人又恐吓她这么做也许会招来牢狱之灾，进而提议自己也跟随前往。在听完这番论述后，温迪虽然看不上此人的外貌，但是"他们越是吃吃喝喝，温迪越发同情那里人们的困境，而这种同情变成了性吸引力"[1]，觉得他是个"无人称赞的英雄"，出于"道义"和该人发生了关系。但是，在一夜云雨后，温迪还是觉得此人就身体而言完全没有吸引力，理念的吸引力还是败给了身体的吸引力，因此最终她踏上了缅甸之行，陪伴她的是一个身材壮硕，性感，只认识了一个月的，对任何事情都"随便"的情人。对这个情人，谭恩美借陈璧璧之口也做了矛盾性的描述，既指出其荒唐的一面，"他几乎可以算是个无家可归的人，他的床就在他那个月随便碰到的哪个富有朋友的客厅"，又说"别看我把他描写得那么无聊愚蠢，我可是顶喜欢他的"，"我得说在我看来他有人类最美好的品质，就是一种无动机的善良。当然，没有动力也是事实"。[2]温迪觉得她和这个情人可以互

1　Amy Tan: *Saving Fish from Drowning*, New York: G. P. Putnam's Sons, 2005, p. 46.

2　Amy Tan: *Saving Fish from Drowning*, New York: G. P. Putnam's Sons, 2005, pp. 47-48.

补，而陈璧璧的灵魂则犀利地讽刺道："我看截然相反未必是互补的。"[1]

洛葛仙妮是一位非常有事业心和能力的科学家，她的丈夫德怀特（Dwight）也是研究员，比她年轻12岁，曾是非常仰慕她的学生。但是最近这些年，丈夫不论在智力上还是体力上，都在跟她较劲，即便其能力远远无法企及。璧璧对他们这一对做了与上一对类似的讽刺性评论："所以他们有很多共同点。但是如果你是第一次见到他们，你就会如我一样觉得，他们真不般配。她肌肉结实，健壮，圆圆的脸庞，肤色红润，风度仪态既聪明又友善，而他身材瘦削，尖嘴猴腮让他看上去有些狡诈，行为举止看起来既好斗又傲慢。"[2]但是，这个各方面不及她的丈夫从计划旅行到旅行过程中，都一直试图压制洛葛仙妮，也经常在团队中挑起争吵，而洛葛仙妮为了顾全他的面子，也为了能保全婚姻得到她想要的孩子，对他百般容忍。"事实很清楚，他们从般配的一对变成了别扭的一对。她太渴望有一个孩子了，都快焦虑了，但是时不时觉得毫无希望。……孩子是她这场婚姻的重心，而德怀特是实现这一切的最好机会。孩子也许还能给这段婚姻带来一些意义。"[3]一个高智商、高情商的科学家，在自己的婚姻问题上却显得如此被动而束手无策，着实让人感到讽刺和叹息。而璧璧不止一次在其他女性人物身上讽刺了女性的这种被动性。

对自己的好友薇拉，璧璧虽然语气委婉，但也毫不避讳其婚姻经历中值得讽刺的部分。这种讽刺并不止于对个人的讽刺，还牵涉更大的族群观念的层面。薇拉是"极聪明的女子，拥有斯坦福大学社会学博士学位，是几家最大的非营利性非洲-美洲事务基金会的董事之一，她常入选美国最具影响力的黑人女性"[4]，但她在年轻时却错误地嫁给了一个不学无术、成天喝酒混日子的犹太男人。璧璧不无讽刺地说："即使聪明的女人选择男人时也会犯错，薇拉就是个活生生的例子。"[5]但最大的讽刺却是，薇拉承认当年两个如此悬殊的人能够维持婚姻，居然正是因为黑人和犹太人社区对他们两人的结合产生的怨恨所带来的反作用力。最终，当两人搬到了有很多混合族裔夫妻的社区后，反而因为没有了外部压力，彼此在价值观上有诸多不合而分手了。薇拉对族群间平等自由的渴望居然蒙蔽了她审视这个群体中的个体是否是值得托付终身的对象的判断力。这种行为既荒唐又真实，因而充满了反讽

1 Amy Tan: *Saving Fish from Drowning*, New York: G. P. Putnam's Sons, 2005, p. 47.
2 Amy Tan: *Saving Fish from Drowning*, New York: G. P. Putnam's Sons, 2005, p. 35.
3 Amy Tan: *Saving Fish from Drowning*, New York: G. P. Putnam's Sons, 2005, p. 348.
4 Amy Tan: *Saving Fish from Drowning*, New York: G. P. Putnam's Sons, 2005, p. 16.
5 Amy Tan: *Saving Fish from Drowning*, New York: G. P. Putnam's Sons, 2005, p. 16.

的力量。

即便是对同为华裔又同样热爱艺术的马琳娜，陈璧璧虽然声称非常喜欢她，但在刻画她时也仍然带着讽刺的语气。马琳娜身上带着各种矛盾的痕迹："她的声音优雅，可又夹杂各地的口音，她出生在上海，童年在圣保罗，老师是英国的，而大学又在巴黎索邦。她的家族本来既富又贵，可是在逃亡到美洲时大为缩水，只能算勉强殷实。"[1]因此，她的身上既有某种大家闺秀的矜持，又不能免俗地容易受到有名望的男人的勾引。她在面对电视名人驯狗明星哈利（Harry）的追求时，一边强调自己不是随便勾引人的轻浮女子，却又在旅途的第一天开始就接受了毫不了解的哈利的调情和约会暗示；她希望好好照顾女儿，却又在和哈利偷欢时完全忽视女儿的安危；她为身为华裔骄傲，但是却并不十分了解中国历史和文化，对各种宗教禁忌也毫不了解。这让整个人物时时处于矛盾，并屡屡陷入滑稽的文化冲突事件当中。

在谭恩美对两位年轻女性海蒂和艾斯米的叙述中同样能看到鲜明的讽刺意味。艾斯米渴望去探望缅甸的孤儿，但是最后她疟疾发作反而被当地人所照顾；海蒂既渴望去异国旅行感受异国风情，又对当地的条件忧心忡忡，谨小慎微，感到危机四伏，因此她带上了各种装备，从预防晕车、蛇虫、抗菌的药品，到氧气面罩、指南针等野外生存的用品一应俱全。当她用西方文明科学装备来保护自己，试图抵抗当地的落后时，却没有用同样郑重的态度事先了解当地的风俗文化和历史，装备自己的文化意识。不过，总的来说，谭恩美在刻画这两位人物时，还是偏肯定的，而两人最大的共同点就是单纯，对自身感受的真实、不虚伪，并善于融入新的环境。

从以上对主要女性人物形象的分析中，我们可以清楚地看到谭恩美在刻画这部小说人物中所投射的反讽力度，她们言行不一或是自以为是，最终让自己陷入各种麻烦中。而除洛葛仙妮的既无能又霸道的丈夫被犀利地讽刺之外，其他男性人物身上，这样的反讽也很明显。领队本尼（Bennie）心地不坏，但自以为是，没有能力领导和管束团队，屡屡做出错误决定，让团队陷入巨大的危机；驯狗师哈利凭借貌似专业实际上多为常识的驯狗知识跻身名流；种植园主莫非（Moff）本来是想做大麻种植的黑道生意，却意外发现种竹子更能安全赚钱，于是摇身一变成为做起跨国经济作物种植的成功商人；等等。这是周旋在旧金山名人圈子半辈子的璧璧做出的评论，实际上也是谭恩美对上流阶层文化修养鱼龙混杂、各色外表光鲜而本质平庸甚至恶劣的人

1　Amy Tan: *Saving Fish from Drowning*, New York: G. P. Putnam's Sons, 2005, p. 33.

混迹其中的现象的深刻讽刺。种种理想与现实、真实与虚假间距离的反讽通过人物的行为贯穿了整个文本。

陈璧璧之死最后的揭秘还形成了更大层面的反讽，而这次反讽的对象指向了媒体、旁观者以及我们读者自己：真实和虚构，究竟由什么决定？

在小说开始时，陈璧璧的鬼魂复述了在报上看到的自己的消息。耸人听闻的"社交名流被邪教杀害"的标题下，报道详尽生动地描写了她的死状：喉咙被一个小耙子状的东西割破并被窗帘绕颈，现场有血脚印和指纹。基于这些描述，报纸在警方调查结果还没有公布的情况下先入为主得出结论，是邪教所为。可两天后，报纸又出了"艺术资助人死亡的新线索"的新报道，改变了之前的说法，声明警方没有确定是邪教所为，而之前记者的误会居然是因为侦探在死亡现场捡到了一篇小报，而上面有标题"邪教发誓再次开杀戒"。最后在警方调查未果的情况下，报纸再次改变了对事件的报道角度："店主的死亡属于诡异事件"，又含沙射影地指出陈璧璧曾经组织过一次去缅甸的旅行，而其中的11人现在也失踪了。"你看他们是如何对我横加指责的了吗？他们狡猾地让人们在这些不能解释的事件间建起联想，似乎是我创造了一个注定灭亡的旅程。"[1]而特定的联想的确也已在读者的头脑中建立起来了，不过不是针对陈璧璧，而是如我们前文所言，映射到她的朋友们身上。小说将谜底的揭晓放到了最后：她的确是死于意外，她在挂圣诞节装饰时从高处坠落，后脑受创，发卡意外刺入喉咙，邻居商人路过时见到这一意外，立刻破窗而入，试图用窗帘缨穗止血无果后，由于担心被认为是凶手，而仓皇逃离，留下了血脚印和指纹。这一结局更为有力地揭示了报纸对名人的报道不负责任的本质，而这种反讽也同样是针对璧璧而言的。她的鬼魂曾经嘲笑这位邻居的吝啬和假热情，并在葬礼上讽刺地将他当作看稀奇的人中之一员，而事实是他试图救璧璧一命，并对璧璧之死深感同情。相比之下璧璧对这个二十多年来经常看到的人一无所知。同时，这也打破了读者寻找真凶的预期，故事最终落到人与人之间的无功利的爱这一主题上，形成了一种具有冲击力的情景的反讽：人们高估人性之恶，而低估了人性之善。

报纸的耸人听闻，不过只是整个社会的冰山一角，陈璧璧的葬礼突出了当下文化对悲剧和名人的过度消费。文中，璧璧是名人，因此警方对她的尸检尤为认真。但是她的鬼魂却感到悲哀，俨然自己已经成了法医圈子的奇货，这个行业里有点名头的人都参与进来试图解释她的死因。而形成反讽的是，最后还是不了了之，并没有搞明白整个事件的来龙去脉。璧璧的鬼魂目

---

1 Amy Tan: *Saving Fish from Drowning*, New York: G. P. Putnam's Sons, 2005, p. 3.

睹了葬礼全过程，葬礼在博物馆举行，变成了一个公共事件，各怀目的的人蜂拥而来。"很多人都来悼念我。保守估计得有800人，当然我没有数"；"博物馆的会堂难以置信的拥挤，还有上百的人拥挤在大厅里看闭路电视转播这个令人不快的仪式"；有些人认为是个好机会不用买票就可以来看展览，而发现展厅不开放后，就"溜达进了葬礼，病态地被各种讣告所吸引"。[1]璧璧无奈地看到自己变成了被陈列的展品，她对打开棺材陈列自己的决定感到极度后悔，她在世时只想到了展示棺材的精美，在各种情绪中，她突然意识到"我从来没有被谁全身心地爱过"[2]，没有父母，没有儿女，没有伴侣，而最好的朋友也算不上知己。但是小说并没有让这种悲伤的基调蔓延，而是立刻转入了对陈璧璧一生人际关系的讽刺性梳理中。其中，陈璧璧对她觉得最重要的一个前男友的回忆最为讽刺。此人是个前卫艺术家，但是其艺术的价值完全取决于政治环境的变化：当保守主义当道时，他的作品被称为"猥亵而非美国"；但是当社会激进主义盛行时，连保守的教堂都在售卖他的作品；最后在后现代的新媒体时代，他的画又沦为了低廉的装饰品，在网上低价出售。这种变化让璧璧感到非常悲哀，唯一让璧璧感到欣慰的竟然是，"我们没有成为轰动一时的谈资，最多在人们闲得慌时被拿出来八卦一下"[3]。

由于没有任何亲人，陈璧璧不无讽刺地叹道，自己一生的心血都归了博物馆，而她留下的两千万美元的财产只能换来博物馆的一角，以及一个小小的不锈钢徽章："我的名字被刻得如此小，即便坐第一排的人探出身子瞅也看不大清楚。"[4]尽管她过去曾表达过对这种后现代的简约设计的不满，现在也无能为力了。一个逝去的名人是无法为自己言说的，只能成为媒体的谈资。但是，谭恩美又在"致读者"这一节之后正文开始前，插入了一则真实出版过的关于11名美国游客在缅甸走失的新闻报道，其目的似乎是说明陈璧璧之鬼魂确实存在。这故事也如谭恩美所言，是真实的。那么究竟真实如何确定，我们能否辨识真实与虚构？之间的差距有多少？误认的后果是否严重？谭恩美在故事结束时实际上让真实变得更加不确定了。

此外，陈璧璧所代表的是对亚洲文化传统真正有热情、对中西文化真正了解的中间人，她的无后、无言、无力就构成了对文化交融而言更加意味深长的讽刺。葬礼之后，叙事马上进入即将开始的亚洲之行。尽管陈璧璧安

1　Amy Tan: *Saving Fish from Drowning*, New York: G. P. Putnam's Sons, 2005, p. 6.

2　Amy Tan: *Saving Fish from Drowning*, New York: G. P. Putnam's Sons, 2005, p. 14.

3　Amy Tan: *Saving Fish from Drowning*, New York: G. P. Putnam's Sons, 2005, p. 15.

4　Amy Tan: *Saving Fish from Drowning*, New York: G. P. Putnam's Sons, 2005, p. 8.

排这次旅行的初衷是让朋友们进行一场美妙的文化之旅，去感受异国文化和人文风情带来的最美好的体验。但是实际上，当陈璧璧不在之后，她的"热爱艺术"的朋友们似乎便不再对艺术感兴趣，对旅程安排产生了各种不同意见。陈璧璧希望他们去了解欣赏亚洲文化之美，但朋友们中有的首先想到的是政治上的区隔和敌对。除了我们之前提到的政治激进主义者温迪，洛葛仙妮也希望取消缅甸之行，因为"道德上的问题一直困扰着我，如果你去那里旅游，等于就是在给腐败政权进行财政支持"。然而事实是，她正忙于一个非常要紧的科研项目，实在不愿长途跋涉；马琳娜认同洛葛仙妮的看法，认为在签合同时，那里的政治环境有所"好转"，但是"现在大家都赞同抵制时，我们还去的话，好像就有点越界了"[1]，但她内心的想法是她想飞去意大利见客户，只是囿于女儿想去缅甸的愿望而不便提出更改行程。莫非很想赴亚洲之行时顺道去尼泊尔市场，所以也希望改行程。只有德怀特想劝服其他人坚持这个旅行："不去又有什么用？不吃牛肉就救得了牛，不去缅甸旅游就抵制缅甸了？"[2]但他如此热情促成此行的原因并不是他真正看到了美国在全球任意制裁的无效，或是意识形态上的中立性，而是因为他本人的曾曾祖父曾经是缅甸的殖民者，他迫切希望去接近祖辈的荣光，显示了潜意识中的殖民者意识。因此，这一貌似激烈的意识形态上的争论，实际上暗藏着其他现实的目的。而更具讽刺意味的是，最终所有这些顾虑都由金钱这一元素所终结：薇拉提醒大家，由于临行只有几天了，如果改变或取消行程，他们的押金就没有了，加上没有旅游保险来赔偿，所以最后一个个都勉强同意了。事实上，从人物背景而言，这群人都是"富有"的，那么即便失去押金，那也仅仅是百分之十的旅行费用，假设其政治上和道德上真的是毫无摇摆的话，就不至于动摇。因此，这一对比更是凸现了谭恩美对包括政治意识形态在内的各种表面看起来确定的事实的怀疑，也为之后的叙事埋下了伏笔。

陈璧璧原本希望他们见识与现代文明距离较远的古代文化和保留了古风的景区，因此安排的线路大多在"荒蛮"之地。所以当他们真正踏上旅途时，便感受到来自文明的冲突，先天的文化和政治优越感让美国游客难以接受当地自然的状态，并试图改变。但是，这种冲突实际上并不仅仅是文化上的，更是经济上和历史性的，是处于现代化不同程度的文明阶段之间的，也是传统的历史所决定的。这种宏观的对美国中上层阶级的世界观的反讽在谭

1　Amy Tan: *Saving Fish from Drowning*, New York: G. P. Putnam's Sons, 2005, p. 35.
2　Amy Tan: *Saving Fish from Drowning*, New York: G. P. Putnam's Sons, 2005, p. 39.

恩美之前的小说中未曾出现，而璧璧的幽灵视角，为实现大局面的戏剧反讽提供了叙事基础。

一行12人的整个亚洲旅程分为中国部分和缅甸部分，在中国部分，反讽凸显在游客们由于对当地历史文化缺乏了解所造成的无心之错上；在缅甸部分，反讽则把矛头指向美国游客试图以美国式的全球化方式来拯救当地部落的行为。谭恩美从宏观的角度，对大众传媒如何虚假地建构人们对世界的认知进行了犀利的批判，也对全球化进程激发的文明冲突问题进行了反思。在下面两节中，我们将分别对两部分呈现的戏剧与历史反讽进行分析。

第三节　无知与亵渎
——戏剧反讽下的文化误解与冲突

中国部分的故事在《拯救溺水鱼》中只占用了不到两章的篇幅，但是它无论在书中旅程的规划上还是在故事意义构建中都必不可少。由于缅甸和美国政治关系特殊，经中国前往缅甸成为旅途规划的一种方便之举，而书中陈璧璧暗示她有人脉可以打通海关，毫不掩饰地指出两个邻国边境居民间一衣带水的关系，因此经中国云南到缅甸便顺理成章。但这一安排还起到一个更重要的寓言的意图，它为整个看似荒唐的旅途和之后的诡异事件提供阐释的合理性基础。

陈璧璧安排的中国部分的游览是在云南丽江。丽江这一区域与西方人非常熟悉且受欢迎的一本讲述中国的小说有关，即20世纪30年代詹姆士·希尔顿（James Hilton）的《消失的地平线》（*Lost Horizon*）一书。这一安排不仅对陈璧璧书中的朋友们产生吸引力，也能引起美国读者的兴趣。一般认为，《消失的地平线》中提到的"香格里拉"（Shangri-La）这一虚构的城邦有可能就在丽江，作者极有可能是受到同时代的美籍奥地利探险家约瑟夫·洛克（Joseph Rock）在《国家地理杂志》（*National Geography*）上发表的关于滇西的报道与图片的启发。[1]学界普遍认为，香格里拉在西方受到推崇与第一次世界大战后弥漫欧洲的迷惘情绪紧密相关，对自身文化和文明的一种质疑让他们将眼光投向远方，寻找精神的乌托邦、世外桃源。[2]《消失的地平线》描写的是西方人由于意外迷失在香格里拉的历险故事以及最终

1　参见《神秘百年前奥地利探险家约瑟夫·洛克》，新华网，2012-06-19. http://www.gs.xinhuanet.com/dfpd/2012-06/19/content_25414406.htm.
2　陈欣冬：《中国的香格里拉，西方的理想乌托邦——评析希尔顿的〈消失的地平线〉》，载《作家》，2009年第6期。

心灵受到震撼的过程，而在《拯救溺水鱼》的缅甸部分陈璧璧的朋友们也有类似的经历。因此，就故事的叙事主线而言，谭恩美对其进行了一次明显的戏仿，引导读者进行互文阅读。

相对于很多西方读者对香格里拉原始的自然风光和风土人情的向往，文中的陈璧璧鬼魂则直陈她认为香格里拉最重要的意义是代表了一种思想境界，即一种"调节和忍耐"的思想，"那些有节制的人能够长寿，甚至永生，而不知节制的人最终都死于他们放任的行为"[1]。但是璧璧又坦承有人会质疑这种思想是一种对现状的容忍，如果延伸到政治上，那就是为独裁者辩护，是灵魂的迷药。最终，璧璧认为人们或多或少都需要这种迷药般的香格里拉。对于她而言，艺术是她的香格里拉之一，因为具有颠覆性的艺术能够打破束缚或是因束缚而被创造出来。璧璧的这段自白看似矛盾重重，既展现了她对不同文化的理解，又同时表露了她的困惑，对文化与历史政治复杂关系进行思考。这段思考呼应了瓦尔特·本杰明（Walt Benjamin）在《历史哲学论纲》中做出过的论述，即历史由征服者来书写，而征服者所炫耀的文化遗产也是其野蛮的证据，"从来没有一份文化文献不是同时又是野蛮主义的文献的"[2]。陈璧璧的思考最终还是统一到下面的认识中：艺术承载着文化，文化又或多或少被意识形态所裹挟，但是三者各有其存在的理由，不能简单地被任何一方所代替。这种认识成为解释后文看似巧合的一连串事件的合理性和必然性的基础：对艺术真正功能的无知、对文化差别的冷漠以及政治上的偏见必然导致行为的莽撞，看似巧合的一连串事件也就有了必然性。

谭恩美多次提到陈璧璧为朋友们中国之行进行了周密的计划。为期一周的云南之旅，着力介绍佛教与中国历史发展间的关联，并期待他们能欣赏和了解文化独特性和艺术之美，为此写下了长篇导游札记。但是与此相对的是，她在世时就没有人认真听她的行程介绍，她过世后更没人关心和阅读。没有了陈璧璧的在场，游客们因此可以随意更改行程和旅游方式，他们的无知造成了对当地神圣信仰的亵渎，最后带来巨大的麻烦。作为鬼魂的璧璧无能为力，读者也如璧璧一样，被预先告知了可能发生的冲突，也同样无力左右人物的行为，只能眼睁睁看着一切发生，因此呈现出强烈的戏剧性的反讽。

游客们来到丽江，却并不清楚他们究竟为何而来，因为他们根本懒得读璧璧的介绍。他们想象的是更荒蛮更原始的景象，因此他们对现代化的旅店

1　Amy Tan: *Saving Fish from Drowning*, New York: G. P. Putnam's Sons, 2005, p. 43.
2　弗雷德里克·詹姆逊：《政治无意识》，王逢振、陈永国译，北京：中国社会科学出版社，1999年，第268页。

感到失望。可是另一方面，习惯了西方最好的生活条件的他们又难以避免地用自己的标准对饭店的服务设施进行挑剔。璧璧不无讽刺地说："我说这是整个纳西地区最好的旅店了，但是对于这群住的地方从来不会低于五星级的四季饭店的人而言，'最好'早知道应被解释成一种相对的形容词，而不是他们头脑中的那种品质标准。"[1]以全知的视角，璧璧把游客的这种无知和傲慢表现得淋漓尽致。

但拜访石钟寺才是游客们真正陷入文化冲突泥潭的事件。在这一重要情节中，谭恩美首先借璧璧之口用一大段文字介绍这一游览的目的：

> 我本希望我的朋友们借此能了解这里神圣的洞穴和石刻的重要性，大部分都是唐朝和宋朝留下的了，最近的也是几百年前的明朝。当他们看到这些来自古代南诏、大理、傣族和藏族图像的融合汇集时，他们也许就能感受到少数民族的宗教信仰的细流是如何逐渐融入了中国思想的主流。汉族人擅于兼收并蓄其他文化信仰，又能够保持自身信仰的主导地位。即便是自13世纪征服并统治了中国的蒙古族和满族，也吸收了中原人的各种方式并被同化。想想吧，我本应该对这帮人这么说的：当我们走进这座寺庙，请思考一下不同民族、入侵者与被统治者之间的相互影响。你们现在看到的只是在宗教和艺术上它们留下影响的遗迹，而本质上，这是一种精神的表达。[2]

璧璧的初衷无法实现，因为她的朋友们听不到鬼魂的介绍。她留下的旅游札记中的相关介绍同样没有起作用。当他们来到"子宫洞"时，璧璧的札记对其所反映的中国古老的生殖崇拜的文化内涵进行了解释，强调了这一洞穴对于当地白族人来说是神圣不可侵犯的。然而，这一札记遭到12人中一个15岁少年鲁帕特（Rupert）的嘲笑。他怪声怪气地说出洞穴的名称后不愿意再为大家读出解释，而其他人因山路晕车也没有兴趣去读，最后任凭自己的想象来理解当地的文化和历史。

谭恩美的反讽是把双刃剑，它在讽刺美国游客的傲慢无知时，也同样对当地一些现状进行了直接但不片面的批评。这样的例子在小说中可谓比比皆是。比如贩卖过期食品的不良摊贩（文中看来这不是普遍现象，但是确实存

1　Amy Tan: *Saving Fish from Drowning*, New York: G. P. Putnam's Sons, 2005, p. 58.
2　Amy Tan: *Saving Fish from Drowning*, New York: G. P. Putnam's Sons, 2005, p. 75.

在，并且给游客带来很大麻烦），开旅游车不顾行车安全的司机（虽然没有发生交通事故，但是让游客极为不适），而最大的讽刺是导游荣小姐。这位英文老师转行的导游英语却不流畅，对本国的文化历史缺乏研究和真心的热爱，对美国游客更是缺乏认识。比如，她试图解释牛推磨是轮回下它该受的罪，因为"她听说好多美国人，尤其是来中国旅行的，都喜欢佛教。但她不知道她面前的这些美国人喜欢的是禅宗，一种不思、不动、不吃任何如水牛这样的活物的佛教宗派"，"荣小姐也不知道，大多数美国人，特别是那些养宠物的，对受苦的动物都极其怜悯，比对受苦的人的感情还要深"。[1]这一评价既带有对美国人对佛教的片面理解的讽刺，又非常犀利地指出导游的无知。因此，她非但不能准确有效地表现本国文化最具吸引力之处，反而让游客觉得佛教思想落后可怕。更糟糕的是，荣小姐也不能听懂白族老人地方口音的警告，却不懂装懂，没有及时告知游客们天气的变化和洞内正在进行的拍摄任务，侧面促成了游客们的荒唐行为。

文中也同样提到其他合格的导游。璧璧先前安排的是对美国游客非常了解的秦先生，在他被其他旅游团挖走后，游客们本可以选择对本地风土人情了如指掌的白族独臂老人，最后却由于对他身体残疾的顾虑而选择了来自大城市的荣小姐。因此，谭恩美的讽刺主要还是落到了美国游客的身上。

在"子宫洞"发生的事件非常集中地显示了这样的文化冲突：游客自大无知，亵渎了当地人的信仰，而最终游客觉得自己是受害者，逃之夭夭。有趣的是谭恩美将讽刺的重点放在了本能的行为与文明的行为间，而这种冲突是逐渐铺陈出来的。首先，在进入"子宫洞"前，美国游客在洗手间里就感受到了"文化冲击"，但是抑制不住"自然的召唤"只能将就："海蒂进去前戴上口罩，打开空气清新剂，还掏出了一堆杀菌的装备。其他人蹲下来后用袖子蒙住脸，试着屏住呼吸。"[2]这一情节似乎旨在突出当地文明程度的落后和西方游客高度文明的卫生意识。可是，在进入"子宫洞"这个当地白族的圣地后，游客们却做出了如下行为：哈利忍不住内急居然把神龛误以为是小便池，公开撒尿，亵渎了这个神圣的地方，而这一幕又被正在拍摄纪录片的电视记者逮个正着；温迪和怀亚特难以抑制欲望，被管理员发现在一处神圣洞穴脱光了衣服；不识中文的鲁帕特对"危险禁止入内"的中文标志视而不见，摔倒在一堆碎石中，被救出来时他已经毁坏了神像和周围的植物；为了避雨，洛葛仙妮和老公以及她妹妹海蒂撞开贴了官方封条的门，而在景

1　Amy Tan: *Saving Fish from Drowning*, New York: G. P. Putnam's Sons, 2005, pp. 77-78.

2　Amy Tan: *Saving Fish from Drowning*, New York: G. P. Putnam's Sons, 2005, p. 80.

区管理员阻止他们时，他们居然以为遇上了抢劫而暴力反抗。[1]美国游客由于无知而傲慢，没有抑制住自己的本能和冲动，做出的行为也就大大偏离了他们自认为"文明"的标准。但是更大的讽刺是，在做出了如此出格的行为后，他们完全没有认识到自己行为的严重性，反而觉得每人一百元人民币的罚款实在是个很小的损失，"比旧金山的停车费都便宜"[2]。最后谭恩美用戏剧性的方式让游客们为无知付出了代价：因此丢掉了工作的导游荣小姐直到临别才一反常态，异常冷静地转告了他们白族族长对他们最重要的惩罚决定不是如他们所担心的巨额罚款，而是禁止他们在当地继续旅游，并对他们下了"不会再有小孩，再有后代，再有未来"[3]的毒咒。

白族族长的惩罚看似可笑，因为美国游客信仰不同，按理说应该不为白族族长的毒咒所困扰。但是谭恩美安排跟他们介绍了佛教的"轮回"理念的荣小姐来转告，因此巧妙地营造了神秘的氛围，让这一惩罚具有震撼力。美国游客们惊魂未定，绝大多数希望提前结束中国之行，特别是他们一听到接下来的行程中还有寺庙的游览项目，更是避之不及。陈璧璧对他们决定提前结束中国旅程的草率行为提出抗议，并用了一句中国俗语做了形象的表述："我精心地计划了行程，以便让他们可以如'蜻蜓点水般'有最好的体验。而现在他们居然连水面都不想沾了。"[4]游客们没有因此反省自己的荒唐，反而因为一次意外就丢掉了对他文化的好奇心，这对于自诩把跨国旅游当作文化之旅的西方人而言的确是一种讽刺：他们经受不起文化的冲突，也实现不了文化的交流。

对这一情节，璧璧通过赞美寺庙壁画多种民族和信仰风格的杂糅特点，再次不吝笔墨对中国文化博大包容、兼收并蓄的精髓进行了宣扬："你可能会说这是一个大杂烩？不对，这些寺庙中的混合感才是纯中国的，一种可爱的谦卑的优雅，一种辉煌缤纷的杂糅，这让中国魅力无穷。没有任何传统被完全抛弃或取代。"[5]此处，一贬一褒，谭恩美/陈璧璧的观点清楚明白：对他文化的包容是中国文化传统中最美好的部分，而西方游客对此的无知以及他们表露出来的文化排他性，则令人不安。

在中国故事部分，谭恩美对《消失的地平线》进行了第一层次戏仿，这

1　Amy Tan: *Saving Fish from Drowning*, New York: G. P. Putnam's Sons, 2005, pp. 89-90.

2　Amy Tan: *Saving Fish from Drowning*, New York: G. P. Putnam's Sons, 2005, p. 90.

3　Amy Tan: *Saving Fish from Drowning*, New York: G. P. Putnam's Sons, 2005, p. 94.

4　Amy Tan: *Saving Fish from Drowning*, New York: G. P. Putnam's Sons, 2005, pp. 98-99.

5　Amy Tan: *Saving Fish from Drowning*, New York: G. P. Putnam's Sons, 2005, p. 99.

一次戏仿的结果对元故事是颠覆性的：西方游客没有在香格里拉得到任何心灵的慰藉，更没有找到乌托邦，得到的仅仅是"惊心动魄"的冲突，而这种冲突并不惊险也无阴谋，只是一出无知引发的闹剧。

有学者从后殖民的角度进行研究后认为，谭恩美在这部小说里通过模拟希尔顿的《消失的地平线》解构了西方传统的种族及文化优越论，是一种抵抗性的写作策略。[1]当代著名后殖民理论家霍米·巴巴（Homi K. Bhabha）指出了模拟（mimicry）不同于模仿（mimesis）："模拟是一种复杂、含混、矛盾的表现形式，它的目的并不是追求与背景相和谐，而是像战争中的伪装术，依照斑杂的背景将自身变得含混，产生出某种与原体相似和不似之间的'他体'。""文化上的征服与军事、政治上的征服道理一样，都是一个规训、改造和调整的过程。"而所谓的抵抗性写作就是指被征服者通过对殖民话语不断地进行模拟，并在模拟的过程中不断地从内部改造它，在其中制造含混和杂糅，"生成二元对立之外的第三度空间（the third space），以抵抗西方权力话语"[2]。这里巴巴的模拟理论实际上就是对戏仿的一种后殖民解读。

在缅甸的故事中，谭恩美的戏仿进入了第二层次，它将《消失的地平线》的故事主线移植到了缅甸，表露出对美国在全球使用排他性的方式来应对文化冲突的不安，并将这种不安具体地戏剧化为受害者与拯救者间关系的混乱与颠倒。表面上这部分牵涉的是缅甸的国内政治历史，实则是以此来映衬西方，特别是美国的政治和文化。这对作者和读者都构成了更大的考验：如何辨别真假，如何判断事实，如何决定自己的态度，又该如何应对？作者在反讽的语气背后隐藏着深深的忧虑，也暗含着希望。

第四节　生存与记忆
——殖民历史与全球化现实的历史反讽

谭恩美选择缅甸作为故事的主要发生地，并且在故事中使用在现实中可以找到原型的政治人物和事件作为故事的叙事素材，这无疑触碰了在美国文化语境下一个相当敏感的话题。有学者认为这是一种"魔幻现实主义"的手法，"谭恩美运用陌生化手段，在原始神秘的东方古国与文明发达的西方世

1　耿莹：《后殖民语境中〈拯救溺水鱼〉的抵抗模拟策略研究》，载《河南理工大学学报（社会科学版）》，2014年第4期。

2　耿莹：《后殖民语境中〈拯救溺水鱼〉的抵抗模拟策略研究》，载《河南理工大学学报（社会科学版）》，2014年第4期，第423页。

界之间搭建联系的桥梁，让来自当代西方社会的精英人士邂逅这片土地上纯朴的人和悠久的神话传说"[1]。诚然，很多西方读者可能并不熟悉缅甸的历史和现状，甚至不太了解这个国家的地理位置，但是，对这个国家文化的不了解，不代表完全的陌生，反而意味着相当刻板的印象，"原始神秘"只是其中的一部分。21世纪初的缅甸是一个国内矛盾复杂、冲突频繁的国家。它在20世纪有着较长的被殖民历史，在独立后与中国关系紧密，同时饱受西方在民主人权问题上的谴责，美国在1997年对其开始了全面制裁。[2]缅甸是一个佛教国家，在政治上与美国也处于非盟友的关系，两国民众直接交流的渠道相当有限，加之西方媒体对其的负面报道占主要地位，因此，对大多数美国读者而言，缅甸是一个大写的标准"他者"：不仅在文化风俗上与美国迥异、在经济上落后，同时在政治和道德层面也处于被轻视与被批判的地位。

在缅甸故事甫始，游客们一进入缅甸境内，看到茂密的亚热带丛林，立刻自觉调用他们从书中和从新闻报道中所了解到的缅甸印象："莫菲和哈利立刻互相戏称为'拉德耶德'（Rudyard）和'乔治'（George），指的是'吉卜林'（Kipling）和'奥威尔'（Orwell）这两位记录了殖民时期老缅甸的作家们。"而璧璧也承认："我和我的朋友一样，觉得那些年的文学让人迷醉，让人饱尝充满异国情调的慢吞吞的生活中全部的香气与斑斓：维多利亚式的太阳伞，严肃的太阳帽，还有与当地土族做爱的热辣美梦。"[3]相比之下，近来的缅甸故事，尽是些"让人沮丧的报道"，璧璧用调侃的语气概述了报道所塑造的缅甸形象，又用自讽的语气点评说："除了那些研究历史的或是研究这个特定区域的人，实话说谁会去读那些关于恐怖统治下国家的政治书籍呢？"[4]就算读者们自以为对这个区域有所了解，也不过是看了看书籍概要，因为没有谁喜欢花大把时间去读让人烦心沉重的故事，特别是这些事情自己也无能为力，"我更喜欢读古老国家的古老有趣的故事"，而游客们喜欢的就是轻松的"艺术，这是首要的，还有节日，部落服饰，以及诸如进入庙宇要脱鞋这种迷人的宗教仪式"[5]。

对于谭恩美而言，与前几部小说讲述完全与中国人相关的故事不同，在

1　林晓雯、徐春霞：《寻找心灵的香格里拉——论〈拯救溺水鱼〉的魔幻现实主义元素》，载《南京师范大学文学院学报》，2014年第1期，第105页。
2　方天建、何跃：《美国对缅甸政策调整中的中国因素》，载《东南亚南亚研究》，2014年第3期，第8页。
3　Amy Tan: *Saving Fish from Drowning*, New York: G. P. Putnam's Sons, 2005, pp. 145-146.
4　Amy Tan: *Saving Fish from Drowning*, New York: G. P. Putnam's Sons, 2005, p.146.
5　Amy Tan: *Saving Fish from Drowning*, New York: G. P. Putnam's Sons, 2005, p.146.

这一故事中，她并没有以"文化圈内人"的身份为依托，就必须更认真地思考"他者"和"我们"的关系，更谨慎确认自己的立场和身份。这无疑是一个挑战。当谭恩美让璧璧用反讽自嘲的语气对自己缅甸之行的意图进行阐发的时候，她也就同样为自己设置了一个叙事需要回答的问题：自己的故事将是如殖民地时期作家们关于缅甸这个古老地方的古老迷人的故事一样呢，还是会触及缅甸当下的现实，或者另辟蹊径？因此，通过细致分析她如何处理这一题材，我们能更好地解读这一小说所反映的文化和它所植根的文化，也能更客观地理解小说的意图。

在前一章对"政治无意识"的阐述中，我们已经提到作者叙事所带有的政治性，而这部小说的题材本身就带有很强的政治性。谭恩美在这一话题上的态度可用标题一言以蔽之："拯救溺水鱼"。从表面看，在小说正文开始前，谭恩美在扉页上引用了加缪（Albert Camus）的名言和一段无名氏的关于"拯救溺水鱼"的故事，似乎提前揭晓小说的寓意，并试图引导读者按此方向阐释故事：邪恶源于无知，好意可能带来恶果。如果说中国故事的部分将无知与好意做了铺垫，缅甸故事则将直指邪恶与恶果。在面对现实的政治问题时，政治正确与道德正确实际上是一个模糊的概念，这与她在之前几本书中用道德的普适性来克服政治分歧的观点相比，已经发生了微妙的改变。

从缅甸故事部分开始，璧璧的叙事声音不再如中国故事部分那么笃定和权威，她不再确定前方等待他们的是什么，也不再如数家珍一般介绍当地的文化，她的叙述转向了历史。当璧璧随朋友们被带入雨林时，她被自然界的美丽所打动："我意识到在我们有生之年错过了多少生命之美。自然界99%的壮观景象都不为我们所见，因为要看见它们必须同时具有宏观与微观的视角。"[1]尽管璧璧的灵魂可以让她更好地体验自然之美，但是这一论述也就证明，对于普通人而言，要拥有这样全知的视角是绝不可能的，同样不可能的是对他文化的全知。所以，如她的朋友们一样，面对陌生的环境与文化，她也只能带着自己的猜测和印象，在有限的视角里努力寻找真相。

在缅甸故事开始不久，"拯救溺水鱼"的故事由当地导游沃特（Walter）在带领游客参观当地集市时得到转述。沃特在故事中是一个关键人物，他促成了缅甸之行，又让这一行人陷入危机。他来自缅甸英语世家，在不同的政治环境中，他的家族因英语而荣又因此而败。沃特的能力与之前的中国导游荣小姐形成鲜明对比，他不仅帮助美国游客从中国顺利入境缅甸，同时一口标准的牛津口音的英语也让美国游客本尼自愧不如。当本尼表

1　Amy Tan: *Saving Fish from Drowning*, New York: G. P. Putnam's Sons, 2005, p. 252.

扬沃特比自己还像美国人时，沃特又表现了他对美国的钦慕和理解，其回答符合美国人对缅甸的预想："但是作为一个美国人，英语流利与否不那么重要，重要的是认同你有那些不可剥夺的权力，追求幸福的权利。遗憾的是，我没有这样的奢望，我不能去追求。"[1]沃特暗示了自己理解的美国是民主人权的象征，同时暗讽缅甸人不敢奢望这些权利。因此，沃特得到了美国游客的高度认同，"你理解我们，你至少算名誉上的美国人"[2]。

与荣小姐不了解白族当地风俗不同，沃特对自己国家的各地风俗相当了解，当游客看到被捕捞上岸的鱼时，质疑缅甸是不是真的佛教国家，因为佛教是不杀生的。沃特随即解释道："屠夫和渔夫一般都不是佛教徒。……如果他们是的话，他们会心怀敬畏地去做这些。他们把鱼捞上岸来。他们说他们这是在救溺水的鱼。不幸的是，这些鱼没有活过来。"[3]这一解释引发了西方游客之间的激烈争论，与荣小姐急于为中国人的行为辩护不一样，沃特却没有参与讨论。

因此，这一争论集中展示的是美国人的看法，显示了谭恩美对这一问题的多方位思考，而争论的最后，任何一种声音都没有绝对地说服他人。西方游客们的争论重点在于：能不能真的救鱼？这种做法是否增添了鱼的痛苦，因而更不道德？海蒂被这种做法后面的逻辑震惊了，认为不可理解，极为残忍；莫非感到荒唐可笑；哈利为了显示博学，热衷于从生物学角度阐释这一行为的合理性，即鱼会不会淹死；薇拉认为缅甸人不仅杀鱼的方式残忍，杀鸡的方式也很野蛮；艾斯米辩驳称美国人杀家畜的方法也同样残忍；马琳娜对哈利的卖弄感到不解，同时震惊于女儿的早熟，但自己暗自将这一做法与唐人街点杀活鱼做了比较，觉得横竖要杀鱼的话，谈不上哪种做法更道德；德怀特则将这一行为类比引申到美国的政治行为上，认为这和美国以帮助他国为名进行侵略是一个道理，让他国人民遭受附带牵连，把杀戮作为帮助他们不得不付出的代价；本尼不同意德怀特的比较，认为两者不能等同，美国面对人道危机时不能袖手旁观。其他游客们对这种政治争论虽然沉默，却在内心中无法达成一致，既不想赞同德怀特对美国的诋毁，却又不得不承认其逻辑的合理性。

表面上看，这场争论非常激烈，展示了不同的观点，也展示了美国人内部对自己国家对外行为的不同意见。但是，如果我们对这场辩论进行细查，却发现所有的游客争论的方向错了。他们讨论的是鱼能否得救，该不该

1　Amy Tan: *Saving Fish from Drowning*, New York: G. P. Putnam's Sons, 2005, p. 161.

2　Amy Tan: *Saving Fish from Drowning*, New York: G. P. Putnam's Sons, 2005, p. 161.

3　Amy Tan: *Saving Fish from Drowning*, New York: G. P. Putnam's Sons, 2005, p. 162.

去救鱼，而即便他们联想到了美国政府行为的道德性，也是从善意的角度在考虑美国政府究竟该不该卷入他国的人道危机，干预是否有效。他们完全忽略了沃特所解释的渔夫的行为，实际上不过是渔夫为杀戮行为找到的良心借口。换言之，沃特分明告诉他们，大多数渔夫不是佛教徒，而这么做的渔夫当然也知道这不是在救鱼，因为他们要的就是鱼肉，这是他们的谋生之道。他们不过是为了在佛教文化中为自己的行为做出合理化解释而自欺欺人，关键是，他们这么做就可以在当地文化中得到默许。因此，如果真正将美国的行为与渔夫的行为进行类比的话，就能一针见血地显示出美国政府为了自身利益，为了得到"鱼肉"而编织借口，借此为在他国的军事行为找到道德支点，而凭借这种借口长期以来美国的行为也就得到美国主导的世界秩序所默许。"拯救溺水鱼"作为标题在引子和故事中出现，其寓意却不能简单地被阐释为"好意酿恶果"。谭恩美点到为止，抛出了争论，更深的寓意隐藏在游客们看似激烈的关于"好意办坏事"的观念交锋当中。它所暴露的是游客们深层次的意识形态的固化，他们不仅对他国的文化历史知之不多（这其实可以理解），更重要的是对本国意识形态上的侵略性也缺乏认识。

那么，谭恩美在这一争论中的观点是什么呢？我们可以从谭恩美的叙事安排中看出端倪。当游客们的争论陷入僵局时，沃特适时将他们的注意力引向此行的目的：购物消费。游客们停止了哲学道德上的争执，看到了生机勃勃的集市，而谭恩美正是在此处重点描写了本尼与当地卖菜老妇人的一个片段，并以此作为这一节的结束。本尼给一位脸上挂着灿烂笑容的卖菜老妇速写了一幅肖像，贫穷的卖菜老妇惊喜之余，执意免费赠送本尼一袋腌菜。两个语言不通、素不相识的人通过微笑和善意的举动进行了一次友好的交流，彼此留下了美好的印象，本尼的心中生出暖意。这一片段虽然仍然有些许夸张调侃的语气，但没有反讽的含义，并传达了非常明确的意义："这真是《国家地理杂志》般的时刻：两个人迥异，从语言、文化到很多方面都隔阂重重，却给予并接受了彼此所能给予的最好的东西，他们的人性、他们的漫画和腌菜。"[1]

在集市这一片段中，谭恩美让游客们在意识形态层面的争论与本尼和老妇间的人际交流并置，产生了多重解读。首先，游客们虽然都来自美国，但在面对哲学和政治问题时，却难以达成一致，甚至发生相当激烈的观念争锋，因此同一文化下的意识形态也并非铁板一块，不同身份、阅历和年龄的人的意识形态观念时有冲突。而相比之下，语言不通的两人，在心怀善意

---

1 Amy Tan: *Saving Fish from Drowning*, New York: G. P. Putnam's Sons, 2005, p. 166.

时，也可以就某些具体的事情进行有效的交流与沟通。其次，缅甸市集购物与璧璧之前在中国部分给朋友精心安排的各种充满教育意义的参观项目形成了对比。那些璧璧认为能够促进朋友们认识当地文化的参观各种旅游景区的活动，并没有给他们带来真正的教育和震撼，反而成了冲突之源，而游客们与当地人切实的交流却起到了教育与震撼的作用。那么通过艺术和通过人与人在生活中的互动相比，究竟哪一个更能达成文化间的理解与善意呢？

国内外都有学者认为这部小说"无疑是对《坎特伯雷故事集》的戏仿，因为它讲述的不啻是现代人一次追求精神治疗的朝圣之旅"[1]。从璧璧一路以来都在强调的当地文化中佛教的重要意义而言，这种说法有一定道理，但"朝圣之旅"显然并不能准确描述这群游客的心态和后面的经历。璧璧在阐释佛教教义时，比较了中国式、印度式和缅甸式的佛教，她认为只有缅甸式的佛教教义强调"无欲无求"，但这也只是一种幻象。她更多注意到在每个神庙附近都有熙熙攘攘贩卖各色纪念品的小贩，并总结道："我们都需要生存，我们都需要记忆。"[2]显然，前一个"我们"是指在庄严神庙前求生活的小贩，后一个"我们"指的是购买这些纪念品的游客。虽然买卖纪念品的行为似乎背离了"无欲无求"的佛法，但是谭恩美在这里流露的是认同和理解，因为她使用的是"我们"而不是"他们"。这与沃特对渔夫"拯救溺水鱼"的理解是一致的。谭恩美所讲述的缅甸故事便不是仅仅关于缅甸这个"他者"的有趣或悲惨的故事，而是一个包括美国人在内的"我们"的故事：我们如何生存，又如何记忆。

这也是谭恩美接下来讲述的"小白哥"（the Younger White Brother）部落的故事在寓意上不同于新闻报道之处。缅甸故事中的"小白哥"部落部分是整本小说的高潮，它解开了小说一开始设下的游客莫名失踪的悬念。这一部分又大体可以分为两个故事。从这里开始，叙事声音发生了变化，不再仅仅是璧璧的叙事，我们明确听到了作者隐含的声音。第一个层面的故事是旅行团的遭遇，璧璧随着他们经历了一切，因此叙事声音仍然主要来自璧璧：旅行团被信奉"小白哥"的克伦人（Karens）诱骗到了他们隐居的原始森林，克伦人认为旅行团中的白人少年鲁帕特是他们所敬奉的天神转世，可以拯救他们部落的衰亡。在这一过程中，旅行团的美国游客们经历了从惊喜、恐惧，到欣赏，最后是怜悯与希望拯救的一系列心理变化。"自然"在这个故事中成了一个相当重要的叙事元素，它是故事发生的场景，也是故事情节

1　张琼：《谁在诉说，谁在倾听——谭恩美〈拯救溺水鱼〉的叙事意义》，载《当代外国文学》，2008年第2期，第152页。

2　Amy Tan: *Saving Fish from Drowning*, New York: G. P. Putnam's Sons, 2005, p. 149.

推动的工具。

不少学者从生态批评的角度分析，认为谭恩美在这一故事中推崇的是以自然为中心的生态思想。王立礼认为，这部分的自然环境下有两个群体的人，表达了两种不同的对自然的态度：一个是克伦人部落，他们和大自然有着天然的、密不可分的关系，他们对自然的利用是有节制的，仅仅是为了生存，因此不影响天然雨林生态的平衡和自然修复；而另一个群体是美国游客，他们初进天然雨林时，对大自然的美丽和奥秘充满好奇、惊讶和兴奋，但当知道要在森林里长住几日时，顿时感到疑虑和恐惧，因为他们长期与自然疏离感到不安全。最终，美国游客在克伦人的引导下体会了自然的美，学会欣赏并感激自然的馈赠，找到了珍惜的有治疗功效的植物，还得到了各种人际关系的修复。"在自然与人的关系中，不是人改造自然，而是自然改造人。"[1]这似乎预示了一种皆大欢喜的结局。而美国游客们确实是带着满满的心灵和物质的收获，毫发无损地回到美国，从这个层面上的确是一个喜剧。

第二个故事，则发生在寻找失踪游客的哈利以及闻风而来的各国媒体以及缅甸政府之间，由于这一部分璧璧不可能兼顾，所以璧璧的叙事声音开始被另一种全知全能的叙事声音取代。谭恩美毫不留情地批判讽刺了跨国媒体在面对这一事件时的捕风捉影和扭曲事实的荒诞，当地政府借机塑造自己国际形象的虚伪。在整个营救过程中媒体客观上发挥了作用，连续滚动播出的国际新闻和各种失实夸张的深度报道使整个失踪事件曝光于全球瞩目之下，舆论压力也迫使缅甸政府及美国大使馆采取了一系列举措展开搜救。但主观上，正如不关心璧璧的真实死因一样，媒体并不真正关心游客安危，仅仅将之视为提高新闻网收视率的轰动事件。最后政府和媒体合作解决了这一事件：克伦人走出了部落，他们的故事得到了全球传播，还被邀请去美国录制电视节目。衰亡的部落似乎得救，可是在新闻价值随游客事件消失之后，电视节目收视率下滑，克伦人的部落和他们居住的丛林由于过度曝光反而引来贪婪之徒，最后克伦人失去了森林的控制权，也失去了媒体价值，部落人丁凋零，撤退到了丛林更深处，再也无人问津。有学者认为，这犀利地讽刺了一个现实，那就是"越来越多的第一世界人民由于对电视等媒体过分依赖，已然深陷这种仿真现实不能自拔"，"高度发展的电影电视技术蒙蔽了第一世界观众的眼睛，他们已然沉溺于媒体制造的种种拟象现实不能自拔，甚至

1　王立礼：《从生态批评的角度重读谭恩美的三部作品》，载《外国文学》，2010年第4期，第58页。

丧失了区分现实与拟象的能力"，"可以说媒体使南夷人从隐形变为显形，同样又是媒体使南夷人从显形又沦为隐形"[1]。从这个层面来看，这无疑是一个悲剧。

因此，缅甸故事的正、反两面共同构成了历史反讽，一种只有在历史层面才能理解的大规模的情景反讽，它既构成了历史对现实的反讽，又形成了现实对历史的讽刺，从而让这一故事极具阐释的潜力。历史的反讽首先在于，克伦人所信奉的救世主"小白哥"从历史来看就无法给他们带去庇佑，反而是他们灾难的源头。谭恩美详细阐释了克伦人与"小白哥"之间的历史渊源，毫不避讳地指出了白人殖民者利用当地人的信仰大肆获取自身利益的卑劣行为。历史上的克伦人信仰芜杂，敬畏各种神明，其中就有信奉"小白哥"的传统。而当欧洲传教士到来时，包容的克伦人因为他们的白皮肤而误以为他们就是救世主。这些传教士欣喜地发现他们如此容易就被接受了，于是也就心安理得地以此为名进行传教活动。最有影响力的"小白哥"是1892年来到克伦人部落的埃德加·赛拉菲尼斯·安德鲁斯（Edgar Seraphineas Andrews），他父亲来自英国的上流社会，但在家道中落后与当时很多英国年轻人一样，借大英帝国全球殖民之机，来到东南亚寻找机会重新获得财富。他是一个"魔鬼的朋友"，"在缅甸度过了大半个少年时光的他精通于两种文化中的放荡之术"[2]，他用魔术杂耍戏法将自己伪装成保护者和拯救者，他把信仰和《圣经》都当作了玩物，用于获得当地人的崇拜从而得到利益，诱骗女性为之献身。"他发现改变一个人的信仰要比玩儿那些只能让人短暂迷惑的小把戏刺激兴奋多了。"[3]而在城里的事情败露后，他逃到了丛林，"他听说过'小白哥'的传说。他是个白人，真太方便了"[4]，故技重施迷惑了克伦人后，他占山为王，还成立了所谓"神之军队"。"如果说他还做了什么好事的话，那就是修建了学校和诊所"[5]，但是那不过是出于让丛林的随从可以更好臣服于他的目的，他们学习英语，保持健康，从而让自己的日子更舒服而已。他并不真正尊重或热爱丛林以及部落人民，只是用部落取得的财富来过着双重奢侈的生活：一边享受着西方文明的产物，有钱购买美国最时髦的商品；一边却享受着部落文明的荣耀，妻妾成群。最终他不

1　谢燕燕：《真实的假象，假象的真实——论谭恩美〈拯救溺水鱼〉中的全球传媒思想》，载《安徽文学》，2008年第12期，第185—186页。

2　Amy Tan: *Saving Fish from Drowning*, New York: G. P. Putnam's Sons, 2005, p. 274.

3　Amy Tan: *Saving Fish from Drowning*, New York: G. P. Putnam's Sons, 2005, p. 275.

4　Amy Tan: *Saving Fish from Drowning*, New York: G. P. Putnam's Sons, 2005, p. 275.

5　Amy Tan: *Saving Fish from Drowning*, New York: G. P. Putnam's Sons, 2005, p. 276.

告而别，留下的遗产就是混血后代和部落人持久对"小白哥"神威的迷信，把他未成年的后代也继续当作神明。

历史上的反讽在现实重新上演，当这一部落被政府军围剿退进丛林陷入危机时，他们仍然寄希望于当下的"小白哥"能拯救他们。鲁帕特因为会一些魔术，便被认定是"小白哥"的转世，受到至高礼遇。同样让他们着迷的是西方的电视，克伦人的首领希望通过电视曝光得到拯救。现实却是鲁帕特和这群游客非但没有拯救他们的能力，反而因为染上疟疾濒临死亡，需要他们的拯救。克伦人对他们的拯救是有效并及时的，克伦人用当地草药治愈了他们，还同时通过自己融合了西方基督教与当地神灵崇拜的信仰，结合壮美的自然，治愈了这群美国游客的自大、冷漠和偏见。克伦人渴望来自西方的拯救，首先不是出于白人游客自愿，结果也并非有效。鲁帕特在无知的情况下被带入"无名之地"，没有拯救他们的意图，更没有拯救他们的能力。最终他们被"拯救"乃是全球化时代媒体与政府的合谋。从故事结局来看，真正的拯救者被当作需要被拯救的鱼，并且内心认为自己需要被拯救，最后牺牲自己，并继续沉迷在幻象当中，何其讽刺，又何其无奈与悲哀。

部落真正面临的问题是如何生存，如何记忆。而这并不是简单依靠全球化媒体和西方的宗教信仰与政治理念就能解决的问题。问题必须置于当地复杂的历史、社会与文化语境中去理解。"他们曾有着优美的书写文字，而不是现在某些人使用的涂鸦样的文字。他们的故事都记录在三本《重要书写》中了，书中藏着他们的力量，保护他们免遭恶灵的侵犯。"[1]可是这些都已不复存在，他们信奉"小白哥"是因为据传他是可以带回三本圣书之人，可以带回历史记忆和现实力量。所以"小白哥"传说的关键不在于"白"，而在于"书"，但传教士的白皮肤和传教所用的《圣经》恰好和他们的传说相符合，因此他们的信仰在历史上被无情利用。在这种利用成为新的传统后，他们过往的记忆方式就不复存在，他们的信仰已经被殖民。同样被侵蚀的还有他们的生存方式。"黑点说部落只不过想要一小块土地，可以耕种，保存他们的故事，和谐而居，等待'小白哥'再次找到他们而已。"[2]但是曾经朴实的愿望无法抵抗住全球化与商业至上利益的洪流的冲击，他们同样被扑面而来的现代西方式的成功与利益冲昏了头脑：部落同意参加美国电视公司的真人秀节目录制，全球传播下就能得到可观的收益。在电视对他们生存之地进行全方位的记录和报道的过程中，部落生存之地的草药的神奇疗效被发

---

1 Amy Tan: *Saving Fish from Drowning*, New York: G. P. Putnam's Sons, 2005, p. 275.
2 Amy Tan: *Saving Fish from Drowning*, New York: G. P. Putnam's Sons, 2005, p. 440.

现了，而"只需一个克伦老奶奶给人们展示一下如何提炼草药制成茶水，再把这些卖给世界卫生组织，'神之军队'就可以敛得百万千万的收益"[1]。但是以媒体曝光的方式获得的片刻关注却造成了克伦人仅凭自身力量难以控制的局面：一方面，他们自己的生存之地由于过度曝光，成了当地不法之徒贪婪索取的对象，这又给当地政府以保护自然为名将他们赶出"无名之地"；另一方面，他们的信仰和生活方式，在全球媒体的曝光中渐渐失去了新鲜和神秘感，在商业利益至上的原则下，美国媒体由于节目收视率下降取消了节目，断掉了他们的另一种生存之法。克伦人再次沦为流离失所的难民。在收留国和人权组织对他们这次流离失所的深度调查中，没有发现政治迫害的因素，同时又将他们的"双胞胎"天神进行了去魅。失去了政治性和文化独特性的克伦部落终于无人问津，其衰亡不可避免。

如果说这群西方游客是"拯救者"，毫无疑问克伦人便是"鱼"。在这场拯救行动结束后，游客感到的是自己的无力，而克伦人的命运显而易见是灭亡。那如果克伦人是"拯救者"，他们的部落文化是"鱼"的话，克伦人部落文化的失落也是必然。在这一层面，小说传递了对复杂的政治现实一种深刻而无解的反讽："拯救溺水鱼"是一种徒劳，无论是善意还是有意，一旦强行改变鱼的真实生存环境，鱼都无路可活。文中在温迪执意要当地导游沃特发表对当前政府的意见时，沃特回避了正面回答，而在向游客解释菩提湖上单腿立于船上捕鱼的渔夫时，他则这样评论，习惯成自然，无论在外人看来如何不可忍受、不可思议的环境，久而久之都可以适应与习惯，并可以生存下来，侧面否定了外界干预内政的效果。如果从更大的层面来看，谭恩美所传递的是对美国思维主导下的全球化现实的反思，西方强势文明和文化的扩散对其他类型原生态文化的侵蚀将无可避免，政治道德并不是可以进行简单切割的议题，历史上的殖民时期如此，现实环境下的全球化同样。

从生态主义或是生存伦理的角度，很多学者因此认为谭恩美所暗示的唯一拯救鱼的方式只有放生，只有多元文化互不干涉，方能和谐共存。但我们必须注意到，比起"被拯救的鱼"的无路可活，"拯救者"却有两种结局：一种是失败后的无力与悔恨，一种是获益，这无疑是对拯救者意图的强烈讽刺。这解释了谭恩美为不同人物所设置的大结局的原因：所有的美国人都幸存，他们意识到了真情的宝贵，或是回归家庭，或是追寻自我发展，生活都将展开新的篇章，无论如何，他们的确心安理得地得到了"鱼"。因此"拯救溺水鱼"本身就是一项与鱼的意志和利益无关的行为，而是拯救者对自

1　Amy Tan: *Saving Fish from Drowning*, New York: G. P. Putnam's Sons, 2005, p. 437.

身行为的阐释，也仅对拯救者具有意义。换言之，强者必定得以制定游戏规则，并且解释游戏的结果。最终，"拯救者"很难放弃他们的行为，因为这同样关乎他们的生存和记忆。

"小说含蓄而隐讳地提出了一个更为宏大的人类生存伦理的主题，这是现代社会人为造成的客观悖论。"[1]在全球资源有限、政治经济基础极为不平等，社会发展程度大不一样的情况下，什么样的全球化能够实现真正的共赢？人类不同文化间是否可能实现平等交流和共同发展？人类是否有可能有方法遏制对权力与利益的极端欲望，实现人类真正的和谐相处？小说提出的问题非常犀利、严峻，而小说并不能给出答案，历史还没有终结，反思也将继续。如谭恩美借璧璧之口在小说结尾处所言，"看来，结束的本质就是，永不结束"，"我无法再多说了，因为它本应是个秘密，永远不会结束"。[2]

小　结

对谭恩美小说《喜福会》持批评态度的学者，认为谭恩美对东西文化对立的呈现体现了典型的东方主义，是一种美国主流价值观的内化；对谭恩美作品持肯定态度的学者认为，谭恩美的作品消解了东方主义，是对美国文化内化主义的抵抗；而比较中立的学者则分析认为，谭恩美小说中的母女冲突的确体现了东西方两种文化价值观的碰撞，是女儿们所接受的主流意识形态的美国文化与家庭中处于主导地位但在社会中处于边缘文化的母亲们的中国文化间的冲突，但最终这种冲突在谭恩美的小说叙事中通过母女和解的方式得以消解。[3]这种争议实际上普遍存在于对美国族裔作家的评价中，换言之，美国女性少数族裔作家必须面对至少三种角度的意识形态审查：一种角度来自同族裔，即是反抗还是迎合了种族主义；另一种角度则在性别内部，是弘扬还是背弃了女性主义；而最后一种角度，则来自主流文化的政治正

1 赖华先：《生存伦理的探寻之旅——解读谭恩美的小说〈拯救溺水鱼〉》，载《老区建设》，2016年第12期，第37页。
2 Amy Tan: *Saving Fish from Drowning*, New York: G. P. Putnam's Sons, 2005, p. 472.
3 陈蕾蕾：《谭恩美和美国主流意识形态》，载《当代外国文学》，2003年第3期；李小海：《对〈喜福会〉中"自我"与"他者"的东方主义解读》，载《电影文学》，2010年第4期。

确，是在颠覆还是支撑现有的意识形态制度？

我们将《喜福会》文本与它的"同时文本"电影比较来看，谭恩美的小说在种族问题和女性问题上都具有颠覆刻板印象的特征，而在意识形态上面，也透露出较独立的不完全迎合美国主流意识形态的思考。与此相对，谭恩美参与制作的电影文本则更鲜明地显示出对主流意识形态的支撑，对中国进行了更加负面的刻画，在种族问题上采取了隐晦策略，以不明显但确定的方式强化了白人的优越性，而在女性主义的问题上，也通过强化母女之情，而弱化了小说打破男女二元对立的目的。

总的来说，谭恩美所期望的电影文本能够与小说文本在意义上保持一致的初衷，实际上并没有实现。这种不一致既是电影媒介与小说媒介本身依托的最重要的符号载体的根本差异所造成的，更重要的还是电影与小说在整个社会符号系统中处的不同地位所致。小说虽然同样具有广泛传播的潜力，但在传递和整合意识形态上的效果，与电影的即时快速大范围传播的能力无法相提并论。从谭恩美小说与电影文本比较的案例可见，美国大众文化在20世纪八九十年代对不同族裔的文化多元性的包容度在加强。随着中国国门的开放，美国人对中国也对华人更为好奇，愿意去了解中国文化，无论是小说还是电影，都能够起到塑造现代美籍华人形象的功能，虽然两者在华人整体形象的正负定位上存在明显差异。但是在另一方面，在涉及美国最核心的价值观层面，在可以影响受众的大众文化传播上，美国文化产业仍有相当牢固的意识形态壁垒，并以此来预判和引导观众的理解，对美国内部存在的不同族裔间的多元性，采用的是吸纳整编而非强化差异的策略，而对美国之外的他文化则采取了回避现实、着眼过去的做法。而这也正与美国20世纪90年代政治上保守主义的倾向相符合。

出版于21世纪初的《接骨师之女》与《喜福会》相比，延续了作者对20世纪上半叶的中国的关注，但文本的文化性、历史性和政治性都更为深刻，对中国近代历史做出了不同于美国主流社会的独立判断。詹姆逊的政治无意识理论指出，文本中的意识形态体现为构建象征性文本时的一种想象的规则，作家自身的家庭与社会文本一起构成了写作文本的意愿，但要唤起读者的共鸣，他需要将这个意愿在读者心目中作为理念和欲望重新创造。如很多学者所指出的，《接骨师之女》是一部历史性的文本，是自传性质的家族历史。但是，我们更清楚地看到，这是一部通过历史寻根来落实当下的虚构文本。

谭恩美在小说中大量调用了自己家族与中国近代历史作为构架寻根合理性的基础，并在文本中勇敢地直陈了在当时西方主流语境下不易言说的事实，在结构上将其置于中心地位。但是，谭恩美叙事触及美国时，对历史的调用便显得谨慎而模糊。换言之，在美国故事中，谭恩美尽量避免对美国社会的历史性写作，而着眼于当下的现实，从而让读者将理解中国历史的目的与解决美国现实的问题进行关联，进入作者虚构的想象世界。最终，整部小说不可避免再次构成了"中国/美国=历史/现实=母亲/女儿"的符号意义系统。因此，《接骨师之女》可以被称为是一部关于中国近代历史的写作，却不能被称为是关于美国华裔移民历史的写作，小说缺失了对移民在美国现状的政治历史根源的探究。总的来说，小说反映了谭恩美希望实现意识形态上的调和。这种调和基于让华裔后代通过了解历史去化解对母国在文化上的区隔感和政治上的敌意，而在美国社会现实中，能够尽量地将中美文化上的区隔个人化，不去触碰更深层次的结构性的歧视源头。小说显示了她试图通过人性和道德上的共通，即"爱"，来化解文化间的差异，减少文明间的冲突。如詹姆逊所言，任何意识形态都是一种乌托邦，集体意识是通过围绕着威胁群体生存的认识而建立起来的。[1]那么谭恩美在这本小说中希望实现的用"爱"化解冲突、实现和谐的愿景，实际上是通过想象一种"爱"的对立面——"恨"作为敌对的认识来实现的。但是，如果离开了对"恨"产生的现实进行更具有社会历史性的批判和重构的话，这种"爱"的愿景仍然只能是一种虚假的理想。

《拯救溺水鱼》是谭恩美21世纪的第二部作品，是作者对当下美国文化的复杂性、后现代社会对拟像叙事的高度依赖以及全球化对地区性文化的冲击等更宏大问题更深刻的思考，也表现了谭恩美作为一个独立思考的作家的进取心与责任心。这部反讽的作品通过情景反讽、戏剧反讽和历史反讽对美国人和美国社会都进行了严肃的政治和道德拷问，但它着力反映的还是作为个体的人，特别是美国人，在全球化下的现代社会中如何生存与记忆，全球化与区域性的文化之间产生的冲突是如何从精神和实际生活的层面影响个体等问题。

美国作为文化多元的移民社会，在国内多元文化冲突的现实中，确定了一套政治正确的程序，其多元文化并存的事实取决于这个社会历史性的发展，具有历史特殊性，并不具有模式上的普遍性，中间也存在着相当尖锐的观点冲突与对立。普通美国人一旦把这套程序用来理解全球化下的文化冲突，就往往在道德层面上陷入悖论。在这个意义上，《拯救溺水鱼》的政治

1　弗雷德里克·詹姆逊：《政治无意识》，王逢振、陈永国译，北京：中国社会科学出版社，1999年，第277页。

寓意明显，作者有着深刻的思考，但也陷入了矛盾当中，无法给出简单的答案。《拯救溺水鱼》这部作品既可以视为谭恩美目睹正在遭受痛苦的人们而无法无动于衷的良心之作，也可以视为她对矛盾重重的美国多元文化价值观所做的拯救。谭恩美为人物设置了矛盾的、有喜有悲的不同命运，这一讽刺性的结尾所暗示的也许是，写作同样是一种"拯救溺水鱼"的行为，其意义主要是针对作者而言，谭恩美本人便成了阐释这一行为的符号。

结　语

结　语

　　本书从翻译、文学和文化三个视角对谭恩美和谭恩美小说中出现的"身份""创伤""符号"等跨文化传播中的问题进行了集中研究。

　　谭恩美可以成为跨文化传播的研究对象，首先在于她本人文化身份的双重性，这决定了无论是她的作品创作还是对她作品的阐释，在中美两个传播语境下都具有跨文化性。本书第一部分考察了谭恩美的身份（文化身份及作家身份）对其作品及汉译本阐释方式的影响。第一章以谭恩美作品《喜福会》及《灶神之妻》为例，分析了谭恩美的文化身份所决定的中国叙事，以及这种中国叙事对其作品汉译本在中国的接受情况所造成的影响。本章首先从身份的定义及斯图亚特·霍尔对移民身份的分析出发，强调了移民身份中最重要的两大决定因素："现在"（与移入国文化的联系）及"过去"（与故国文化的联系）。接着，本章梳理了在"现在"与"过去"的角力下美国华裔移民作家文化身份的嬗变。随后，本章分析了谭恩美中美融合但厚美薄中的文化身份以及其文化身份所决定的中国叙事，并就谭恩美作品中中国叙事的具体体现及特点进行分析。最后，本章探讨了谭恩美的中国叙事对其作品汉译本在中国的接受所造成的不利影响。第二章以蔡骏译写的《沉没之鱼》及程乃珊等翻译的《喜福会》为例，考察了谭恩美的作家身份在其作品汉译过程中对译者选择及翻译策略选择的影响。本章首先厘清了翻译中不同的改写形式。接着，深入剖析了作家译者蔡骏及程乃珊在翻译谭恩美作品《沉没之鱼》及《喜福会》时的改写实践，并对改写的动因及具体形式进行分析。最后，本章对谭恩美选择作家译者蔡骏、程乃珊并肯定他们汉译本中改写策略的深层动因进行解析。本部分研究得出，谭恩美的身份与其作品及汉译本的阐释方式是互文的。谭恩美的文化身份决定了她作品中的叙事手法，这种特殊的叙事手法制约了其作品汉译本在中国的接受。此外，谭恩美作家的身份，她对文学的理解也影响了她对汉译本译者的选择，从而间接决定了汉译本的阐释方式。

　　作为20世纪50年代移民美国的华裔后代，谭恩美家族见证了国家的动荡，他们的经历既具有个体特点，也具有群体性，而这些经历提供了谭恩美丰富的创作素材和灵感，也给美国文化之外的读者提供了阐释的动力。第二部分从文学研究视角，以当代创伤叙事理论为理论基础，从创伤记忆、叙事疗法、创伤修复多个层面深入研究了谭恩美小说《喜福会》《灶神之妻》《接骨师之女》中的创伤叙事策略。第三章详细分析了《喜福会》中四对美籍华裔母女在中国和美国各自经历的成长创伤、婚姻创伤、战争创伤。定期的麻将聚会为她们回忆创伤往事、讲述创伤经历、消弭母女隔阂提供了重要的创伤叙事和创伤修复空间。第四章以《灶神之妻》中女主角雯妮为重点研究对象。她在经历童年创伤、婚后遭受丈夫性虐待和家庭暴力的婚姻创伤、抗日战争中死里逃生的战争创伤以及移民美国后经历的文化焦虑的过程中逐渐修复身心创伤，实现了从"灶神之妻"到"莫愁夫人"的身份嬗变。第五章进一步讨论《接骨师之女》中以外婆宝姨为灵魂人物的祖孙三代女性在不同地域、不同时空经历的个体创伤、代际冲突、战争灾难和社会他者身份的焦虑。她们采用书法、回忆录、日记、代笔写作的书写方式和讲故事的口述传统向家族成员记录、再现过去伤痛的过程，实际上是她们从失语到言说的疗伤过程和重塑自我身份的重要过程。细读谭恩美的作品，不难发现创伤记忆和创伤叙事贯穿作品始终，成为她塑造人物形象、建构小说多重主题的重要写作策略。创伤叙事策略是谭恩美小说中最重要、最有力的叙事技巧之一。作家在小说中以母女关系、男女关系为核心，体现了她对女性寻找自我声音和身份、改变命运的不断探究。

　　谭恩美在其作品中始终保持着对人性的高度关注，而作为一个具有社会和历史敏感性的独立思考的作家，她的作品还反映了她对中美文化与社会历史的宏观思考和深刻反省，这种思考具有延续性，也随着其创作的成熟发生变化。因此，当我们把其作品置于文化符号学的理论视角下进行解读时，能得到相当丰富的阐释可能，其作品在阐释上的多元性和丰富性也决定当她的作品进入跨媒介和跨文化领域流通时，可能不断受到误读和改写。

　　本书第三部分从文化符号学的角度对《喜福会》《接骨师之女》《沉没之鱼》中的符号选择与意识形态建构问题进行了集中讨论。第六章将《喜福会》的小说文本与电影文本进行了互文解读。从叙事学的角度看，由于语像叙事与图像叙事的共通性，电影将小说文本进行改编具有天然优势。尽管谭恩美有意让两个文本在意义生成上保持一致，但从符号构成的角度看，最终两种媒介的符号载体的性质不同导致两个文本间产生重大区别。这种区别表现在人物形象和关系的调整，情节的删减和象征载体的置换方面，最终实现了不同意识形态素的传递。本章分别比较了小说文本与电影文本建构象征体系的方式以及小说与电影的人物符号系统的设置，指出小说与电影在处理中国和中国人形象的问题上区别明显。小说的象征结构将主角的文化寻根置于核心，指向对中国历史和现实的了解，而电影的象征建构中这种寻根只是作为映衬"美国梦"的背景。同时小说的人物塑造旨在颠覆族裔和女性的刻板印象，而电影则恰恰巩固和加强了主流意识形态中长期流行的刻板印象。谭恩美创作中的历史意识在《接骨师之女》中发展到了新的水平。第七章运用詹姆逊的政治无意识对这部小说中的文化自觉和历史重构问题进行了集中研究。小说所呈现的中西文化冲突，不仅仅存在于美国社会中，而且在中国社会中已经显然存在，小说借此触及了文化冲突产生的深层的政治文化性，是一种社会历史发展下不同文明发生接触时所必然发生的，其过程不仅是个体的不适，更多情况下是社会的巨大变化。小说犀利而毫不避讳地描写了日本对中国的侵略给中国文化和它的人民带来的深重灾难，也直面西方裹挟其军事政治上的优势对中国人传统信仰价值观的强势侵蚀。考虑到谭恩美本人所处的美国文化语境，这种描写不可不谓是对美国主流意识形态中中国近代史观念的一种修正。但谭恩美在触及移民的美国经历时，却悄然避开了宏大的历史社会书写，避而不用在华裔移民历史中具有重大影响的《排华法案》和20世纪60年代的民权运动等历史事实，仅将笔墨着力于个体的体验。这与中国故事部分所建构的宏大历史格局的叙事间形成了巨大的对比。一方面，谭恩美在美国故事上专注于刻画日常生活和情感冲突，无疑更易于和美国读者产生共鸣，减少区隔感，但是另一方面，这种叙事策略的选择也就大大减少了小说对移民历史剖析的力度和深度。而在《沉没之鱼》中，谭恩美再次突破了自身政治顾虑，进一步直面美国社会当下的文化问题和更宏观层面上的全球化问题，讲述了一个真正的当下的美国故事。谭恩美放弃了自己在前几部小说中似乎已经形成风格的题材选择和叙事策略，对《消失的地平线》等著名作品进行模拟性戏仿，将作品的反讽力度提升到了新的高度，体现了作者在创作与思考上的进一步成熟与发展。21世纪初的人类社会正在见证全球化的现实，又同样在见证围绕这一现实所爆发的种种争议，各种区域性文明的冲突不断，而各个文化内部同样存在着激烈的文化价值观的碰撞。这部作品对美国中上层阶级的各色人物的群像描写，在戏谑中带着真实的拷问，同时从叙事上精心构架，试图模糊真实与假象之间的截然界限，从而引导读者对全球化时代何为政治道德进行新的思考。

总的来说，谭恩美的小说是谭恩美所创造的表意符号，表达她对人性的思考、对历史的理解和对美国社会文化的反思，而当她的小说进入阐释流通过程中时，谭恩美又不可避免成了理解它们的符号。读者通过将谭恩美的家庭、教育、人生经历与创作理念符号化，来剖析小说的深意，并从中生成对自身具有意义的解读。我们的研究认为，谭恩美作品显示了作者所具有的高度自觉的跨文化传播意识，而同时谭恩美又成为全球化时代跨文化传播的一种典型符号，研究者同样需要具备高度的跨文化传播的理论意识，才能对其作品的文学与文化价值有更清醒和公正的评判。

参考文献

巴赫金，1998. 小说理论[M]. 白春人，晓河，译. 石家庄：河北教育出版社.

鲍曼，2002. 现代性与大屠杀[M]. 杨瑜东，译. 南京：译林出版社.

波伏娃，1998. 第二性[M]. 陶铁柱，译. 北京：中国古籍出版社.

蔡青，刘洋，2008. 破译数字的密码——解读《接骨师之女》[J]. 齐齐哈尔大学学报（哲学社会科学版）（9）.

蔡霞，邓娜，2010. 生态语境下《喜福会》的"环境文本"[J]. 江苏外语教学研究（1）.

常转娃，2013. 论谭恩美小说《沉没之鱼》中的反讽艺术[J]. 长春工业大学学报（社会科学版）（5）.

陈爱敏，2003. 母女关系主题再回首——谭恩美新作《接骨师的女儿》解读[J]. 外国文学研究（3）.

陈红霞，王琼，2011.《灶神之妻》的结构主义叙事学阐释[J]. 宜宾学院学报（7）.

陈蕾蕾，2003. 谭恩美和美国主流意识形态[J]. 当代外国文学（3）.

陈昕，2015. 中西文化融合下《喜福会》的创伤叙事[J]. 电影文学（23）.

陈欣冬，2009. 中国的香格里拉，西方的理想乌托邦——评析希尔顿的《消失的地平线》[J]. 作家（6）.

程爱民，2003. 美国华裔文学研究[M]. 北京：北京大学出版社.

程爱民，邵怡，卢俊，2010. 20世纪美国华裔小说研究[M]. 南京：南京大学出版社.

程锡麟，2015.《夜色温柔》中的语像叙事[J]. 外国文学（5）.

达姆罗什，2013. 世界文学理论读本[M]. 北京：北京大学出版社.

戴锦华，2014. 历史的坍塌与想象未来——从电影看社会[J]. 东方艺术（2）.

单德兴，何文敬，1994. 文化属性与华裔美国文学[M]. 台北："中央研究院"欧美研究所.

德里达，2005. 论文字学[M]. 上海：上海译文出版社.

丁玫，2012. 艾·巴·辛格小说中的创伤研究[D]. 上海：上海外国语大学.

董丽丽，等，2014. 电影《喜福会》的生态女性主义解读[J]. 现代交际（11）.

冯亦代，1993. 谭恩美与《喜福会》[J]. 读书（5）.

弗洛伊德，1984. 精神分析引论[M]. 高觉敷，译. 北京：商务印书馆.

弗洛伊德，1998. 论无意识与艺术[M]. 北京：中国人民大学出版社.

傅婵妮，2009. 文化创伤的言说与愈合 [J]. 安徽文学（7）.

顾悦，2011. 论《喜福会》中的创伤记忆与家庭模式[J]. 当代外国文学（2）.

关晶，2005. 从《喜福会》看中美文化差异 [J]. 长春大学学报（5）.

郭兰，等，2013. 心理创伤：评估诊断与治疗干预 [M]. 武汉：武汉大学出版社.

郭卫民，2007. 不同文化，一样情深——电影《喜福会》母女关系主题探讨 [J]. 电影文学（17）.

和静，2012. 寻找心灵的家园——陈染和谭恩美小说比较研究[M]. 北京：对外经贸大学出版社.

胡亚敏，2001. 当今移民的新角色——论《喜福会》中华裔对其文化身份的新认知[J]. 外国文学（3）.

胡勇，2003. 文化的乡愁[M]. 北京：中央戏剧出版社.

怀特海德，2011. 创伤小说 [M]. 李敏，译. 开封：河南大学出版社.

蒋曙，2003.《灶神之妻》的女权主义解读 [J]. 江苏教育学院学报（社会科学版）（3）.

蒋欣欣，2013.《所罗门之歌》与《接骨师之女》的记忆书写比较[J]. 社会科学研究（6）.

金衡山，2010. 解放的含义：从《喜福会》（电影）到《面子》和《挽救面子》[J]. 英美研究文学论丛（2）.

金学品，2010. 呈现与解构——论华裔美国文学中的儒家思想[D]. 上海：华东师范大学.

康慨，2001. 接骨师的女儿[J]. 新闻周刊（12）.

赖华先，2016. 生存伦理的探寻之旅——解读谭恩美的小说《拯救溺水鱼》[J]. 老区建设（12）.

李桂荣，2010. 创伤叙事 [M]. 北京：知识产权出版社.

李桂荣，2010. 创伤叙事安东尼·伯吉斯创伤文学作品研究 [M]. 北京：知识产权出版社.

李明娇，2013. 对《战争垃圾》中战争创伤的解读 [J]. 长沙大学学报（3）.

李琼，2013. 走向文化复调与融合——从流散文学视角解读《接骨师之女》. 长沙大学学报（3）.

李显杰，1999. 当代叙事学与电影叙事理论[J]. 华中师范大学学报（人文社会科学版）（6）.

李小海，2010. 对《喜福会》中"自我"与"他者"的东方主义解读[J]. 电影文学（4）.

李雪梅，2004. 母女冲突：两种文化的冲突——评《喜福会》[J]. 西华师范大学学报（哲学社会科学版）（1）.

林晓雯，2007. 论谭恩美的中国情结——从《灶神之妻》对中日战争的审视说起[J]. 当代文坛（6）.

林晓雯，等，2014. 寻找心灵的香格里拉——论《拯救溺水鱼》的魔幻现实主义元素[J]. 南京师范大学文学院学报（1）.

林钰婷，2012. 历史的重量：《接骨师之女》的认同建构之途[J]. 东南学术（4）.

凌建侯，2007. 巴赫金哲学思想与文本分析法[M]. 北京：北京大学出版社.

刘芳，2010. 翻译与文化身份——美国华裔文学翻译研究[M]. 上海：上海交通大学出版社.

刘思思，2014. 试论电影改编技巧与艺术特征——以小说《喜福会》为例[J]. 吉林广播电视大学学报（2）.

刘象愚，罗钢，2000. 文化研究读本[M]. 北京：中国社会科学出版社.

刘雪枫，2008. 华人撑起的歌剧大戏——观旧金山歌剧院《接骨师之女》有感[J]. 歌剧（11）.

刘源，2009. 电影《喜福会》东方主义解读与反思[J]. 知识经济（1）.

刘昀，2003. 母女情深——论《喜福会》的故事环结构与母女关系主题[J]. 四川外语学院学报（6）.

罗钢，1994. 叙事学导论[M]. 昆明：云南人民出版社.

吕琛洁，2010. 饮食背后——再读谭恩美之《灶神之妻》[J]. 安徽工业大学学报（社会科学版）（3）.

吕红，2006. 海外移民文学视点：文化属性与文化身份[J]. 福建论坛（人文社会科学版）（12）.

吕琪，2016. 哲学视野下的文学体裁理论——浅析巴赫金《史诗与小说》中的文化发展观[M]//段峰，主编. 外国语言文学与文化论丛（第11期）. 成都：四川大学出版社.

马瑜，2005. 论谭恩美《喜福会》的叙事艺术[J]. 外国语言文学研究（1）.

梅，2008. 人的自我追求[M]. 郭本禹，方红，译. 北京：中国人民大学出版社.

潘玉莎，2008. 从"他者"中国看谭恩美的文化身份——解读小说《灶神之妻》[J]. 广西社会科学（5）.

裴佩，2009. 在讲故事中跨越苦难——《接骨师之女》的叙事学解读[D]. 长春：东北师范大学.

任伟利，等，2013.《拯救溺水鱼》的空间重构[J]. 合肥工业大学学报（社会科学版）（6）.

荣榕，2015. 多模态文体学对电影场景的解读[J]. 山东外语教学（4）.

萨义德，2000. 东方学[M]. 北京：生活·读书·新知三联书店.

申丹，王丽亚，2010. 西方叙事学：经典与后经典[M]. 北京：北京大学出版社.

盛周丽，2014. 谭恩美小说研究现状综述及其问题[J]. 重庆工商大学学报（社会科学版）（5）.

施琪嘉，2006. 创伤心理学[M]. 北京：中国医药科技出版社.

石聿菲，张静，2010. 打破"沉默"之枷——《接骨师之女》的后殖民主义解读[J]. 鲁东大学学报（哲学社会科学版）（3）.

孙刚，2008. 从后殖民女性主义文学批评角度解读谭恩美的"喜福会"[J]. 湖北社会科学（4）.

孙绍先，2006. 女权主义[M]// 赵一凡，等编. 西方文论关键词. 北京：外语教学与研究出版社.

孙晓燕，2015. 以创伤理论视角解读《灶神之妻》中的女性形象[J]. 海外英语（12）.

索威尔，2011. 美国种族简史[M]. 沈宗美，译. 北京：中信出版社.

谭恩美，2007. 我的缪斯[M]. 卢劲杉，译. 上海：上海远东出版社.

谭恩美，1999. 灶神之妻[M]. 张德明，张德强，译. 杭州：浙江文艺出版社.

谭恩美，2006. 沉没之鱼[M]. 蔡骏，译写. 北京：北京出版社.

谭恩美，2006. 喜福会[M]. 程乃珊，贺培华，严映薇，译. 上海：上海译文出版社.

谭恩美，2010. 接骨师之女[M]. 张坤，译. 上海：上海译文出版社.

谭载喜，2000. 西方翻译简史[M]. 北京：商务印书馆.

陶东风，2000. 后殖民主义[M]. 台北：扬智文化事业公司.

陶家俊，2011. 创伤[J]. 外国文学（4）.

田王晋健，2015. 沉浸在另一个世界——琳达·哈琴改编理论研究[J]. 当代文坛（5）.

万永坤，2010. 电影《喜福会》中的"美国梦"主题解读[J]. 电影文学（11）.

万永坤，2010. 影片《喜福会》中的东方主义反思[J]. 电影文学（14）.

汪民安，2007. 文化研究关键词[M]. 南京：凤凰出版传媒集团/江苏人民出版社.

王斐，2011. 东方魅力与文本策略——论《接骨师之女》中的中国意象书写[J]. 集美大学学报（哲学社会科学版）（1）.

王凤霞，2008. 论《喜福会》中双重文化的冲突与融合[J]. 西南民族大学学报（人文社会科学版）（3）.

王俊生，2014. 《接骨师之女》中创伤历史的回避、展演及安度 [J]. 长沙大学学报（6）.

王立礼，1990. 谭爱梅的《喜幸俱乐部》[J]. 外国文学（6）.

王立礼，2010. 从生态批评的角度重读谭恩美的三部作品[J]. 外国文学（4）.

王宁，2002. 巴赫金之于"文化研究"的意义[J]. 俄罗斯文艺（2）.

王诺，2003. 欧美生态文学[M]. 北京：北京大学出版社.

王守仁，刘海平，2002. 新编美国文学史第四卷[M]. 上海：上海外语教育出版社.

王晓惠，2014. 《接骨师之女》的儿童伦理成长[J]. 广西师范学院学报（哲学社会科学版）（5）.

王晓平，2011. 当西方与"他者"正面遭遇——从后殖民主义角度解读《沉没之鱼》[J]. 名作欣赏（3）.

王毅，2012. 《喜福会》的叙事艺术[J]. 河北大学学报（哲学社会科学版）（6）.

王智敏，2012. "残缺的爱"——《喜福会》"创伤性记忆"的心理学解读[J]. 中北大学学报（社科版）（3）.

韦尔策，哈拉尔德，2007. 社会记忆：历史、回忆、传承[M]. 季斌，王立君，白锡堃，译. 北京：北京大学出版社.

吴冰，王立礼，2009. 华裔美国作家研究[M]. 天津：南开大学出版社.

肖薇，等，2009. 评谭恩美新作《沉没之鱼》——兼论当代美国华裔作家的全球化情结[J]. 安徽文学（4）.

谢嘉，2016. 历史与文本的互读——从新历史主义角度解读《接骨师之女》[J]. 重庆第二师范学院学报（4）.

谢天振，2008. 当代国外翻译理论 [M]. 天津：南开大学出版社.

谢燕燕，2008. 真实的假象，假象的真实——论谭恩美《拯救溺水鱼》中的全球传媒思想[J]. 安徽文学（12）.

熊洁，2014. 谭恩美研究在中国[J]. 语文建设（5）.

徐刚，等，2015. 美国华裔文学"荒原叙事"的当代发展——以《第五和平书》和《拯救溺水鱼》为例[J]. 社会科学研究（1）.

徐劲，2000. 在东西方之间的桥梁上——评《喜福会》文本结构的特色[J]. 当代外国文学（2）.

徐燕，万涛，2015. 生态批评视域下的谭恩美小说 [J]. 安徽文学（下半月）（8）.

许焕荣，2008. 电影《喜福会》女权主义解读[J]. 重庆交通大学学报（社会科学版）（5）.

许锬，2015. 回忆与自我：谭恩美小说的中国书写[J]. 广西民族师范学院学报（6）.

许吟雪，2016.电影《喜福会》中天鹅羽毛意象的多模态话语分析[J].外国语文（3）.

杨佳昕，等，2014.电影《喜福会》中的中美文化差异——一个跨文化传播的个案叙述[J].当代电影（8）.

叶明珠，2010.《喜福会》象征艺术中的东方文化[J].电影文学（9）.

尹晓煌，2006.美国华裔文学史[M].天津：南开大学出版社.

余荣琦，等，2013.《拯救溺水之鱼》的叙述歧义研究:认知机制和叙事策略[J].长春大学学报（3）.

袁霞，2003.从《喜福会》中的"美国梦"主题看东西文化冲突[J].外国文学研究（3）.

云虹，2008.英国文学中中国形象的定型[J].四川大学学报（哲学社会科学版）（4）.

詹姆逊，1999.政治无意识[M].王逢振，陈永国，译.北京：中国社会科学出版社.

詹乔，2005.《灶神之妻》中"英雄拯救"主题的原型分析[J].国外文学（1）.

张冬梅，2009.《接骨师之女》的寻根情结[J].当代文学（11）.

张芬，2013.从《灶神之妻》解读美国华裔女性的身份寻求[J].长江大学学报（社会科学版）（11）.

张龙海，2004.关公战木兰——透视美国华裔作家赵建秀和汤亭亭之间的文化论战[J].外国文学研究（5）.

张琼，2000.女性文化载体的解读——关于谭恩美的《喜福会》[A].//虞建华，主编.英美文学研究论丛.第3辑.上海：上海外语教育出版社.

张琼，2008.谁在诉说，谁在倾听——谭恩美《拯救溺水鱼》的叙事意义[J].当代外国文学（2）.

张瑞华，2001.解读谭恩美《喜福会》中的中国麻将[J].外国文学评论（1）.

张淑梅，2011.《喜福会》与《接骨师之女》叙事结构浅析[J].作家杂志（1）.

张淑梅，李宁，2011.《灶神之妻》和《灵感女孩》的叙事视角分析[J].名作欣赏（12）.

赵文书，2003.华美文学与女性主义东方主义[J].当代外国文学（3）.

赵毅衡，2007.对岸的诱惑[M].上海：上海人民出版社.

赵毅衡，2011.符号学原理与推演[M].南京：南京大学出版社.

周建华，2009.《喜福会》的电影符号系统及其意义的建构[J].电影文学（9）.

周隽，2011.从沉默到觉醒：美国华裔电影中的女性言说——以电影《喜福会》和《面子》为例[J].扬州大学学报（人文社会科学版）（4）.

朱颂，2008. 闪光的球体:《沉没之鱼》主题的多重性[J]. 外国文学研究（6）.

庄恩平，郭晓光，2007. 从"文化融合"到"多元文化"的转向——从跨文化视角解读《接骨师之女》[J]. 暨南学报（哲学社会科学版）（4）.

邹建军，2006. 谭恩美小说中的神秘东方——以《接骨师之女》为个案[J]. 外国文学研究（6）.

邹建军，2008. "和"的正向与反向——谭恩美长篇小说中的伦理思想研究[M]. 武汉：华中师范大学出版社.

邹建军，2008. "和"的正向与反向——谭恩美长篇小说中的伦理思想研究[D]. 武汉：华中师范大学.

邹建军，2012. 中国学者眼中的华裔美国文学——三十年论文精选集[M]. 武汉：武汉出版社.

邹丽丹，2016. 美国华裔电影《喜福会》的生态女性主义解读[J]. 吉林艺术学院学报（2）.

ADAMS B, 2003. "Representing History in Amy Tan's *The Kitchen God's Wife*" [J]. MELUS, 28(2): 9-30.

AMERICAN PSYCHIATRIC ASSOCIATION, 1994. *Diagnostic and Statistical Manual of Mental Disorders* [DSM-IV]. Washington, D.C: American Psychiatric Association.

BALAEV M, 2008. "Trends in Literary Theory" [J]. *Mosaic,* 41/2: 149.

BAMBERG M, 2009. "Identity and Narration" [J]. Ed. Peter Hühn. Handbook of Narratology. New York: Walter deGruyter.

BARKER P, 2006. *Regeneration Trilogy* [M]. London: Penguin Books Ltd.

BLOOM H, 2009. *Amy Tan's The Joy Luck Club* [M]. New York: Infobase Publishing.

CARUTH C, 1995. *Trauma: Exploration in Memory* [M]. Baltimore: The John Hopkins University Press.

CARUTH C, 1996. *Unclaimed Experience: Trauma, Narrative and History* [M]. Baltimore: The Johns Hopkins University Press.

CASEY J, 1994-1995. "Patriarchy, Imperialism, and Knowledge in *The Kitchen God's Wife*" [J]. North Dakota Quarterly, 62(4).

CHAN S, 2006. *Chinese American Transnationalism*: *The Flow of People, Resources and Ideas between China and America during Exclusion Era* [M]. Philadelphia: Temple University Press.

CHEUGN K K, 1997. *An Interethnic Companion to Asian American Literature* [M]. New York: Cambridge University Press.

CHIN F, 1991. *The Big Allieeee! An Anthology of American and Japanese American Literature* [M]. New York: Meridian.

CUJEC C, 2001. "Excavating Memory, Reconstructing Legacy: A Mother's Past is the Key to Understanding and Healing for Her Daughter" [J]. The World and I: 145-148.

DARRAJ S M, 2007. *Amy Tan (Asian Americans of Achievements)* [M]. Chelsea House Publications.

DAVIS K, 2004. *Deconstruction and Translation* [M]. Shanghai: Shanghai Foreign Language Education Press.

EBERHART G, 1998. "ALA Thinks Globally, Acts Federally" [J]. American Libraries, 29(7).

FONER P, DANIEL R, 1993. *Racism, Dissent, and Asian Americans from 1850 to the Present* [M]. Connecticut: Greenwood Press.

FOUCAULT M, 1988. *The History of Sexuality and Introduction* [M]. New York: Vintage Books.

FREUD S, 1955. *Beyond the Pleasure Principle, Group Psychology and Other Works* [M]. London: The Hogarth Press.

FREUD S, 1990. "Introductory Lectures on Psycho-analysis" [M]// The Standard Edition of the Complete Psychological Works of Sigmund Freud, Vol. 16. New York: W. W. Norton & Company.

GURLEY G, 1998. "Amy Tan: The Ghosts and the Writer" [J]. Kansas City Star, April.

HAMILTON, P L, 1999. "Feng Shui, Astrology, and the Five Elements: Traditional Chinese Belief in Amy Tan's *The Joy Luck Club*" [J]. MELUS, 24(2).

HERMAN J, 1992. *Trauma and Recovery* [M]. New York: Harper Collins / Basic Books.

HERMAN J, 1997. *Trauma and Recovery* [M]. New York: Basic Books.

HERMAN J, 2001. *Trauma and Recovery: From Domestic Ability to Political Terror* [M]. London: Pandora.

HEUNG M, 1993. "Daughter-Text/Mother-Text: Matrilineage in Amy Tan's *The Joy Luck Club*" [J]. *Feminist Studies*, 19(3), Who's East? Whose East? Autumn: 596-616.

HULL A, 2001. "Uncommon Language" [J]. The Women's Review of Books, 18(9): 13.

HUNTLEY E D, 1988. *Amy Tan: A Critical Companion* [M]. Westport, Conn: Greenwood.

HUTCHEON L, 2006. *A Theory of Adaptation* [M]. New York and London: Routledge.

IYER P, 1991. "The Second Triumph of Amy Tan" [J]. Newsweek (03).

KANNER E, 1995. "From Amy Tan, a Superb Novel of Two Sisters, Two Worlds, and a Few Ghosts" [J]. Bookpage, December.

KENNEDY J F, 1964. *A Nation of Immigrants* [M]. New York and Evanston: Harper & Row, Publishers.

KIRMAYER L J, 1996. "Landscapes of Memory: Trauma, Narrative, and Dissociation" [M]// Paul Antze and Michael Lambek Ed. Tense Past: Cultural Essays in Trauma and Memory. New York: Routledge, 22:174-179.

KOENIG R, 1991. "Nanking Pluck" [J].New York, 17.

LACAPRA D, 2001. *Writing History, Writing Trauma* [M]. Baltimore: The Johns Hopkins University Press.

LAUB D, 1992. "Bearing Witness or the Vicissitudes of Listening" [M]// Shoshana Felman et al. eds.Testimony: Crises of Witnessing in Literature, Psychoanalysis, and History. New York and London: Routledge, Chapman and Hall, Inc.

LAUB D, 1995. "Truth and Testimony: The Process and the Struggle" [M]// Cathy Caruth Ed. *Trauma: Explorations in Memory*. Baltimore and London: The Johns Hopkins University Press.

LAUB D, Nanette C A, 1993, "Knowing and Not Knowing Massive Psychic Trauma: Forms of Traumatic Memory" [J]. International Journal of Psychoanalysis, 74(2): 288.

LEFEVERE A, 2007. *Translation, Rewriting and the Manipulation of Literary Fame* [M]. Shanghai: Shanghai Foreign Language Education Press.

LING A, 1990. *Between Worlds: Women Writers of Chinese Ancestry* [M]. New York: Pegamon Press.

LING A, 1999. *Yellow Light: The Flowering of Asian American Arts* [M]. Philadelphia: Temple University Press.

LIPPMANN W, 1922. *Public Opinion* [M]. New York: Harcourt, Brace.

NIRANJANA T, 1992. *Sitting Translation: History, Post-structuralism, and the Colonial Context* [M]. Berkeley, Los Angeles, Oxford: University of California Press.

NODA K E, 1989. "Growing Up Asian in America" [M]// Asian Women United of California Ed. Making Waves: An Anthology of Writings By and About Asian American Women. Boston: Beacon.

PERRICK, P, 1991. "Daughters of America Review of Amy Tan's *The Kitchen God's Wife*" [J]. Sunday Times Book Review (14).

RAMAZANOGLU C, 1993. *Up against Foucault* [M] New York: Routledge.

RIMMON-KENAN S, 2002. *Narrative Fiction: Contemporary Poetics* [M]. London: Routledge.

ROBINSON D, 2007. *Translation and Empire: Postcolonial Theories Explained* [M]. Beijing: Foreign Language Teaching and Research Press.

SELF W, 2007. *The Contemporary British Novel* [M]. London: Continuum International Publishing Group.

SIMON S, 1996. *Gender in Translation Cultural Identity and the Politics of Transmission* [M]. London and New York: Routledge.

SNODGRASS M E, 2004. *Amy Tan: A Literary Companion* [M]. Jefferson: McFarland & Company, Inc., Publishers.

SOURIS S, 1994. "'Only Two Kinds of Daughters': Inter-Monologue Dialogicity in *The Joy Luck Club*" [J]. MELUS, 19(2), Theory, Culture and Criticism, Summer.

TAN A, 1989. *The Joy Luck Club* [M]. New York: Ivy Books.

TAN A, 1991. "Excerpt: *The Kitchen God's Wife*" [J]. McCall's, July.

TAN A, 1991. *The Kitchen God's Wife* [M]. London: Fourth Estate.

TAN A, 2003. *The Opposite of Fate* [M]. London: Harper Collins Publishers.

TAN A, 2005. *Saving Fish from Drowning* [M]. New York: the Penguin Group.

TRIBBLE E B, 2006. " 'The Dark Backward and Abysm of Time': The Tempest and Memory" [J]. College Literature, 33(1).

VAN D K, Onno V D H, 1991. "The Intrusive Past: The Flexibility of Memory and the Engraving of Trauma" [J]. American Imago 48(4).

VAN D K, Onno V D H, 1995. "The Intrusive Past: The Flexibility of Memory and the Engraving of Trauma" [M]// Cathy Caruth, ed *Trauma: Explorations in Memory*. Baltimore and London: The Johns Hopkins University Press.

VENUTI L , 2000. *The Translation Studies Reader* [M]. London and New York: Routledge.

VENUTI L, 2006. *The Translation's Invisibility: A History of Translation* [M]. Shanghai: Shanghai Foreign Language Education Press.

WILLARD N, 2001. "Talking to Ghosts" [J]. The New York Times Book Review, 18(2).

WONG S C, 1993. *Reading Asian American Literature: From Necessity to Extravagance* [M]. Princeton: Princeton University Press.

XIAOHUANG Y, 2000. *Chinese American Literature since the 1850s* [M]. Chicago: Illinois University Press.

XU B, 1994. "Memory and the Ethnic Self: Reading Amy Tan's *The Joy Luck Club*" [J]. MELUS, 19(1), Varieties of Ethnic Criticism, Spring.

后 记

"三人行，必有我师焉。"这句精辟的圣人之言恰能表达我们三人合力完成此书的心情。本书从酝酿选题，到初步成形，直至最终写就，历时两载。在不断的讨论与交流中，我们三位来自英语语言文学领域不同专业方向的学者，互相启发，取长补短，携手完成了这次愉快且收获颇丰的跨文化研究之旅。本书研究对象美国当代华裔作家谭恩美本人身份的跨文化性和复杂性，正是促成我们合作的最大动因。

第二代移民谭恩美是一位在当代美国文坛和社会活动中都相当活跃的作家。从20世纪80年代开始，她笔耕不辍，出版了一系列在美国社会既畅销又兼具学术和社会影响力的作品。其作品被翻译为多种语言，屡屡被改编成电影、电视剧和舞台剧。她的作品在受到国际国内学界广泛关注的同时，也饱受争议。

作为英语语言文学的研究者，我们首先注意的是谭恩美的不同作品在不同文化中受到的差别对待，以及英语原作与中文译本的区别：在美国热销的作品并没有得到中国读者的热烈反响，而在美国受到批评的作品却得到中国学界的高度认可。谭恩美作品的流行性与学术性研究空间很大，而其原作与译作也因作者的独特身份蕴含了丰富的阐释潜力。

作为女性学者，我们同样无法忽略谭恩美小说中鲜明的女性主题，我们既被小说刻画的母女间爱恨交织的张力所打动，又被中美不同文化背景下女性共同面对的问题所吸引。

而作为21世纪的中国学者，我们当然非常关注谭恩美作品呈现、塑造中国的方式，以及她所书写的中国如何被美国社会所理解与阐释；同样，她对美国社会的书写，也给我们提供了进行跨文化观察的极好途径。可以说，谭恩美的作品和她的作家身份迷人地集合了"他们"与"我们"的各种元素，值得我们从不同的研究角度进行集中研究。

因此，在跨文化传播的宏观视域下，我们分别从自己擅长的研究视角出发，对谭恩美研究中所涉及的不同议题进行了尽量详尽多元且新颖的解读。在本书的第一部分，夏婉璐以"身份"为关键词，重点讨论了谭恩美的文化身份和作家身份与小说汉译本的译者翻译策略选择间的相互影响关系，著述字数约12.5万；在第二部分，汤平从文学研究的视角集中关注了谭恩美小说的"创伤"议题，阐释了小说对普遍人性与人类共同境遇的深刻表达，著述字数约14万；在第三部分，吕琪从文化研究的视角切入，重点分析了谭恩美小说中的"符号"选择与意识形态建构的问题，揭示了谭恩美小说与谭恩美现象中的政治性阐释的潜力，著述字数约13万。正文中所用译文除非注明译者，其他均为本章著述者所译。

21世纪已经进入第二个十年，不同文化的交往越发频繁，而频繁的交往也伴随着更频繁、更剧烈的冲突。冲突的发生既有其政治、经济根源，也有很大部分是由社会文化交流的障碍、误解与误判所致。我们真切希望我们的研究能够为推动跨文化正向、平等的交流，促进不同文化的和谐共赢贡献微薄之力。这既是我们的希望所在，亦是我们的职责所在。

吕　琪